From This Moment On

SHANIA TWAIN

From This Moment On

Prata

São Paulo-SP
Brasil

Originalmente publicado por Atria Books – uma divisão da Simon & Schuster, Inc.

Este trabalho é uma autobiografia. Ela reflete as memórias de um período da minha vida. Alguns nomes e características foram alterados.

Créditos da Edição Original
Projeto editorial: Joy O'Meara
Projeto da capa: Anna Dorfman
Foto da capa: Randee St. Nicholas
www.ShaniaTwain.com

Créditos da Edição Brasileira
Editor-chefe: Eduardo Infante
Tradução: Marilu Reis
Preparação e revisão de texto: Flávia Portellada
Diagramação: Julio Portellada

Dados Internacionais de Catalogação na Publicação (CIP)
(Câmara Brasileira do Livro, SP, Brasil)

Twain, Shania
Shania Twain : from this moment on / Shania Twain ; [tradução Marilu Reis]. -- São Paulo : Prata Editora, 2014.

Título original: Shania Twain : from this moment on

1. Músicas country - Canadá - Biografia
2. Twain, Shania I. Título.

14-12733 CDD-782.421642092

Índices para catálogo sistemático:

1. Cantoras : Música country : Biografia
782.421642092

Apoio:

Fã Clube Shania Twain Brasil

Prata Editora e Distribuidora
www.prataeditora.com.br
facebook/prata editora

Impresso no Brasil/*Printed in Brasil*

Para meu filho Eja

Sumário

Prefácio da Edição Brasileira

Paula Fernandes

Nossa história é um tanto parecida, o amor pelos cavalos, pela música e pela vida... A mesma data de nascimento... Confesso que me assustei com algumas coincidências, se é que elas existem.

Pessoa forte, determinada, cheia de sonhos e de beleza rara e natural. Shania conquistou o mundo, vendeu milhões de cópias, coleciona prêmios através de um trabalho feito com criatividade, profissionalismo, e, principalmente, uma voz limpa e cheia de personalidade.

Enfrentou muitos obstáculos como ser humano, em busca do autoconhecimento e venceu as dificuldades que encontrou pelo caminho. Cresceu numa família grande, simples, se tornou independente cedo, iniciando sua carreira aos oito anos, como eu.

Eu a vejo como o símbolo da força e da capacidade de superação de uma mulher; doce, dedicada e firme em suas decisões.

Fiquei maravilhada em conhecê-la pessoalmente e tive a grata surpresa de saber que ainda poderia me surpreender ainda mais com Shania.

Bom estar aqui, em forma de palavras, com o privilégio de descrever meu carinho, respeito e apreço por esta pessoa e artista tão completa. Melhor ainda é poder prefaciar a obra, agora aberta, da vida dessa grande cantora.

Deliciosamente gostosa de ler, a narrativa, por ela mesma detalhada e sem medo de "lavar a roupa suja", como diz, nos apresenta uma Shania real e ao mesmo tempo, incrível. Real por passar por dramas e dificuldades que todos passamos ou podemos passar e, incrível, por relatar isso de maneira tão leve.

Há uma intenção linda em deixar a história de sua vida relatada ao filho Eja. Preocupação bastante factível para quem, a todo o momento, vê sua vida contada, de vários vieses, pela mídia e opinião pública. Sempre partes de um todo. E nem sempre partes reais.

A leitura vale por completo. Desde a menina moleca ao pior ano de sua vida e, claro, a paixão inspiradora pela música. From This moment on é assim, nos apresenta a mesma sensibilidade e intensidade de um dos seus mais famosos hits. Agora, eternizado num lindo registro literário.

Shania é, e sempre será, fonte de inspiração, não só para mim, mas para todos que puderem conhecê-la e ouvi-la. Uma experiência oportunamente apresentada nessa autobiografia

Deixo aqui meus sinceros votos de saúde e vida longa e mais sucesso a esta estrela que encanta a todos nós.

Boa leitura!
Paula Fernandes

★

Por que olhar para trás?

Como quase todo mundo, eu guardo segredos. Segredos de irmãos, de amigos, de pais, de amores e outros, mas, mesmo assim, ainda tenho muitas coisas para contar sobre a minha vida e que não são "secretas". Os segredos que prometi guardar estão seguros. E acredito que posso contar a história da minha vida sem quebrar juramentos e sem comprometer minha integridade. Mesmo depois do lançamento deste livro, os segredos que me foram confiados permanecerão comigo.

Todos nós temos uma quota de "roupa suja", mas sinto que quanto mais cedo aprendermos a relaxar e a rir disso, mais cedo podemos desfrutar o alívio que acompanha estas revelações. Vejo este livro como um processo em que posso lavar essa roupa suja e pendurá-la ao sol para secar. Um tipo de limpeza emocional.

Certa vez, li sobre uma mulher que dizia que nunca escreveria um livro, como promessa de que levaria seus segredos para o túmulo, mas acho esse pensamento muito dramático, afinal, quantos segredos uma pessoa pode ter? Será que toda a sua vida é um segredo? Como alguém poderia viver uma vida plena sem ter algo que vale a pena ser revelado, que seja interessante e possivelmente significativo para outra pessoa? Certamente, se você viveu uma vida digna de inspirar alguém, pode contar sobre isso e ainda manter uma certa privacidade. Afinal, talvez seja simplesmente uma questão de querer ou não escrever um livro.

Expressar as alegrias e as tristezas da minha vida através da escrita me levou a registrar o bom e o ruim de olhos bem abertos, deixando as páginas se tornarem um espelho que reflete um retrato em branco e preto. Foi desafiador e, ao mesmo tempo, incrivelmente libertador. Durante o processo de escrita, passei um tempo discutindo passagens da minha vida com amigos e a família, de uma forma bastante aberta. Como se estivéssemos sentados em volta de uma fogueira, recordando, refletindo e compartilhando histórias sinceras. Reunir nossas memórias foi uma experiência particularmente emocionante, especialmente para mim e para minha irmã Carrie. Rimos e cantamos livremente com o "espírito da fogueira", sem nos sentirmos inseguras, e sim envolvidas pelo conforto e pela confiança.

Neste livro, espero que o leitor também sinta esse espírito de comunhão e o desejo de participar de coração, rindo e se emocionando ao longo da leitura, sentindo que estamos todos juntos, em volta da mesma fogueira.

Li algo sobre o fogo que me parece muito real: "O fogo pode dar asas à coragem, à compaixão e à devoção. O fogo é obstinado e inebriante, e nada discreto. Ele é visto como uma força que queima dentro de nós, dando-nos a força de vontade para buscar nossos objetivos, concedendo-nos a paixão de fazer o mesmo com todos, resultando na honra e liberdade de viver isso honestamente".

Minha vida teve altos e baixos, mas sempre existe mais de uma versão para a história de uma pessoa. O outro lado desses desafios, as alegrias e o balanço positivo, os prazeres que vieram, para o bem e para o mal, são a garantia do contraste inevitável, necessário para manter o componente delicado do equilíbrio.

Acredito profundamente que tudo é relativo. Precisamos do mal para apreciar o bem e vice-versa. Precisamos que algo inesperado aconteça para percebermos que todo o resto era esperado. É na relação com estas coisas que podemos decidir como nos sentimos e o nível de intensidade destes sentimentos. É a relatividade. Não é possível escapar da montanha russa da vida em movimento, portanto, você deve tentar compreendê-la da melhor forma possível para se deixar fluir nas curvas e realmente aproveitar o passeio. Eu passei por curvas e quedas inesperadas que talvez tenham sido "os momentos mais embaraçosos da minha vida", em que realmente achei que fosse morrer, mas agora penso nisso e apenas sorrio. Hoje, acho terapêutico compartilhar algumas experiências e é gratificante quando elas servem para mais alguém.

Em suas *Notas Autobiográficas*, Albert Einstein citou: "Na verdade, acredito que é bom mostrar para aqueles que estão se esforçando ao nosso lado como nossa própria luta e busca se apresenta em retrospectiva". Eu li esta passagem depois de terminar este livro e ela expressa perfeitamente meus sentimentos sobre compartilhar minha história de vida.

O processo de escrever me forçou a revisitar muitas épocas e lugares do meu passado, assim como reviver uma onda de emoções. Lembranças podem ser pesadelos. Algumas pessoas lutam contra elas, mas outras podem sentir que a única maneira de sair do pesadelo é congelar e permanecer congelado. Eu sempre me lembro com gratidão de um exercício de autopreservação: varrer meus pensamentos e lembranças. A interminável busca minuciosa através do que pareciam ser raízes de cabelos com lêndeas grudadas a cada fio de vida, tentando se agarrar pelo tempo suficiente para ter a oportunidade de eclodir e infestar minha cabeça de piolhos, como pesadelos rastejantes e assustadores. Depois que eles vingam, tudo tem que ser despojado e jogado fora ou lavado, repetidas vezes. Ouvi dizer que colocar toda a roupa suja para fora durante uma noite de inverno funciona para matar o ciclo de reprodução destes seres indesejados, mas o que dizer sobre pensamentos e emoções? O que fazer quando eles passam a deixá-lo acordado durante a noite e começam a formar ninhos nas raízes de sua sanidade? Mantê-los ao relento em uma noite de inverno só iria transformá-los em cubos de gelo, um bloco tão frio que você nunca poderia se aquecer novamente. É isso o que ocorre algumas vezes com os corações despedaçados e com as mentes tão assombradas que não sabem o que fazer. Eles não conseguem arrumar forças para trabalhar na limpeza, lavar e enxugar repetidamente, até se livrarem de todos os pesadelos.

Às vezes, durante esses episódios que chegam às margens da loucura, pode parecer mais fácil ficar confortavelmente entorpecido pelas drogas e pelo álcool. Muitas almas sofredoras adotam esse caminho não recomendável. Pessoalmente, acho que é mais seguro enfrentar a dor e se permitir senti-la. É infernal quando você começa a descongelar, mas a outra alternativa — congelar até a morte espiritual e emocional — é pior. Descongelar um coração, espírito ou mente destroçados é doloroso, independentemente do quanto você ficou paralisado a princípio, mas o conselho sábio de uma amiga funcionou bem para mim. Ela me disse que quando a tempestade começar, se quiser manter o equilíbrio, você deve se inclinar contra o vento, em lugar de se afastar. Correr contra o vento iria apenas lhe dar o privilégio de me derrubar. Ela estava certa. É melhor se preparar e encará-lo de frente.

Houve momentos na minha vida em que eu não estava tão certa do amanhã, então, quando comecei a escrever este livro, passei a considerar que talvez fosse melhor me apressar e documentar minha história antes de ficar sem tempo, para garantir que ela não seria contada algum dia com meias verdades, mal interpretada através de artigos e outras explorações da mídia. E também para que meu filho Eja tenha um relato honesto e completo da minha vida, caso eu não tenha a oportunidade de contar a ele pessoalmente — assim como minha mãe nunca teve. Ela morreu em um acidente de carro, aos 42 anos. Há muitas perguntas que eu gostaria de ter feito para minha mãe, e saber que nunca serão respondidas traz um sentimento de vazio e desamparo. Esse caráter tão irrevogável da morte, e o fato de que não há como voltar e ter suas questões esclarecidas diretamente é muitas vezes frustrante e deixa uma sensação de impotência diante de um desejo que nunca será realizado. Eu não quero que meu filho tire conclusões a meu respeito, ou a partir das lembranças dos outros, e sim com base no meu coração e na minha mente. Este foi um dos principais motivos para que eu decidisse documentar a história da minha vida.

Pensei que talvez pudesse contar uma versão mais doce das minhas experiências, levar ao leitor os pontos essenciais da minha vida, evitando contar sobre as situações adversas e focando mais em como eu as enfrentei. Embora algumas vezes eu tenha conseguido lidar com os golpes, em outras eles me atingiram em cheio. Durante um tempo, eu experimentei escrever sem contar a história toda, mas por mais que tentasse, eu concluía que não dá para contar honestamente uma história se você não estiver convencido de contá-la sem se esquivar e se esconder o tempo todo. Foi importante explicar claramente o contexto e fiquei satisfeita por ter escrito uma autobiografia honesta. Sem a coragem de passar pela explicação dolorosa dos momentos mais difíceis, a história fica vazia, sem autenticidade, e o resultado pode ser um equívoco. Vale a pena apresentar o quadro completo se você quer compartilhar a verdade sobre si mesma, como aquilo que você é tomou forma, como você pensava e como pensa agora, depois de aprender e o que você aprendeu.

Quando comentei com um amigo, cuja vida é muito interessante, que estava escrevendo minha autobiografia, ele disse que embora tivesse muito a contar, o medo de sensibilizar os amigos e familiares que estavam inevitavelmente ligados a sua história o levou a desistir de documentar sua fantástica jornada, porque muitas dessas pessoas ainda estavam vivas; e mesmo que não seja algo impossível, acho pouco provável que ele perca todas elas. Mas, mesmo que isso acontecesse, será que ele conseguiria escrever sua história mais tarde? Isso faz com que milhares de pessoas deixem de se beneficiar com suas histórias memoráveis. Para mim, é muito significativo escrever sobre minha vida, e pode ser que alguém encontre em minhas experiências um sentido ou uma inspiração para suportar suas próprias lutas. Muitos podem se beneficiar da comunicação fraternal de um ser humano para outro. Acho que compartilhar a história da minha vida tem mais propósito do que guardá-la, e recomendo a todos que escrevam sobre suas vidas, mesmo que não planejem compartilhar isso publicamente, e especifiquem em testamento que, em um determinado ano, por exemplo, sua história seja oferecida a certas pessoas, apenas para uso privado. As autobiografias não servem apenas como leitura. No meu caso, como personalidade pública, decidi usar a plataforma da fama para, quem sabe, inspirar as pessoas que buscam ajuda para que saibam que não estão sozinhas em coisas que podemos ter em comum. Não importa quem somos, o sofrimento humano não discrimina.

Por muitos motivos, tenho sido bastante fechada quanto a minha vida pessoal. Eu não estava apenas constrangida por revelar certos detalhes mesmo para meus amigos mais próximos, mas também me incomodava encarar situações mais dolorosas, que preferi deixar no esquecimento. Eu simplesmente não estava certa de que outros aspectos da minha vida tinham algum valor ou eram relevantes o suficiente para serem revelados.

A questão principal é "Por que olhar para trás?". Como já expliquei, escrevi este livro para documentar minha vida com precisão e para ajudar outras pessoas, mas ele também tem sido uma força positiva para me manter firme durante alguns momentos difíceis, impedindo que eu me atole em autopiedade, vergonha, depressão, decepção e medo. Preferi lidar com as emoções em vez de evitá-las, e chegamos a um consenso, para que eu pudesse seguir adiante e me mover para o futuro sem perder o presente. Este livro é a peça preciosa que liga o passado ao futuro. Senti um certo desconforto ao escrever sobre meu passado, mas ao revisitá-lo, dando a ele a oportunidade de uma nova compreensão, fizemos as pazes. Com a experiência e a maturidade que tenho hoje, é como se o passado pudesse ser parte de quem eu fui e não de quem eu sou, como se fosse algo que não desejo mais associado a mim. Mas no fundo eu sabia que estas experiências estavam gravadas na minha memória, na formação do meu caráter e como marcas permanentes em minhas emoções. Eu ainda achava que era certo manter as coisas dolorosas em seu devido lugar de "coisas que já aconteceram e agora podem ser esquecidas", e que eu estava perfeitamente bem sendo passiva, confiante de que atualmente eu não era afetada pelo que ficou para trás, e nunca mais precisaria "ir lá" novamente.

Confesso que tem sido prazeroso me atualizar comigo mesma através deste livro. Agora posso ver que estava perdendo alguns sentimentos e emoções maravilhosas das memórias de minha juventude ao fechar as portas atrás de mim — deixando os capítulos empoeirando em uma prateleira alta, tão acima do alcance dos meus braços que seria necessário um esforço enorme para reabri-los no caminho. Para meu alívio, em algumas circunstâncias existiram situações que pensei que seriam muito mais assustadoras do que realmente foram ao serem revisitadas, e fiquei surpresa de como as coisas parecem muito menores em retrospecto. É como a árvore que parecia gigantesca na entrada da casa de nossos avós, tão alta que pensávamos que apenas João — da fábula *João e o Pé de Feijão* — seria corajoso o suficiente para escalar. Mas quando você volta lá depois de adulto, aquela árvore imponente está encolhida em comparação com a que você via, com as lentes de aumento que tinha quando criança.

Há uma frase que resume bem minha atitude em relação ao passado: "Isso foi ontem; amanhã será outro dia". Fiz isso porque boa parte do meu passado foi sofrida e essa perspectiva me manteve na superfície. Agora vejo que ao encerrar parte do meu passado também perdia o que estava acontecendo comigo no presente. Eu estava sempre apressada para o amanhã. Às vezes, abordar as coisas abertamente no momento em que acontecem evita "permanecermos presos" mais tarde.

Eu estava infeliz. Minha vida era uma luta por segurança, um lugar no mundo, uma oportunidade de buscar meus objetivos. Desde muito jovem, cresci com a mentalidade de um sobrevivente, como um boxeador no meio do ringue, girando e girando continuamente, pronta para atingir quem se aproximasse. A vida não iria me derrubar! Eu tinha que conseguir. Assim, não permitia que ninguém se aproximasse a ponto de descobrir minhas fragilidades. Fui uma sobrevivente na minha vida adulta e durante a ascensão de minha carreira musical. Mesmo depois de conquistar sucesso e segurança, eu permanecia com os punhos em riste, como se estivesse à espera de alguém para avisar que a luta tinha chegado ao fim ou pelo menos, que eu estava em um intervalo entre os *rounds*. Era cansativo viver nesta condição defensiva, e, aos poucos, comecei a me sentir mais confiante de que a vida não estava necessariamente tentando me derrubar o tempo todo.

De vez em quando o gongo ainda soa e me chama para o modo defensivo de sobrevivência, mas estou praticando para não reagir. Hoje, acho que vale mais a pena tentar aceitar que meus dias irão se desenrolar como tiver que ser — mas não quer dizer que eu esteja satisfeita. Apenas redirecionei aquela força para coisas alegres.

Também não me sinto mais desconfortável em compartilhar o passado, o presente ou a viagem pelo caminho. E não vejo motivo para manter a história só para mim. A vida com meus pais, por exemplo, pode inspirar e dar forças a muitos homens e mulheres que sofrem, que podem se identificar e se beneficiar com os desafios enfrentados por meus pais, e com a coragem que demonstraram em tempos difíceis. Seria vergonhoso deixar esta experiência de vida morrer com eles. É melhor lembrar a dor como uma fonte de inspiração do que esquecê-la em vão. Meus pais eram pessoas conscientes, com boas intenções. Se estivessem vivos para refletir sobre os anos em que eu e meus irmãos estávamos crescendo, talvez percebessem que atingiram suas expectativas. Muitas vezes, nossa família não tinha o suficiente para comer, nem roupas quentes apropriadas para o rigoroso inverno do norte de Ontário. Morávamos em um imóvel apertado, alugado, sem calefação. Como sempre, a ressaca da constante instabilidade financeira cobrou seu preço, às vezes, comprometendo o amor do casal e, sem dúvida, alimentando os episódios de depressão recorrentes de minha mãe.

Em razão de tantos períodos de instabilidade na minha infância, eu não sentia que realmente poderia contar com meus pais como cuidadores ou protetores. Não sabia o que esperar de um dia para o outro — calma ou caos — e isso me deixou ansiosa e insegura. Era difícil prever qualquer coisa, portanto, era melhor estar preparada para tudo, o tempo todo. Mas hoje eu compreendo e perdoo meus pais completamente, porque sei que fizeram o melhor. Todos os pais têm defeitos e, diante das circunstâncias da minha infância, que para alguns parecem extremas, eu diria que se eles falharam algumas vezes, não foi intencional. Eles sempre foram apanhados em situações incontroláveis. Se meus pais estivessem vivos, eu poderia contar a eles sobre o grande trabalho que fizeram naquelas condições. Gostaria que se sentissem bem com a criação que me deram. Agradeceria a eles pelo amor que demonstraram e por terem me ensinado a nunca perder a esperança, a lembrar sempre que as coisas poderiam ser piores e a ser grata por tudo de bom na minha vida. E, o mais importante, eles me ensinaram a não esquecer de sorrir. Agradeço por sempre me encorajarem a ver o lado bom de tudo: é um dom que me ajudou a enfrentar muitos desafios. Eles podem não ter sido sempre o melhor exemplo, e muitas vezes não praticavam o que pregavam, mas é claro que queriam o melhor para nós. Nisso eles foram exemplares.

Em última análise, eu sou responsável pela minha vida e pelo que faço com ela. Na verdade, estou realmente grata pelo que passei e não mudaria nada — mas admito que não gostaria de viver tudo de novo. Uma vez é suficiente.

★

1

O que aconteceu comigo

Eileen Morrison aguardava para conhecer sua mais nova neta, a segunda menina de Sharon, sua única filha. Era um dia quente de verão quando ela entrou em trabalho de parto. Sharon era uma jovem de 20 anos, de pernas finas, rosto pálido, tão ossudo quanto os joelhos, e nariz afilado. Ágil e flexível, especialmente no quadril, ela passou anos fazendo ginástica. Tagarela e ativa, gostava de se gabar de sua flexibilidade, de como cruzava as pernas atrás do pescoço ou ficava em pé com as pernas entreabertas, e se inclinava para trás, formando uma ponte, para agarrar um pano colocado no chão entre os pés, sem usar as mãos. Apenas com os *dentes*. Sharon era calorosa, gentil e de riso fácil, com suas gargalhadas gostosas e estridentes.

O parto foi demorado e complicado, sem anestesia ou qualquer alívio para a dor. A voz do obstetra não dava esperanças ao informar que a bebê estava sentada, parada no canal. Quando finalmente saiu, não se ouviu nenhum som, não se viu nenhum movimento, nenhuma vida.

Enquanto Sharon permanecia deitada na mesa cirúrgica, o médico lhe ofereceu um cigarro. Sim, um cigarro na sala de parto. A jovem logo compreendeu que deveria se preparar para o pior — a menina parecia morta. Mas, não se sabe como, miraculosamente, ela estava viva! E o mais incrível: não sofreu nenhuma sequela pela falta temporária de oxigênio durante o parto estressante. (Isso sem mencionar a sala de parto enfumaçada!)

Enquanto eu crescia, minha mãe costumava contar a história da minha entrada turbulenta e dramática no mundo — o pior de seus quatro partos, ela dizia sempre. Olhando para trás, eu não conseguia evitar o pensamento, "então, *foi isso* o que aconteceu comigo. Ah! Isso explica muita coisa".

Eu nasci em 28 de agosto, nesta sala de parto canadense enfumaçada. No mesmo ano, a banda dos Rolling Stones lançou seu primeiro sucesso, *(I Can't Get No) Satisfaction*, Malcolm X foi assassinado e houve a estreia do musical *A Noviça Rebelde*. Meu nascimento não foi tão notável como os demais momentos históricos daquele ano, mas para minha mãe, um milagre aconteceu. Ambas sobreviveram àquele parto difícil.

Recebi o nome de Eilleen Regina Edwards: Eilleen, em homenagem à minha avó materna; e Regina, em homenagem à mãe do meu pai biológico, conhecida como vovó Edwards. Minha avó Eileen era irlandesa, nascida em County Kildare, filha de pais ingleses, os Lottie Reeves, de Wales, e Frank Pierce, da Inglaterra. Quando minha avó ainda era uma criança, os Pierce migraram para Piney, Manitoba, para trabalhar na agricultura. Não investiguei pessoalmente a genealogia da família Edwards, mas pelo que pude entender da explicação de minha mãe, eles eram de ascendência miscigenada de franco-canadenses e nativos indígenas. E, uma vez que a origem do nome Edwards é inglesa, possivelmente tenho antepassados britânicos. As porcentagens exatas são um mistério, como é o caso de muitos canadenses. Acredita-se que o primeiro explorador europeu a chegar ao Canadá, o navegador italiano Giovanni Caboto — mais conhecido como John Cabot —, desembarcou em Newfoundland, em 1497. Nos séculos seguintes, surgiram exploradores de muitas nações europeias e começou a miscigenação de europeus e nativos canadenses, da qual sou uma representante.

Acho que não exagero ao dizer que sou como um molho condimentado considerando a mistura de tantas nacionalidades ao longo dos séculos.

Minha mãe, Sharon May Morrison, teve uma vida difícil. Aos dezesseis anos, sofreu um grave acidente na escola, agachada atrás da base, na posição de catadora, durante um jogo de beisebol. O batedor balançou fortemente em um arremesso e lançou. Quando ele se dirigiu para a primeira base, jogou o pesado taco para trás, atingiu o rosto de Sharon, e a derrubou. O golpe quebrou quase todos os seus dentes. As técnicas de reconstrução não eram sofisticadas como hoje, e a única forma de lhe devolver o sorriso foi extrair os poucos dentes que restaram e usar uma dentadura. É difícil sequer imaginar como deve ter sido horrível para uma adolescente recuperar a consciência e descobrir que seus dentes se foram e que seu sorriso jamais seria o mesmo. De certo modo, ela deve ter sentido como se tivesse a juventude roubada. Dentes falsos são para avós, não para adolescentes, tão preocupadas com a aparência, como ela, e para quem a vida era cheia de motivos para sorrir.

Aos dezoito anos, Sharon se apaixonou e ficou noiva. Ela estava grávida, mas seu noivo Gilbert morreu em um acidente de carro pouco antes do nascimento de minha irmã mais velha, Jill. No ano seguinte, 1964, minha mãe se casou com meu pai biológico, Clarence Edwards. Fui a primeira filha do casal, e depois de dois anos, nasceu minha irmã Carrie-Ann. Minha mãe e Clarence se divorciaram quando eu ainda era pequena. Tenho uma vaga lembrança dele, graças a uma fotografia desbotada que minha mãe guardou. Era um homem baixo, de pele morena. Pela foto, posso dizer que Carrie e eu herdamos seus olhos verde-escuros e amendoados, diferentes dos olhos castanhos, pequenos e redondos da minha mãe. Eu tinha muita curiosidade a seu respeito: queria ver de perto a cor de seus olhos, ouvir o som de sua voz, conhecer sua personalidade, mas nada disso aconteceu, não tivemos nenhum vínculo, e não há como sentir saudade de alguém que não se conhece.

Enquanto crescia, eu sabia de sua existência — que não teve outros filhos, não se casou novamente, mas manteve um relacionamento duradouro com uma mulher que já tinha seus próprios filhos, que trabalhava como engenheiro ferroviário, vivia em Chapleau, e tinha cinco ou seis irmãos. Muitas vezes me perguntei o que meu pai pensava de mim e se ele se importava comigo. Provavelmente sim, mas meu padastro Jerry não queria que Clarence fizesse parte de nossas vidas, para evitar confusões na família. Jerry se esforçava para enfrentar os desafios diários de criar filhos que não eram seus, e expressou claramente seus sentimentos quanto a escolha de um ou outro — eu não poderia ter dois pais na minha vida. Aceitei isso como sendo algo justo.

Ao se divorciar de Clarence, Sharon tornou-se uma mãe solteira com três meninas pequenas. Ela precisava de ajuda e nos mudamos para a fazenda de minha avó Eileen, nos arredores de Timmins, em um pequeno distrito chamado Hoyle. Não me recordo de ver minha avó trabalhando fora de casa, mas lembro de minha mãe em empregos temporários, como garçonete e caixa. Quando desempregada, ela ficava em casa conosco. Ser mãe solteira nos anos 1960 não era uma posição desejável — as mulheres jovens geralmente interrompiam seus estudos e não se tornavam profissionais capazes de ganhar o sustento da família. A maioria das moças terminava o ensino médio, se casava com um bom provedor e tinha filhos. Essa era a regra, e minha mãe estava claramente fora da normalidade.

A família em Ontário era pequena: havia apenas um irmão em Timmins, com cinco filhos. Os outros parentes permaneceram no Oeste, onde nossos avós tinham se estabelecido originalmente, ao chegarem da Irlanda.

Na época em que minha mãe teve suas filhas, minha avó já era viúva. Meu avô chamava-se George Morrison, e adoeceu gravemente com uma gangrena nas pernas, enquanto minha mãe ainda era muito nova. Ela foi criada praticamente sozinha pela minha avó, porque seu irmão, quinze anos mais velho, saiu de casa quando ela ainda era bem pequena.

Minha avó Eileen era bonita: magra, de olhos azuis exóticos e maçãs do rosto pronunciadas. Era alta e esguia, mas tinha uma estrutura mais pesada que minha mãe, que se parecia mais com o pai — magro e de olhos castanhos. Minha avó era realmente bela por dentro e por fora e tinha um jeito cálido, que fazia eu me sentir segura. Ela enchia a casa com sua presença e cuidava de todos com muita tranquilidade.

Lembro do seu mingau matinal, preparado com perfeição, servido com açúcar mascavo e leite integral fresco, trazido toda manhã pelo leiteiro. Ela mantinha a casa em ordem, arejava os lençóis e os travesseiros e sempre tinha alguma coisa no forno, como pães e tortas, que costumava deixar esfriando no peitoril da janela. As tortas de mirtilo e de maçã eram especialmente deliciosas. Mas a minha preferida era a de mirtilo. As frutas podiam ser colhidas durante um período curto, de meados de julho ao início de agosto, o que as tornava ainda mais especiais, já que não era possível obtê-las em outra época do ano. Uma fatia quente e fresquinha era a recompensa mais desejada pelas longas manhãs de colheita, apesar de eu comer quase todas as frutinhas antes de chegar em casa, com a barriga doendo. Ah, que saudade daquelas tortas de mirtilo!

Para ajudar a passar o tempo, enquanto as tortas esfriavam, eu brincava nos campos com minhas irmãs, correndo pelo mato alto e dourado, e me sentia como uma criança vivendo num cenário dos filmes de TV dos anos 1960, como *O Fazendeiro do Asfalto* ou *Bonanza*. Eu era feliz e gostava da vida. Os campos não pertenciam à minha avó, mas era como se fosse, pois se estendiam até a pequena casa da fazenda onde vivíamos. O verão em Hoyle era longo e agradável.

São estas lembranças vagas e calorosas de meus primeiros cinco anos que desejo recordar? Será que foi realmente tão bom o tempo em que estávamos com minha avó Eileen? Não tenho certeza, mas acredito que sim, já que sempre ouvi coisas boas a respeito dela, de todos que a conheceram. Lembro especialmente de me sentir cuidada e feliz quando minha avó estava presente.

Minha irmã Jill, dois anos mais velha do que eu, foi a primeira a ir para a escola. Eu me lembro de ficar olhando, enciumada, com o nariz encostado na janela da sala, enquanto ela caminhava até o fim da rua, para pegar o ônibus escolar. Estava animada por ela, mas me sentia abandonada; e também queria ir. Mesmo com pouco mais de três anos de idade, eu ansiava por independência e desejava ir a um lugar novo. Eu era inquieta e ansiosa por "ir", mesmo sem saber para onde. Não tinha ideia do que acontecia quando minha irmã desaparecia no grande ônibus amarelo; apenas sabia que não queria ficar para trás.

Depois de algumas mágoas e antes de alguns filhos, minha mãe encontrou o homem com quem trocaria os votos de casamento que dizem "até que a morte os separe". Quando eu tinha uns quatro anos, ela conheceu Jerry Twain.

Jerry, um índio Ojibway, nasceu e cresceu na região norte de Ontário. Sua mãe veio da reserva indígena dos Mattagami e seu pai da reserva Bear Island, em Temagami. Jerry tinha uma personalidade encantadora, era brincalhão e sempre tinha muitas piadas e brincadeiras na manga. Era fácil identificar sua risada, que fazia o pomo de adão se mexer. Muitas vezes ele cobria a boca quando ria solto, deixando passar o ar entre os dedos. Gostava de uma boa gargalhada. Jerry era generoso e amável, com uma mente aguçada e um senso de humor espirituoso. Eles se conheceram através de Audrey Twain, amiga de minha mãe e irmã mais velha de Jerry.

Meu padrasto tinha aproximadamente 1,55 m de altura, talvez um pouco mais, se incluirmos sua vasta cabeleira negra. Sua aparência étnica era universal, não identificável, e me lembro que ele sempre se divertia ao contar sobre um encontro com alguns asiáticos que pensaram que ele fosse um deles e começaram a conversar no próprio idioma — até perceberem que ele respondia com o sotaque local, com alguns th's pronunciados como t e comprimia as vogais quase cantadas. Ele achava graça ao ser confundido com um mexicano, por exemplo, ou com alguém do Oriente Médio. Quando eu vi o Saddam Hussein pela primeira vez no noticiário, há muitos anos, pensei, "nossa, esse cara é tão parecido com meu pai!".

Embora as características mais marcantes de Jerry fossem sua pele morena, os olhos castanhos e o cabelo preto, um de seus avós, Luke, era descendente de escoceses, de cabelos loiros ondulados e olhos azuis. Curiosamente, ele tinha sido criado em uma reserva indígena desde a infância. Os traços caucasianos se revelaram nas sardas do rosto de Jerry e, especialmente, no cabelo crespo. Ele não tinha os cabelos lisos e negros dos nativos norte-americanos, mas, apesar do cabelo ondulado e das sardas, ele tinha uma forte aparência étnica. A dúvida ficava com a origem. Carrie e eu achamos que ele se parecia com George Jefferson, do seriado *Os Jeffersons*, inclusive porque compartilhavam o mesmo humor peculiar.

Depois do casamento, nos mudamos para um sobrado pequeno, alugado na Norman Street, em Timmins, do mesmo tamanho que a casa da vovó Eileen, porém mais moderno, com cozinha e sala integradas. A sala tinha um desnível que deixava o pé-direito mais alto, o que fazia o lugar parecer maior do que realmente era. O imóvel ficava em uma área residencial afastada do centro da cidade, com várias casas populares construídas dos dois lados da rua. A maioria das casas de Timmins era geminada e tinha cerca de 90 m^2, com três quartos, um banheiro e um porão. As casas compactas eram comuns por razões práticas, porque eram mais eficientes para o isolamento e aquecimento durante o inverno. Historicamente, Timmins foi uma cidade de mineração de ouro. Ela ficava às margens do grande rio Mattagami, por onde os lenhadores enviavam toneladas de toras de madeira pela corrente para as madeireiras. A madeira ainda faz parte da indústria da região, mas hoje as árvores derrubadas são transportadas por caminhões. A mineração e a silvicultura ainda são a base da economia de Timmins e sua população cresceu de 29 mil habitantes, nos anos 1960, para aproximadamente 43 mil habitantes.

Vovó Eileen também veio morar conosco, mas Jerry não se incomodava com a presença da sogra sob o mesmo teto. Longe disso. Ele a amava por sua natureza gentil, carinhosa e honesta (sem falar de suas tortas deliciosas). "Ela é uma santa", ele dizia.

Tenho lembranças vivas da casa da rua Norman, como a minha primeira aula de lavar louças. Minha avó me colocou sobre um banquinho e me deixou fazer uma bagunça molhada e cheia de espuma na pia da cozinha. Lembro também que a primeira briga entre mamãe e Jerry aconteceu lá. Não me recordo da presença de minha avó quando eles brigavam e nunca ouvi nenhum comentário dela a respeito disso. No entanto, é difícil imaginar que ela não estava a par da violência, porque ela e minha mãe eram muito próximas e os sinais físicos das contusões eram evidentes. Meu pai só dizia coisas boas sobre minha avó Eileen, que sempre foi gentil com ele, independentemente do que sabia, pensava ou sentia sobre seu relacionamento com Sharon. Embora nunca tenha se expressado na frente das crianças, suponho que tenha ficado profundamente perturbada por saber que se tratava de uma relação abusiva.

A imagem de uma das brigas ocorridas na casa da rua Norman continua muito clara em minha mente. Não me recordo do motivo exato, mas os episódios de agressão seguiam um padrão habitual. Meu pai era extremamente ciumento e muitas discussões estavam relacionadas a isso. Mas é mais provável que minha mãe o estivesse importunando por não ter dinheiro suficiente para as compras, o que vivíamos com frequência. Isso era a fonte da maioria dos conflitos.

Jerry não era preguiçoso — ele sempre trabalhou — mas acho que não havia completado o ensino médio, e, portanto, estava limitado a ganhar um salário mínimo, embora trocasse sempre de emprego em busca de um salário melhor. Mas as contas não eram pagas pontualmente. As mudanças de endereço eram frequentes, porque o aluguel não era pago e tínhamos que recomeçar a vida em outro lugar. Era um círculo vicioso, mudando para fugir das dívidas que não conseguíamos pagar.

Minha mãe pressionava muito meu pai por ele não conseguir nos sustentar. Não bastasse o estresse de saber que não podia arcar com as despesas de uma família de cinco pessoas, ela ainda o importunava constantemente com o assunto. Porém, para ser justa, ela não tinha mais ninguém para desafogar sua ansiedade e frustração. Era humilhante pedir ajuda aos amigos ou familiares — o último recurso, reservado para momentos de desespero absoluto.

Em uma casa pequena, onde as emoções correm soltas, poucos segredos são escondidos dos pequenos ouvidos. Minha mãe começava a resmungar e meu pai a ignorava em um primeiro momento. À medida que a tensão crescia, o volume das vozes aumentava, surgiam os insultos verbais, até que um deles empurrava ou estapeava o outro. Não demorava muito para a briga chegar a um confronto físico. Mas nós sabíamos que o dinheiro estava sempre curto e que o estresse de tentar sobreviver financeiramente era a raiz de muitas discussões entre os pais.

Minhas irmãs e eu geralmente nos encolhíamos atrás de uma porta fechada ou em um cômodo ao lado, onde não conseguíamos ver o que estava acontecendo, era possível apenas ouvir quando a agressão eclodia. Mas, infelizmente, eu tenho a lembrança de uma briga específica em nossa casa, com todos os detalhes visuais.

Minha mãe era muito leve e fácil de ser empurrada. Ela estava no chão do banheiro, Jerry a agarrou pelos cabelos, bateu sua cabeça no vaso sanitário e a nocauteou. Eu podia ver Jerry mergulhando a cabeça dela no vaso e lembro de ter pensado, "Por que ele está tentando afogá-la se ela já está morta?". Eu queria gritar, "Pare, você já matou ela!" Eu queria detê-lo, mas tinha muito medo. O corpo de minha mãe estava mole e sem vida. Eu chamei por ela e me senti completamente humilhada ao vê-la tão desamparada, encharcada pela água do vaso sanitário e com um pedaço de papel-higiênico grudado no queixo.

A enormidade daquele desamparo me contagiou e eu me senti tão atingida quanto ela. Nunca tinha visto nada parecido, nem me sentido tão confusa e apavorada. De pijamas, minhas irmãs e eu observávamos do lugar mais distante possível: da pequena varanda na entrada da casa, com os pés descalços na neve congelante. Estávamos morrendo de frio, amedrontadas e em prantos, com o peito doendo e o rosto queimando.

Lembro claramente de gritar a plenos pulmões, como se alguém estivesse me matando. Eu gritava loucamente. Minha mãe estava desfalecida e eu sentia que meu cérebro estava prestes a explodir de tanto gritar. Eu estava histérica, quase desmaiando de medo, me sentindo tão impotente quanto minha pobre mãe caída no chão do banheiro, aparentemente afogada.

A cena perturbadora se repetia na minha frente como um filme, emoldurada pela porta do banheiro. Era surreal, como se eu não estivesse realmente ali, mas apenas olhando de outro lugar.

De repente, vários homens em uniformes escuros e botas pesadas passaram por nós na varanda e entraram na casa. O barulho de passos e o som estático de vozes nos rádios me trouxeram de volta à realidade. Alguém, provavelmente um vizinho, chamou a polícia. Meu pai foi escoltado para fora e levado para uma viatura estacionada na rua. Para minha surpresa, minha mãe não somente estava viva, mas coerente o bastante para convencer os policiais de que estava bem. Ela estava cambaleante e ofegante, mas conseguia falar. Lembro de seu cabelo grudado na cabeça, caindo sobre o rosto e pescoço, e do casaco do pijama encharcado, colado na pele.

Todos agiam como se estivesse tudo bem, quase sem dar importância ao que tinha acabado de acontecer. Minha mãe minimizou o quanto pôde, fez cara de valente, inabalável por sua angústia evidente. Ela dizia aos policiais, "Está tudo bem, eu vou ficar bem. Obrigada por virem. Boa noite".

O drama terminou rapidamente, assim que a polícia chegou.

Depois de separá-los, eles simplesmente saíram pela porta, mas, e se minha mãe precisasse de cuidados médicos? Ela deveria pelo menos ter sido examinada. Não veio ninguém para examiná-la. Estávamos traumatizadas e a única pessoa presente para nos ajudar a lidar com as consequências do terrível episódio daquela noite era minha mãe, espancada e perplexa. Hoje, mais de quarenta anos depois, consciente do abuso e da tendência da vítima a minimizar a violência e encontrar desculpas para o agressor — até mesmo se culpando pelas suas ações — sei que a situação deveria ter sido investigada e tratada com mais profundidade. Na época, apenas fiquei aliviada porque a polícia pelo menos acabou com a briga quando apareceu. E com isso, tudo voltou ao normal. Até a próxima vez.

Por mais confuso e doloroso que fosse testemunhar as brigas entre meus pais, eu me consolava sabendo que não estava sozinha, que minhas irmãs também estavam ali e passávamos por aquilo, juntas. Apesar de ter apenas quatro anos na época em que passei a presenciar aquela violência toda, sei que meus pais também eram vítimas e que não era culpa deles. É claro que eu odiava a violência, quando ela acontecia, mas não odiava meus pais. Eles sabiam que seu comportamento nos atingia — eu sentia o olhar de preocupação, mesmo quando gritavam um com o outro — mas, quando as coisas descambavam para a agressão física, ambos já estavam tão afetados emocionalmente que não conseguiam apagar o fogo iniciado.

Eu percebi que a culpa e a vergonha que eles sentiam depois de cada incidente pesava uma tonelada; devia ser horrível saber que as crianças estavam assistindo a tudo. Eu tinha pena da vergonha que sentiam e não tinha coragem de usá-la contra eles, mesmo na tenra idade. A cada episódio, eu só queria que tudo terminasse, ficasse para trás, esquecido. Quando a briga acabava, eu apenas queria voltar ao normal, o mais rápido possível, como se nada tivesse acontecido.

Em boa parte do tempo, quando não estavam brigando, meus pais demonstravam amor e afeto um pelo outro. Muitas vezes, meu pai piscava para minha mãe quando percebia que estávamos observando, e nos deixava encabuladas. Ele gostava de surpreendê-la com beliscões no traseiro. Chegava por trás, com o dedo sobre lábios, pedindo silêncio e nos envolvendo na travessura. Costumava elogiar abertamente minha mãe, dizendo que suas pernas eram lindas e que ela deveria usar saia com mais frequência, para mostrá-las. Minha mãe ficava lisonjeada com a adoração de meu pai por ela e eu percebia um amor verdadeiro entre eles. Mesmo querendo protegê-la na hora das brigas, eu realmente não ficava ressentida nem culpava meu pai. Achava que ambos eram vítimas da guerra econômica, o principal motivo dos surtos de violência, e que ambos eram responsáveis por deixar as brigas saírem do controle. Entretanto, eu sentia mais por minha mãe, por ser fisicamente mais vulnerável, mas não achava que ela fosse menos responsável por instigar a confusão.

Quando finalmente chegou a minha vez de ir para a escola, o desejo de seguir minha irmã mais velha diminuiu repentinamente, porque percebi que passaria o dia com uma porção de estranhos. Não sei muito bem o que eu esperava, mas Jill parecia gostar da escola e eu queria conhecer o que ela estava gostando. Sempre fui curiosa por natureza, pronta a explorar e descobrir, mas tinha dúvidas quanto a dividir novas experiências com desconhecidos. Eu preferia ficar sozinha do que na companhia de estranhos, e estava satisfeita com minha solidão. Na verdade, ainda sou assim. Não sou solitária, apenas gosto de ficar sozinha com meus pensamentos, emoções e reflexões.

Naquele primeiro dia na escola, fiquei insegura e amedrontada quando minha mãe me levou para a classe e me entregou para a professora. "Eilleen", a professora ordenou, "sente-se no tapete com as outras crianças". E disse algo como "vá agora!", gesticulando para minha mãe ir embora, antes que eu pudesse falar alguma coisa. Quando minha mãe se virou para sair, fui assolada por um furacão de emoções. Meu rosto ficou vermelho e meus olhos se encheram de lágrimas que turvaram sua imagem, e tudo que eu consegui enxergar foi um borrão saindo da sala. Ela simplesmente se foi.

Eu odiei! Eu me senti infeliz e enjoada. Minha mãe tinha me abandonado com uma mulher que eu não conhecia e com aquelas crianças que eu não queria conhecer. Mas de uma coisa eu sabia: não iria correr atrás dela pedindo que ficasse. Precisava ter coragem e agir como uma menina grande. Algo me dizia que minha mãe tinha que ir e eu deveria ficar, sem causar problemas. Podia sentir a ansiedade da separação e a luta intensa para não demonstrá-la.

Mas tudo melhorou com o passar do dia. E quando a professora anunciou a "hora da música!", fomos autorizados a vasculhar uma caixa e escolher um instrumento para tocar. Havia bastões serrilhados, que quando esfregados um no outro emitiam estalidos, uma variedade de chocalhos, tamborins, sinos e outros instrumentos percussivos barulhentos. Agora estava ficando divertido! Infelizmente, a hora da música se resumia a alguns minutos por dia. Depois, era o momento de estender os cobertores no chão e tirar uma soneca. Isso me frustrou imensamente, parecia que mal começávamos a música e já era hora de parar. Eu queria brincar com os instrumentos o dia inteiro. Hoje, é óbvio para mim que meu desejo pela música — uma verdadeira paixão — já estava presente. Esta foi a minha primeira experiência com instrumentos musicais e era tudo o que eu queria fazer.

Eu já tinha frequentado dezessete escolas diferentes, quando terminei o segundo grau. Na verdade, até mesmo durante o jardim da infância minha família mudou, não uma, mas duas vezes. Era difícil ser a criança nova com tanta frequência, mas reconheço que com isso aprendi a me adaptar facilmente a mudanças.

Eu estava com sete anos quando meus pais tiveram seu primeiro filho, Mark. E meu irmão sequer tinha saído das fraldas quando eles adotaram outro. A irmã de Jerry, Audrey Twain, morreu pouco tempo depois de dar à luz um menino chamado Darryl. Meus pais nem hesitaram quanto ao que fazer diante de uma circunstância tão trágica; trouxeram o sobrinho para casa. Com isso, a "Gangue Twain", como minha mãe nos chamava — cinco filhos de duas mães e quatro pais — estava completa.

A despeito de tudo, a Gangue Twain se jogava na vida, como se estivesse em uma montanha-russa louca, feliz, triste, desajustada, destrutiva, amorosa e violenta, a caminho de uma colisão frontal.

★

2

Timmins, 1971

No verão de 1971, perto do meu sexto aniversário, saímos da Norman Street para uma pequena casa alugada na Bannerman Street, no leste de Timmins. Em setembro, comecei o primeiro ano na Mattagami Public School, cuja diretora chamava-se Sra. Partridge. Eu achava que ela fazia parte da família de cantores que aparecia na TV, a *Partridge Family*. Aos seis anos, o mundo ainda era muito pequeno para mim e isso fazia todo sentido — embora eu me perguntasse por que a "minha" Sra. Partridge vivia em Timmins, Ontário, e a outra Sra. Partridge, interpretada por Shirley Jones, vivia em uma cidadezinha fictícia ao norte da Califórnia. Nessa tenra idade era difícil considerar que as pessoas com o mesmo sobrenome não eram necessariamente parentes. Eu estava certa de que os únicos Twain no mundo éramos nós e que qualquer pessoa com o sobrenome Twain deveria ser da família. A outra vez em que ouvi "partridge" ainda aos seis anos, se referia a um faisão selvagem caçado pelos habitantes locais no outono. Eu tinha dificuldade em ligar todas estas referências distantes. Embora fôssemos vizinhos dos Estados Unidos, para mim o país estava muito longe, um lugar conhecido apenas nas histórias dos filmes. Eu ainda não conseguia diferenciar a realidade do que acontecia na TV.

No recreio da escola, uma linha branca larga dividia a área dos meninos e das meninas. Apesar das classes mistas, éramos separados durante o intervalo. Não sei ao certo qual seria o propósito disso, mas presumi que a intenção era evitar que os meninos beijassem as meninas, quando a professora não estava olhando. A Sra. Partridge espiava da janela de sua sala no 2º andar, de onde tinha uma vista panorâmica do pátio, e qualquer um que se atrevesse a cruzar a linha seria levado para a diretoria e receberia uma punição, mas não me pergunte de que tipo, porque nunca tive coragem para descobrir. A Sra. Partridge me assustava, embora nunca tenha dado motivo para isso. As crianças mais corajosas costumavam chamá-la de "a velha perdiz", mas eu procurava evitar encrencas, e mesmo sendo uma brincadeira inocente, não queria de ser pega zombando da Sra. Partridge.

Uma vez por semana, tínhamos uma apresentação matinal, para mostrar ou contar alguma coisa inédita. Quem quisesse participar tinha que ir para a frente da classe e compartilhar algum hobby ou interesse. Podia ser uma coleção de selos ou moedas, fotos das férias, ou um capacete de guerra do avô, mas, de preferência, algo inusitado.

Embora eu fosse extrovertida, em muitos aspectos, tremia toda quando colocada no centro das atenções. Assim, eu mesma fiquei surpresa ao me oferecer para cantar. Eu amava cantar desde os três anos. A música estava sempre presente na minha casa, embora não houvesse ninguém musical na minha família para me influenciar. Eu cantava espontaneamente, acompanhando qualquer música que estivesse tocando. A lembrança mais remota que tenho é de ficar sentada no campo que se estendia atrás da casa da minha avó, cantando repetidamente *Baa Baa Black Sheep* e *Twinkle, Twinkle, Little Star*. Na verdade, no início eu apenas cantarolava as melodias, rolando as notas na boca e desfrutando a sensação da língua vibrando contra os dentes. E só parava quando a boca começava a formigar. Eu ficava intrigada com a ressonância, que parecia preencher meu crânio.

Geralmente os professores de canto ensinam exercícios e técnicas específicas que ajudam a desenvolver a ressonância da voz para melhorar a projeção do som, a entoação e a qualidade do timbre. Por exemplo, há um exercício vocal de aquecimento que implica na criação de uma sensação de formigamento nos lábios e na língua ao cantarolar — o conhecido "Umumumumum". Ah... isso me parece tão familiar! A comichão na língua e nos lábios indica que o exercício está sendo feito corretamente e que o vocalista está emitindo o som adequadamente. O que hoje conheço como uma técnica vocal era um som instintivo para mim aos três anos. Eu tinha descoberto um instrumento interno e estava aprendendo a usá-lo. Estava descobrindo minha voz.

A partir de então, eu passei a cantar o tempo todo: no carro (com o rádio ou o toca-fitas), em casa ou com os *jukeboxes* das lanchonetes. Onde houvesse música, eu cantava. Era assim que eu passava quase todo o meu tempo livre, enquanto as outras crianças da minha idade caçavam borboletas e colecionavam moedas em uma lata. Eu ouvia música e aprendia as letras. Eu me apaixonei por todos os gêneros musicais com os quais tive contato quando criança. Rock, pop, folk e country. Eu devia ter pouco mais de quatro anos quando *He Ain't Heavy, He's My Brother*, um grande sucesso dos Hollies, chegou ao rádio. Impressionada com a mensagem da letra, eu me identifiquei com o sentimento, concordando com as palavras, e pensando, "sim, todos merecem ajuda e compreensão!" O significado da canção despertou minha sensibilidade em relação à humanidade. Eu respeitava o cantor por ser tão generoso e tolerante com os menos favorecidos e mais fracos. Fiquei impressionada com sua disposição para carregar o fardo do outro. "Que cara legal!", pensei. A canção dizia que não importava de onde as pessoas vinham ou para onde iam, elas eram dignas de compaixão, e isso, para mim, era um manifesto contra o que hoje conheço como preconceito.

Na casa da minha avó, quando minha mãe e Jerry ainda não estavam juntos, eu nunca tinha passado fome, nem tinha noção do que era viver privada das necessidades básicas. Também não tinha sido apresentada à realidade de um ambiente familiar mestiço, em minoria social. Na verdade, eu sequer considerava que a pele podia ser identificada pela cor. Mas acho que perdi essa inocência perto dos quatro anos de idade. Foi a última fase da minha vida que me recordo de viver tranquila, sem medo ou insegurança, no que diz respeito ao meu bem-estar e o da minha família. Nessa idade tenra, achava simplesmente divertido brincar com a minha voz, e eu não sabia nada sobre o papel de um pai, porque antes da chegada de Jerry em nossas vidas, não tenho lembrança alguma da presença paterna, só me lembro da minha mãe e da minha avó. Não sabia se minha mãe era feliz ou não, nem me preocupava com o futuro.

A paixão pela música continuou a crescer dentro de mim, tanto para cantar como para ouvir. Eu me lembro da atração que tinha pelos discos das Supremes; era uma canção mais emocionante que a outra, uma sucessão de hits. Dentre algumas músicas, como *Good Vibrations*, dos Beach Boys, *Happy Together*, dos Turtles, *Crimson and Clover*, de Tommy James e The Shondells, uma ficou marcada em minha memória: *Seasons in the Sun*, de Terry Jacks. Eu me sentia tão triste pelo cantor, que estava morrendo na canção, e percebia sua dor principalmente quando dizia: "*Goodbye, papa, it's hard to die, when all the birds are singing in the sky*" (Adeus, papai, é difícil morrer, enquanto todos os pássaros cantam no céu). As músicas me comoviam, e o som e os temas me tocavam emocionalmente. Lembro-me claramente de ouvir os comentários, como "Ah, veja a garotinha cantando!", enquanto eu cantava com emoção e sinceridade. Porém, nem todos gostavam. Às vezes, eu escutava, "Eillen, você está me deixando nervosa. Pare de cantar!" Mesmo assim, eu nunca parei.

Não por acaso, minha mãe era minha maior fã. Ela não podia cantar para salvar sua vida, mas dizia que eu tinha um ouvido musical. Meu canto a deixava emocionada e, geralmente, com os olhos marejados. Uma vez, quando eu tinha uns cinco anos, estávamos no carro e um novo dueto de irmãos, Os Carpenters, surgiu no rádio. Eu fiquei admirada com a voz suave e sedosa de Karen Carpenter, com suas próprias harmonias, intercaladas com a voz do irmão, criando aquela mistura vocal adocicada e diferente. O som dos irmãos fluía dos minúsculos autofalantes do carro como mel puro. Nenhum autofalante conseguia distorcer o som dos Carpenters. Ouvir Karen sempre me deixava arrepiada.

Uma das canções que eu mais gostava de acompanhar era *Rainy Days and Mondays*. Formava uma dupla imaginária com Karen, em um tom diferente, fingindo ser sua *backing vocal*. Eu não resistia em cantar junto com sua bela voz, mas queria ouvi-la e não encobri-la. A combinação era muito agradável para mim. Entretanto, minha mãe foi pega de surpresa.

"Eilleen!", exclamou. "O que está fazendo?"

"Esta parte é mais interessante", expliquei. Eu gostava de harmonizar e não me cansava de escutar os arranjos vocais perfeitos, às vezes complexos, executados com maestria por grupos como os Beach Boys, The Mamas and the Papas, Bread e os Bee Gees, para citar alguns. Mais tarde, na adolescência, eu estudaria outros grupos conhecidos por suas harmonias: Eagles, Fleetwood Mac, Doobie Brothers, Earth, Wind & Fire e ABBA. Os Bee Gees me impressionavam; difícil superar a combinação de talento e qualidade vocal dos três irmãos, indubitavelmente, uma questão de genética.

Apesar da minha preferência pela parte harmônica, minha mãe me incentivava a fazer a voz principal. "Você é minha pequena cantora e não uma *backing vocal*", era seu argumento. Acredito que minha predileção pelas harmonias refletia minha personalidade. Gosto de companhia para desfrutar a música: é um aspecto da minha natureza. Eu admirava o conceito de grupo vocal, o espírito de equipe e o esforço coletivo, especialmente depois que aprendi a tocar violão, aos oito anos.

Passei a ser mais influenciada por artistas que, além de cantar, também compunham suas canções acompanhados pelo violão acústico. Isso permitia um som mais intimista, que acabou se tornando a característica mais marcante de minhas composições em estilo acústico. Quando eu usava o piano para compor melodias — na verdade eu não tocava piano, apenas o utilizava como uma ferramenta —, sentia uma diferença enorme de quando eu usava o violão. Compositores guitarristas, como Dolly Parton, Willie Nelson, Gordon Lightfoot e Jim Croce, influenciaram minha criação, mas acho que os grupos musicais foram ainda mais importantes. Bandas como Poppy Family e Crosby, Stills & Nash me enlouqueciam com sua inspiração criativa, como se o céu fosse o limite, e eu amava suas composições e as três vozes que reuniam para criar um som. Era tão surpreendente, parecia inacreditável.

Era nisso que eu colocava meu coração, cantar letras e melodias que saíam facilmente de minha boca. E continuo procurando por isso. Deixei de usar minha voz de modo mais orgânico quando comecei a cantar rock comercial ao vivo, no final de minha adolescência. Mas acabei voltando ao estilo folk acústico, o que eu mais gosto de cantar. Sempre serei uma grande admiradora da voz que se expressa sem medo da imperfeição. Acredito que a preocupação de vocalizar emoção sem falhas apenas obstrui o fluxo de honestidade e integridade da expressão. Eu tenho um grande apreço pela música clássica, mas, na minha experiência, o pouco de contato que tive ao longo do tempo, através de aulas de canto e da convivência com um maestro, percebi que não existe muito espaço para a improvisação ou adaptação pessoal. Admiro a complexidade das composições clássicas e também a incrível disciplina necessária para uma performance de alto padrão, mas minha peça musical preferida, escrita por um músico clássico, é a trilha sonora do filme britânico *A Missão*, que nem sei se é considerada "clássica", ou apenas uma trilha sonora de filme. Contudo, é uma sinfonia de sons magistralmente combinados que me atrai do mesmo modo que a música clássica. A abordagem criativa e única que Ennio Morricone deu à trilha sonora de *A Missão* é o que chamo de "clássico contemporâneo", mas não acredito que seja esta a denominação técnica da obra.

Embora o meu gosto musical seja amplo, desde o início, meu estilo pessoal continuou a se desenvolver como compositora e cantora acústica. A música que escolhi para apresentar na minha aula do primeiro ano se chamava *Take me home, country roads*. A resposta não foi absolutamente como eu esperava. Algumas crianças começaram a rir, e fiquei tão envergonhada que quase parei no meio da canção e saí da sala aos prantos. Mas era tarde demais para desistir, então eu terminei, para meu alívio, embora lembre claramente o que senti, e nunca mais quis cantar na frente dos meus colegas! Porém, a crueldade das crianças não parou por aí. Naquela tarde, no parquinho, algumas delas me ridicularizaram me chamando de exibida. Eu não conseguia entender. Todos na minha família sempre demonstraram gostar de quando eu cantava e nunca me deram a impressão de que eu estava me exibindo. Na verdade, eles até queriam que eu cantasse para eles.

Para falar a verdade, essa estreia pública traumática na apresentação para a classe foi muito desanimadora, mas eu amava demais a música para permitir que isso me desencorajasse e, então, resolvi fazer parte do coral, imaginando que cantar com um grupo seria melhor. Além disso, haveria muita harmonização; e eu gostava disso. Mas eu não teria me arriscado se não fosse o incentivo de minha mãe. Ela me acompanhou até a escola para a audição com o professor de música, que dirigia o coral. Primeiro, eu precisei cantar sozinha, e depois, com o grupo. Eu não sabia nada sobre cantar em coro. E não entendia porque não podia improvisar as notas. Era estranho saber exatamente que som deveria cantar e permanecer estritamente em uníssono com as outras vozes, na mesma parte: a melodia. Apesar de minha falta de experiência, o professor ficou visivelmente impressionado com minha voz e me aceitou, mesmo estando um ano abaixo da idade mínima. Isso deixou algumas crianças enciumadas e alguns pais aborrecidos. Mais uma vez, disseram que eu queria apenas me exibir e chamar a atenção. Mas a última coisa que eu queria era me destacar no grupo de cantores. Eu queria me misturar como qualquer um. Eu também queria explicar que cantava simplesmente porque gostava, assim como eles jogavam futebol ou faziam aulas de equitação. Neste momento, eu me sentia um alvo e intimidada por ser boa em alguma coisa. Ser a "pequena cantora" não era muito divertido. Não foi um bom começo para a carreira que dominaria as próximas décadas da minha vida.

Olho para uma foto minha, com meu pai, Carrie, e nosso cachorro Peppi, posando nos degraus na frente da casa da rua Bannerman. Era o primeiro dia de minha irmãzinha no jardim da infância. A casa de um quarto mais parecia uma pequena caixa de madeira, com um tapume ao lado, e ficava nos fundos da casa do senhorio. Talvez nossa pequena casa fosse originalmente uma garagem ou um depósito da casa principal. Ela era pequena o suficiente para supor que fosse um edifício secundário deste tipo, convertido em uma casa de aluguel. Independentemente de seu uso original, a casinha era agora o lar dos Twain, uma família de seis pessoas. Nos dois anos que vivemos ali, ela foi o cenário para os dramas da gangue Twain, incluindo pobreza, violência e a chegada de meu irmãozinho Mark, o quarto filho de minha mãe.

A pequena casa tremia com os confrontos físicos. Não tinha muito espaço, e, portanto, durante uma briga, sempre ocorria um choque com alguma coisa e não dava para evitar as quedas sobre os móveis ou pelos cantos. Uma vez, eles brigaram durante a comemoração do aniversário de meu pai. Minha mãe o surpreendeu com um bolo de maçã e canela. Eu amava aquele bolo! Tinha um sabor delicioso, e cobertura de glacê de baunilha. Mas, naquele dia, eles começaram a brigar e logo partiram para a agressão física. Ao som da gritaria, abaixei minha cabeça em um canto e, de repente, vi uma coisa marrom na cabeça e no rosto da minha mãe. Imediatamente me lembrei de um filme de terror que tinha assistido, em que um atirador de facas, uma atração circense, atirava lâminas em uma mulher presa numa roda giratória. Ele atingiu a mulher em cheio, bem no pescoço, e abriu sua garganta. Era um filme antigo, com efeitos especiais de segunda categoria, mas naquela cena, uma coisa marrom, parecida com carne moída, saiu do ferimento. Embora não tenha convencido visualmente como sendo entranhas corporais de verdade, a textura do que eu vi na minha mãe me lembrou daquilo. Entrei em pânico. Os miolos estavam saindo! Ela ia morrer! Ele a matou! Estava convencida de que minha mãe estava morta. Mas o que eu tinha visto não eram entranhas; a menina de seis anos tirou conclusões precipitadas. Era o bolo de aniversário que ele tinha atirado na cara dela. Minhas emoções entraram em conflito: senti alívio por minha mãe estar bem, mas uma enorme tristeza também. Como ele podia ser tão mau e humilhá-la assim, depois de ela fazer uma coisa tão legal para ele e ter o trabalho de assar aquele bolo delicioso?

Mas a casa da rua Bannerman viu brigas muito piores do que aquela. Durante a gravidez, já quase no final, com a barriga bem pronunciada, eles se estapearam com muita raiva, e Jerry a sacudiu pela sala como uma boneca de pano, bateu sua cabeça na parede e a chutou enquanto ela estava encolhida no chão, tentando proteger a barriga. Eu não entendia nada sobre gravidez, mas era instintivamente óbvio para mim que se alguém espancasse uma mulher com um bebê na barriga, poderia ferir ou até matar o bebê. Ainda bem que ambos sobreviveram.

Vivendo em uma casa apertada cheia de crianças, com o dinheiro curto, como sempre, e com as surras do meu pai, minha mãe estava cada vez mais nervosa. Além de todo o estresse, vovó Eileen estava morrendo no hospital. Não me lembro por que razão minha avó não morava mais conosco quando eu tinha seis anos. Mas percebi minha mãe muito nervosa depois de visitá-la no hospital, sentida e desamparada por não poder ficar com ela durante a noite, e angustiada porque as enfermeiras não podiam lhe dar água, quando ela sentia sede. Segundo minha mãe, aparentemente o tratamento da doença cardíaca que ela tinha, angina, exigia uma ingestão de líquido limitada. Mas era muito doloroso assistir ao sofrimento da mãe.

Minha avó morreu na mesma época em que minha mãe deu à luz o primeiro menino da família. Ela tinha pedido que, se nascesse um menino, fosse chamado Mark. E foi o que minha mãe fez.

Para minha irmã Carrie, uma das recordações mais vivas da época da rua Bannerman era sua rotina de esperar o papai chegando do trabalho. Ele sempre guardava a sobremesa para ela, que adorava doces e ficava sentada na escada da frente todas as tardes, esperando para atacar sua marmita. Ela lembra bem o dia em que abriu o recipiente de alumínio e encontrou um saco plástico cheio de água com dois peixinhos nadando, que receberam os nomes de Goldie e Silvy. Eles ficavam sobre a geladeira na pequena cozinha em uma tigela de vidro. Para ela, este foi o presente mais encantador que ganhou. A lembrança que temos de nosso pai é a de um homem gentil e sério, e, como o contraste entre seus dois lados era complicado demais para crianças pequenas entenderem, nossa tendência foi ficar com o lado mais ensolarado, do que encarar o mais sombrio.

A casa da rua Bannerman presenciou muitas dificuldades pessoais que afetaram, e muito, o comportamento de minha mãe. Uma vez ela passou horas fazendo nossas fantasias de Halloween; para mim, uma de princesa, com uma varinha de papel-alumínio e uma coroa, para Carrie, uma de palhaço e para Jill uma roupa de índia pele-vermelha, como dizia meu pai. Ela se enchia de vida por nós, e hoje eu percebo quanta coragem foi necessária para tentar nos manter felizes e sentindo que tínhamos uma vida normal. Por outro lado, havia um furacão de instabilidade doméstica, e, às vezes, tudo acontecia em um mesmo dia. Ela não era forte o bastante para suportar tudo, e era inevitável que descontasse em nós. Uma noite, eu tive uma forte dor de barriga e acordei enjoada. Chamei por ela enquanto saía da cama e cambaleava pela cozinha a caminho do banheiro. Não consegui e vomitei no chão. Era a primeira vez em sete anos de vida que eu vomitava. Não entendi o que estava acontecendo e fiquei assustada. Com minha mãe ao meu lado, eu vomitei novamente. Desta vez, sobre mim mesma e sobre ela.

Eu chorava, me sentia fraca e só queria ser amparada, enquanto tentava recuperar o fôlego. Para minha surpresa, minha mãe me agarrou pelos ombros e me sacudiu com força. "Não acredito na bagunça que você fez, pelo amor de Deus!" Além de tapas na cabeça ou beliscões no braço, quando eu a irritava, por falar muito ou não prestar atenção, eu nunca tinha visto minha mãe tão furiosa comigo antes. Hoje, vendo em retrospecto, e sendo mãe, posso entender sua falta de paciência naquela noite.

Ela tinha outros três filhos que acordariam em algumas horas, e teria que limpar o chão em plena madrugada. Gostaria de ter tido a maturidade para confortá-la e dizer que entendia. Mas, aos sete anos, isso não seria possível. Como poderia? A ideia de que os adultos podem ter uma vida difícil, cheia de lutas e sofrimento está além da compreensão de uma criança. Tudo o que eu sabia era que seu comportamento me aborrecia e me fazia sentir pior ainda.

Como quatro crianças e dois adultos podem viver em uma casa minúscula? O único quarto ficava no segundo andar, e era onde meus pais dormiam, enquanto minhas duas irmãs e eu ficávamos em um beliche encaixado no canto da escada que levava ao quarto. O berço do bebê ficava debaixo da escada, do outro lado do beliche.

Na condição de irmã mais velha, Jill tinha o privilégio de ficar na cama de cima; Carrie e eu compartilhávamos a cama de baixo. Não bastasse dormir muito apertada, especialmente porque estávamos crescendo — e esta situação continuou até os meus doze anos —, minha irmãzinha molhou a cama até os dez anos. Puxa, eu ficava furiosa com ela (desculpe, Carrie!), quando sentia aquela coisa quente e molhada encharcando meu pijama no meio da noite. Às vezes eu conseguia evitar me encolhendo contra a parede ou me afastando para o pé da cama. Eu me cobria com um casaco e tentava voltar a dormir, deixando-a na própria poça de xixi. Mas outras vezes eu não achava um lugar seco para me refugiar e precisava acordar Carrie-Ann, trocar seu pijama, colocar uma toalha sobre o colchão molhado e trocar a roupa de cama. Para minha surpresa e revolta, se eu não a acordasse, ela simplesmente continuava a dormir tranquilamente, como se nada tivesse acontecido!

Éramos crianças excepcionalmente independentes e responsáveis, mesmo com tão pouca idade. Com Carrie a tiracolo, Jill e eu costumávamos ir até a piscina pública, na cidade vizinha de Schumacher. Era uma distância consideravelmente grande para três crianças — de oito, seis e quatro anos — caminharem sozinhas. Em 2010, só para voltar no tempo, Carrie e eu voltamos a Timmins e refizemos a mesma caminhada, seguindo da nossa antiga casa na rua Bannerman até a piscina. O que na época demorava quase uma hora para chegar, contando com pernas pequeninas, ainda era uma caminhada de 45 minutos para um adulto. Ficamos impressionadas de ver como pés tão pequenos foram capazes de nos levar tão longe de casa e nos trazer de volta. Às vezes, quando voltamos ao tempo de criança, geralmente as coisas parecem bem menores do que são em nossas lembranças. Mas não é o caso! Além da distância, foi incrível ver como conseguíamos, naquela idade, ir e voltar sem estarmos acompanhadas de um responsável, especialmente se considerar que não existiam acostamentos ao longo da rodovia movimentada, com tráfico pesado. Era perigoso. Na época, eu e minhas irmãs não pensávamos duas vezes, mas agora, em retrospecto — e sendo mãe — é algo preocupante, pois hoje em dia a maioria dos pais sequer deixa os filhos irem sozinhos até a esquina, antes da adolescência.

Jill, sendo a mais velha, naturalmente arcava com a maior responsabilidade. Ela era incrivelmente madura e consciente, cuidando sempre de Carrie e de mim. Meus pais muitas vezes lhe atribuíam a responsabilidade de pagar os serviços, quando nós três íamos para a piscina, para o parque Hollinger, ou ao boliche local — uma de nossas atividades preferidas. Nessa época, meu pai trabalhava muitas horas na mina local e minha mãe tinha um emprego de meio-período em uma loja de departamentos chamada Marshalls. Enquanto eles trabalhavam, nós nos cuidávamos e fazíamos muitos serviços.

Mesmo aos sete anos, eu era dolorosamente consciente de que nossa família era desajustada em comparação com a maioria. Outras famílias eram mais parecidas com as que eu via na TV: brigas entre irmãos sobre o tempo de ocupação do banheiro, pais discordando sobre a visita dos sogros durante as férias, como dizer para as crianças que o cachorro fugiu, coisas assim. Os seriados que eu costumava assistir no final dos anos 1960 e começo dos anos 1970, incluíam *Bonanza*, os *Flintstones*, a *Família Addams*, *A Ilha dos Birutas* e *The Brady Bunch*, um dos meus favoritos. Estas famílias — mesmo a dos Flintstones, de Bedrock — sempre resolviam seus problemas calmamente e aprendiam com a experiência.

Em contrapartida, algo andava muito mal em nossa casa, e sempre que eu encontrava uma outra família desajustada, todos os sinais eram bastante familiares para mim, e eu me condoía, reconhecendo silenciosamente o que tínhamos em comum. Eu poderia até mesmo relatar com detalhes as prováveis brigas dessa casa; era sensível às pessoas que apresentavam algum sinal de abuso ou negligência, como higiene precária, dentes ruins, faltas constantes à escola, comportamento excessivamente introvertido ou extrovertido, pais ausentes que não participavam das atividades escolares, e ferimentos inexplicáveis. Acredito que as crianças sofredoras se reconhecem. Pessoalmente, nunca falei abertamente com ninguém, mesmo com outras crianças de quem eu tinha pena ou que eram próximas, sobre minha luta interior na infância. Muitas crianças fazem isso, porque não querem expor os problemas na família, por medo de rompimento ou de colocar alguém em apuros. Expor os pais ou uma pessoa amada faz a criança se sentir culpada e desleal, e era assim que eu me sentia. As crianças também ocultam sentimentos dolorosos por ficarem envergonhadas com sua situação, sentem que podem ser criticadas e têm medo de se expor e serem humilhadas. Eu, pessoalmente, sabia que se eu compartilhasse uma cena violenta entre meus pais com a professora ou com um amigo que contasse para alguém, eu sabia que meu pai poderia ser preso e tinha medo de ficar sozinha e minha mãe não ser capaz de nos sustentar. Eu sentia que se alguém soubesse sobre certas situações de nossa casa, tudo poderia desmoronar. O medo e a culpa me mantinham calada.

Lembro-me de uma amiga da mesma idade, chamada Charlotte, uma menina com longas tranças douradas. Ela morava na rua detrás da nossa casa. Sua mãe era uma mulher humilde, de cabelos grisalhos empoeirados, que dava a impressão de não ter nem energia, nem tempo para lavar o chão da cozinha. Numa manhã de sábado, fui brincar na casa de Charlotte. Quando cheguei, sua mãe saiu apressada para ir trabalhar. Em vez de brincar, recebemos a tarefa de esfregar o chão. Resolvemos, então, encher um balde com água quente e meio litro de alvejante e inundar a superfície de ponta a ponta. Em seguida, esfregamos o chão com um pano e torcemos a água suja no balde. E, por fim, deixamos secar.

Orgulhosas do dever cumprido, estávamos prontas para brincar, mas o pai de Charlotte, que ainda estava de roupão, assistindo à TV no quarto, nos chamou e nos convidou para pular na cama, o que adorávamos fazer. Enquanto pulávamos, rindo, seu roupão se abriu e revelou um órgão feio e pendente, cercado por um medonho emaranhado de cabelos. O homem não fez nenhum esforço para se cobrir; ficou ali, frio, consciente de que estava se expondo intencionalmente para duas meninas de sete anos de idade, sendo uma delas sua própria filha.

Eu nunca tinha visto nada como aquilo antes e fiquei assustada. Ainda sinto arrepios só de lembrar. Eu fugi da casa e continuei correndo, até chegar, ofegante, à nossa cozinha. Ninguém me perguntou onde eu tinha ido, nem eu quis contar. Não falei com meus pais a respeito daquela experiência medonha; para ser honesta, eu não queria sobrecarregá-los, as coisas já eram estressantes o suficiente em casa. Eles já tinham preocupações demais.

Entretanto, pensei em Charlotte e me senti culpada por deixá-la com o pai e aquela sua coisa grosseira e repugnante, sem contar para ninguém. Eu sabia que havia algo de errado naquele cenário, mas não tive coragem ou maturidade para saber o que fazer, além de me sentir desconfortável e confusa. Achava que não poderia fazer nada para ajudá-la, que ela tinha seus problemas e eu, os meus. Essa sensação de impotência descreve bem como me senti durante muitas crises, nas quais eu me afastava do sofrimento, e mesmo assim, sentia toda sua força. Eu fiz o possível para me distanciar dele mentalmente, uma abordagem do tipo racional. Tudo que achava que "poderia" fazer era seguir em frente, sem olhar para trás. Hoje, como mãe, sei que se meu filho relatasse uma experiência semelhante na casa de um amigo, eu iria até lá, quebraria a cara do sujeito e o entregaria às autoridades de proteção à infância. Prefiro pensar que se minha mãe soubesse teria ficado igualmente alarmada — mas, em vez de agredir o ofensor, ela provavelmente teria me dado uma surra, para me assustar, de modo que eu não voltasse mais lá. Esta seria sua forma de me proteger e suponho que teria funcionado, apesar de eu já estar suficientemente apavorada sem a sua ajuda. Eu não voltaria à casa de Charlotte de jeito nenhum.

Em 1972, quando minha avó faleceu, minha mãe ficou devastada, e chorava o tempo todo, mergulhada em uma imensa tristeza. Nem consigo imaginar como ela se sentiu perdida e sozinha, com três menininhas e um bebê, presa em um relacionamento violento e instável, com tão pouco dinheiro que mal dava para sobreviver. Ela tinha perdido a única pessoa que sempre esteve presente em sua vida. Todos amavam a vovó Eileen, incluindo meu pai, que sempre falou dela com grande respeito, mas ninguém sofreu mais do que a mamãe. Com certeza, ela era a mais dependente. A simples menção do nome de minha avó a levava às lágrimas.

Não muito tempo depois da morte de minha avó, meu irmãozinho começou a engatinhar e nos mudamos para um lugar maior. Apesar de ter mais espaço — pelo menos minhas irmãs e eu tínhamos nosso próprio quarto — eu não gostava muito. O carpete era tão impregnado de sujeira que eu não queria pisá-lo com os pés descalços. Decidi que precisávamos arrancar o carpete e jogá-lo fora. Não sei ao certo o que meus pais pensavam a respeito, mas, de qualquer modo, eles não tentaram me impedir. Quando comecei a arrancar aquela coisa suja, o que eu vi me deu náuseas: eram zilhões de coisas brancas nojentas, parecendo grãos de arroz em movimento, se contorcendo no chão onde estava o carpete. Eu nunca tinha ouvido falar em larvas antes, mas sabia que eram insetos, e sabia que insetos não deveriam viver debaixo de um carpete. Mas, em vez de reclamar, coloquei o carpete de volta no lugar e fingi que nossos visitantes revoltantes não estavam ali. Percebi que seria melhor que eles vivessem sob o piso e fora do alcance de visão. O carpete ficou.

Nós alugamos a casa de um casal de idosos que vivia no andar de cima. Eu sempre ganhava doces quando passava por eles, a caminho do armazém da esquina ou da igreja do bairro, para acender velas para minha avó ou para o nosso cãozinho Peppi, que também morreu pouco depois dela. Eu sentia muita falta de ambos e encontrava consolo acendendo uma vela para cada um, além de fazer uma prece, desejando que eles não tivessem partido e na esperança de vê-los novamente algum dia. Eu acreditava que as velas ajudariam a iluminar seu caminho até Deus. E, sentindo que minha vela era muito importante, eu visualizava a chama literalmente ajudando-os a enxergar o caminho, que eu imaginava ser escuro.

Uma tarde, quando voltava da igreja, o velho no apartamento de cima me chamou de sua cadeira na varanda. "Venha cá!", disse ele, com um aceno amistoso.

Apesar de tímida, eu não queria ser rude, e entrei lentamente pelo portão branco e subi até a varanda. "Você quer um doce?", ele perguntou. Eu acenei afirmativamente com a cabeça. Apesar de me sentir um pouco nervosa por estar sozinha com ele e ter aceitado o doce, ele parecia inofensivo. Afinal, não era um estranho.

"Por que você não entra enquanto eu procuro o doce?", ele sugeriu. Normalmente, a esposa ficava com ele na varanda, o dia todo. Percebi que ela não apareceu.

"Onde está sua esposa?", perguntei inocentemente.

"No hospital", ele respondeu suavemente. Eu senti pena dele, pensando que talvez a esposa morreria como minha avó. Enquanto estes pensamentos tristes passavam pela minha cabeça, ele encontrou o que procurava. Colocou o doce sobre a mesa e me disse para sentar no seu colo. Eu sentei e ele me deixou pegar um pedaço. Estar naquela casa, comendo um doce, sentada no colo daquele homem era a posição mais forçada e desconfortável em que já estive. Eu queria me transformar em líquido e escorrer através do assoalho até nosso apartamento abaixo.

De repente, senti sua mão áspera sobre minha perna. Lentamente, em um movimento leve, ele a deslizou sob minha camiseta e passou pela minha barriga, antes de colocá-la sobre meu peito. Eu ainda não era desenvolvida e era muito nova para relacionar meu peito com sexo, mas sabia que isso não estava certo e congelei. Como iria me livrar daquele toque tão repulsivo e me libertar da sensação de sujeira provocada por aquele homem que me agarrava e me deixava tão ansiosa? Eu não sabia se deveria resistir; quer dizer, ele não estava me machucando e eu tinha aceitado o seu doce. Eu hesitava por não ser capaz de determinar a fronteira entre responder à minha desconfiança e medo, e meu desejo de ser uma boa menina, demonstrando respeito e bondade, obedecendo ao meu pobre vizinho idoso, cuja esposa estava doente e poderia morrer. De repente, tive uma ideia: "Acho melhor eu ir ver se minha mãe precisa de alguma coisa". Eu saltei e tentei agir como se fosse um pensamento inocente e não uma desculpa. Foi preciso muita coragem para ficar de pé e caminhar para fora da casa, porque eu sabia que estava desafiando a autoridade de um adulto.

Segui para a porta, continuei andando e não olhei para trás, desejando com toda força que ele não tentasse me impedir. "Essa foi por pouco", pensei. Na época, eu não sabia exatamente do que tinha escapado. Apenas sabia que alguma coisa muito errada estava acontecendo e que eu era vulnerável, e de alguma forma, não deveria ser. Era perigoso e fico feliz por ter tido a presença de espírito de descobrir um jeito de sair dali.

Mais uma vez, eu não contei o incidente para os meus pais, nem para ninguém. Em primeiro lugar, na verdade, eu me culpava por estar naquela situação, provavelmente porque sabia como minha mãe teria reagido se eu contasse para ela. Olhando para trás, é uma ironia que minha mãe tenha servido de desculpa para minha fuga, mas não como meu refúgio; além do fato de eu ter mentido para o velho, esperando que ele ficasse assustado com a perspectiva de minha mãe estar me esperando, quando na realidade ela não tinha ideia de onde eu estava e só teria se preocupado se eu não estivesse em casa ao anoitecer. Hoje sei que eu era muito solta — demasiadamente solta. Posso me lembrar de muitas ocasiões em que tive sorte por nada mais traumático ou perigoso ter acontecido, quando estava mais distante de casa do que deveria, na minha idade.

Seria desnecessário dizer que os pais são responsáveis pelo bem-estar dos seus filhos. Não podemos deixá-los ao acaso, ou achar que nossas crianças "já sabem das coisas" (certamente, não sem nossa orientação), ou assumir que eles sempre irão nos contar as situações potencialmente perigosas. As crianças querem agradar seus pais, e, certo ou errado, elas podem reter informações por medo de desapontá-los ou deixá-los aborrecidos. Não estou defendendo a ideia de segurar os filhos pela mão o tempo todo, mas a comunicação deve ser constante e a distância não pode ser tão grande a ponto de eles se sentirem negligenciados. As crianças podem não gostar de restrições e monitoramentos, mas uma vez que você deixa claro que não está querendo sufocá-los, essa atenção faz que se sintam amados e seguros.

Certamente meus pais passaram por períodos em que estavam indiferentes, e mesmo negligentes. Mesmo assim, não posso dizer que não me sentia amada. Eu apenas aceitei o fato de que eles nem sempre foram capazes de estar presentes para mim como eu gostaria. Eles não escolheram ser assim. As circunstâncias — principalmente a pobreza — impediram que eles fossem os pais ideais, que, no fundo, eles provavelmente esperavam ser. Eu sinceramente não acho que esteja justificando as atitudes deles, apesar de saber que algumas pessoas podem pensar que eu estou racionalizando. A vida não é como nas novelas. Não existem pais ideais. Contudo, crescendo nessas condições, reconheço que nós provavelmente percebemos as deficiências de nossos pais mais cedo do que outras crianças. Com certeza, fomos expostos a muita coisa, ainda muito jovens.

Entretanto, estou certa de que, mesmo para o meu filho, eu não fui a mãe que ele esperava que eu fosse, embora sempre tenha as melhores intenções. A compreensão que alcancei sobre meus próprios pais permitiu que eu fosse mais indulgente comigo mesma, quando fico aquém de minhas expectativas como mãe. Nenhum pai ou mãe é perfeito em todas as situações nem o tempo todo (e isso também se aplica aos nossos outros papéis na vida, seja como esposa, familiar ou amiga), não importa o que eles desejarem ou tentarem. Em última análise, percebi que minha responsabilidade é fazer o melhor, conseguindo ou não. Meus pais merecem o mesmo grau de compreensão e compaixão que ofereço a mim ou a aqueles que me cercam. Qualquer um que se esforce honestamente sempre ganhará meu respeito, e nesse aspecto, minha mãe e meu pai merecem minha gratidão.

★

3

Menina moleca

Poucos meses depois, *novamente,* dia de mudança. Mas eu não fiquei nem um pouco chateada com isso. Deixar aquele quarto infestado de larvas no porão daquele velho sujo? Estava pronta para ir! Especialmente porque íamos para uma cidade chamada Sudbury, localizada a umas quatro horas ao sul de Timmins. Eu ainda não tinha morado em uma cidade grande e estava animada com a perspectiva de um lugar com arranha-céus de verdade. Naquele ano eu ainda teria meu primeiro confronto físico e ganharia minha primeira medalha de ouro no atletismo, além de descobrir a dor lancinante do desenvolvimento dos seios. Porém, só mais tarde eu constataria que Sudbury é uma cidade pequenina em comparação com Toronto ou Nova York, por exemplo, e que não encontraria arranha-céus de verdade ali.

O apartamento na King Street, em Sudbury, foi um verdadeiro *upgrade* para nós em comparação com nossas últimas residências em Timmins. Era limpo, novo e com espaço suficiente para que eu não me sentisse constrangida diante de meus amigos.

Na King Street, demos as boas-vindas para a quinta criança da família: Darryl, o sobrinho adotado por meus pais depois de perder a mãe. Audrey Twain, amiga de minha mãe e irmã mais velha de Jerry, que apresentou os dois, tomou uma *overdose* de pílulas e não resistiu. Darryl era apenas um bebê que ainda usava macacãozinho, daquele com pezinhos, e sequer engatinhava. Lembro que gostei de ter outro bebê por perto e achava ele lindo. Eu o apelidei de "Bay", uma abreviação de *baby*. Os quartos das crianças ficavam no porão da casa, os meninos dividiam um cômodo, Jill se escondia em um quarto improvisado, que era na verdade a sala da caldeira, com espaço para uma cama, e Carrie e eu continuamos a dividir um quarto, dormindo em uma cama de solteiro.

Não permanecemos em Sudbury mais do que um ano escolar, mas a impressão é de que muita coisa aconteceu. Uma das lembranças mais aflitivas daquele período, pelo menos no que me diz respeito, foi o inchaço doloroso dos meus seios, sinalizando o início da puberdade, apesar de ainda não ter completado nove anos. Em um dos meus primeiros dias na escola primária, bati acidentalmente um dos meus pequenos bicos no canto da mesa. A dor foi tão aguda e penetrante que meus olhos se encheram de lágrimas.

Nem sei como, mas engoli o choro. Era muito durona para reclamar de um desconforto tão pequeno. Eu costumava desafiar os amigos para trocar socos, e ver quem conseguia resistir ao golpe mais duro, e à noite, corria com os meninos, fazendo travessuras, me esgueirando nos estacionamentos e esvaziando pneus. Eu era a única garota da turma e estava muito mais interessada em me dar bem com os meninos do que em fazer amizade com as meninas. Um dia, quando minha mãe perguntou o que eu queria ser quando crescer, declarei que queria ser homem.

Não literalmente, mas, à medida que me tornava adolescente, eu me via crescendo para ser uma mulher firme, forte e atlética, e não delicada, de voz estridente e afetada. Por isso, a nova forma que meu corpo estava prestes a assumir trouxe muito sofrimento.

Entretanto, logo aprendi uma coisa sobre a valentia: sempre existe alguém mais violento. Um dia, uma menina da escola, dois anos mais velha, maior, mais alta e mais forte do que eu, me desafiou para uma briga. Fiquei com medo e passei o dia com dor de estômago. A garota era genuinamente valentona e eu não tinha como fugir. Quando tocou o sinal, tentei evitá-la e saí correndo da escola para casa, mas ela me alcançou. A "luta" não levou mais de dez segundos: ela me jogou no chão, sentou em cima de mim e me deixou sem ar. Eu não conseguia respirar e entrei em pânico. A garota era tão pesada que não pude me mexer. Acho que ela percebeu meu esforço desesperado para respirar e decidiu me soltar. Ou, talvez, apenas tenha ficado aborrecida, já que eu não representava um desafio. De qualquer modo, fiquei feliz por ter sobrevivido.

Aos nove anos, eu não me importava muito com a aparência, como as outras meninas. "Não me importava muito" é um modo delicado de dizer: eu sequer escovava os dentes e não via sentido em manter um "sorriso Colgate". Curiosamente, acabei virando amiga da minha algoz, a durona da escola. Ela me convidou para dormir em sua casa e lembro quando sua mãe me deu uma escova de dentes, antes de dormir, já que eu não tinha levado a minha. Achei estranho aquela rotina de escovação antes de dormir, porque, assim como para muitas outras coisas, meus pais eram relaxados com esse tipo de cuidados.

Na verdade, eu aprendi mais sobre higiene pessoal na escola e com os amigos, do que em casa. Os cuidados pessoais foram assimilados por necessidade. Se ficasse sem meias limpas, por exemplo, eu mesma deveria lavá-las. Sempre ia para a escola com os cabelos ensebados e só depois de uma colega insistir em me dizer o quanto meu cabelo estava sujo — franzindo o nariz como se não quisesse nem chegar perto — eu percebi que seria bom começar a lavá-los regularmente.

Eu sempre sonhei com um ambiente familiar tradicional: a mamãe prepara o café da manhã, manda as crianças para a escola com um lanche e às vezes até assa biscoitos para servir quando elas voltarem, deixa que elas brinquem lá fora até a hora do jantar, mas pede que fiquem por perto, para poder ficar de olho. Assim que o pai chega, a mãe serve um delicioso jantar. A família se reúne à mesa e comenta sobre o dia, enquanto come. Para sobremesa, uma torta ou um bolo acompanhado de um copo grande de leite. Depois, a hora do banho e de escovar os dentes, seguida da história para dormir, um beijo na testa, uma ajeitada nos lençóis, o apagar das luzes e as palavras "bons sonhos", pronunciadas suavemente na porta do quarto. Este era meu sonho de infância. O cuidado e o conforto da vida familiar. Era o que parecia que as outras famílias tinham, e eu ansiava por isso.

Em casa, Jill lia histórias para mim e Carrie-Ann, na hora de dormir. Meu pai nos colocava na cama, provavelmente para interromper a tagarelice. "Já chega, meninas, hora de dormir", e desligava a luz ao sair do quarto. Nós continuávamos a conversa, até meu pai enfiar a cabeça pela porta e dizer, "Estou falando sério, vocês três, nem mais uma palavra". Acho que ele nos tratava com igualdade, e fazia o máximo para garantir que também nos sentíssemos filhos dele, embora, entre os cinco, Mark fosse o seu único filho biológico. As meninas eram encarregadas de se cuidar sozinhas e de orientar os meninos em suas rotinas diárias, por isso eu nem sempre estava limpa como deveria.

Toda criança tem seus cortes e arranhões, o que eu considerava uma espécie de medalha de honra. Sendo tão moleca, eu me orgulhava dos meus ferimentos de guerra, especialmente aqueles conquistados sem demonstração de dor. Ficava contrariada quando era flagrada chorando por um machucado. Entretanto, essa atitude de durona me fez perder a atenção que eu provavelmente precisava, um tipo de manifestação que lhe permite perceber que alguém se preocupa. E percebi que cantar era realmente a única coisa que chamava a atenção de meus pais.

O porão na King Street, escuro e abafado, ficava isolado do resto da casa, de modo que não era possível ouvir nenhum som que saísse dali. Eu cantava alto com os discos dos anos 1970, como "Smokin' in the Boy's Room", do Brownsville Station, "Spiders & Snakes", de Jim Stafford, e "Rock the Boat", do Hues Corporation. Minha vitrola portátil de plástico vermelho e branco girava por horas enquanto eu tocava sem parar meus poucos discos de vinil, o mais alto possível.

Nossa casa ficava em um bairro residencial populoso chamado Flour Mill, próximo do centro de Sudbury. Os vizinhos de trás eram uma família com duas crianças, um menino e uma menina, que tinham mais ou menos a minha idade. Eu achava que a mãe deles era uma boa dona de casa. E podia dizer que era uma ótima cozinheira, pelo aroma delicioso que saía de lá e invadia a nossa casa. O perfume fresco de sabão em pó emanava da secadora para a ventilação e dava a impressão de que ela mantinha a família limpa e a casa arrumada. Havia roupas recém-lavadas penduradas no varal todos os dias. A família vivia em um espaço bem pequeno, que parecia ter sido adaptado em uma garagem. A entrada ficava no mesmo nível da rua e a casa tinha o pé direito baixo. Eles não deviam estar muito mais confortáveis do que nós, mas pareciam viver melhor de alguma forma. À noite, era possível ouvir suas conversas tranquilas, às vezes interrompidas por gargalhadas, quando se sentavam em torno da mesa para jogar cartas. Eu invejava as crianças vizinhas que tinham suas roupas lavadas enquanto estavam na escola, e não precisavam se preocupar se teriam o que usar no dia seguinte, ou se teriam o jantar na mesa à noite. Eu cobiçava aquela vida consistente e confiável. Com essa família eu descobri que era possível ser pobre sem ser desajustado, e que, independentemente dos meios modestos, as crianças poderiam viver limpas e alimentadas. Pela primeira vez, senti pena de mim mesma. Eu me sentia humilhada porque a mãe de outra pessoa tinha que me mostrar como usar o fio dental, me alertar que eu não estava escovando os dentes adequadamente e regularmente como deveria.

Nos anos seguintes, notei que minha mãe estava se afastando da família e dos amigos, entrando e saindo de algo que hoje reconheço como depressão. Às vezes, ela estava alerta e presente, participando das nossas vidas; em outras, ela ficava na cama por longos períodos do dia e nos largava por conta própria. Era difícil prever quando ela estaria disposta ou na cama, com a cabeça coberta. Uma vez, eu cheguei tarde depois de passar a tarde toda brincando fora de casa, e a encontrei à minha espera, como qualquer mãe preocupada com a filha que não voltou da escola na hora certa. Só que ela me esperava na porta com uma corda na mão e me batia, repreendendo, "Onde diabos você foi?! Eu estava terrivelmente preocupada com você. Nunca mais faça isso!" Não me lembro de ter feito aquilo novamente; os vergões daquela surra incutiram medo suficiente para que eu ficasse atenta ao tempo a partir daquele dia.

Minha mãe não perdia a paciência comigo frequentemente, mas quando isso acontecia, era impactante. Não posso dizer que ela tinha uma natureza violenta, mas a maneira como se expressava quando estava zangada era excessiva, como bater em mim com uma corda, por exemplo, ou dar um tapa no meu rosto. Não acontecia muito, mas se eu ousasse responder, levava um tapão!

Meu pai, por outro lado, não era tão temperamental conosco. Sua maneira de disciplinar as crianças era mais cuidadosa e controlada, ao contrário de suas discussões com minha mãe. Na hora de ir para a cama, ele nos advertia para fazer silêncio e dormir. Quando insistíamos em desobedecer, ele nos colocava em fila e dava cintadas no bumbum: três para Jill, duas para mim e uma para Carrie. Outras transgressões tinham consequências mais graves, mas eu não me lembro de apanhar de cinto por tê-lo irritado ou por responder. Isso normalmente acarretava um pontapé, que eu achava ruim, mas bem menos degradante do que um tapa na cara. Quase sempre, eu achava méu pai justo e aceitava o corretivo como algo adequado para um pai responsável, como se não houvesse escolha e ele tivesse que agir com um bom pai para manter os filhos na linha. Mas havia o outro lado, quando ele parecia ser uma pessoa diferente: violento e descontrolado, especialmente com minha mãe.

Não é preciso ser psicólogo para atribuir a depressão de minha mãe, pelo menos parcialmente, a anos de agressões físicas, e não apenas de Jerry. Quando eu tinha uns dez anos, ela me confidenciou que tinha um histórico de espancamentos, e me contou que uma vez minha avó Eileen estava em casa e escutou um gemido no beco de trás. Quando saiu para ver do que se tratava, encontrou uma mulher espancada, irreconhecível, com o rosto inchado e ensanguentado, caída no chão, tremendo de dor e semiconsciente. Ela a levou para o hospital e só depois que limparam o rosto da jovem, pôde reconhecer sua filha. Fiquei horrorizada com esta história. Ela continuou a contar que seu relacionamento com meu pai biológico também era violento. Segundo ela, Clarence era um tipo ciumento, e quando perdia o controle, ficava agressivo. Embora não tenha conhecido meu pai pessoalmente, o fato de que ele tenha feito isso com minha mãe realmente me afetou. Na verdade, fiquei com medo dele. Mas Carrie e eu o perdoamos e não temos nada contra ele, independentemente dos fatos. Eu espero sinceramente que ele tenha paz, porque hoje estou em paz e entendo que aqueles eram tempos turbulentos, por motivos que não estou apta a julgar.

O rosto de minha mãe revelava sua história. Dava para ver que ela tinha sido ferida inúmeras vezes: a cor de sua pele estava permanentemente alterada, com manchas roxas e minúsculos vasos sanguíneos danificados, marcas salpicadas aqui e ali. Por meses seguidos, ela ficava sem sair de casa, nem mesmo para ir até a esquina, e mandava alguma de nós comprar o necessário, cigarros, café instantâneo, leite e, se sobrasse algum trocado, um bombom de cereja Hershey. Era o preferido de minha mãe, um bombom do tamanho de uma noz, recheado com uma cereja ao marasquino, cuja calda doce escorria quando o chocolate era mordido. Meu pai sempre trazia um desses para se desculpar por uma briga, ou como um presente infalível no Dia dos Namorados ou no Dia das Mães.

Em geral, ela não se sentia bem com sua aparência e não gostava de aparecer diante dos outros. Entretanto, a época do Natal a incentivava a sair. Ela se enfeitava um pouco, tomava coragem e íamos à casa de meu tio Don para uma visita ou até a casa de alguns parentes de meu pai na cidade. Nas minhas apresentações da escola, ela se arrumava toda para vir comigo. Não perdia uma, apesar da dificuldade de encontrar meus professores e os outros pais. Eu percebia que minha mãe era muito insegura para se sentir confortável em ambientes como a escola ou nos eventos do bairro, mas sei que ela gostava de uma noite no bingo. Antes de ir a qualquer lugar onde encontraria outras pessoas, ela me pedia para passar base sobre seu rosto, para cobrir as manchas, e eu a penteava com *babyliss* e fixador. Quando eu aplicava a base, tinha a sensação de que doía tanto quanto no dia da surra, porque a pele parecia ferida. Eram marcas permanentemente vivas.

Quando minha mãe falava de Clarence, meu pai biológico, nunca demonstrava amargura ou ódio, mesmo quando descrevia a violência entre eles. "Nós apenas nos tocávamos do jeito errado", ela dizia, encolhendo os ombros. Apesar de falar como ele a tinha machucado, ela nunca fez isso com rancor ou ódio. Qualquer ressentimento em relação a ele nunca foi transferido para mim e ela explicava que eles tinham se apaixonado, mas não eram feitos um para o outro. Ela nunca o desrespeitou nem o culpou ao falar dele. Apenas parecia triste e decepcionada por tudo ter acontecido daquela maneira. Por causa da minha pouca idade, na época, não sei se ela deveria ter sido tão direta ao descrever a violência sofrida, por outro lado, se tivesse esperado até eu alcançar a maturidade, talvez o passado tivesse morrido com ela. De qualquer modo, as explicações sobre o comportamento violento do meu pai biológico, mesmo que perturbadoras, me esclareceram por que ele nunca esteve presente em nossas vidas.

Só não conseguia entender o motivo que a levou a se apaixonar pelo mesmo tipo de homem agressivo. Entretanto, hoje eu consigo aceitar melhor as razões que fizeram minha mãe permaner nesse círculo abusivo. Os psicólogos indicam muitos motivos para esse tipo de comportamento, e no caso de minha mãe, acredito que pelo menos alguns deles são claramente pertinentes, como a realidade da dificuldade econômica, a responsabilidade com as crianças, a baixa autoestima e a falta de apoio familiar e social. Acredito que ela entrou nesses relacionamentos por amor, e mesmo depois de tanta agressão sofrida, o sentimento permaneceu.

Refletindo sobre a vida da minha mãe, e por que ela não tentou sair daquela situação, cheguei à conclusão de que é mais fácil falar do que fazer. Não tenho dúvida: tentar romper com um relacionamento abusivo, especialmente quando há filhos envolvidos, requer imensa coragem.

★

4

As Famílias Rosbife

Jerry, de um lado, tinha sérios problemas, mas de outro, era um homem de bons princípios. Assim como descrevi o que ele fazia de mais terrível, não posso omitir o contexto da sua situação: ele tinha apenas vinte anos quando se casou com minha mãe, que era dois anos mais velha. Era muito jovem para assumir a responsabilidade de criar três meninas pequenas, com dedicação e sinceridade. Acho isso admirável e incrivelmente corajoso para alguém que não tinha filhos ao se casar, portanto, sem qualquer experiência com a paternidade. Quantos teriam feito o que ele fez, nos acolhendo como suas próprias filhas e, mais tarde, adotando o sobrinho?

Jerry aboliu de casa as palavras *padrasto*, *irmão de criação* e *meia-irmã*. Ele insistia que a Gangue Twain, de cinco filhos, era unida. Eu acatei prontamente à simplificação dos termos de referência à família reconstruída, aceitando-os como algo que me fazia sentir plenamente integrada e não apenas parcialmente. O importante para mim foi que ele me tomou como sua própria filha, e me tratava como sua filha. O compromisso parecia mais real porque ele insistiu que os termos usados para identificar nossos papéis na família tinham que significar tudo ou nada. Não havia meio isso ou meio aquilo.

Para Jerry, seria um insulto se eu me referisse a ele como padrasto ou chamasse meus irmãos de meio-irmãos. E como eu era muito nova quando ele assumiu o papel de pai na minha vida, não estabeleci nenhuma relação com meu pai biológico, e isso não foi nada confuso para mim. Talvez, se eu fosse mais velha, teria sido mais complicado, mas certamente, em algumas circunstâncias, os termos que definem o grau de relacionamento são importantes.

Meu pai sempre batalhou para conseguir um trabalho fixo e ganhar o suficiente para nos sustentar. Quando eu tinha dez anos, ele conseguiu um emprego na Secretaria de Assuntos Indígenas de Sudbury. A função não era bem paga, ele não ganhava o bastante para sustentar nossa família, mas sendo um nativo canadense com escolaridade mínima, se sentia orgulhoso com o trabalho.

Dessa época, lembro que meu pai voltava para casa emocionalmente esgotado. Uma de suas responsabilidades incluía visitar várias reservas indígenas de Ontário, avaliar as condições de vida das pessoas e fazer uma apreciação sobre os subsídios necessários para a melhoria da comunidade, como reparação de estradas, serviços de segurança e várias outras ações necessárias para a qualidade de vida na reserva.

Ele nos dizia coisas como, "Crianças, não temos muito, mas temos sorte. Visitei uma reserva esta semana para avaliar o pedido de um suporte com rede de basquete e bolas para o ginásio de uma escola. Escolhi aleatoriamente uma casa para visitar no caminho e vi que o lugar não tinha chão, era só sujeira, e havia uma criança engatinhando com uma fralda suja tão pesada que arrastava no chão. A mãe desdentada estava bêbada, jogada no sofá, resmungando. Fiquei tão deprimido com isso! Como posso recomendar a instalação de equipamentos esportivos para as crianças da reserva, quando problemas como este na comunidade não estão sendo considerados?" Ele dizia isso com a cabeça entre as mãos. Ele achava que o dinheiro era direcionado erroneamente e que seu trabalho era em vão.

Embora nossa família vivesse momentos difíceis, algumas histórias contadas por meu pai durante seu tempo na Secretaria de Assuntos Indígenas nos mostravam que, em comparação a muitos, estávamos bem.

Meu pai me contou como algumas comunidades nativas do Canadá tinham taxas alarmantes de suicídio, estupro, incesto, abuso e negligência infantil, dependência de álcool e drogas, e outros problemas sociais

— todos em números superiores aos da maioria da população não nativa. Contudo, mesmo morando fora da reserva, no mundo dos brancos, quando fomos colocados na rua por não conseguir pagar o aluguel, lembro claramente de ter perguntado aos meus pais, "Por que não vamos viver em uma reserva? Assim não precisamos nos preocupar o tempo todo com um lugar para morar." Embora meu pai contasse histórias deprimentes sobre a vida em certas reservas, na minha percepção, nossos familiares não pareciam estar sujeitos a esse cenário extremo que ele testemunhou durante seu trabalho, apesar de viverem modestamente na reserva de Temagami. Na verdade, pareciam estar em melhores condições que nós.

Tenho boas lembranças das férias de verão na reserva Temagami. Quando criança, achava que a vida em todas as reservas deveria ser tão divertida como lá, com comida farta, casa para todos, muita música, dança, e crianças correndo, vivendo com mais liberdade do que na cidade. Os parentes do meu pai não tinham nenhum preconceito e nos tratavam como parte da família. Éramos bem recebidos, mas, ainda assim, meu pai simplesmente não queria viver em uma reserva. Mesmo sendo criança, eu podia ver as contradições da luta social e doméstica de nossa família e a importância do trabalho do meu pai com os assuntos indígenas, onde ele tentava melhorar a qualidade de vida de outras famílias nativas.

Ele ficava desanimado com as estatísticas que via em certas comunidades nativas, e com o fato de que seu trabalho não ajudava os mais necessitados de seu próprio povo, especialmente porque só era possível denunciar os problemas sociais que testemunhasse. Ele não conseguia acompanhá-los, porque não pertencia ao Departamento de Serviços Sociais. Acredito que meu pai tenha percebido que, em última análise, se quisesse quebrar aquele círculo de pobreza seria preciso fazê-lo sozinho, porque na opinião dele, para um indígena, o governo certamente não o faria. Talvez ele achasse que morar em uma reserva e permitir que o governo nos sustentasse seria como ceder ao sistema para o povo nativo, que ele reprovava: aceitar esmolas em troca de permanecer sob o jugo. Posso compreender como ele se sentia: ser pobre, porém integrado, era melhor do que viver relativamente confortável, mas segregado.

Contudo, Jerry também estava preso em seu próprio círculo, que tentava romper. Seus pais eram alcoólatras, mas ele não seguiu o mesmo caminho, ainda que bebesse de vez em quando. Era o único em sua família que não dependia do serviço social; tinha orgulho disso e achava importante ser capaz de transmitir um bom exemplo.

Durante um bom tempo, ele cursou a escola noturna para se qualificar e conquistar uma posição melhor no trabalho. Eu o admiro muito por tentar se superar para nos oferecer uma vida melhor, o que era um feito contraditório: um nativo, pertencente à minoria, tentando oferecer um futuro melhor às filhas adotadas, brancas, ou seja, pertencentes à maioria, e fazendo de tudo para evitar a dependência do governo. Minha mãe, embora parecesse ranzinza, o incentivava a batalhar para alcançar seu potencial. Jerry sempre trabalhou duro. Ela acreditava nele e ele apreciava seu apoio.

Graças ao trabalho na Secretaria, com um cargo que impressionava, meu pai conseguiu um financiamento para comprar nossa primeira casa, em um beco sem saída em Hanmer, um bairro de trabalhadores localizado no limite da área florestal, nos arredores de Sudbury. Pela primeira vez na vida, tínhamos uma aparente estabilidade e ali ficamos por muito tempo. Terminei o ensino secundário na escola de Redwood Acres, fui para a Pinecrest Junior High, e depois, para a Capreol High School, todas na região de Hanmer.

Eu gostava de nossa casa em Proulx Court, com paredes verde-claras e painéis de tijolos falsos na base. Mesmo sendo simples, era maior do que os outros lugares onde vivemos (embora Carrie e eu ainda dividíssemos a mesma cama de baixo do beliche). Como era bom ter mais espaço!

Às vezes, quando meus pais saíam, eu mudava a mobília do quarto de lugar, só para fazer alguma coisa. Imaginava que alguém pudesse nos visitar e chamava uma de minhas irmãs para ajudar a separar o beliche, e levávamos as camas para a sala, e depois, mudávamos as roupas de uma cama para outra. Hoje me pergunto como meus pais ficavam tão tranquilos com isso, porque é de se estranhar que uma menina de dez anos tivesse tanta liberdade para reorganizar a casa. Acho que era o meu jeito de mudar as coisas superficialmente, em um ambiente sobre o qual eu tinha tão pouco controle.

Finalmente tínhamos nosso próprio quintal, onde eu passava horas brincando. Gostava de pegar o capim alto, com lâminas compridas e largas, e desfiá-lo com as unhas para criar o efeito de fios de cabelo. Cada capim tinha um nome e uma personalidade, como se fosse uma boneca. Eu lhes dava sotaques e fazia tipos diferentes, como o malvado, a mãe e assim por diante. Gostava de desempenhar papéis através deles, e inventar histórias era uma grande fuga que me levava a qualquer lugar. O faz-de-conta era secreto e eu tinha vergonha de compartilhar a brincadeira com outras crianças da minha idade. Embora Carrie se juntasse a mim algumas vezes, lembro de pedir a ela muito seriamente que nunca contasse a ninguém que brincávamos com o capim.

As histórias eram sempre fantasiosas e nunca incluíam a realidade ou se referiam à minha vida. Era uma fuga. Gostava de fingir que meus bonecos de capim eram pessoas que vinham de muito longe, como a Inglaterra ou algum lugar exótico, como o Egito.

Muitas vezes pensei que poderia ter sido uma atriz, já que gostava tanto de estar na pele de outra pessoa, mas acho que, na verdade, queria apenas estar fora da minha pele. Não sei dizer se teria sido uma boa atriz, mas se fosse seguir por esse caminho, com certeza isso estaria relacionado à minha necessidade de ser outra pessoa por um tempo, criando personagens e histórias.

O mesmo ocorria com minhas composições, que tiveram início nessa mesma época. Compus minhas primeiras canções aos dez anos, e o quintal era um ótimo lugar para me esconder e escrever. Quando fugia para o mundo da criação, para colocar histórias nas músicas, eu me perdia na ficção, como quando brincava com as bonecas de capim.

Geralmente, depois de algum tempo, eu ouvia minha mãe me chamar; mas não respondia. Que coisa terrível para se fazer com a própria mãe, mas eu não queria ser perturbada. Desejava preservar esse estado de fuga pelo máximo de tempo possível e fingia não estar ali. Precisava de um lugar com uma porta secreta, por onde eu pudesse entrar e fechar atrás de mim, de modo que não fosse seguida.

Meu lugar secreto no quintal era, na verdade, uma moita que ficava no centro do terreno, nos fundos da casa. Eu abri um caminho entre os arbustos e fiz uma cavidade na moita para formar meu esconderijo. Podia até fazer fogueirinhas lá dentro, sem ser vista. Esta "caverna" entre os arbustos era o lugar onde eu conseguia esquecer de tudo, até das pilhas de roupa que teria que lavar e pendurar no próximo sábado, ou, se chovesse, do tempo que teria que passar na lavanderia.

Para manter minha saúde mental, eu era capaz de viver toda uma existência, mesmo imaginariamente, sem me preocupar se teria o que comer durante a semana ou com o dinheiro para os doces.

Minha mãe adorava ouvir minhas ideias musicais, que eu mostrava de vez em quando, depois de muita adulação. Durante minha infância, eu guardava composições em segredo, o máximo possível, porque não via sentido em compartilhar. Era uma coisa pessoal, como um diário, feito para ninguém ver. Minha mãe adorava quando eu compartilhava com ela minhas músicas, embora muitas vezes eu preferisse ficar sozinha. Para garantir a privacidade de meus pensamentos fora do esconderijo no quintal, eu pegava o violão, colocava alguns fósforos no bolso, andava uns vinte minutos pela estrada e entrava no mato para fazer uma fogueira. Ninguém me encontraria: estava segura para cantar e conversar com o mato como bem entendesse.

Nossa casa tinha um porão com chão de terra batida, onde criamos galinhas durante um tempo, porque meu pai achava que assim poderíamos economizar dinheiro e ter ovos de graça. No quintal, plantamos alguns legumes, e também passamos a catar batatas nos campos próximos, sobras da colheita do outono. Não era preciso pagar, então, por que não? Se cavássemos com disposição, era possível voltar para casa com uma boa produção. A colheita de batatas foi uma ideia inovadora de meu pai e eu achei que isso ajudaria a nos manter alimentados nos períodos em que o dinheiro era escasso.

Dito isso, eu confesso: odiava colher batatas. Nem tanto pelo desgaste físico de ter que se curvar e cavar de joelhos, mas porque de vez em quando eu enfiava as mãos no solo arado e puxava uma batata podre. É quase impossível se livrar do mau cheiro, mesmo lavando as mãos, uma vez que ele entranha nos poros e nas unhas. Pior ainda era puxar uma batata e descobrir que era um condomínio de vermes. Nunca viu? Eles são grandes, gordos, brancos e muito nojentos. Eu ficava nauseada só de ver, e ficar cara a cara com aquelas criaturas pegajosas penduradas no que seria a minha possível refeição era suficiente para jurar que nunca mais comeria batatas na vida. Mas elas eram um alimento básico em casa, especialmente na época da colheita. Eu evitei comer batatas por um tempo, mas não havia muita escolha, e então eu as engolia, mesmo à força.

Quanto às galinhas, era eu quem ajudava meu pai na hora de cortar as cabeças. Detestava a ideia e ficava um pouco nervosa com a coisa toda, mas durante o processo ele conversava comigo e acabava me convencendo. Antes de começar, meu pai me avisou que assim que a cabeça caísse e ele soltasse a galinha, ela iria correr por um minuto antes de cair morta. Essa ideia me apavorava, mas eu tinha que sufocar os melindres de menina e demonstrar coragem. Sentia que ele contava com a minha ajuda, porque Carrie e os meninos ainda eram muito jovens, e Jill não parecia disposta para esse tipo de coisa. Mesmo sendo uma pré-adolescente, eu me sentia na obrigação de cumprir o papel de filha obediente por mais algum tempo.

Nesse caso, minha tarefa era segurar a cabeça da galinha e pressionar o bico firmemente contra o tijolo que servia de base para o corte. Meu pai mantinha o corpo da ave imóvel, segurando-a com uma das mãos, e descia o machado sobre o pescoço com a outra. Assim que a lâmina partia a ave, eu soltava e corria o mais rápido possível, porque tinha certeza de que a figura decapitada me perseguiria. Sabe aquela expressão "correr como uma galinha sem cabeça"? Era exatamente o que eu fazia: corria freneticamente e sem rumo. Mas tudo acabava rápido e não havia muito sangue. Ainda assim, fiquei feliz quando a fase de criar galinhas chegou ao fim.

Meu pai gostava de brincar e de pregar peças. Uma noite, quando todos já estavam na cama, escutamos minha mãe dar um grito. Fiquei assustada, pensando que podiam estar brigando novamente, mas quando cheguei ao quarto deles, vi que estava rindo. Ela tinha apagado a luz ao se deitar. Meu pai esperou até que se acomodasse na cama, deitou-se ao lado dela na escuridão, ao contrário, e colocou um cigarro aceso entre os dedos do pé. Tudo o que ela conseguia ver era a ponta do cigarro acesa no escuro quando se inclinou para beijá-lo no rosto. E foi então que ela gritou. Achei essa muito boa.

Refletindo enquanto escrevia essa parte da história da minha vida, vi que nada é mais agradável e aconchegante do que andar com os pés descalços no piso limpo da cozinha e ter o jantar sendo preparado às cinco horas da tarde, sentir o ar impregnado com o aroma de temperos — cebola, alho, tomilho, alecrim — das batatas que cozinham lentamente (pois é, agora eu gosto de batatas).

O sol brilha, meu filho brinca alegremente com um amigo, eu tirei um cochilo de dez minutos à tarde, as primeiras rosas da primavera estão abertas, os pássaros cantam e eu me sinto leve e animada. Contente. Hoje, essa é a minha realidade: uma vida com ordem e conforto, não apenas nos filmes da TV ou na minha imaginação, mas na vida real, na minha casa. Eu saboreio os dias e me lembro de que não devo tomar isso como certo, porque sei que não é sempre que temos a oportunidade de apreciar as coisas simples.

Caminho pela casa endireitando todas as cortinas, vasos, tapetes e cadeiras; abro as janelas, acendo uma vela perfumada, pego um copo de suco de laranja e sento confortavelmente na cadeira da escrivaninha, perfeitamente posicionada no ângulo certo, de frente para a vista do lago Genebra e dos Alpes Suíços. A natureza é meu quadro preferido. Gosto de me aninhar e desfrutar o ambiente do lar. Com tudo no lugar, posso relaxar e curtir esse momento perfeito; congelando-o pelo tempo que puder. Então, meu filho chega correndo com o joelho ensanguentado e suja as portas de vidro com os dedos enlameados; os cães vêm logo atrás, ensopados, e começam a se sacudir para secar. Estes são os componentes que completam a cena de um dia verdadeiramente perfeito. Lá se vai a paz do meu cenário tranquilo, mas é algo que me faz sorrir, como as cenas engraçadas de um dos meus quadros preferidos de Norman Rockwell — *No Swimming* —, que retrata a perfeição do cotidiano, onde alguma coisa dá errado, mas ainda nos faz sorrir.

Quando criança, eu desejava ter momentos só meus, para poder sonhar com uma vida ideal. Eu sempre imaginava o jantar no fogão de outras casas, e fantasiava sobre a comida maravilhosa que estariam preparando. Os gramados verdes e bem cuidados, o carro lavado e polido, estacionado na entrada da garagem, uma dupla de crianças jogando basquete, na tabela montada sobre a porta da garagem, o cão *golden retriever* estirado ao sol. E eu, olhando, sonhando, desejando que as coisas pudessem ser ideais para nós, como eram do outro lado da rua. Eu queria ser como eles. Eu os chamava de "famílias rosbife", porque os jantares geralmente cheiravam à carne assada. Para mim, quem comia rosbife era rico. Em contraste, os Twain eram apenas uma "família carne moída", e, quando muito, de segunda. Na maior parte do tempo, eram sopas, cozidos e outros pratos nos quais a carne pudesse render para várias refeições. Porém, muitas vezes, sequer tínhamos o suficiente para isso.

Todos os meus sentidos se aguçavam quando eu sentava e observava uma família rosbife em sua vida agradável e perfeitamente normal. Havia uma dessas do outro lado da rua, em Proulx Court, uma rua em forma de ferradura, com uma fileira de casinhas de cada lado. No verão, as famílias rosbife costumavam fazer churrascos nos fins de semana, e o aroma da carne grelhada quase me matava. Eu morria de inveja por saber que eles podiam comer tão bem o tempo todo. Achava que isso não era justo, sentia pena de mim por estar sempre com fome quando sentia o cheiro de algo que eu não podia comer.

Em casa, quando os armários estavam vazios, tínhamos que comer um tipo de mingau que chamávamos de *goulash*, mas que, na realidade, não passava de leite fervido com pedaços de pão seco e coberto com açúcar mascavo. Independentemente da quantidade de *goulash* que tinha na barriga, era difícil se sentir satisfeita enquanto o vizinho fazia um churrasco no almoço de domingo e servia um rosbife no jantar. A ironia é que hoje, sendo vegetariana, eu não tenho mais vontade de comer nenhum tipo de carne, apesar do meu sonho infantil de consumir a "comida dos ricos".

Para nós, o *goulash* se tornou o prato principal; e muitas vezes, era servido em todas as refeições, por dias. O engraçado é que eu gostava do *goulash*, e ainda gosto, mas era difícil de engolir quando meu paladar ansiava por alguma coisa salgada e suculenta. Para minha surpresa, reencontrei o prato há alguns anos, no Oriente Médio. Fui a Dubai em 2009, e uma das sobremesas oferecidas em um restaurante muito bom era o *goulash*! A única diferença era o tipo de açúcar — o mascavo canadense, na minha opinião, é mais gostoso. Aquilo me levou de volta aos dias em que esta era minha única refeição. Ironicamente, eu estava comendo aquele "prato de pobre" em um hotel cinco estrelas, em pleno deserto. E pensei, "puxa, que mundo pequeno!"

Passei boa parte da minha infância cobiçando a comida alheia. Meu lanche escolar geralmente era um "sanduíche de pobre", como dizia meu pai, com apenas dois ingredientes, mostarda e maionese, espalhados sobre fatias de pão de fôrma, enfiado em um saco plástico. Isso era um pouco constrangedor, porque a maioria das crianças tinha um recipiente adequado para levar o lanche, ou pelo menos um saco de papel pardo. Quando não sobrava pão, eu dizia para os professores e colegas que tinha esquecido o lanche em casa ou que não estava com fome — inventava qualquer coisa para desviar das perguntas indiscretas.

A ideia do tal sanduíche veio do meu pai, que sabia até mesmo como fazer uma limonada sem limão. Uma manhã, fui fazer meu lanche para a escola e descobri que não havia nada para colocar no pão. "Claro que tem alguma coisa para fazer um sanduíche!", ele exclamou alegremente. Abriu um pote de mostarda, pegou uma faca e fez uma demonstração para mim, passando o condimento no pão. "Voilà!", exclamou, com um sorriso largo. Depois, deu uma dentada no sanduíche magro, como se dissesse, "Está vendo? Problema resolvido. Nada para se preocupar. Está tudo bem no mundo". Eu fiquei grata pela solução, e aliviada porque não teria que ir para a escola com as mãos abanando novamente.

Meu pai vivia segundo a perspectiva otimista que diz "Onde existe um desejo, existe uma saída". Ele não se desencorajava facilmente, e eu era incentivada por sua atitude positiva, apesar de não gostar de sanduíches de mostarda, ou, na verdade, do fato de que isso era tudo o que eu tinha para levar de lanche. Mas ele estava certo, aquilo era melhor do que nada.

Na hora do almoço, depois de comer um sanduíche que não saciava minha fome, eu esperava que a menina ao meu lado dividisse seu lanche comigo. Ela sempre trazia na lancheira muito mais do que conseguiria comer, como a maçã, que ela deixava de lado depois de uma mordida. Eu a teria comido alegremente, mas jamais iria me humilhar pedindo sobras. Eu apenas pensava, "que desperdício!". Ela quase nunca comia todos os biscoitos. Imagine isso! Como alguém pode levar biscoitos para a escola e não lamber até a última migalha?

A maioria das crianças levava lanches como os dela, até mesmo um menino cuja família era mais pobre do que a nossa. Eu sentia pena, porque ele ia para a escola com o cabelo sujo com mais frequência do que eu, usando uma calça manchada, cheia de furos e tão rasgada que era possível ver que não usava cueca. Mas, pelo menos, ele tinha um lanche decente.

Carrie se lembra de ter levado pães doces para a escola em um dia de piquenique, para dividir com a classe. Papai os tirou do fundo do *freezer*, porque ela estava envergonhada de ser a única que não levaria nada e não tinha pedido para mamãe assar ou fazer alguma coisa, porque sabia que era impossível. Porém, os pães doces foram comprados em oferta e estavam vencidos. Pequenos insetos pretos podiam ser vistos através do plástico, grudados no glacê. Carrie, determinada a contribuir com o piquenique da classe, catou os insetos um por um e levou os pãezinhos para a escola.

Quando não tomava o café da manhã, eu ficava com muita fome na hora do almoço. E, para disfarçar, comia o sanduíche bem devagar — não queria terminar antes que os outros. Eu mergulhava em autopiedade, e pensava em como as outras crianças pareciam mimadas; um julgamento injusto de minha parte, já que não era culpa delas se tinham algo apropriado para comer. Hoje eu diria apenas que elas eram sortudas.

Descobri que uma das vantagens de não ter luxo é que você aprende a ser frugal. Eu me especializei em racionar e apreciar cada pedacinho de comida. Sempre ficava encarregada de colocar o leite no cereal do café da manhã, para ter certeza de que foi distribuído igualmente. Certa vez, uma amiga foi dormir em casa, o que era permitido apenas quando tínhamos comida suficiente. (Durante os tempos de vacas magras, sequer convidávamos crianças para brincar, e muito menos para dormir.) A menina estava acostumada a se servir à vontade, e ficou chocada quando eu tirei a jarra de leite da sua mão, no café da manhã. "Eu sirvo o leite no seu cereal", ralhei, "para garantir que todos recebam um pouco". A possibilidade de não ter o suficiente para todos era estranha para ela, que estava acostumada a deixar quase um terço de leite sobrando na tigela depois de comer o cereal e não conseguia imaginar ter que racionar um ingrediente tão básico.

Estávamos condicionados a fazer qualquer alimento durar, mesmo quando tínhamos suficiente. Até hoje, ainda sou muito boa para preparar apenas o suficiente. Meu ex-marido implicava com isso, pois gostava da minha comida e adorava as sobras. Devo admitir que meu hábito de sempre fazer apenas o suficiente — sem desperdícios, sem sobras — pode ser um tanto chato; mas acabei desenvolvendo esse talento especial para avaliar a quantidade certa. Do meu ponto de vista, por que comprar mais ou fazer mais do que você precisa? Acho que velhos hábitos custam para morrer. Eu continuo engenhosa, mas sei que desenvolvi esta habilidade do jeito mais difícil. Não gosto de desperdiçar na cozinha.

Também me tornei muito hábil em disfarçar nossas dificuldades financeiras, mas isso exigia um raciocínio rápido. Poderia ser embaraçoso explicar aos amigos por que eu não podia convidá-los para dormir até que nos déssemos o luxo de ir ao supermercado. Quando saíamos para o recreio, com a temperatura abaixo de zero, eu insistia com a professora que não estava com frio, apesar de estar usando botas de borracha gastas, com sacos plásticos sobre as meias, para manter os pés secos. Melhor ficar tremendo de frio do que explicar que não podíamos comprar botas de inverno, e meus pais eram orgulhosos demais para aceitar botas de segunda mão do Exército da Salvação.

Acho que meus pais deveriam ter ouvido as nossas reclamações. Eu me lembro de chorar de tanto frio nos pés, dizendo a eles que era vergonhoso não ter roupas adequadas para o inverno, diante dos colegas de escola, mas me abstive de reclamar de coisas que eu acreditava que eles não poderiam resolver. Eu entendia que não tinha sentido pressionar por coisas que não mudariam, o que só faria com que eles se sentissem pior. E aprendi a me virar com o que tinha.

Quando a temperatura marca abaixo de zero e você está usando apenas galochas, ficará em apuros se sair, pelo tempo que for, porque seus pés simplesmente vão começar a congelar. Quando voltávamos do parque para dentro da escola, meus pés estavam doendo. Enquanto não começavam a esquentar, eu ficava em agonia, porque, acredite, o congelamento é muito doloroso. Pelo menos os sacos plásticos mantinham meus pés secos e livres de ulcerações graves. (Na verdade, eram os mesmos sacos plásticos usados para levar o lanche). A maioria dos habitantes do norte de Ontário conhece bem isso, e esta foi a solução do meu pai para a ausência de calçados adequados para o inverno.

Parece que herdei sua desenvoltura. Meus amigos ficam maravilhados em ver como eu sempre consigo fazer tudo simplesmente... funcionar. Então eu penso, "se você tivesse crescido como eu, também teria aprendido a criar alguma coisa com coisa nenhuma".

Hoje, fico perplexa ao encontrar famílias que vivem abaixo da linha de pobreza e estão acima do peso. Afinal, se você passa fome deveria estar magro e não acima do peso. Eu associo a pobreza com a fome. Os alimentos industrializados e processados, que engordam, eram muito caros para nossa lista de compras, portanto não havia o risco de engordar, porque simplesmente não conseguíamos comprá-los.

Contudo, nos dias de hoje, muitos dos alimentos industrializados são os mais baratos. A comida de *fast food* também é acessível, por isso muitas famílias pobres conseguem obter saciedade com calorias vazias, se enchendo de conservantes, corantes, gorduras saturadas, produtos químicos e quilos. Apesar de satisfeitas, continuam desnutridas. Na minha infância, ao contrário, os pobres comiam bananas maduras em lugar de pacotes de biscoitos, e bebiam água, em vez de refrigerante. Relacionado à nutrição, mesmo sem saber, tínhamos escolhas melhores.

Até onde me lembro, eu tinha grandes sonhos de sucesso na vida. No entanto, minha definição de sucesso financeiro era muito modesta: eu apenas queria dinheiro para viver confortavelmente, para não precisar passar pela humilhação de não ter sequer o suficiente para atender às necessidades básicas da vida. Mais tarde, eu encontraria uma certa dificuldade para me adaptar à prosperidade. Como gerenciar a riqueza, como compartilhá-la de forma responsável, como desfrutá-la sem culpa. Ter mais dinheiro do que o necessário não era uma coisa para a qual eu estava preparada, uma vez que possuir em excesso não era meu jeito de pensar. Para mim, "chegar lá" não era ter o máximo possível, mas apenas ter o suficiente.

Os sentimentos de ansiedade e insegurança da minha juventude, associados à falta de dinheiro para comer ou se agasalhar, são dolorosamente nítidos na minha memória, embora pareçam incrivelmente distantes, como se pertencessem a outra vida ou a outra pessoa. Tudo mudou tanto desde então que é difícil imaginar que realmente aconteceu. O tempo me deu a capacidade de falar sobre isso com alguma aceitação, e mesmo assombro, visto que nós sobrevivemos a algumas situações extremas. Acima de tudo, sinto que meus pais tenham tido que se esforçar tanto e não viveram para ver a vida ficar mais fácil. Eu gostaria que eles pudessem ver que deu tudo certo. Gostaria de ter a oportunidade de compartilhar minha vida atual com eles. Eu os mimaria com uma bela casa, um carro novo, férias em lugares que gostariam de conhecer; levaria minha mãe para comprar roupas elegantes; e me sentaria com eles na plateia durante a festa do Grammy.

Com certeza, garantiria que eles não iriam mais ter que se preocupar com a segurança financeira.

No Natal de 1977, quando eu tinha doze anos, o melhor presente chegou com alguns parentes da reserva, que nos trouxeram diversas carnes de caça assadas, incluindo coelho, ganso, perdiz e até peixe. O presente era uma alternativa extremamente agradável para as sopas magras, os biscoitos e, é claro, o *goulash*. Apesar das circunstâncias, o Natal foi uma festa. Era reconfortante saber que o alimento tinha sido preparado por membros da família preocupados, que desejavam compartilhar o espírito de boa vontade e que compreendiam o sentido do Natal.

Por outro lado, ficou claro para mim como estávamos mal, porque meus pais raramente pediam algo, por isso não recebíamos nada. E, neste Natal em particular, a família mais próxima com alguma disponibilidade teve que viajar por cerca de quatro horas para chegar até nossa casa.

Mesmo quando não tínhamos o suficiente, minha mãe sempre encontrava alguma coisa para fazer no Natal. Manteiga, açúcar, farinha, bacon e outros ingredientes baratos, permitiam que ela fizesse algo delicioso e festivo com quase nada. Eram as melhores tortas de abóbora, tortas folhadas e biscoitos. Eu ficava admirada de ver como ela se animava e preparava estas pequenas delícias com carinho, e me orgulho dela quando penso nisso; como ela encontrava força para nós. Este é o amor de mãe.

Em um outro Natal, minha irmãzinha pediu um presente. Era uma boneca-bebê movida à bateria, que podia beber e comer, e até trocava fraldas. Meu pai conseguiu comprar em uma liquidação, mas a boneca era negra com cabelos pretos encaracolados. Como Carrie era branca, de cabelos loiros, ele ficou preocupado se ela iria achar estranho que seu "bebê" não fosse nada parecido com ela, e disse que a boneca era a última que restou na prateleira. Mas minha irmã ficou tão agradecida por ganhar o presente que desejava que aparentemente não notou a cor da pele. Eu me recordo de ter pensado, "é assim que deveria ser: sem preconceito, sem julgar aqueles que amamos e cuidamos com base na cor da pele". Crescendo em uma família mestiça, eu era sensível à essa questão e tinha minhas convicções. A boneca negra de Carrie e sua cegueira inocente para a cor era algo bonito e eu gostava disso. Isso me fez bem, como se algo estivesse certo em nossa pobre família remendada.

Este também foi um dos nossos melhores natais. De volta ao ano de 1977, as crianças estavam alvoroçadas com os presentes do Papai Noel. Entretanto, para meus pais, que naturalmente queriam dar uma imagem positiva do Natal para os filhos, as festas geralmente traziam muito estresse, com as propagandas vendendo o Natal perfeito, com montes de presentes sob a árvore, um banquete sobre a mesa, e uma porção generosa de leite e biscoitos para o Papai Noel. Tal extravagância estava simplesmente fora do nosso alcance. Uma tarde, eu entrei na cozinha e encontrei minha mãe chorando. Ela tinha acabado de voltar da cidade.

"Leeny", ela disse, fungando, "me passa o isqueiro. Preciso de um cigarro". Coloquei uma cadeira do outro lado da mesa, para ficar de frente para ela. Minha mãe e eu sempre nos sentávamos à mesa para falar da vida, dos problemas e de música. Ali, ela era minha amiga; era o lugar onde éramos companheiras, confidentes e amigas. Às vezes, as coisas que ela me contava estavam além de minha compreensão, mas eu sabia que minha função era ouvi-la e confortá-la. Com o coração partido por sua aflição, sentindo sua fragilidade, muitas vezes eu segurava seu rosto com as mãos e dizia, "Mamãe, você é meu anjo". Não tanto porque ela me guiava, mas porque ela parecia muito inocente para este mundo. Uma boa pessoa colocada em um lugar ruim. Sentada ali, com o rosto coberto de lágrimas, minha mãe começou a me contar sobre sua ida ao centro. Com a voz tensa e hesitante, ela revelou que tinha ido fazer as compras de Natal. Quando chegou ao carro, no estacionamento, com o carrinho de compras repleto de presentes, "um policial veio por trás e disse que eu teria que levar tudo de volta". No início eu não entendi. Depois, percebi o que ela estava dizendo: ela tinha roubado tudo. O guarda foi gentil e não a prendeu nem pediu que ela pagasse; apenas pegou o carrinho e a deixou ir embora. Como ela deve ter se sentindo patética.

Eu sentia um misto de emoções. Parte de mim estava humilhada por minha mãe ter feito aquilo, e outra parte admirava sua intenção. Talvez ela não quisesse que as crianças acordassem na manhã de Natal sem presentes na árvore. Carrie e os meninos ainda eram pequenos e poderiam acreditar que o Papai Noel não passou em nossa casa porque eles foram "maus". Ou então, pensou que não nos acharíamos merecedores de pais bons o suficiente para nos dar um Natal adequado. Isso pesou muito para mim e me senti culpada por ela se sentir fracassada. Não é à toa que a época do Natal tem uma taxa de suicídios tão alta. Tanta alegria faz os desafortunados se lembrarem do que não lhes pertence, e alguns pais têm que explicar às crianças porque o Papai Noel não veio. Os pais são pressionados a proporcionar aos filhos um Natal que não podem pagar.

Para mim, foi doloroso ouvir sua confissão, mas não chorei; eu tinha que ser forte. Acho que havia mais alguém da família conosco na cozinha; mas realmente não me lembro quem. Só sei que me senti sozinha com ela, com sua dor, e que ela precisava de ajuda para se sentir melhor. Eu estava aliviada porque o policial a tinha liberado. Imagine se ele tivesse levado minha mãe presa: eu teria considerado o mundo cruel. Este policial gentil e sensível fez a coisa certa.

Eu agradeci a ela de coração por tentar fazer algo bom, mesmo que por vias tortas e, honestamente, pensei que não deveria se envergonhar do incidente. Mas eu sei que, em seu íntimo, minha mãe sofreu tanto por ter feito uma coisa desonesta como por ter deixado as crianças sem presentes. Eu olhava para minha mãe, com os joelhos encolhidos junto ao peito e os pés sobre a cadeira. Era assim que ela sempre se sentava à mesa. Minha mãezinha magra, triste e envergonhada, desamparada em seu desespero. E eu me senti muito triste por ela.

Minha mãe se sentava à mesa nesta posição mesmo quando não precisava inverter os papéis para conversar comigo. Às vezes, estava rindo, mexendo no açúcar e despejando o leite no café, falando sobre as músicas que eu deveria acrescentar ao meu repertório, balançando as mãos no ar e pedindo fogo para acender o cigarro. Ela precisava de qualquer coisa para mantê-la feliz e desviar das coisas que a aborreciam. Qualquer coisa para evitar um assunto que a levasse a discutir com meu pai sobre o que estava errado. A casa de Proulx Court assistiu a todos os extremos da nossa montanha-russa familiar. Risos, amor, violência, medo, união e divisão. Esta casa seria o último lugar na minha juventude onde eu veria essa grave dinâmica de disfunção e violência. Estava próximo o fim dos dias nos quais eu via meu pai arrastando minha mãe pelos cabelos ao longo do piso escorregadio para jogá-la escada abaixo, ao porão, onde as galinhas corriam soltas.

Nessa mesma rua, mais acima, vivia uma menina, cerca de um ano mais velha, chamada Sue, uma amiga que tinha um coração de ouro. A bondade de Sue tornou estes anos difíceis, mais suportáveis, graças a sua generosidade. Quando não tínhamos os mantimentos básicos, ela nos passava às escondidas, açúcar, leite e pão, retirados da despensa de sua mãe. Sue, uma menina que adorava esportes e cavalos, gostava da companhia da minha mãe e de andar conosco. Ela cuidava de alguns cavalos do outro lado do quarteirão, entre eles, uma bela égua da raça palomino, chamada Angel, de pelagem dourada, crina prateada e uma mancha branca impressionante na cara. Para mim, era o tipo de cavalo que a Barbie montaria. Eu queria montá-la, mesmo sem nunca ter estado sobre um cavalo.

Sue me ensinou o básico e me deixou montar. Foi difícil fazer Angel andar mais rápido, mas a quase um quilômetro do estábulo, eu decidi que seria melhor voltar, e quando nos dirigíamos para casa, a égua acelerou e correu a toda velocidade até o estábulo. Eu não tinha nenhum controle, mas pelo menos aprendi como continuar montada e a gostar do cheiro dos cavalos. O pito da sela em estilo ocidental ajudou bastante, porque eu pude segurar em alguma coisa, enquanto ela disparava.

Aprendi a amar os cavalos, mesmo quando não estava montando. No inverno, as estradas estavam congeladas e, frequentemente, mal virávamos a esquina e Angel já começava a escorregar. Uma vez, ela pegou um atalho, foi direto para uma vala profunda e afundou até a barriga. Ela não conseguia mexer as pernas, presas como estacas na neve enlameada. Sue e eu tivemos que retirá-la cavando com as mãos. Angel não foi o animal mais fácil e dócil que conheci, mas me ensinou a gostar de cavalos. Eu assumi a tarefa de alimentar os cavalos pela manhã, antes da chegada do ônibus, e ia para a escola com as luvas fedendo; mas, apesar de constrangida, não me importava. Eu gostava daquele cheiro e, depois da escola, voltava para o estábulo, que era onde eu queria estar. Além do mais, eu tinha mais vergonha de ir para a escola sem lanche do que cheirando a estrume de cavalo.

Uma noite, meus pais começaram a discutir e, mais uma vez, a briga tornou-se violenta. Como sempre, o infortúnio financeiro precipitou a discussão. Porém, esta briga me pareceu a pior.

Eles começaram a se empurrar e quando a coisa ficou feia para o lado da minha mãe, eu corri para trás de meu pai segurando uma cadeira com as duas mãos e a quebrei nas costas dele. Eu sabia que ia sobrar para mim. Eu já tinha pulado sobre ele durante outras brigas, na tentativa de puxá-lo para longe, mas ele não fez mais do que me sacudir e me advertir para ficar de fora, o que eu geralmente fazia, porque tinha muito medo do que poderia acontecer. Mas na pré-adolescência, eu estava ficando mais ousada, e, pela primeira vez, atingi meu pai. Antes que eu pudesse fugir, ele me deu um soco no queixo. Ele não havia colocado muita força, era mais um aviso para me afastar. Mas, com a adrenalina bombando, eu soquei de volta! Foi puro reflexo.

Se meu pai ficou chocado, eu estava muito mais surpresa com o fato de ter devolvido o soco. Eu não sabia onde o tinha atingido, porque fechei os olhos, bati e corri. Com medo de encará-lo, eu disparei para o meu quarto, pulei a janela e corri pela rua abaixo, até o estábulo. Naquela noite, permaneci com Angel e os outros cavalos. Ninguém saiu à minha procura, mas fiquei preocupada, sem saber como as coisas tinham acabado em casa. Será que a briga havia terminado depois que eu saí? Minha mãe estava bem? E as crianças? Eu fiquei com muito medo de voltar para descobrir, e na manhã seguinte, as coisas estavam calmas. Ninguém comentou os acontecimentos da noite anterior e mais um dia se passou na casa dos Twain.

Crescer no Canadá envolve suportar o inverno, ano após ano. As condições do clima podem ser extremas. Na frente da nossa garagem em Proulx Court, a máquina de limpar neve deixava pilhas de até 4,5 m de neve e gelo retirados na superfície da rua. À noite, quando a máquina terminava de trabalhar, minhas irmãs e eu ficávamos lá fora por uma hora para tirar a neve da frente da garagem com uma pá, para que o meu pai pudesse colocar o carro para dentro quando chegasse do trabalho.

Os caminhos no inverno ficam lindos, mas não são tão divertidos se você tem pouco mais de dez anos e precisa andar quilômetros sob temperaturas abaixo de zero, ao voltar para casa à tarde, depois da escola. O ônibus só circulava pela estrada principal, portanto, o ponto mais próximo ficava a 40 minutos, a pé. Em uma tarde gelada, eu ia caminhando para casa usando apenas um casaco curto, tênis, calça jeans, e não tinha luvas nem chapéu. Puxei o capuz sobre a cabeça para me proteger do frio cortante, mas era muito aberto e leve para esquentar. Para uma pré-adolescente do norte, era legal andar com pouca roupa no inverno. Apesar das temperaturas congelantes, era comum ver os jovens usando tênis para ir à escola, mesmos nos meses mais frios, para "ficar na moda". Eles não brincavam na rua sem as roupas adequadas, mas de casa para o ônibus da escola e vice-versa, valia mais a aparência do que o conforto.

A temperatura podia cair muito depois do pôr-do-sol, e nessa noite em particular, eu estava voltando para casa mais tarde do que o esperado — e estava frio demais para a roupa que eu vestia. Quando a temperatura desce ao ponto em que bastam cinco minutos de exposição e sua pele começa a congelar, literalmente, a moda é a última coisa em mente. A uns quinze minutos de casa, eu não conseguia prosseguir. A dor do congelamento era insuportável. As articulações dos joelhos e das mãos doíam e eu sentia câimbras. As mãos e os pés estavam totalmente dormentes e comecei a gritar e chorar, o que não é uma boa ideia, porque as lágrimas acabam congelando no seu rosto. Hesitei em bater na porta de estranhos para pedir ajuda; queria chegar em casa e estava muito perto, mas sentia muito frio para continuar. Poucas casas ainda estavam com as luzes acesas, porque já era tarde, mas vi uma que parecia ter alguém acordado. Bati e perguntei se podia entrar para me aquecer um pouco, e a família foi muito compreensiva e me deixou ficar o tempo suficiente para descongelar antes de sair novamente.

Finalmente cheguei em casa, mas posso dizer que essas situações perigosas eram comuns naquelas condições climáticas extremas. Uma vez, meu irmão mais novo, Darryl, chegou em casa depois de um jogo de hóquei com os dois lóbulos severamente congelados. Ele estava usando apenas um gorro de tricô, com as orelhas cobertas, mas deixou os lóbulos expostos. Nos dias seguintes, seus lóbulos ficaram azuis, depois roxos e anormalmente caídos. A pele descascou em camadas, até o lóbulo congelado cair. Fiquei preocupada porque Darryl poderia ficar como nosso avô Twain, que tinha uma borda irregular nas orelhas no lugar dos lóbulos, como se tivessem sido mastigados. Os lóbulos de meu avô congelaram e caíram tantas vezes que, por fim, não voltaram. Por sorte, isso não aconteceu com Darryl.

Minhas irmãs e eu gostávamos de patinar durante os meses de inverno, mas a pista de patinação ficava a 45 minutos de nossa casa, em

Proulx Court. Para ir, tudo bem, mas na hora de voltar, a temperatura caía um pouco. Entretanto, no verdadeiro espírito canadense, saíamos do ringue, respirávamos fundo, murmurávamos algo como "Que frio!", e voltávamos para casa.

Há alguns anos, recebi um e-mail da minha irmã com uma versão a respeito desse sentimento que me fez rir muito. É algo bem típico, que os canadenses compartilham com os amigos para ajudar a manter o bom humor durante um inverno longo e gelado. Eu sempre recito este poema e continuo adorando. É lindo, muito bem escrito, e acho que pode ser reconfortante para você em um dia gélido, como foi para mim:

"O inverno no Canadá"
Tão apropriado e comovente!!!
Foda-se!
Está frio!
Fim.

A trilha entre o ringue de patinação e a quadra onde morávamos era uma caminhada de 30 minutos, deserta e sem iluminação. Apenas mato e campo. Eu me lembro de um grande susto que passamos durante esse trajeto. Nesse dia, dois irmãos, de doze e treze anos, que moravam na mesma direção, voltavam conosco. Jill devia ter uns onze, eu, nove e Carrie, sete. No meio do caminho, Carrie começou a chorar, dizendo que estava com muito frio para continuar. Um dos meninos se ofereceu gentilmente para carregá-la nos ombros. Eu olhei em seus olhos e disse que ela teria que ser corajosa, e que nós conseguiríamos chegar. Conforme eu falava com ela, pude ver que suas lágrimas viravam gelo. Ela estava chorando flocos de neve. Sei que é difícil imaginar, mas acredite, seus olhos estavam vidrados com o gelo, e eu gritei para que parasse de chorar. Eu percebi que estávamos realmente em perigo e quase entrei em pânico. Por sorte, conseguimos chegar logo em casa, e tudo acabou bem.

Contudo, o inverno não era apenas uma experiência quase mortal, ele também era divertido. Às vezes, a neve ficava tão alta que podíamos escalar até o telhado da casa e pular em um oceano de neve limpa e clara. Nós costumávamos arrancar pingentes de gelo do telhado e competíamos para ver quem conseguia o mais longo e intacto. E, quanto mais fraco o isolamento do telhado, maiores os pingentes. Nem preciso dizer que o nosso tinha uma grande quantidade deles.

Um ritual de passagem para todos no norte de Ontário é ter a língua grudada em um metal congelado. Qualquer canadense que insistir em dizer "Isso nunca me aconteceu!", está com vergonha de admitir que, quando criança, arriscou a sorte tocando o zíper da jaqueta de esqui com a ponta da língua e depois não conseguia soltá-la. É uma sensação estranha e assustadora, mas é preciso ter presença de espírito: sem puxar a cabeça para trás, basta exalar o ar quente da boca e o metal irá descongelar o suficiente para soltar. Com habilidade e um pouco de sorte, você pode escapar sem perder um pedaço da língua.

Outro perigo do inverno é sair com os cabelos molhados em um dia frio. Já ouvi falar de alguém que teve o rabo de cavalo quebrado. Infelizmente, em nossa casa, o secador era um item de luxo e tínhamos que improvisar. Descobrimos que ao colocar o tubo do aspirador na extremidade por onde o ar quente saía, era possível secar os cabelos; o único porém era que o ar vinha com um cheiro horrível de poeira, migalhas de comida estragada e tudo o mais que havia sido sugado pelo Electrolux naquela semana. Ou seja, o cabelo ficava fedendo a cachorro molhado. A alternativa era pendurar a cabeça sobre as aberturas do aquecimento no chão, mas isso demorava muito. Quase todas as manhãs, quando corríamos, atrasadas para o ônibus da escola, o Electrolux fedido, mas rápido, era a melhor solução.

Mas às vezes, mesmo esta opção estava indisponível, porque ou a energia elétrica estava cortada ou a calefação estava sem óleo. Sempre havia algum serviço ameaçando cortar o fornecimento por falta de pagamento. Meus pais tentavam garantir que pelo menos um dos dois estivesse sempre funcionando, porque no auge do inverno canadense, é impossível sobreviver sem eletricidade ou aquecimento.

Se meu pai não conseguisse pagar para abastecer o tanque de óleo usado para o aquecimento, ele esgotava os canos de água para que não se rompessem com o frio. Íamos para a cama com nossas roupas de inverno, dentro de sacos de dormir pesados. De manhã, nos amontoávamos em volta do fogão elétrico. Ele nos aquecia, cozinhava nosso café da manhã, esquentava nossas meias e o forro das botas. Pés aquecidos, mingau quente e luvas secas eram suficientes para nossa sobrevivência.

Quando a energia elétrica era cortada, ao escurecer, nós usávamos lanternas para iluminar a casa. Esse tipo de situação costumava durar um ou dois dias e, ainda bem que acontecia apenas uma vez a cada inverno.

Se a máquina de lavar roupas quebrasse e não pudéssemos pagar o conserto, a lavagem de roupas se transformava em uma tarefa árdua para a família de sete pessoas. Não tínhamos uma secadora e, no inverno, ficávamos horas na lavanderia secando e dobrando tudo. Minha mãe, consumida pela depressão, tinha abandonado esta tarefa — e quase tudo relacionado com os trabalhos domésticos, incluindo cozinhar, limpar e cuidar das crianças.

Portanto, se a lavadora não funcionava, tínhamos que lavar tudo na mão, à noite, usando a banheira como tanque, e depois levar para secar na lavanderia. Ou, se fosse verão, pendurávamos as roupas fora, para que estivessem secas pela manhã, a tempo de tirá-las do varal e pendurar a próxima leva. O processo todo tinha a precisão de uma linha de montagem, porque se não terminássemos ao final do dia, as roupas úmidas, esperando para secar, ficavam fedendo e teriam que ser lavadas novamente. De vez em quando, a gente pendurava tanta roupa no varal, que ele despencava no chão de terra, e tínhamos que levar de volta para a banheira e lavar tudo de novo. Eu passava horas ajoelhada ao lado da banheira, esfregando as roupas na tábua ou com as mãos. Por isso eu me identificava com programas como *Os Pioneiros* e *Os Waltons*. Nenhuma das minhas amigas precisava lavar as roupas na mão, mas eu nem achava isso grande coisa. No meu ponto de vista, se alguém conseguia fazer, eu também conseguiria.

É claro que no inverno não adiantava estender as roupas no varal, então meu pai nos levava até a lavanderia, com nove sacos pretos grandes, em média, cheios de roupas sujas. Descarregávamos tudo no chão, separávamos em lotes, por cor e textura, ligávamos as máquinas, e esperávamos.

Entediadas, sentávamos no degrau da frente e ficávamos brincando de um jogo inventado por nós, chamado Carros. Você joga a moeda para saber quem começa e espera o próximo carro passar: ele, então, passa a "pertencer" ao jogador. Nós aplaudíamos quando alguém herdava um Camaro vermelho e morríamos de rir quando um calhambeque velho descia a rua.

Brincar com a Carrie no carrinho da lavanderia era outra diversão para passar o tempo. Olha que o carrinho girava bem! Essa brincadeira só era possível quando estávamos sozinhas na Laundromat, mas, com tantas roupas para lavar, éramos inevitavelmente as últimas a sair. Caso não tivéssemos terminado até a hora em que o encarregado chegava para fechar, à noite, jogávamos a roupa no saco e dobrávamos tudo em casa.

Acredite ou não, eu me lembro com carinho de nossas noites na lavanderia. Apesar de ainda sermos crianças, tendo que realizar tarefas de adulto, tentamos criar nossa própria diversão. E conseguimos.

★

5

A música me salvou

Comecei a escrever minhas primeiras canções quando vivia em Proulx Court. Desde os sete anos, eu datilografava as letras das músicas em uma máquina de escrever barata, comprada na liquidação de uma loja de departamentos, mas aos oito anos, eu peguei o violão e comecei a juntar letra e melodia. Como já contei, costumava compor no quintal de Proulx Court, e uma das primeiras foi uma canção chamada "Won't You Come Out to Play", sobre uma criança brincando na rua, vendo a mãe que a observava pela janela. Ela percebe que a mãe gostaria de estar lá fora brincando com ela, curtindo ao ar livre, mas não tem coragem de ir. Então, a criança a chama: "Mãe, você não vai sair para brincar?".

Era assim que eu me sentia em relação à minha mãe e essa música expressava meus verdadeiros sentimentos, na época. Para mim, ela passava parte da vida olhando por trás da janela e eu gostaria muito que fosse mais confiante e saísse, mas ela não tinha coragem. Também escrevi uma canção sobre um amor perdido; meninas tristes chorando com o coração partido, chamada "Just Like the Storybooks", que dizia, "Assim como nos livros de histórias, quando as meninas perdem seus meninos, elas choram".

Meus pais conseguiram comprar um microfone para mim e um tambor para Carrie. Isso representou um custo que não podíamos arcar, e meu pai ficou aborrecido com a insistência de minha mãe em comprar o equipamento. O microfone veio acompanhado por dois amplificadores Peavey:

um para o microfone e outro para plugar o violão. Carrie e eu cantávamos em dupla, enquanto eu arranhava a guitarra, ela marcava o tempo com o tambor. Formávamos um dueto de irmãs, com oito e dez anos, e acho que mamãe tinha grandes expectativas para nós.

Embora relutasse em investir financeiramente no nosso interesse musical, meu pai adorava música e admirava nossa paixão por ela. Ele tocava um pouco de violão e me mostrou os primeiros acordes: A, D e G. Mas meu principal mentor musical foi meu primo mais velho, Kenny Derasp, primo em primeiro grau por parte de pai. Kenny tinha olhos azuis e a pele mais clara do que a maioria dos familiares, porque tinha descendência de outras raças no lado materno e paterno. Para mim, Kenny era muito legal: ele tinha 17 anos, tocava guitarra, tinha os cabelos nos ombros e podia beber e fumar. Eu gostava de ficar ao seu lado. Ele tinha uma personalidade agradável e um ótimo senso de humor.

Kenny se interessou por minha habilidade musical e me ensinou posições mais avançadas e acordes maiores e menores. Ele acabou indo morar conosco em Proulx Court, por um tempo. Estava difícil encontrar trabalho em Timmins e ele teve mais sorte na região onde morávamos. Com Kenny por perto, a casa estava sempre cheia de música ao vivo e eu me abri mais com minha música, me escondia menos no quarto ou no quintal. Ficávamos na sala por horas, cantando e dedilhando músicas dos Eagles, Linda Ronstadt e Waylon Jennings.

Porém, depois de um tempo, ele e Jill saíram de casa para morar juntos, o que gerou uma enorme tensão, porque na época ela estava com apenas 14 anos — era muito jovem para isso. Lembro que minha mãe ficou doente de preocupação e hoje Kenny comenta que meu pai ficou desapontado e furioso com ele. Eu me preocupava por ter ficado sozinha como a criança mais velha, aos doze anos. Jill e eu sempre compartilhamos a responsabilidade de cuidar da casa quando mamãe ficava deprimida na cama por muito tempo, e Kenny era um bom mediador entre os meus pais e ajudava a manter a paz. Eu estava assustada por não ter mais a minha irmã mais velha por perto e inconsolável com a partida de Kenny. Mas, acima de tudo, eu estava com inveja por eles terem fugido de casa. "Sorte deles", pensei.

Parte da minha experiência com apresentações na infância se deu em festas de adultos. Elas aconteciam algumas vezes no ano, em datas festivas, como Natal, Ano-Novo e Páscoa, e ocasiões eventuais, como aniversários e funerais — geralmente na casa de meus avós Twain. Ao anoitecer, minha mãe pegava meu violão e me pedia para cantar. Todos estavam felizes e o ambiente era alegre e musicalmente confortável para mim, geralmente com Kenny cantando e tocando comigo. Mais tarde, com os adultos já bêbados, as coisas ficavam estranhas para mim. Eu me esgueirava para o quarto onde dormíamos, e ficávamos aconchegados, com medo, desejando que tudo se acalmasse. E o ambiente ficava ainda mais pesado quando acontecia uma briga, o que não era raro.

Na manhã seguinte, quando a maioria dos adultos tinha ido embora e os que restavam ainda estavam dormindo, tínhamos que limpar a casa com baldes de água quente e alvejante. Havia bebida derramada por toda parte, cinzas de cigarro e bitucas pelo chão, restos de comida entre as almofadas e um monte de garrafas de cerveja e copos vazios para serem recolhidos. O banheiro era sempre a pior parte, porque os bêbados "erram" muito a pontaria, e dá para imaginar como ficava a privada e o chão — sem contar que alguém sempre vomitava. As crianças formavam o esquadrão de limpeza matinal. Era como limpar um bar decadente depois de uma noite de sexta-feira. Não gostávamos de acordar com aquela bagunça e só queríamos que as coisas ficassem em ordem novamente.

Além de me colocar para cantar nas festas de casa, minha mãe procurava lugares para eu me apresentar regularmente. Minha carreira infantil foi um estímulo para minha mãe e a afastou das crises de depressão. Quando deprimida, ela não tinha ânimo para o cotidiano, para cuidar da casa e das crianças, mas para a minha música, ela era um cometa. Isso acabou trazendo problemas, porque ela gastava de bom grado um dinheiro que certamente não tinha, para apoiar sua ambição de me tornar uma artista de sucesso. De qualquer modo, isso virou uma obsessão. Ela ficava horas e horas no telefone, tentando agendar apresentações, fazia chamadas interurbanas para gerentes de hotéis e agentes. Minha mãe passava dos limites.

Meu pobre pai, sempre pressionado pelas questões financeiras, examinava detalhadamente a conta telefônica, inflada pelas ligações interurbanas e se assustava com o valor. "Nós não podemos pagar isto!", gritava. As contas eram muito altas, e a companhia telefônica cortava o serviço, até ele pagar. Não culpo meu pai por perder a linha com coisas deste tipo.

Minha mãe agia como se fosse uma viciada; tinha consciência das consequências de irritar meu pai e do corte inevitável do serviço telefônico, mas, ainda assim, fazia qualquer coisa para sustentar minha carreira, como se sua vida dependesse daquilo. Na verdade, acredito que ela vivia para a minha possível carreira musical na época em que se sentia mais derrotada, nos dias em que o único motivo para sair da cama era pegar no telefone e procurar locais para minhas apresentações. O único jeito que meu pai encontrava para interromper isso — esse "investimento" em minha carreira à custa do bem-estar do resto da família —, era arrancando o telefone da parede. Essa obsessão de minha mãe deixava meu pai louco. Ele sempre a lembrava de que ela tinha mais quatro filhos para criar e isso fazia eu me sentir culpada. Eu sabia que ele estava certo, que o dinheiro que minha mãe gastava comigo era tirado da família. Eu não queria que o dinheiro para as compras no supermercado, por exemplo, fosse gasto com minha carreira, e desejava que minha mãe parasse com tudo aquilo, na ilusão de que um dia ela teria um retorno, que eu ia conseguir vencer. Eu queria que ela fosse apenas minha mãe e não minha "empresária".

Uma vez, minha mãe me levou para assistir a uma apresentação de Merle Haggard, em Sudbury. Acho que ela esperava que eu o conhecesse pessoalmente, como na vez em que me levou aos bastidores de um show de Mickey Gilley e Loretta Lynn, seguiu até o ônibus da turnê para me apresentar a Mickey Gilley, dizendo que eu era uma cantora, mas não conseguiu fazer com que eu cantasse para ele, apesar de tudo. Todos foram muito gentis e disseram que era um prazer me conhecer, desejaram sorte e só. Não foi dessa vez.

Na noite do show de Merle Haggard, o carro só tinha combustível suficiente para meu pai ir trabalhar na manhã seguinte. Ele não tinha como pagar por esse tipo de coisa, e mesmo quando eu me apresentava, nem sempre era remunerada. Quando ganhava alguma coisa, era uma gorjeta de 25 ou 50 dólares, mas eu geralmente era convidada, o que, do ponto de vista de minha mãe, era uma oportunidade para me apresentar em público. As apresentações pagas exigiam um compromisso na noite de quinta ou sexta-feira até a matinê de domingo, ou todo o final da semana. Para esses shows eu tinha que faltar às aulas, o que eu fazia, mas tinha que espaçá-los para dar conta da escola e das apresentações.

É claro que a coisa mais razoável a fazer seria ficar em casa. Mas minha mãe decidiu que iríamos no show de qualquer jeito. Para ela, o que fosse relacionado à minha carreira musical era mais importante do que quase tudo, e ela era inflexível, nunca perdia uma oportunidade que pudesse aproximá-la de seu sonho: encontrar alguém que descobrisse o meu talento e quisesse me apadrinhar. Minha mãe e eu tramamos para escapar sem que ninguém percebesse. Apenas Kenny, que ainda vivia conosco, sabia do plano e iria junto. Entrei para o quarto, como se fosse dormir. Sem que meu pai visse, minha mãe escapou com o carro e me esperou atrás da casa; eu pulei a janela, corri, entrei no carro e lá fomos nós.

Depois do show, chegamos tarde em casa e encontramos meu pai à nossa espera, furioso. Ele me agarrou pelo tornozelo, me virou de cabeça para baixo e fiquei erguida no ar, com a cabeça suspensa acima do chão. Eu estiquei as mãos para me proteger, pensando que cairia quando ele me soltasse. Fiquei imaginando o quanto ele estava bravo para ser capaz de me segurar com uma mão e me bater com a outra, mas eu era pequena para minha idade e era fácil para um homem me erguer — especialmente com a força adicional da adrenalina estimulada pela raiva. Lembro que Kenny interferiu — ainda bem. Eu caí no chão e corri para o meu quarto. Terminou assim, mas sei que poderia ter sido muito pior se Kenny não estivesse lá.

Aos 10 anos de idade, eu dava aulas de violão para algumas crianças da vizinhança, por alguns trocados. Eu conhecia a teoria básica e gostava de ensinar. Tive sorte de receber algumas aulas no Conservatório Musical de Sudbury, que me proporcionaram uma base sólida para compreender que a música é, na verdade, uma linguagem única, escrita com signos e símbolos que indicam o tom, a expressão sonora, as pontuações e a distribuição da música para voz ou instrumento.

É claro que os músicos entendem tudo isso, mas, para muitos, a complexidade e a especificidade da teoria musical pode passar batida. Existem muitos detalhes na linguagem musical: por quanto tempo segurar uma nota, quando interromper e de que forma, bruscamente ou delicadamente. Cada batida, nota ou pausa tem um propósito preciso, cada um com sua descrição. Não há espaço para improvisação, especialmente com as peças clássicas, que são ensinadas para serem tocadas exatamente de acordo com a música escrita. Embora meu coração fosse impulsionado pela alegria de compor, conforme fui me desenvolvendo — criando, mudando, improvisando — gostei de aprender mais sobre como a música podia ser registrada no papel e reproduzida ao ser lida como um livro de histórias. Fiquei impressionada ao ver como a música podia passar daqueles símbolos desenhados nas pautas de uma página para os sons de uma orquestra sinfônica. Isso era maravilhoso. Eu me sentia fascinada pela escrita musical.

Minha mãe precisou ser bem convincente para que meu pai concordasse em pagar por essas aulas, mas era época de pagamento quando ela começou a dizer como era importante desenvolver minhas habilidades musicais e a perguntar como eu iria fazer isso se não aprendesse com profissionais. Ela desfiava uma lista de motivos para provar o quanto isso era necessário. No fundo, meu pai também acreditava em mim, e meu gosto pela música era um de seus pontos fracos. Mesmo achando que não era a coisa mais útil a ser feita, ele pagou uma série de quatro ou cinco aulas de uma hora. Daí em diante, com a ajuda de alguns livros, eu fui capaz de aprender sozinha a ler e escrever música. Meu nível nesta área era básico, mas o conhecimento logo se mostrou muito útil, porque comecei a tocar em bares e outros locais.

Muitos clubes tinham a banda da casa, e a maioria dos músicos e cantores sabia ler partituras. Quando eu ia ensaiar para uma apresentação, levava minhas próprias partituras para as cordas. Afinal, eu tocava principalmente minhas próprias canções, desconhecidas para os integrantes da banda. Assim era mais fácil e rápido para eles aprenderem. Olhando para trás, imagino como devem ter achado divertido ver aquela menina magricela atravessar o palco e lhes entregar as músicas que tinha escrito, aos dez anos. Eram homens que ganhavam a vida excursionando pelo circuito de clubes, e geralmente ficavam impressionados com minha eficiência, por ser tão preparada e profissional, e tão madura para minha idade. Talvez madura até demais.

Muitos caras comentavam que tinham filhos da minha idade em casa e que, comparada a eles, eu parecia ser muito mais velha. Eu percebia que minha maturidade os pegava de surpresa, e mesmo que me levassem a sério quando eu começava a cantar, sabia que alguns não achavam apropriado que uma criança se apresentasse em bares. Eles eram gentis, mas às vezes comentavam que era estranho ouvir uma menina de dez anos falar em suas canções sobre divórcio, amor, traição, sedução e tentação, como "Golden Ring", "Blanket on the Ground", "Ruby, Don't Take Your Love to Town", "Somebody's Knockin" e "Help Me Make It Through the Night".

As partituras funcionavam bem para a música country, porque as progressões de acordes eram geralmente muito simples, e isso combinava com meu nível básico no violão e na teoria musical.

Quando eu tinha uns nove anos, minha mãe me levou para minha primeira audição com uma banda de disco. Não deu muito certo. Primeiro, nós não sabíamos ao certo o que era disco, apenas que era um novo estilo de dança, cada vez mais tocado nos clubes, e minha mãe pensou que poderia ter algum trabalho para mim ali. Ela achou um anúncio no jornal procurando por uma cantora para uma banda disco.

Lembro que chegamos a uma casa térrea, em Sudbury, onde um cara nos aguardava, sentado atrás de um teclado, tocando sons sintetizados e ritmos de bateria pré-programados, que eram muito estranhos para mim. Parece que ele ficou surpreso com minha idade, mas nos deixou à vontade e me perguntou sobre as músicas que eu conhecia e se eu poderia cantar para ele. Eu não conhecia nenhuma música disco, que ainda era uma novidade. Mesmo se tivesse escutado algum hit no rádio, eu não teria associado com um gênero específico chamado "disco". E, para piorar, eu perguntei, "o que é disco?" Ele não acreditou que eu ainda não tinha escutado. Foi educado, mas a entrevista acabou rapidamente. Nem cheguei a cantar.

Mesmo estando sempre nos bastidores, minha mãe não tinha nenhuma habilidade musical, por isso eu ficava totalmente por minha conta quando me juntava à banda. Um violão maior do que eu era colocado sobre meu ombro, com o braço em uma das mãos e minhas partituras na outra. Eu não era absolutamente uma artista em termos de presença de palco, para dançar ou falar com a plateia. Eu simplesmente ia até o microfone e me apresentava, de um jeito bem ensaiado e quase rígido: "Olá, meu nome é Eilleen, e a canção que vou cantar para vocês hoje se chama *Blue Eyes Crying in the Rain*, de Willie Nelson". Depois, eu olhava sobre o ombro, dava um sinal para a banda para definir o tempo com um dedilhado, voltava ao microfone com os olhos fixos nos expectadores e começava a cantar.

Eu ficava petrificada lá em cima, e muitas vezes, era tudo o que podia fazer para não molhar as calças antes de começar a cantar. E a vontade era ainda pior quando me chamavam para o palco. Era incrivelmente difícil segurar o xixi enquanto subia ao palco; e só melhorava um pouco quando eu já estava em pé, diante do microfone, e podia manter os joelhos unidos. Só a lembrança me faz suar. Eu já tinha ouvido falar de pessoas que vomitavam por medo do palco, mas meu problema era a bexiga, os tremores e o suor. Ainda é assim.

Se eu fizesse três apresentações, tinha a oportunidade de aquecer ao longo da noite, mas se fosse apenas a cantora convidada de uma banda que já tinha uma vocalista, cantaria apenas uma canção. Eu ficava assustada por estar sob os holofotes tendo apenas uma oportunidade, com a sensação de fazer ou morrer. Talvez eu me contagiasse com o nervosismo da minha mãe, que sempre fazia eu me sentir como se aquela fosse a apresentação da minha vida, mas acho que nunca se sabe quem está assistindo. Minha mãe dizia que se houvesse um caçador de talentos na plateia, e eu fosse muito bem, ele poderia me ajudar. Eu não estava no palco para me divertir e aproveitar — estava ali para impressionar as pessoas, ser notada e, quem sabe, descoberta.

Eu tinha a impressão que cantava mais pela vida da minha mãe do que pela minha. Aquilo era a sua felicidade, o seu sonho que eu tentava realizar. Eu me sentia desconfortável sob pressão e preferia brincar com a música no quintal, à beira da fogueira, mas acabava enfrentando a situação. Eu também acreditava na sua convicção de que conseguiria, porque ela era minha mãe e deveria estar certa. E eu queria conseguir, para acabar com nossas dificuldades financeiras. Era isso que o sucesso nos proporcionaria: dinheiro para pagar as contas e aliviar a tensão familiar.

Durante a fase inicial da minha carreira, eu me deparei com poucos artistas infantis. Aquele não era um mundo para crianças. Na verdade, era muito inadequado, na maior parte do tempo, visto que estar no mundo da música significava conviver com adultos bebendo e fumando, e muitos flertando abertamente. É compreensível que diversos lugares não admitiam crianças. Minha mãe ficava por perto quase todo tempo e até conseguiu um seguro social para mim, quando eu tinha onze anos. O documento me autorizava a trabalhar como menor e incluía uma carta formal da classe que me concedia a permissão para trabalhar em estabelecimentos que serviam bebidas alcoólicas. Munida daquilo, eu era uma verdadeira "profissional".

Passei um longo período vivendo uma parte do tempo no mundo dos adultos e outra parte no mundo das crianças. E havia muitas coisas que eu via, mas não podia compartilhar com outras crianças da minha idade. Eram mundos diferentes, que não se pertenciam. Afinal, os adultos que frequentam bares sentem-se livres para fazer coisas que não fariam diante dos próprios filhos.

Durante anos, minha mãe me tirava da escola na sexta-feira, quando eu tinha um show no final de semana, e, às vezes, chegava a faltar uma semana inteira. Depois, vieram as apresentações na televisão ou em festivais, quando eu perdia apenas um dia de aula. Eu entrava e saía da escola durante o ano, mas nunca por períodos muito longos. Quando consegui a licença para me apresentar em locais que serviam bebidas alcoólicas, minha mãe explicou ao diretor da escola que eu era uma cantora profissional e pediu sua cooperação para ajudar a conciliar a escola com o "trabalho". Nunca notei resistência em nenhuma das minhas escolas, e, na verdade, os diretores e professores pareciam mais encantados por eu ser uma artista, do que com minhas faltas. Lembro de ser convidada a contar sobre minhas viagens na diretoria, quando voltava para a escola. Eu achava que era, em parte, para assegurar que eu estava realmente fazendo o que minha mãe dizia — construindo minha carreira — e também pela curiosidade sobre a vida de uma artista de palco.

É fácil supor que a frequência em bares me expôs naturalmente à bebida. Meus pais não costumavam beber casualmente, a não ser em festas e outras ocasiões especiais, quando eles bebiam bastante, mas raramente havia álcool em casa. Acho que a primeira vez em que fiquei bêbada foi em uma Páscoa. Eu tinha doze anos. Meus pais estavam cientes que eu tinha curiosidade sobre bebidas alcoólicas. Nos fins de semana, o irmão mais velho de um amigo da rua, Steve, que já tinha uns 15 anos, costumava pegar o vinho caseiro dos pais, guardado na dispensa, e nos contava histórias de como ele e seus amigos se divertiam bebendo, acordados à noite, rindo, brincando e nadando sem roupa, quando acampavam à beira do lago. Para mim, não era novidade o comportamento dos adultos quando bebiam, mas, com base nas histórias fantásticas que eu ouvia de Steve, infelizmente fiquei tentada a experimentar. E, já que eu estava exposta à bebida o tempo todo nos bares, acho que meus pais pensaram que seria melhor eu experimentar sob a supervisão deles. Minha mãe e meu pai sabiam que era só uma questão de tempo para eu tomar a iniciativa e matar minha curiosidade.

Nessa noite, Kenny e eu estávamos sentados em volta da mesa da cozinha tocando violão e cantando, e meus pais estavam bebendo uísque com coca-cola. "Posso experimentar?", eu pedi.

Meu pai sorriu e disse, "Ok, Sharon, vamos deixar que ela cave seu próprio buraco e descubra o que há lá dentro. Se ela quer beber, vamos deixar que beba". "Então", virou-se para mim, e perguntou, "Você quer saber qual é o gosto do álcool? Quer tomar um drinque? Ok!"

Isso foi demais!

Ele me serviu o que não parecia ser grande coisa: duas doses de uísque em um copo inteiro de coca. "Aí está", ele disse. "É quase tudo coca-cola!" Mas, como era a primeira vez que eu bebia, não prestei atenção nas proporções de uma bebida de alto teor alcoólico, nem entendi a potência de uma dose de uísque e que duas seriam suficientes para me embebedar.

"Quer mais um pouco?", meu pai perguntou. Corajosa, eu respondi, "Claro!" E ele encheu o meu copo.

Eu me divertia rindo, cantando, fazendo piadas e agindo como uma total idiota. Quando comecei a cambalear incontrolavelmente e trombar com as coisas, meus pais resolveram me colocar na cama. Meu pai me deitou na cama de cima. Ainda lembro nitidamente como minha cabeça começou a rodar assim que tocou o travesseiro. Eu fiquei tonta. Foi quando soltei um jorro de líquido morno. Nem percebi que ia vomitar. Eu estava ali deitada de costas, tentando descobrir o que fazer para o quarto parar de girar. O vômito ficou parado no ar antes de se render à força da gravidade e cair sobre meu rosto, encharcando meu cabelo e caindo dentro dos meus olhos. Graças a Deus, meus pais ouviram meu chamado. Pela minha cabeça passavam histórias que ouvi durante anos sobre pessoas bêbadas sufocando até a morte em seu próprio vômito. Aquela experiência me fez ver como isso pode acontecer facilmente. Se eu tivesse comido alguma coisa antes, poderia muito bem ter acontecido comigo, porque, até onde posso lembrar, eu sequer conseguia virar para o lado.

Em retrospectiva, tenho certeza de qual era a intenção do meu pai para me deixar beber daquele jeito, naquela idade. Não havia melhor maneira de esgotar a minha curiosidade pelo álcool do que me deixar experimentar a agradável sensação de embriaguez, apenas para sofrer as consequências inevitáveis que ela causa. Devo dizer que a estratégia foi muito eficiente. No dia seguinte, eu estava péssima, com todos os sintomas clássicos de uma ressaca. Agora eu sabia o que era uma intoxicação e sentia os efeitos da enxaqueca, desidratação e mal-estar. Beber era algo que eu não faria tão cedo. Embora a experiência não tenha evitado que eu voltasse a beber, ela me alertou quanto aos efeitos lamentáveis do excesso. Acredito que como resultado direto desta experiência eu fiquei bem mais cautelosa durante a adolescência e ciente de meus limites. Entendi o significado de não ter controle sobre si mesma nem sobre o próprio corpo, e que era perigoso não saber quando parar.

Com a partida de Jill e Kenny, o peso do mundo caiu sobre minhas costas. Eu fiquei sobrecarregada e com raiva por estar sozinha e ter que arcar com toda a responsabilidade da casa. Antes, quando minha mãe ficava deprimida e os meninos ainda eram bebês, Jill e eu trocávamos as fraldas e limpávamos os bumbuns sujos. Quando um deles precisava ir ao dentista ou ao médico, íamos as duas, para acompanhar. Os cuidados básicos dos pequenos eram compartilhados conosco. E agora, com a ausência de Jill, eu estava entrando na adolescência e queria sair com meus amigos. Eu não queria ser babá, limpar a casa e lavar a roupa, porque minha mãe estava muito deprimida para se levantar. Eu ficava chateada por ter que sair da cama nas manhãs de domingo para alimentar os meus irmãos e procurar alguma coisa para comer nos armários, quando tínhamos tão pouco. Por que deveria acordar uma hora mais cedo nos dias de aula para passar as roupas de meu pai, ser seu despertador, fazer o café e arrumar as crianças para a escola? Isso tudo era muito pesado para uma adolescente e eu não queria essa responsabilidade. Mas eu tinha que fazer, porque precisava. Quem mais faria?

Às vezes, deitada na cama, à noite, eu dizia alto, "odeio minha vida". Eu falava com o tempo, pedindo que ele passasse o mais rápido possível, assim tudo aquilo poderia acabar e ficar para trás; e ele me dizia para não me preocupar e prometia continuar em frente. Eu falava assim com o tempo, como se estivesse falando com Deus. Eu suplicava para algo maior do que eu, uma força na qual eu podia confiar, que estava no controle. Eu sabia que o amanhã realmente seria outro dia, pelo menos, "diferente". Mesmo que "diferente" não significasse "melhor", a mudança era, em si, um alívio. Ouvi inúmeras canções que falavam do tempo, do mesmo ponto de vista, dizendo que "o tempo cura tudo", e que "tudo vai ficar bem com o tempo", ou "o tempo muda tudo". Essas frases pertenciam a muitas canções que eu conhecia, cujas letras sempre falavam que podemos contar com o tempo para mudar as coisas. Essas canções eram a prova de que eu não estava sozinha com esse pensamento; outras pessoas também tinham a mesma confiança no tempo, e, portanto, o tempo era uma essência suprema, à qual eu podia pedir uma mudança.

Eu passava todo tempo livre ouvindo, tocando ou escrevendo músicas, como uma válvula de escape da vida doméstica. A música se tornou minha paixão, libertação, consolo e salvação. Eu precisava dela. Ela era a minha droga. Nós tínhamos um toca-discos e um rádio em casa. Eu também tinha um pequeno toca-fitas, e mesmo que todos esses aparelhos fossem baratos e de baixa qualidade — geralmente de segunda-mão, herdados ou achados no lixo — me permitiam ouvir música da mesma forma. A música era quase tão importante quanto os cigarros da minha mãe, por isso meus pais garantiam a sua presença constante na casa.

Logo depois de aprender a tocar violão, passei a ter calos grossos e esbranquiçados nas pontas dos dedos da mão esquerda — aquela que acaricia o braço do violão e forma as notas e acordes, dançando sobre os trastes. No começo, eu não gostava daquelas coisas feias e duras nos meus dedos e as mastigava para que não ficassem muito protuberantes. Eu não percebi que os calos protegiam meus dedos permitindo que eu pressionasse as cordas de metal com força, sem sentir dor. Uma vez, decidi aparar os calos mais grossos com uma tesoura. Cortei a ponta e deixei uma área circular de carne exposta, macia, rosada e sensível. Os calos ficaram em carne viva e doloridos. Demorou uma semana para sarar e só então eu consegui tocar novamente. Nem preciso dizer que nunca mais cortei meus calos.

Mesmo calejada, às vezes eu passava tantas horas praticando que meus dedos ficavam feridos. É incrível o quanto eu toquei e, mesmo assim, não me tornei uma grande guitarrista. Talvez por não ser esse o meu desejo. Para mim, o instrumento era estritamente uma ferramenta para compor. Eu era uma cantora-compositora, e usava o violão para me acompanhar, não o contrário.

Sou imensamente grata à música pelo papel que ela exerceu durante a minha infância e adolescência. Tudo que dediquei a ela em termos de tempo e esforço — a exemplo não apenas de meus dedos feridos, mas também das cordas vocais educadas e páginas e páginas de letras — ela retribuiu muitas vezes mais e até mesmo me salvou de problemas durante um tempo de vulnerabilidade na adolescência.

O olhar atento da minha mãe também me ajudou. Ela sempre me lembrava de nunca descuidar do meu copo de refrigerante, para evitar que alguém colocasse alguma coisa nele (nem me deixava beber de outro copo!). Eu me sentia a salvo da exposição às coisas nocivas, exceto pela fumaça de cigarro que poluía os bares que eu frequentava nos finais de semana, ou dos bêbados tropeçando em mim. O mesmo acontecia com os perigos usuais, como as brigas de bar, que inevitavelmente irrompiam na hora de fechar. Eu ficava de fora. Além disso, mesmo tendo licença para cantar, não era permitido que eu circulasse pelo bar. Muitos desses lugares exibiam *stripteases* entre as apresentações da banda, e eu não me sentia à vontade para ficar por perto. As *strippers* dançavam com música gravada, e jamais com a banda ao vivo. Quanto a isso, eles tinham o bom senso de não permitir que uma criança cantasse enquanto as *strippers* tiravam a roupa.

Eu era levada para fora depois de me apresentar mas acabava cruzando com as moças seminuas a caminho do palco. Lembro de notar como elas eram lindas: figuras incríveis, extravagantes, em seus trajes com penas, colares brilhantes e sapatos reluzentes. Minha primeira impressão sobre uma mulher se arrumar para um homem veio do filme da Cinderela, onde a ideia era que a moça ficasse o mais linda possível para seu príncipe. Eu não compreendia por que as *strippers* tiravam a roupa como profissão e não para encontrar um marido. Ficava confusa, sem entender por que uma mulher se embonecava para ficar tão atraente se ela não estava tentando atrair alguém. Por que uma moça tentaria ficar tão bonita se ela não queria um namorado? E a dançarina ficava tão perto dos homens na beira do palco enquanto tirava a roupa, que eles conseguiam colocar dinheiro na sua calcinha.

Na espera entre as apresentações, muitas vezes eu conseguia entrever o palco de um corredor lateral ou de alguma sala que tinha uma vista à distância. Chegava a ouvir quando uma dançarina gritava, "Não me toque, seu bastardo!". Os homens podiam colocar o dinheiro na roupa dela, mas não podiam tocá-la, e isso era confuso. Era difícil para minha mente infantil entender essa via de mão única. As garotas ficavam bonitas apenas para serem pagas e não para atrair os homens? Não era exatamente por isso que as mulheres do filme da Cinderela se arrumavam? Todas queriam ser convidadas para o baile e beijadas pelo príncipe.

"Olhe bem de perto e pelo tempo que quiser, mas não me toque" era uma parte do mundo dos adultos que eu não entendia. Eu me sentia deslocada, totalmente fora do lugar. E, na verdade, estava.

★

6

O trem errado

Mesmo sendo muito independente e madura para minha idade, houve uma vez em que meus pais certamente superestimaram minha capacidade de me virar sozinha. Aos onze anos, eu tinha que me apresentar em um dos shows da loteria nacional do Canadá, que transmitia performances ao vivo pela TV. Era a *Wintario* ou a *Lotto Canada*, não me lembro qual, mas acontecia em Toronto. O combustível era caro — pelo menos para nós — por isso, meus pais decidiram me mandar de trem, pela Canadian National Railway. Era uma viagem noturna, por cerca de treze horas.

Este era um grande feito para alguém de uma cidade pequena, como eu. Minha mãe batalhou muito para conseguir me colocar em uma transmissão nacional como amadora.

Pouco mais de uma hora depois de embarcar em minha primeira viagem de trem, eu estava confortavelmente instalada: nada de trabalho doméstico, o violão acomodado sobre meu colo, o bilhete na mão. Minha mãe havia conseguido marcar com uma senhora para me pegar em Toronto e eu estava confiante de que tudo daria certo em minha primeira viagem sozinha. Afinal, o que poderia dar errado?

Hum!

O cobrador olhou para meu bilhete e seu sorriso se transformou em um olhar preocupado. "Este trem não vai para Toronto, senhorita", ele informou. "Você está no trem errado". Eu me lembro de ter ficado mais irritada do que assustada, principalmente por não acreditar nele! Como podia ser? Tudo foi planejado, o tempo que meus pais gastaram no telefone, a compra do bilhete, e ele estava ali me dizendo que este não era o trem certo? Tinha que ser!

"Sinto muito", ele disse com uma certeza inquietante, "mas, este trem vai para British Columbia".

Eu não só estava seguindo na direção errada, como estava indo tão longe quanto é possível no Canadá.

"O quê?", balbuciei. "Não pode ser! Eu tenho que estar em Toronto amanhã às onze horas, para um show na televisão, e não posso me atrasar. Eu tenho que estar lá!". Meu tom de voz era muito duro, como se eu esperasse que o pobre cobrador pudesse fazer alguma coisa a respeito. "Você tem que parar esse trem agora!", ordenou a pequena de onze anos. Pensando bem, não sei como ele não me pegou e jogou pela janela.

"Não tem outro trem indo para Toronto, que eu possa pegar em algum lugar no caminho?" Eu sabia que geograficamente as linhas corriam paralelas por um tempo, até se separar. Uma seguia para o sul e outra para o leste ou oeste, e eu achava que a troca de trem seria possível.

O homem pensou um pouco e disse, "Vou fazer uma ligação; espere aqui", e saiu pelo corredor. *Esperar aqui?*, eu pensei, *e para onde mais eu iria?* Eu me sentia cada vez mais presa, vendo quilômetros de mata passando pela janela do vagão, me levando para longe de onde eu deveria estar. Tudo o que eu sabia era que sairia daquele trem e não perderia o show. Não me importava se me deixassem no meio do nada e eu tivesse que andar até a estação mais próxima e descobrir o caminho. Hoje fico espantada com minha determinação. Nada iria me impedir de cantar na televisão. Arrumei minhas coisas rapidamente. Foi quando o cobrador voltou com boas notícias: eles iriam parar o trem para que eu pudesse descer. Mas, para fazer exatamente o quê?

"Você vai ficar esperando do outro lado dos trilhos", ele ordenou, "e dentro de uma hora, passará outro trem que você irá pegar". E assim foi. Eu desci do trem — na verdade, no meio do nada — e fiquei ali na beira do mato com minha mochila e meu violão, parecendo uma andarilha. Só faltava um cajado e uma bandana para completar a cena.

Não havia sinal de civilização, mas eu estava bem. Tive a presença de espírito de lembrar que as ferrovias sempre correm ao longo das margens das cidades, portanto, se o pior acontecesse, eu poderia começar a caminhar ao longo dos trilhos até a cidade mais próxima e achar um telefone público. Eu não estava preocupada por estar sozinha no mato; o que me assustava era a possibilidade de chegar atrasada à melhor oportunidade da minha carreira até então.

Eu não tinha um relógio, portanto era difícil avaliar o tempo de espera pelo outro trem. Isso *se* ele viesse; por mim, eu estaria esperando até o dia seguinte. Para ajudar a passar o tempo que se arrastava, peguei o violão, sentei no estojo e comecei a cantar. Esperei pacientemente uns dez minutos ao lado dos trilhos, e então comecei a pensar se não deveria andar até a próxima cidade para encontrar outra forma de chegar em Toronto. Talvez houvesse um ônibus ou alguém para me dar uma carona. Depois desta longa espera de dez minutos, tive certeza de que o condutor do trem para BC tinha simplesmente se livrado de mim, sabendo que não haveria outro trem para me pegar, certo de que partindo não seria o responsável por me abandonar ali. Não era mais problema dele; eu estava por minha conta. Dez minutos pareciam uma hora.

Finalmente, ouvi um ronco à distância. Guardei o violão apressadamente e esperei o trem parar. Parar? Ele nem mesmo diminuiu a velocidade. Minhas esperanças murchavam conforme os vagões passavam. Eu não podia acreditar. Em choque, eu pensei que talvez não tivessem me visto. Mas será que o maquinista não viu uma pessoa parada ao lado dos trilhos? Tentei me lembrar a que distância estava a última cidade que vi do trem de BC, na minha viagem para lugar algum. Imaginei que teria que caminhar por uma hora, mas chegaria lá ainda sob a luz do dia. Esta era a minha nova preocupação, chegar a um lugar civilizado antes de escurecer. Eu não tinha fósforos e os mosquitos apareceriam logo. Na verdade, eu não havia previsto isso, embora o fogo fosse útil para afastá-los e me aquecer assim que esfriasse.

Foi quando ouvi outro ronco vindo pelos trilhos. Era outro trem. Desta vez, para meu alívio, ele diminuiu a velocidade. Quando parou, um homem se inclinou na porta e perguntou, "Você é a menininha que quer ir para Toronto?" "Sim!", eu respondi alegremente, e subi com as minhas coisas. Já a bordo, perguntei como foi que eu peguei o trem errado. Ele me explicou que para chegar ao trem Sudbury-Toronto eu deveria ter pego uma conexão de ônibus na estação. Meus pais, que não eram viajantes experientes, não sabiam disso.

Deve ter sido divertido para os condutores destes trens, ou no mínimo um acontecimento inusitado trocar mensagens sobre uma menininha determinada e seu violão, trocando de trem no meio da ferrovia canadense. Bem diferentes dos metrôs ou bondes, esses eram trens enormes, que atravessavam o vasto e selvagem território do Canadá. Não podiam simplesmente parar em qualquer lugar, e normalmente só paravam em estações.

Surpreendentemente, eu cheguei a Toronto na hora certa. Minha acompanhante me aguardava, como planejado, sem imaginar que, àquela hora, sua jovem visitante poderia estar praticamente em Manitoba. Às onze horas, eu entrava pelas portas do estúdio de TV, pronta para ensaiar, como se viesse de uma viagem tranquila. Apenas mais uma página na vida de uma criança, cuja mãe chamava amorosamente de "minha cigana".

Eu já tinha aparecido na TV antes, mas apenas em *telethons* da emissora local, bem diferentes dos shows de loteria, que atraíam uma grande audiência em todo o país. Em 1980, eu finalmente cheguei ao *The Tommy Hunter Show*. Tommy Hunter, conhecido no Canadá como o "Senhor Country", era um cantor de música *country* e uma personalidade do rádio e da televisão. Seu programa estreou em 1965 e se manteve no ar por vinte e sete anos, sendo o programa semanal de maior duração do gênero, até hoje. Eu fui uma expectadora fiel desde os seis anos de idade e assistia o programa em uma televisão branco-e-preto. Na verdade, eu cresci assistindo artistas como Anne Murray e uma longa lista de outros grandes astros apresentados por ele.

O *The Tommy Hunter Show* foi um grande momento que vivi na televisão canadense, com camarins verdadeiros, cabeleireiros e maquiadores profissionais, um cenário elaborado, produtores e diretores. Eu cantei "Walk On By", de Leroy Van Dyke.

Eu me senti tão valorizada, como profissional, ao ser levada até a cadeira para pentear os cabelos e fazer a maquiagem. Fui tratada como uma atriz de cinema, uma verdadeira estrela.

A banda da casa era a melhor que eu já tinha conhecido; tive até *backing vocals*. Eu me senti como uma princesa da música, com tanta produção. Fiquei apreensiva, porque tinha que lembrar todas as marcas: quando entrar, onde ficar, quando andar, quando parar, para qual câmera olhar, e assim por diante. Mas eu estava animada com a experiência da TV ao vivo, com aquela adrenalina bombando. Pena que minha mãe não estava comigo. O dinheiro ainda era curto para ela me acompanhar na viagem, do contrário, sei que não perderia isso por nada neste mundo.

Minha mãe puxava tudo até o limite em prol da minha carreira musical. Mas, quanto mais tempo, esforço e dinheiro investidos, maior a tensão entre ela e meu pai. Para a maioria das pessoas, a música era um interesse menor ou um *hobby*. Não para minha mãe. Ela estava determinada e convencida de que eu conseguiria vencer. Ela acreditava profundamente e nenhum obstáculo era insuperável quando o assunto era música. Não posso negar que meu pai também me apoiava, mas ele era mais prático com as coisas.

Minha mãe, porém, não acompanhava o bom senso dele, e seu envolvimento ardente com meu sucesso sempre deixava a família toda enlouquecida. Eu chegava a sentir que ela queria mais do que eu. Na verdade, seria mais correto dizer que ela *precisava* mais do que eu. A música certamente foi uma grande válvula de escape para mim durante a infância, e suponho que isso também valia para ela. O assunto ocupava sua mente, ajudava a afastar a depressão e trazia esperança, e ela se agarrou àquilo como um afogado ao colete salva-vidas.

Isso era ótimo, mas eu sentia cada vez mais a pressão para realizar os sonhos que ela vivia por mim — independentemente do meu verdadeiro talento ou potencial. Imagine este fardo para uma jovem. Eu só queria a música, não necessariamente uma *carreira* musical. Mas, como eu me sentia em dívida por sua dedicação, eu nunca considerei ir atrás de qualquer outra coisa na vida, mesmo que eu sonhasse em ser veterinária. Eu também desenvolvi uma paixão pelo *design* e arquitetura, que dura até hoje. Na verdade, é o que eu provavelmente faria se minha mãe não tivesse insistido tanto na música. Ela descartou estas e quaisquer outras ideias, como se fossem coisas tolas para serem consideradas como profissão. Sua perspectiva era totalmente oposta a da maioria dos pais. Que pais não ficariam animados se a filha mostrasse interesse por uma carreira que exigisse educação universitária? Mas minha mãe estava convencida de que a música era meu destino e eu era muito jovem para discutir.

Apesar de ter sido "empurrada" para a carreira musical ainda criança, não me entristeço com isso. Estou feliz por ter sido capaz de fazer minha mãe feliz, e acho graça da convicção que ela tinha de que eu conseguiria. Ela estava certa: eu *conseguiria*. A estrada não foi fácil, mas não tenho arrependimentos e sou muito grata a sua persistência e confiança.

Minha mãe entrou em contato com Ian Garrett, professor de canto indicado pelo Conservatório Musical Real de Toronto, que eu frequentei alguns anos antes, em Sudbury, para aulas de violão. Ian, um cantor erudito fantástico e um professor de canto gentil e entusiasmado, viria a ser útil mais de uma vez na minha juventude. Minha mãe sonhava em me mandar para o conservatório, para ter aulas de canto, mas não podíamos pagar. Entretanto, Ian ofereceu generosamente aulas de canto gratuitas, desde que ela me levasse até ele. Mas eram *dez horas* de carro, só de ida.

Mesmo assim, por várias vezes, eu faltava na escola e meus pais me levavam até Toronto para as aulas de canto com Ian. Ele tinha uma casa grande, elegantemente decorada, um carro novo e andava muito bem vestido. Uau! E eu que imaginei que minha mãe pudesse estar enganada sobre eu me tornar uma cantora — talvez eu pudesse pelo menos ensinar música algum dia, para ganhar a vida.

Havia um lindo piano de cauda na sala onde as aulas eram dadas. Sempre havia outro estudante esperando pela próxima aula na entrada, e, no início, eu ficava um pouco envergonhada por saber que ele poderia me ouvir cantar através da porta. Ian ensinava usando todos os tipos de técnicas interessantes e surpreendentes. Muitas exigiam aqueles sons ridículos, vocalizações estranhas, que me faziam lembrar de Jerry Lewis imitando alguém em dolorosa agonia. Não o roqueiro Jerry Lee Lewis, mas o ator e comediante Jerry Lewis. Eu era tímida, por isso alguns exercícios pareciam estranhos para mim, para dizer o mínimo. Um dos mais embaraçosos era uma técnica que ensina como controlar a expiração, pressionando o diafragma, o músculo que age como um fole sob os pulmões.

Ian me ensinou a projetar o estômago, inspirar todo ar que conseguir, sem erguer os ombros, de modo que o ar descesse e saísse. Por trás, ele passava seus braços debaixo dos meus e em volta do meu abdômen — com sua barrigona contra minhas costas — depois, cerrava os punhos e comprimia minha caixa torácica com uma pressão uniforme e constante.

Enquanto soltava o ar bem devagar, mas constantemente, ele me instruía para franzir os lábios, fazendo bico. Ian me dizia para emitir um som suave, enquanto fazia isso, para ele ter certeza de que eu não estava fingindo. A ideia era expirar continuamente, conservando e prolongando a respiração, o maior tempo possível, até ficar sem ar, esvaziando completamente os pulmões, com uma última flexão do diafragma. Só então eu poderia inspirar profundamente de novo. E se eu passasse mal, pela falta de oxigênio, o que era frequente, ele estava pronto para me segurar, caso eu desmaiasse. Esses exercícios eram extenuantes, mas me ajudaram a treinar para emitir e sustentar notas longas, com um fluxo de volume e projeção sólido e uniforme. Era a resistência contra o abdômen que desenvolvia a força e o controle muscular — um tipo de Pilates vocal. A posição é estranha, mas funciona.

Esse tipo de treinamento vocal não dava muito espaço para a expressão criativa e me deixava entediada nos primeiros quinze minutos de aula. Eu preferia improvisar. Era um exercício seguido de outro, prática de escalas, combinações de respiração, ginástica nas pausas, repetição de pronúncia e técnicas labiais, e eu ficava fisicamente exausta depois de cada aula. Eu não estava me divertindo, não queria ser uma cantora erudita, e portanto, não entendia como isso poderia me ajudar. Mas meus pais estavam se sacrificando e era uma grande generosidade de Ian oferecer aulas para uma criança autodidata, trazida numa cesta. Era assim que eu me via. Os outros alunos sempre estavam bem-vestidos, arrumados e, obviamente, não eram pobres como eu. Ao contrário, certamente podiam pagar pelas aulas. Eu me sentia deslocada, no que dizia respeito à classe social. Isso era óbvio.

Eu não tinha uma educação musical formal, conhecia bem pouco a teoria e tinha aprendido de ouvido quase tudo que sabia. Conseguia pegar as coisas rapidamente, mas com base nos sentidos e na minha musicalidade. Possuía competências adequadas de leitura, graças às poucas aulas de violão que tive, suficientes para elaborar melodias. Com a ajuda de Ian ao piano, eu o acompanhava, esticando o olho sobre a partitura e mantendo os ouvidos atentos ao que ele estava tocando. Quase sempre fingia, mas acabava conseguindo. Ele nunca me delatou e me poupava de qualquer constrangimento.

Ao final de cada aula, Ian relaxava, ligado no meu desejo de cantar à vontade, e permitia um exercício vocal livre, para o qual eu podia escolher uma música de uma pilha de partituras. Os estilos eram os mais variados, e lembro de quando topei com a música de Minnie Ripperton, um sucesso de 1975, *Lovin' You*, uma balada delicada, quase infantil, que exibia seu alcance vocal. Gostei da música e quis cantá-la. Eu já conhecia a melodia do rádio, só precisava ler a letra e cantar, fingindo que estava lendo as notas. Eu gostava do desafio da variação vocal — especialmente daquela parte realmente alta do final do refrão "lá-lá-lá-lá-lá" — e Ian pareceu impressionado. Talvez estivesse apenas sendo gentil para me agradar. De qualquer forma, eu ficava feliz, sem imaginar que provavelmente eu só conseguia alcançar aquelas notas porque ainda era criança, com um registro alto natural, e não se tratava de algo conquistado com um treinamento técnico intenso.

Uma parte da letra dizia "*making love to you is all I want to do*" (amor com você, é tudo o que eu quero fazer), mas, na época, estas palavras não significavam nada para mim e não me lembro da reação de Ian. Hoje eu acho graça, imaginando o quanto ele se sentia desconfortável ao ouvir estas palavras cantadas por uma criança. Eu me divirto quando meu filho canta canções com temas maduros, que estão além de sua compreensão, mas não comento, para não ter que explicar. Apenas disfarço e digo, "Tudo bem!", e acho que Ian fazia o mesmo.

Meus pais e eu conseguimos fazer essa viagem apenas algumas vezes ao longo de um ano. Mesmo assim, as aulas com Ian valeram a pena e sou eternamente grata aos meus pais pelo sacrifício que fizeram para que isso fosse possível. Deve ter sido estressante, tanto em termos financeiros, como do tempo que gastavam comigo, tendo mais quatro crianças em casa. Não me lembro quem ficava com meus irmãos quando viajávamos, provavelmente era a minha tia Karen, irmã de meu pai, alguns anos mais nova que ele, ou talvez Kenny.

Depois disso, minha mãe me mandou para Toronto sozinha algumas vezes para encontrar com um empresário, alguém que ela achava que impulsionaria minha carreira. Ele se chamava Kelly Kramer (na verdade, esse era seu pseudônimo), e, segundo minha mãe, seria capaz de me promover nos lugares certos e conseguir um contrato com uma gravadora. O sr. Kramer era um cara alto e imponente, com cabelos pretos compridos e pernas longas, de passos largos, usava botas de sola grossa e um casaco de pele até o tornozelo. A primeira vez que fui a sua casa, eu estava com tanta fome, por causa da viagem, que devorei todas as nozes que estavam na mesa do café. Ele pediu à esposa que me desse alguma coisa para comer e ela trouxe uma tigela com uma fruta oval, carnuda, branca e exótica. Hoje sei que eram lichias. A princípio, eu não quis comê-las, mas estava com tanta fome que experimentei. Uma delícia!

Na minha segunda visita, porém, a esposa tinha ido embora e havia uma namorada em seu lugar. Sem dúvida, isso teve consequências. A namorada, designada para ser minha guardiã na ausência do Sr. Kramer, não me serviu lichias, mas me ensinou, aos doze anos, a usar um lápis para enrolar cigarros. Funcionava bem, mas logo aprendi com um amigo a fazer isso à mão livre. Só que eu não tinha nenhum interesse em fumar maconha, nem por curiosidade. Eu sabia que a maconha era ilegal e me preocupava com problemas com a lei. E também era muito séria quanto aos cuidados com minha voz e sabia que qualquer tipo de cigarro poderia danificar as cordas vocais.

Portanto, me dava por satisfeita em enrolar "um", mas colocava-o na pilha de cigarros sobre a mesa de café. Estava mais interessada no próximo disco que colocaríamos na vitrola, na canção que tocaríamos juntos — coisas assim. Eu só tinha uma coisa na cabeça, a música. Nem rapazes, nem drogas. Nada me distraía, mesmo na pré-adolescência, uma época em que as meninas geralmente experimentam suas primeiras paixões e ficam abobadas na companhia dos rapazes. Minha única intenção era me tornar uma cantora e compositora. A paixão da minha mãe era a carreira musical, enquanto a minha continuava a ser a composição, mas ela estava me preparando para ser uma artista desde os três anos de idade. Agora, quase dez anos depois, eu tinha ultrapassado o limiar da aceitação, e estava resignada a ser o que ela queria, o pacote completo. Estava determinada a ser a melhor e, na verdade, ansiosa para me juntar aos profissionais do mundo do *show business* e seguir em frente.

Kelly Kramer decidiu que eu precisava de um nome artístico e me rebatizou como Elly — sem o Twain, eu acho. Mas nosso relacionamento profissional terminou antes de eu ser conhecida por esse nome. Até hoje não sei se foi ele que perdeu o interesse ou se minha mãe teve o bom senso de me tirar daquela situação. Entretanto, essa descrição do empresário com casaco de pele cuja namorada preparava baseados servia para muitos dos adultos naquele mundo. Não sei se minha mãe realmente não compreendia o mundo da música fora do cenário da pequena cidade do norte, e era muito ingênua para saber aonde estava me mandando, ou se ela achava que eu saberia me cuidar, e cruzava os dedos para que tudo desse certo. Acho que um pouco das duas coisas.

Em meados dos anos 1970, o uso de drogas era onipresente. Era normal para mim ver pessoas fumando maconha e haxixe, e algumas tomando ácido. Nunca vi cocaína ou heroína e acho que o uso de pílulas provavelmente era muito discreto para que eu notasse. O álcool, claro, rolava solto nos ambientes onde eu tocava. Mas, nas áreas privativas, onde o empresário e a equipe se reuniam, geralmente havia uma mesa designada para a produção de baseados. Os interessados se reuniam para enrolar cigarros de papel com uma camada fina de óleo de haxixe e maconha, tabaco ou pedacinhos de haxixe. E a menina de doze anos se juntava à linha de montagem de baseados, mas nunca fumava.

Na verdade, uma vez eu experimentei na casa de uma amiga. Depois de engasgar com algumas baforadas, decidi que não fazia sentido tanto alarde sobre o assunto. Fiquei zonza e inebriada, mas naquela idade, o mesmo acontecia quando caía na gargalhada por causa de um peido alto e inesperado.

Eu tinha mais medo das drogas do que do álcool, principalmente porque eram ilegais e realmente não entendia os efeitos que as drogas tinham sobre a mente — e não estava interessada em experimentar para descobrir. Mesmo sendo tão jovem, eu já tinha passado por emoções fortes o bastante, sem precisar me envolver com drogas ou álcool. Não diria que perdi alguma coisa por não usar drogas, especialmente na adolescência. Já era bem divertido observar as pessoas ficando altas e deixar que a música me levasse. Ainda bem que foi assim, porque com toda a independência que meus pais me davam naquela idade, teria sido fácil entrar para o mundo das drogas sem que eles percebessem, antes que fosse tarde demais.

Agora que o Sr. Kramer tinha partido sem cerimônia, minha mãe retomou as rédeas da situação. Na falta de um empresário profissional, parecia que eu tinha andado um passo à frente e dois para trás.

Eu não me apresentava com a intenção de ficar rica e famosa; meu objetivo na música era ser feliz, amando a música que eu cantava e compunha, e se um dia eu conseguisse sucesso, esperava ser respeitada como artista e merecer um lugar entre os grandes. Não ansiava ser famosa apenas para me tornar uma celebridade. As apresentações também não eram meu interesse principal, porque eu ainda era dolorosamente tímida no palco. Se tinha que subir ao palco, preferia ser uma *backing vocal* do que a vocalista.

Minha estreia no *The Tommy Hunter Show*, por exemplo, mesmo tendo sido uma experiência positiva, trouxe à tona a realidade de que eu preferia estar na companhia de uma banda e de outros cantores, do que ficar sozinha sob os holofotes. Eu queria compor canções e cantá-las para mim mesma, em volta da fogueira, com meus amigos e minha família. Meu sonho não era ser uma estrela. Uma estrela poderia cantar minhas músicas e eu cantaria no coro. Este era meu sonho de criança: ficar nos bastidores, onde eu me sentia mais confortável e feliz.

Entretanto, minha mãe insistia que o único jeito para eu conseguir sucesso era sendo cantora; sair e cantar em qualquer lugar que me recebesse. Nos concursos de talentos, bares locais, festivais de música, *telethons*, casas de repouso, centros comunitários — ela marcava os shows e ficava atenta às próximas oportunidades.

★

7

O pior ano da minha vida e a busca da felicidade

Elegi 1978 — o ano em que completei 13 anos —, como o pior ano da minha vida. À noite, antes de ir dormir, eu dizia para mim mesma, "Você nunca terá outro ano tão miserável como este. Daqui em diante, as coisas vão melhorar". Do meu ponto de vista de adolescente, *tinha* que ser assim, porque não *dava* para piorar. A sensação que eu vivia era a de que uma mistura de emoções presas dentro de uma garrafa procurava se libertar. Se havia uma mensagem naquela garrafa, ela dizia "*Socoooorro*!", como se a vida brotasse em minhas entranhas, estancasse na minha garganta e quisesse explodir minha cabeça, mas em vez disso, ficava bloqueada e sufocada, sem poder se mover para fora. Eu queria sair. Queria me livrar da vida familiar, do cansaço, do estresse de um lar desajustado. Estava mentalmente cansada e desanimada. Às vezes, já adultos, lembrando das experiências da juventude, podemos ver com mais clareza e perspectiva que nossos sentimentos sobre certos momentos eram dramáticos demais, que os valorizávamos mais do que o necessário, que a situação não era tão ruim como parecia na época. Entretanto, ao recordar aquele período da minha vida, percebo que não estava sendo dramática, mas sim realista sobre minha posição verdadeiramente desesperadora.

Nem mesmo o prazer que minha mãe tinha em cuidar da minha carreira era suficiente para compensar seu estado de depressão crônica, graças às brigas com meu pai e aos infindáveis problemas financeiros dos Twain. Ela passava cada vez mais tempo na cama e eu estava cansada de cuidar da casa; já era muita responsabilidade para um adulto, quanto mais para uma criança.

Eu chegava da escola e encontrava a mesma bagunça que tinha deixado no corre-corre matinal. Mamãe também estava exatamente do mesmo jeito: deitada. Era como ver um pássaro na gaiola. Ela parecia frágil e delicada, fácil de se quebrar, com os olhos fechados, derrotada — tinha abandonado o sonho de um dia voar plenamente. Um pássaro brilhante, apaixonado, ágil, mas inutilizado. Minha mãe era excepcionalmente aberta para uma mulher de sua geração, vinda de uma pequena comunidade mineradora de Ontário, cuja língua inglesa dominante ainda dava margens para algum conhecimento de francês; destemida e corajosa o suficiente para encarar um casamento inter-racial com um nativo. Os franceses e ingleses não se davam bem socialmente, e os casamentos mistos entre brancos e nativos, especialmente quando a mulher era branca, eram raros e considerados inaceitáveis pela maioria. Era preciso ter uma alma desprendida para enfrentar a crítica.

Eu fiz um café e acendi um cigarro para minha mãe, na tentativa de fazê-la se mexer antes da chegada do meu pai do trabalho, porque se ela ainda estivesse na cama quando ele entrasse pela porta, ele ficaria zangado, e a tensão poderia evoluir e acabar em outra noite de brigas. Não era raro que ele a arrancasse da cama, agarrando o que pudesse — um braço, uma perna, os cabelos — ou simplesmente puxando o lençol com as mãos para fora da cama, com ela enrolada. Eu sabia que isso estava para acontecer quando ele me dizia para mandar os meninos brincarem lá fora. Meu pai continuava a arrastar minha mãe pelo chão, até a cozinha, enquanto ela chutava e gritava, mandando-o para o inferno: "Me deixa, seu filho da puta! Eu odeio você, me deixa!". Meu pai a soltava quando chegava à cozinha e a repreendia, pedindo para ela se levantar e cuidar da família. Minha mãe geralmente estava em péssimo estado, seminua, sem banho, pálida e frágil. Meu coração ficava partido ao vê-la daquele jeito. Às vezes, sua reação era de submissão, e ela se sentava à mesa na sua posição habitual, com os joelhos encostados no peito, e apenas chorava. Eu a consolava, colocando a mão nas suas costas, dizendo, "Não chore, mamãe, tudo vai ficar bem". Depois, eu fazia um café e lhe oferecia um cigarro. "Papai tem razão", eu dizia firmemente. "Você precisa se levantar, e cuidar de nós. Você não pode dormir o tempo todo. Nós precisamos de você. Não temos nada para comer".

Se toda essa comoção durasse muito tempo, algum vizinho assustado chamava a polícia, que aparecia em nossa porta regularmente. Quase sempre, minha mãe explicava calmamente aos policiais que, sim, houve uma "discussão", mas agora tudo estava bem — quando, na verdade, ela provavelmente estava bastante machucada, especialmente quando decidia enfrentar, em vez de se refugiar na mesa. A presença da polícia pelo menos servia para reprimir a ambos, encerrando o conflito.

Eu odiava minha vida. Eu ia dormir me sentindo desamparada e acordava zangada pela manhã. O que mais me espantava sobre o novo dia era que, não apenas um, mas os dois ainda estavam vivos e não tinham conseguido se matar durante a noite.

Nessa época, vivíamos bem longe do resto da família. Hanmer, onde morava a maioria de nossos parentes, ficava a várias horas de carro de Timmins. Nós os víamos apenas em ocasiões especiais, como o Natal, e mais duas ou três vezes ao ano.

A pobreza extrema e a violência conjugal marcaram nossos anos em Proulx Court, e até hoje não sei porque ninguém nos ofereceu ajuda — pelo menos não que eu tivesse conhecimento. Não era mistério para quem nos conhecia que meus pais tinham um relacionamento problemático e que tínhamos graves dificuldades financeiras, mas não acho que alguém soubesse o real tamanho da crise que vivíamos às vezes. Para meu espanto, nós sobreviveríamos a estes quatro anos especialmente turbulentos, e no verão de 1979, algo diferente aconteceria.

Em uma certa manhã, depois de um longo ano, eu estava mais convencida do que nunca de que tinha chegado a hora. Minha mãe tentou romper o casamento várias vezes durante anos. Ela nos arrumava e pedia abrigo para um amigo. Por algum motivo, nunca era o mesmo amigo, e, às vezes, minha mãe chamava alguém que mal conhecíamos. Não sei qual era a lógica dessa escolha, mas acho que ela queria ter certeza de ir para algum lugar onde meu pai não iria nos encontrar, para evitar mais drama. Essas tentativas não duravam mais do que alguns dias; a mais séria, em que ela chegou até a alugar um apartamento em uma cidade próxima, durou uma semana. Nós sempre acabávamos voltando para casa, para o mesmo ciclo maldito de altos e baixos, que nos deixava confusos. Eu não podia contar com minha mãe para tomar decisões definitivas para nossa família nem para si mesma, no que dizia respeito a esse assunto. Eu sequer conseguia persuadi-la a sair da cama no final do dia, ao chegar da escola. Então, arquitetei meu próprio plano para me livrar daquele círculo vicioso em que nos encontrávamos. Era um momento decisivo para mim. Internamente, eu alimentava a sensação de *agora* ou *nunca*.

As aulas do ensino fundamental tinham acabado. Numa manhã, eu simplesmente decidi: é hoje. Assim que meu pai saiu para trabalhar, eu percorri a casa, fazendo as malas com as roupas das crianças. Enquanto isso, cuidava da minha mãe como em um dia qualquer: café e cigarro na cama. Na sequência, juntei Carrie, Mark e Darryl no carro e pedi que esperassem. Para economizar combustível, meu pai revezava as viagens com um colega de trabalho, por isso o carro estava em casa. Eu aproveitei a chance. Abarrotei o carro com todos os pertences possíveis. Deixei para trás tudo que não servia: a única coisa que eu não queria deixar era o relógio de pêndulo do meu tataravô. Depois de tudo embalado, eu mesmo o levei para fora, embora o relógio de madeira pesada e mecanismos internos de metal tivesse um metro de altura. Eu sabia que minha mãe ia ficar satisfeita sabendo que o relógio de sua família estava conosco. Ela ainda era muito apegada à memória da minha avó Eileen, e o objeto tinha um grande significado para ela. Acomodei a pesada peça no colo das crianças, no banco de trás, junto com o crucifixo da vovó, que ficava sempre pendurado na porta de entrada de toda casa em que moramos, desde a sua morte. Isso também era algo que minha mãe não gostaria de deixar para trás.

Finalmente, depois de passar a manhã arrumando tudo, colocando as coisas no carro junto com as crianças e pensando em como daria a notícia de que estávamos indo embora para minha mãe, eu a tirei da cama. "Mamãe", eu disse com certa premência, "você precisa se vestir. Estamos no carro, prontos para ir embora. Você só precisa dirigir". A rotina habitual para atraí-la para a mesa da cozinha, com um segundo café e um cigarro, funcionou. Porém, eu senti que precisava apressá-la, com medo de que ela pudesse pensar demais sobre o que estava acontecendo e voltar para a cama, estressada com meu plano de fuga. Passando a maior parte do tempo deprimida na cama nos últimos quatro anos, era como se ela estivesse desligada do resto do mundo. Não fiquei surpresa por ela não ter discutido; ela só perguntou, "Para onde vamos?".

"Toronto". Sua única reação foi acenar ligeiramente, compreendendo que o que estava acontecendo era inevitável e estava fora de seu controle. Ela se movimentou, derrotada, sem esperança, obediente, e lembro que fui invadida pela culpa, sabendo que estava aproveitando de seu estado mental vulnerável. Ela não ofereceu resistência àquela situação radical. Era uma sensação desconfortável para mim, mas eu sentia a pressão de não ter alternativa.

Prestes a sair da garagem, minha mãe fez uma pausa. "Tenho que voltar", ela disse. "Esqueci uma coisa". Fiquei com muito medo de que ela perdesse a coragem e não voltasse, mas, para meu alívio, ela voltou rapidamente, sentou-se na direção, fechou a porta e fomos para Toronto.

Perguntei o que tinha esquecido e ela disse, "Ah, nada. Eu só queria deixar um bilhete para ele".

"O que você escreveu?" perguntei, achando que ela poderia ter sido tão distraída a ponto de contar para onde estávamos indo. "Eu deixei um bilhete dizendo que lamentava que as coisas não deram certo". Ainda hoje me lembro da tristeza que senti por ela, por se sentir tão derrotada naquele momento, por estar tão desanimada e sem esperança. E ainda ter a compaixão de se desculpar com o homem que a agredia tanto. Minha mãe realmente o amava e eu podia sentir sua dor em deixá-lo, bem como seu reconhecimento de que se tratava de uma via de duas mãos: a vida tinha sido injusta com ambos, com o relacionamento, a convivência pacífica era muito difícil. Ela assumiu sua responsabilidade, se desculpando no bilhete de despedida. Entretanto, ao mesmo tempo, eu pensava, "Mãe, como assim, você voltou para escrever um bilhete de desculpas? Seus quatro filhos estão sentados no carro, amedrontados, confusos e inseguros sobre o que virá, esperando que você cuide deles em algum lugar longe deste inferno, para que se sintam seguros, para variar, sejam alimentados e protegidos, e você está se lamuriando pelo fim de seu relacionamento com o homem que bate em você?". Aos quatorze anos, eu não compreendia aquilo, mas agora vejo tudo bem diferente. Eu achava inaceitável perdoar um homem violento, em qualquer circunstância. Mas ela amava meu pai e admirava sua dedicação pelos cinco filhos, sendo que quatro deles não eram seus. Certamente havia coisas para se amar em Jerry. Ele fazia o melhor para nos prover e mantinha o senso de humor, mesmo em tempos sombrios. Ele perdia a compostura sob pressão, mas ela achava isso perdoável, porque a carga era demais para qualquer um.

Além disso, minha mãe também devia reconhecer parte da culpa por provocá-lo tanto. Ela tinha um jeito de insistir, não sabia a hora de parar, quando se calar e deixar os ânimos se acalmarem para as coisas não saírem do controle. Ela era uma mulher impetuosa, que não gostava de ficar por baixo. Esse comportamento temperamental alimentava o fogo entre eles, e acredito que ela sabia disso e lamentava ter contribuído para o caos. Eu também via tudo isso, sentia pena do meu pai e reconhecia que a culpa não era só dele. Acredito que ele fez o melhor, mas as coisas foram longe demais, e eu tinha chegado ao meu limite e precisava desesperadamente fugir. Cada um de nós estava morrendo aos poucos e o único jeito de sobreviver era fugindo.

Viajamos em silêncio por um longo tempo depois que nos afastamos da Proulx Court. Eu olhei de relance para minha pobre mãe. Ela parecia vazia e desapontada ao volante. A vida a tinha maltratado muito e agora estava sozinha para se defender e cuidar de quatro filhos, sem ter para onde ir, nem contar com ninguém. Eu carregava parte da culpa. Afinal, a ideia de fugir foi minha. Fui eu que orientei os passos de minha mãe morta-viva para deixar o homem que ela amava, salvar a si mesma e aos filhos. De certa forma, eu me culpava por sua tortura. Mas ambas sabíamos que não havia escolha, e mais ainda, não poderíamos voltar atrás.

Imagine uma mulher de trinta e poucos anos em um carro velho caindo aos pedaços, indo para uma cidade grande onde não conhecia ninguém, com quatro filhos a tiracolo. Ela não tinha um plano ou um endereço, nem dinheiro algum. Estava aturdida e seguiu as instruções da filha adolescente para chegar até o carro e seguir para uma nova vida. Quem sabia que vida seria? Nenhum de nós. Pelo menos, podíamos ir para um abrigo social e nos refugiar. Talvez lá eu pudesse seguir com a música mais facilmente do que em qualquer outro lugar de Ontário.

Chegamos a Toronto após dez horas de viagem. Mamãe parou em um telefone público e voltou alguns minutos depois com o endereço de um abrigo para pessoas sem-teto.

Naquela noite, dormimos os cinco em um abrigo lotado, em camas estreitas encostadas ao longo das paredes, em um dos salões abertos e espaçosos destinados para grandes grupos. Várias famílias dividiam o lugar. Eu quase não dormi, estava muito quente. Obviamente, não tínhamos privacidade, compartilhávamos os banheiros e, de manhã, comemos em mesas comunitárias compridas. Para mim, era incômodo estar cercada de tantos estranhos. Eu me sentia pequena e perdida, e me perguntava se não teria sido um erro ir para lá. Mas, pelo menos, era algum lugar para ir. O lado positivo foi que no meu primeiro café da manhã no abrigo foram servidos cereais. Eu podia comer à vontade e não tinha limite para o leite. Isso era uma novidade. Estávamos comendo com os sem-teto, mas havia comida de sobra. Logo fomos levados para uma instalação menor, um imóvel de vários andares que tinha sido convertido em um abrigo grande o bastante para cinco famílias, além dos funcionários. A comida era boa, a equipe era atenciosa e prestativa, e eu me sentia segura. Finalmente senti que as coisas iriam melhorar.

O abrigo tinha regras de segurança rigorosas. A porta da frente se fechava automaticamente atrás de nós, sempre que saíamos, e éramos instruídos a não dar nosso endereço para ninguém, nem falar sobre as outras pessoas da casa. As mães eram advertidas a não contar onde estavam nem mesmo para os amigos e familiares, e principalmente aos maridos agressores, em hipótese nenhuma. Afinal, um homem violento que surgisse na porta querendo ver sua mulher e filhos poderia colocar em risco a segurança de todos. Com esta preocupação em mente, os residentes não tinham permissão para atender à porta ou ao telefone. E tudo isso era mantido até que a equipe tivesse certeza de que o agressor em questão não representava mais uma ameaça. Eu percebia o quanto este protocolo de proteção poderia ser comprometido, com tantas crianças na casa. Era difícil para elas entenderem a necessidade de tantas regras estranhas, como não atender à porta ou ao telefone, no lugar onde você mora.

Nós tínhamos tudo que precisávamos — as mulheres recebiam uma pensão para itens variados, e mais um dinheiro para as despesas do dia a dia. Se houvesse alguém fazendo aniversário, a equipe preparava uma festa e quando o tempo estava bom, fazíamos churrasco no quintal. Que benção! O abrigo proporcionava um verdadeiro refúgio, com segurança e ordem.

Durante o dia, eu costumava sair para caminhar, apenas para não ter tanta gente por perto. Geralmente, ia a uma grande loja de departamentos na Bloor Street West, a Honest Ed's, só para olhar os produtos. Eu gostava de uma lojinha popular chamada Dollar Store. Tudo era tão barato! De vez em quando eu "ostentava" algum produto de cinquenta centavos ou um dólar, como uma sandália de dedo ou uma bolsinha de moedas.

Eu gostava de jogar basquete e na frente do abrigo havia uma quadra. Embora não fosse muito boa nos passes, tinha um arremesso preciso. Na época da escola eu quis jogar, mas meu pai não podia pagar o combustível para me levar e buscar nos treinos e jogos. Quando dava, ia a pé até a escola mais próxima, onde podia treinar jogando "21" com as outras crianças: ganhava quem fizesse 21 pontos primeiro em arremessos e lances livres. A atividade se tornou um passatempo e, depois de muita prática, conseguia ganhar de quase todo mundo. Eu jogava exclusivamente contra meninos, simplesmente porque nunca havia outras meninas na quadra. Nem preciso dizer o quanto era frustrante para aqueles adolescentes atléticos perder para uma menina magricela.

Embora 1979 tenha sido um ano que trouxe alívio para todos com a quebra do círculo vicioso de nossa vida cotidiana, ainda havia muita incerteza quanto ao que viria depois. Para mim, essa mudança de direção era estimulante. Eu agradecia que minhas preces ao "Pai-tempo" tinham sido atendidas, que minha fé não fora em vão. Ele decidiu que eu já tinha passado o suficiente e uma mudança foi concedida. "Eu sabia que podia contar com você, tempo", suspirava aliviada. Em poucos meses, podia dar adeus ao pior ano da minha vida deixando para trás uma profunda desesperança. Eu ansiava por dias melhores.

Algumas canções têm a capacidade de marcar o tempo, e *Sailing*, de Christopher Cross, fez isso por mim. Eu a ouvi pela primeira vez no final de nossa estadia no abrigo. A letra, que diz, "apenas um sonho e o vento para me levar, logo estarei livre", fazia eu me sentir melhor diante do futuro incerto. A música me inspirou a aceitar que enquanto eu tivesse sonhos, elementos fora do meu controle poderiam me ajudar a realizá-los.

Antes do início das aulas, o abrigo conseguiu uma casa para dividirmos com apenas uma outra família: a mãe e duas lindas menininhas loiras. Ela ficava em Jamestown Etobicoke, uma área residencial ao norte da cidade, com quarteirões de casas geminadas e parques em volta. Se incluirmos o porão, a casa tinha quatro quartos. Depois da mudança, passamos a receber cupons de compras. Minha mãe e Sherry, com quem dividíamos a casa, iam toda semana a um tipo de entreposto para retirar as mercadorias. Cada família recebia uma cesta de mantimentos, como pão, açúcar, manteiga e leite. Tinha até um dos meus cereais preferidos, Shreddies. Mamãe também recebia uma pensão baseada no número de filhos. Se necessitássemos de algo mais, buscávamos no Exército da Salvação. Às vezes, isso não era suficiente e minha mãe percebeu que precisava arrumar um emprego.

Ela conseguiu um trabalho noturno como cozinheira no restaurante de um clube irlandês, chamado Conception Bay Club, que mais parecia um refeitório. O proprietário era um acordeonista de Newfoundland, chamado Harry "His Nibs" Hibbs. O restaurante servia a comida caseira da costa leste, com dança e música irlandesa. Mamãe não tinha desistido de sua pequena cantora e logo deu um jeito de me levar com ela nos finais de semana. Ela trabalhava na cozinha, cuidando de grandes panelas com pés de porco e repolho, e eu cantava música *country* noite adentro, para ganhar um dinheiro extra. Eu esperava minha mãe fazer a limpeza depois que os clientes saíam, e íamos juntas para casa. Eu gostava do ambiente do Conception Bay Club, e da comida também, embora *tudo* fosse cozido; salgado e cozido — era assim que os irlandeses gostavam.

Era mais um daqueles ambientes de entretenimento noturno onde, embora já estivesse com 14 anos e não fosse mais propriamente uma garotinha, ainda me sentia deslocada. Em uma noite, durante um intervalo entre as canções, lembro de um frequentador falando mal de sua mulher no meu ouvido. Ele dizia que iria deixá-la, que ela era muito nervosa e superficial para ele e que simplesmente não a amava mais. "É como viver com uma estranha", ele resmungou. Eu disse que achava que ela era bonita e que eu gostava do jeito como ela se maquiava. Ela era muito caprichosa e cheia de glamour. Ele disse que odiava o jeito como ela se pintava e que não a via sem maquiagem desde o casamento, há muitos anos.

"Nossa, você nunca a vê sem maquiagem?", perguntei. "Como pode estar casado com uma mulher e nunca vê-la sem maquiagem?". Com certeza, à noite, ao deitar, ele devia ver seu rosto limpo, não? Mas ele continuou dizendo, "Não, ela dorme com maquiagem, batom e tudo mais".

Embora eu tivesse apenas 14 anos, conclui que o homem estava obviamente bêbado e flertando comigo. Por outro lado, pensei que sua esposa deveria ser infeliz e solitária, e muito insegura para manter aquela máscara, com medo de que o marido fosse criticá-la e não gostar da realidade se ela surgisse de rosto limpo. Também imaginei que ela devia ser uma pessoa muito complicada para permitir que um homem a deixasse insegura a ponto de nunca aparecer sem maquiagem, nem mesmo para seu próprio marido. Mas a questão principal era: por que aquele homem estava me *dizendo* tais coisas? Lá estava eu novamente no mundo adulto, ao qual eu não pertencia, me perguntando, *que diabos estou fazendo aqui?*

Eu ganhava alguns dólares para cantar, e minha mãe não conseguia muito mais, presa às caçarolas fumegantes. Por isso, ela começou a vender títulos de sociedade do clube, com a minha ajuda. Àquela altura, as aulas já tinham começado, então eu fazia as minhas ligações à tarde, à noite e nos finais de semana. De cerca de cinquenta pessoas, apenas uma ouvia meu discurso completo de venda, e talvez uma em cem, considerava a oferta. Nós tínhamos apenas um aparelho telefônico, que demorava um tempão para discar um número de sete dígitos. Na época, eu arranjei meu primeiro namorado, Daniel, que morava duas casas abaixo da nossa, no mesmo quarteirão. Sua família possuía vários aparelhos de teclas, o tipo mais moderno. Ele me emprestou um e fazia toda a diferença. Não em termos de vendas, mas pelo menos eu conseguia acumular mais rejeições por hora. Porém, acho que a mãe dele não gostou muito de ter um dos seus aparelhos telefônicos emprestado para a vizinha adolescente. No dia seguinte, ela o pediu de volta, e eu continuei a fazer ligações à moda antiga. Puxa, como meu dedo indicador doía!

Eu conheci Daniel em 1980, aos 14 anos. Ele era um cara generoso, de bom coração. Apesar de termos a mesma idade, ele era maduro para um menino e compreensivo diante das dificuldades de minha família.

Sendo vizinhos tão próximos, nós começamos a conversar no portão, sem ir a lugar nenhum, ainda ao alcance do chamado de nossas mães. Tudo muito inocente.

No meu aniversário de 15 anos, ele me levou para ver o Van Halen, no Canadian National Exhibition. O CNE, fundado em 1879, é uma tradição anual no Canadá. O evento de duas semanas e meia no verão é como uma feira *country*, mas com escala de uma exposição mundial, com muitos rodeios, paradas, eventos esportivos e entretenimento. Eu adorei o show. Eddie Van Halen era um galã e sua guitarra me deixou louca. Achei que ele era um gênio.

Daniel e eu nos divertimos antes do show, indo aos rodeios e comendo algodão doce. Quando voltamos para casa, ele me beijou delicadamente e se despediu. Nós nos apaixonamos e ficamos juntos por dois anos. Ele era uma pessoa fantástica e sempre terá um lugar especial no meu coração, como meu primeiro amor.

Ele frequentava uma escola católica particular e eu ia para a escola pública. Todos os dias, depois da aula, corríamos para nos encontrar e ficávamos juntos em todas as oportunidades que surgiam. Éramos inseparáveis. Minha mãe era muito aberta quando o assunto era sexo e não tinha problemas para explicar os riscos. A AIDS ainda não era muito conhecida e a principal preocupação era evitar uma gravidez. Eu era bastante madura para minha idade, tinha crescido rapidamente e decidi usar a pílula como método de controle, para me proteger de uma gravidez indesejada. Eu me sentia segura e confiante no meu relacionamento com Daniel, e por isso o sexo não me assustava, mas também não queria ser pega desprevenida, como minha mãe me disse que acontecia com muitas garotas. Ela explicou que no calor do momento as coisas podem sair do controle e simplesmente "acontecer", e antes que você se dê conta, está esperando um bebê. Essa ideia me apavorava. Marquei uma consulta médica, e Daniel me acompanhou ao consultório. Embora minha mãe fosse tranquila com relação ao assunto, eu não me senti à vontade para compartilhar isso com ela, então, resolvemos as coisas sozinhos. Passei pelo meu primeiro exame ginecológico e disse ao médico que gostaria de tomar a pílula. Ele concordou que essa seria a melhor forma de contracepção para mim. Saí de lá com uma receita na mão, e o Daniel na outra.

Eu sabia muito pouco sobre a relação sexual propriamente dita, como o fato, por exemplo, de que a primeira vez poderia ser dolorida. Minha primeira experiência até que foi bem tranquila; Daniel foi gentil e paciente, e não senti pressão alguma de sua parte. Não eram os meus hormônios que estavam conduzindo minha decisão e sim minha curiosidade. Sem o "calor do momento" para confundir meu cérebro, houve tempo para pensar em tudo. Hoje eu acho graça do meu rigor metódico ao planejar isso, porque não havia nada espontâneo e, na verdade, não posso dizer que foi uma primeira experiência fisicamente satisfatória. Contudo, o mais importante, do ponto de vista emocional, é que eu fiquei tranquila por estar aprendendo com alguém que se preocupava comigo, e eu com ele. Em retrospectiva, acho que tive muita sorte em ter uma primeira experiência sexual amorosa, que iniciou uma associação positiva entre o físico e o emocional. Sei que isso nem sempre acontece com as adolescentes. A partir dali, um valor pessoal importante se formou: de que o sexo só valia a pena se fosse com alguém com quem eu compartilhasse respeito e consideração.

Nossa vida na John Garland Boulevard era tranquila, sem a preocupação de ter uma despensa vazia. Por ter crescido em meio à tanta violência doméstica, às vezes eu ainda desconfiava que essa vida "normal" seria apenas momentânea. E se o meu pai nos encontrasse e nos levasse de volta? Será que voltaríamos para aquela vida antiga, marcada por períodos felizes interrompidos por brigas horríveis, cheias de brutalidade física? Eu não tinha nenhum motivo para acreditar que não, já que esse tinha sido o padrão até onde eu podia me lembrar.

No fundo, tinha razões para me preocupar, já que fui eu quem inadvertidamente dei uma pista para meu pai sobre o nosso paradeiro. Os conselheiros do primeiro abrigo onde ficamos nos incutiram a ideia de que tínhamos que ser cuidadosos e nunca divulgar muita informação para o agressor. Isso me deixou paranoica e ansiosa. Durante um bom tempo, depois que mudamos para Jamestown Etobicoke, nós nunca ligávamos para meu pai do telefone de casa; em vez disso, íamos até um telefone público que ficava a algumas quadras. A única coisa que ele sabia era que estávamos em algum lugar de Toronto. Um dia, quando estava falando com ele no telefone, sem pensar, mencionei que morávamos perto de uma rua chamada Kipling Avenue.

Quando desliguei, fiquei apavorada. *Agora ele nos encontraria!* Racionalmente, sabia que Toronto era uma cidade grande e que nos rastrear seria o mesmo que procurar uma agulha no palheiro. Mas a lógica não era páreo para as emoções de uma jovem assustada, e corri direto para os braços do pânico absoluto.

Eu estava com medo que ele nos achasse, e a culpa seria minha, por ter falado demais. Porém, para minha surpresa, minha mãe apenas disse para não ficar tão preocupada, que ela daria o número do telefone de nossa casa para ele, mas não o endereço. Parecia mais relaxada e confortável sobre o fato de mantermos contato com ele, mas eu não estava pronta para aceitar que estávamos a salvo. Será que ela não tinha levado o conselheiro a sério? Não desconfiava que ele estava sendo agradável só para ela baixar a guarda e revelar o nosso paradeiro? A negligência de minha mãe me deixou ansiosa e o medo me lançou em um pesadelo terrível, que ainda hoje permanece vivo em minha memória.

A casa onde morávamos tinha três andares. No começo, eu dormia no porão, mas depois de um ano, Sherry e as filhas se mudaram, e eu passei a dividir o quarto com Carrie, no andar superior. Como nos velhos tempos, dormíamos em um beliche, mas agora, Carrie na cama de baixo e eu na de cima. No pesadelo, meu pai estava parado ao pé da cama, atirando pratos em mim. Eu sentava e começava a sacudir os braços, gritando, "Não, não, pare com isso! Não!"

Os pratos quebravam em meu corpo, cortando minha pele em fatias compridas e perfeitas. Havia cortes por toda parte, até na sola dos pés, e a dor era enorme, embora, estranhamente, não sangrasse muito. Depois de algum tempo, ele parava de arremessar os pratos. Então eu acordava, me sentava na cama, ofegante, com os olhos abertos, consciente de onde estava. Mas o pesadelo não havia terminado, embora eu não estivesse mais dormindo. *Eu tinha que sair da cama e verificar os outros!* Pensando estar acordada, eu mantive o clima do sonho. Na minha cabeça, meu pai estava chegando. Precisava avisar a todos. E se ele estivesse escondido na casa? Estava certa disso.

Eu tentava sair do beliche, mas meu corpo todo doía. Quando tentava me tocar com a palma das mãos, elas doíam, com os cortes, embora eu não os visse. Parecia que eu tinha cortes de gilete por todo o corpo. Quando meus pés tocavam o chão, eu quase não conseguia suportar a sensação da pele cortada em contato com o carpete, tinha que andar na ponta dos pés, e parava em cada cama, verificando minha irmã, minha mãe e meus irmãos, certa de que iria encontrá-los mortos. Para meu alívio, todos ainda estavam respirando e dormindo profundamente.

Cuidadosamente, eu descia as escadas e verificava se a porta da frente estava trancada. Sim. Ótimo. Mas, e se ele estivesse esperando por mim no porão? Se eu acendesse a luz, ele poderia me ver, então, eu rastejava até embaixo e tateava o caminho no breu: ninguém ali. Contudo, eu tinha certeza de que meu pai certamente viria me pegar. Afinal, a ideia de deixá-lo foi minha. Fui eu que convenci minha mãe, atolada em depressão, a sair da cama, pegar o carro e nos levar para longe. Por minha culpa, ele chegou do trabalho naquela noite, encontrou a casa vazia e foi recebido apenas por um bilhete patético, com uma frase de desculpas rabiscada em um minuto: "Lamento que as coisas não tenham dado certo". Eu era a responsável por seu abandono e ia pagar por isso.

Tremendo de dor, rastejava de volta e me escondia debaixo da mesa da cozinha. Dali, podia ver a janela e a porta da entrada. O contato do metal das cadeiras com os cortes era doloroso e meus pés me davam agonia. Eram três da manhã e eu ficaria ali, congelada e de olhos abertos, até amanhecer. Eu vasculhei a casa por uma hora. Sabia disso porque eram duas horas no relógio digital ao lado da cama, quando "levantei" em meu sonho.

Eu me aninhei debaixo da mesa por horas, esperando que a qualquer momento meu pai irrompesse pela porta com uma arma. Eu o via em ação, ouvia seu urro, os gritos de minha mãe, nossos gritos, as pancadas, os murros, e a gritaria de duas pessoas se engalfinhando. Eu estava pronta para o pior. Estava pronta para enfrentá-lo se ele entrasse por aquela porta e tentasse ferir minha família. Mas ele não veio.

Por volta das seis da manhã, o sol entrou pela janela. Meu pai não veio. Uma sensação de calor me invadiu; de repente, não estava mais tensa nem dolorida. Tudo voltou ao normal. Balancei a cabeça e perguntei em voz alta, "Que diabos estou fazendo debaixo da mesa?". Eu sabia o motivo, mas não queria acreditar. É como se alguém tivesse me levado para lá enquanto eu dormia e só agora eu tinha acordado. Só que eu estava acordada o tempo todo. Eu saí de baixo da mesa sem dor, subi as escadas e entrei na cama como se nada tivesse acontecido.

Algumas horas depois, minha mãe me sacudiu. "Acorde! Seu pai está ao telefone", ela disse, afobada. "Ele precisa falar com você".

"Estou com sono", resmunguei.

"Ele disse que é muito importante."

Desci e peguei no telefone. "Eilleen, você está bem?", ele perguntou, agitado.

Hesitante, respondi, "Sim, estou bem. Por quê?" Estranhei aquela preocupação repentina comigo, especialmente depois do que tinha vivido na noite anterior.

Ele insistiu. "Tem certeza? Me diga que está bem!" Eu reafirmei que sim, eu estava bem. Por que ele estava me perguntando isso? Será que ainda estava sonhando? Fiquei completamente confusa.

"É que eu tive um pesadelo com você na noite passada e queria ter certeza de que você está bem", ele explicou. E descreveu seu sonho. "Você estava no pé da minha cama, agitando as mãos e gritando, 'Não, não, pare com isso, não!'" E ele acordou assustado. Disse que o sonho era tão real, que ele ficou preocupado comigo e quis se certificar de que eu estava bem. Vi que sua preocupação era genuína. E acreditei que, de algum modo, ele estava comigo naquelas horas, e senti o poder de seja lá o que for que tinha acontecido. Nossos sonhos eram paralelos. Ele contou que sua mãe o acordou por volta das três da manhã, porque percebeu que ele estava agitado e gemendo, obviamente, tendo um pesadelo.

Eu achava incrível aquilo tudo que eu estava ouvindo. Até os horários coincidiam. Fiquei apavorada — quem não ficaria? — mas não disse uma palavra sobre meu sonho. "Não, está tudo bem", continuei afirmando, e deixei assim.

Em 1981, no verão em que completei 16 anos, minha mãe voltou para o meu pai. Ela tinha se tornado menos dependente de mim emocionalmente ao longo do período em Toronto, o que me permitiu passar mais tempo com Daniel. A comunicação com minha mãe diminuiu e eu não participei da sua decisão de voltar para meu pai. Ela aludiu abertamente ao fato de os meninos precisarem do pai e pude perceber que ela estava cansada de tentar nos sustentar sozinha, com o pouco que conseguia com seu trabalho e os benefícios sociais. Então, não foi uma surpresa quando ela decidiu mudar para o norte, para um ambiente mais conhecido, onde tinha familiares, mesmo que não fosse para viver com meu pai. O ritmo acelerado da cidade de Toronto também a desgastava. Ela ficava intimidada pelas atitudes não muito amigáveis das pessoas da cidade grande.

Contudo, deixei claro que eu não iria. Eu não deixaria Daniel! E estava tão decidida que minha mãe não teve outra escolha a não ser me deixar para trás. Ela levou Carrie, Mark e Darryl. Obviamente, sem ela eu não poderia mais ficar na casa. Enchi uma mala com meus pertences — cadernos com letras de música, bichos de pelúcia, fotos, um diário e outras bugigangas pessoais — e juntei à mudança da família para ela levar. Fiquei apenas com uma mala pequena, contendo roupas e alguns itens básicos diários. Resolvi passar algumas noites escondida na velha casa, para ficar perto de Daniel e, como outra solução de hospedagem, andava de ônibus durante a madrugada. Você assistiu ao filme *À Procura da Felicidade*, com Will Smith, baseado na história real de um homem que ficou sem teto durante um tempo, e que mais tarde se tornou um próspero corretor da bolsa? A cena na qual ele e o filho passaram a noite toda em um ônibus, porque não tinham para onde ir, me levou de volta a Toronto, em 1981.

Ficar escondida na casa antiga não era muito prático, porque a energia elétrica, o telefone e a água tinham sido cortados. Porém, ironicamente, posso afirmar que eu tinha um amplo treinamento para improvisar nessas circunstâncias. Meus pais continuaram a tentar falar comigo, porque sabiam que eu estava dormindo na casa vazia. Depois, eles entraram em contato com uma tia de meu pai, que vivia a uns 45 minutos de distância, mas eu relutei em ir para lá, porque ficava muito longe de Daniel.

Lembro de uma noite em que estava sozinha na casa vazia, quando um relâmpago iluminou o céu e a luz entrou no quarto pelas janelas descortinadas. Eu tomei um susto daqueles, porque parecia a cena de um filme de Alfred Hitchcock. Estava desconfortável e sozinha no escuro, mas não foi nada se comparado aquele pesadelo que tive — será que aquilo foi só um sonho mesmo? Enfim, agora eu não tinha cama, mas o carpete era macio o suficiente para dormir. Eu repetia para mim mesma, "estou bem e vou conseguir".

Daniel chegou a perguntar aos pais se eles ou algum amigo na vizinhança poderiam me abrigar, mas ninguém queria acolher uma pequena vagabunda do interior. Eu compreendia as razões — era estranho esperar que alguém se envolvesse no drama de uma adolescente que não acompanhou a família porque se recusava a deixar o namorado.

No final do verão, perto do meu aniversário de 16 anos, eu cheguei à conclusão de que não dava para seguir sozinha. Meu pai acabou me convencendo a ir para a casa de sua tia, mas era um apartamento pequeno e fiquei lá apenas por um curto período. Não havia mais nenhuma solução que me permitisse permanecer em Toronto. Eu não conseguiria me sustentar trabalhando meio-período em uma lanchonete e continuar os estudos. Eu fiquei arrasada, mas, ou era sair da escola para ficar com Daniel ou voltar para Timmins, para viver com meus pais. Abandonar a escola não era uma opção. Por mais que eu amasse Daniel, sabia que tinha que terminar os estudos.

Entrei relutantemente no ônibus da Greyhound, para uma viagem de quinze horas de volta à minha cidade natal. Eu sabia que minha família ficaria feliz em me ver, e também estava ansiosa para reencontrá-los, mas deixar Daniel era como morrer. Eu estava me separando do meu melhor amigo e primeiro amor.

★

8

Uma adolescente em Timmins

Abandonar Daniel e minha independência foi como me dividir ao meio, mas acabei voltando e passei meu aniversário de 16 anos com a família. Entretanto, não voltamos a morar em Proulx Court.

Logo depois que mamãe, meus irmãos e eu fugimos para o abrigo em Toronto, meu pai parou de pagar a hipoteca e a casa foi tomada pelo banco. Ele voltou a morar com meus avós, em Timmins, e lembro de ouvir comentários sobre como a perda da hipoteca tinha prejudicado seu crédito e tornado mais difícil a obtenção de um empréstimo para o futuro negócio de reflorestamento e a hipoteca de uma outra casa. Enquanto ele se recuperava financeiramente, ficaríamos morando com meus avós, na Maple Street — uma das muitas ruas de Timmins com nomes de árvores locais.

Nossa família se amontoou na pequena casa de 55 m^2, totalizando onze pessoas vivendo sob o mesmo teto. Além de nós seis, havia meu avô Jerry, minha avó Selina; os irmãos mais novos de meu pai, tio Timmy e tia Karen; e minha prima Lorie, que tinha a minha idade. Nem preciso dizer o quanto ficou apertado, especialmente porque eram apenas dois quartos e um banheiro. Como sempre, fui parar no porão, mas desta vez, a família inteira ficou comigo. O chão era de terra batida, exceto por uma pequena área coberta por assoalho de madeira, suficiente para a cama dos meus pais. Mark e Darryl dividiam a cama com eles e o beliche ficou espremido no lugar onde ficava a câmara fria — construída para conservar raízes durante o inverno. Sabe aquele antigo conto de terror, *Flores no sótão*, no qual as crianças são forçadas a se esconder por anos no sótão da mansão de seus avós? Bem, se o livro fosse baseado nas crianças Twain, teria o título de "Raízes no porão", com a diferença de que nossa avó não estava tentando nos matar.

O porão não tinha banheiro, porém, como a lavadora e a secadora ficavam ali, tínhamos acesso a dois tanques grandes, e eu usava um deles como banheira. Como eu era bem pequena, conseguia entrar lá com os joelhos encolhidos e ficar de molho. Estava acostumada a tomar banho desse jeito graças a anos de acampamento selvagem.

Sendo uma adolescente, em busca de reconhecimento, eu ficava muito envergonhada de convidar uma amiga para me visitar ou admitir para qualquer um que nós, mesmo estando em uma cidade, vivíamos ali, como índios. Qualquer pessoa que entrasse em nosso cômodo, no porão, provavelmente sairia de lá com os sapatos mais empoeirados do que antes. Eu me sentia desconfortável só de imaginar. Era um lugar escuro e sujo, com pouca luz natural e apenas algumas lâmpadas que pendiam de fios elétricos expostos, saindo da estrutura de madeira inacabada do andar de cima. Mesmo com cerca de 1,50 m de altura, na época, com um simples pulinho eu facilmente tocava a madeira áspera acima da minha cabeça, de tão baixo que era o teto. Ali não havia um acabamento mínimo para acomodar ninguém, servia apenas para depósito, lavanderia ou área de serviço.

A parte onde minha irmã Carrie e eu dormíamos tinha uma janela pequena no nível da rua, com 60 cm de largura por 30 cm de altura, que ficava na altura do meu colchão, na cama de cima. Minha irmã dormia na cama de baixo e o beliche havia sido colocado sobre um pedaço de laje concretada no canto da câmara fria. Não sei quem sentia mais frio no inverno: eu, ao lado da janela, ou ela, sobre o concreto, sem aquecimento. Eu me sentia como se estivesse sendo empurrada contra um bloco de gelo. Lembro de ficar raspando o gelo na parte interna da janela durante a noite, enquanto tentava adormecer. Eu desenhava formas e rabiscos com a ponta da unha, até a ponta do dedo começar a doer por causa do frio. Então, eu riscava com outro dedo até conseguir fechar os olhos e dormir.

No entanto, essa janela solitária veio a calhar. Às vezes, no meio da noite, eu jogava minhas roupas e deslizava para fora, para escapar da realidade por um tempo. Deslocar-se para fora era fácil; a parte complicada era entrar sem trazer a neve para o meu cobertor.

Às vezes, eu escapava do porão gelado para sair com Brian, um colega da orquestra da escola. Ele era o primeiro clarim e eu, o segundo. Brian era um ano mais velho do que eu e tinha carteira de motorista. Mas, o mais importante: ele tinha um carro — com câmbio manual e sem tração nas rodas. O veículo derrapava nas estradas geladas, e ficávamos por horas no meio do mato, nos divertindo, ouvindo música no rádio e andando em lugares que ele não estava preparado para ir.

Nunca fui surpreendida escapando pela janela do porão. Para minha sorte, meus pais raramente verificavam se estávamos na cama. Tenho certeza de que meu pai não reagiria bem se me pegasse saindo de carro às escondidas com um garoto, no meio da noite. Mas Brian era legal e decente e nunca tivemos um relacionamento físico, portanto, não havia motivo para meus pais se preocuparem com uma possível gravidez no banco de trás. O único perigo era sair derrapando, sem que ninguém soubesse por onde andávamos.

Durante o tempo em que vivemos com meus avós, eu não conseguia evitar o sentimento de que éramos um fardo. Não por alguma coisa que eles tenham dito ou insinuado. Na verdade, eles não poderiam ter sido mais acolhedores e acho que gostavam de ter o filho por perto novamente, depois de viver longe de Timmins nos últimos oito anos. A convivência entre eles foi interrompida depois que mudamos para Sudbury. Com todo esse tempo longe, eu sentia que teria que conhecer novamente a família de meu pai.

Eu redescobri que adorava os Twain. Eles gostavam de jogar cartas, contavam piadas e riam muito, e meu avô era particularmente divertido, apesar de ser quieto e não falar muito. Quando abria a boca, geralmente era para dizer algo engraçado. Meu avô Twain era gago — a gagueira era consequência de uma queda, na qual ele ficou com um graveto preso na garganta. Às vezes, ele realmente lutava para conseguir falar, entre a gagueira e vários dentes perdidos, era preciso um ouvido treinado para seguir o diálogo. Além disso, ele tinha um forte sotaque indígena Ojibway. Eu gostava de meu avô Twain, que todos chamavam de Sr. Jerry. Ele era atencioso comigo, a pequena cantora da família, e chorava sempre que eu cantava sua canção preferida, "Never Ending Song of Love for You".

Vovô Twain trabalhou na floresta durante toda a sua vida. Aquilo era tudo o que ele conhecia, tendo crescido na reserva de Bear Island, no norte de Ontário. Ele montava armadilhas, caçava, pescava, cortava lenha e reivindicava a participação para os prospectores. Era rápido e eficiente na mata e eu aprendi muito apenas observando-o caminhar pela floresta densa de Ontário, tentando acompanhá-lo. Ele parecia sempre exalar o cheiro das árvores e de fumaça, e tinha as mãos de um lenhador. Seus dedos eram grossos, com camadas de calos e cicatrizes — mãos de quem lidou por anos com arame farpado, armadilhas, couro cru, fogueiras, anzóis, facas, serras e facões, e passou por muitos episódios de congelamento nos invernos implacáveis do norte.

Meu avô preferia comer com as mãos, diretamente no osso da caça, e sempre falava enquanto mastigava, cuspindo pedacinhos de comida através das falhas entre os dentes, o que me fazia rir. Seu nariz tinha um ângulo acentuado, causado por uma fratura grave sofrida na juventude, e que não foi corrigida como deveria. Era um charme a mais, e eu o achava muito bonito.

Ele viveu por muito tempo, mas eu sempre me sentia mais velha do que ele, em alguns aspectos. Não que eu me sentisse mais madura, talvez apenas mais à vontade do que ele com a "vida da cidade". Ele mal teve acesso à educação primária e foi retirado da escola logo cedo para trabalhar na floresta. Vovô Twain tinha uma ingenuidade cativante e encantadora, e me ensinou a respeitar a sua vida — um tipo de vida que não existia mais entre os nativos jovens de minha geração. Uma vida de simplicidade e sobrevivência, andando pela floresta, rodeado de cães, com raquetes de neve nos pés, no inverno, e de canoa ou a pé, no verão. Tudo isso lhe dava um tipo de inocência que até eu conseguia detectar. Assim como eu, ele se sentia mais ambientado na natureza e com a comunidade nativa. Eu o compreendia. Ainda hoje preciso de momentos de solidão na mata, do cheiro do deserto, como meu avô, e do prazer simples que uma canção trazia para ele.

Embora meus avós tenham vivido a maior parte da vida adulta em cidades, fora das reservas, ambos ainda eram muito ligados à cultura nativa canadense. Vovó Twain também tinha muitas habilidades e sabia como viver na floresta — foi ela quem me ensinou a caçar coelhos. Na maior parte do tempo, ela viveu de trabalhos braçais na mata e era uma mulher engenhosa e prestativa, que podia preparar refeições do nada e consertar quase tudo. Minha avó fez algumas das roupas de camurça usadas em minhas apresentações quando criança, que ficaram expostas no Shania Twain Centre, em Timmins, por anos, e bordou várias outras peças de vestuário para mim, como minhas botas *mukluks* preferidas, que usei diariamente durante dois invernos, até gastar as solas. Elas eram de couro curtido à mão, na fogueira, e nunca perderam o cheiro de fumaça, que eu adorava.

Tempos mais tarde, quando finalmente mudamos para nossa casa, na Montgomery Avenue, a algumas quadras de distância, lembro do comentário de uma amiga, ao entrar no meu quarto: "Eca, que cheiro horrível é esse?" Ela achou insuportável o cheiro das minhas *mukluks*, que invadia o quarto. Eu fiquei um pouco ofendida. Hoje, pensando nisso, o clássico de Dolly Parton, "Coat of Many Colors", vem a minha mente: a canção que ela escreveu sobre sua infância paupérrima nas montanhas do Tennessee e o casaco de retalhos feito carinhosamente à mão, por sua mãe. Na escola, as crianças em melhores condições riam da roupa feita em casa, mas ela canta, "Eu me sentia rica. E eu falei para eles sobre o amor que minha mãe colocou em cada ponto". Eu tinha o mesmo orgulho do meu mocassim artesanal, embora em um primeiro momento a manifestação de repulsa da minha amiga me fez sentir vergonha. Mas eu amava minha ligação com os nativos e continuei a usar as *mukluks*, embora não fossem impermeáveis nem resistentes à neve, e eu tivesse que usá-las com sacos plásticos por dentro, para manter os pés secos durante as caminhadas diárias para a escola.

Vovó Twain preparava muito bem as carnes de caça e sempre cantava canções folclóricas tradicionais na língua Ojibway, que conservava na memória desde a juventude. Ela era uma índia Luke, da reserva Mattagami, próxima a Gogama, a menos de uma hora de Timmins. Apesar da aparência bem indígena, seus cabelos eram castanhos escuros, em vez de pretos, e ela tinha algumas sardas nas bochechas. Ao contrário do meu avô, ela se adaptou bem melhor à vida na cidade, especialmente às noites de bingo!

Todas as pessoas da família do meu pai eram muito atraentes, e tinham a pele bronzeada, linda e lisa, a estrutura óssea forte e os cabelos escuros, ondulados e espessos. Eu imaginava que, quando jovens, deviam parecer parentes do Elvis Presley. Meu tio Timmy era muito bonito, assim como Lorie, que tinha uma pele perfeita e os cabelos mais lindos que já vi.

Uma semana depois de voltar a morar com minha família, eu comecei a estudar na Timmins High and Vocational School, a mesma escola que meu pai frequentou. Em Timmins, cerca de 650 km ao norte de Toronto, o início do ano escolar mais parecia anunciar a chegada do inverno do que do outono: logo os dias ficavam mais curtos e, à noite, a temperatura despencava abaixo de zero.

Eu voltei a levar uma vida de adolescente mais ou menos normal. Cresci acompanhando o hóquei e, embora Timmins não tivesse um time próprio, eu costumava assistir aos jogos entre os times da liga juvenil local. O jogo é carregado de adrenalina e fui fisgada assim que o conheci. Mas o clima podia ficar selvagem: muita cerveja, punhos voadores e pessoas precisando consertar os dentes. Se isso era comum entre os espectadores nas arquibancadas, imagine no gelo!

De tanto frequentar as pistas de hóquei, fiz alguns amigos, incluindo um jogador chamado Luc, um franco-canadense baixinho, um ano mais velho do que eu. Um dia, depois do jogo, ele me convidou para dar uma volta em sua motocicleta envenenada. Foi o máximo. Eu nunca tinha andado em uma moto daquelas antes, apenas nas motinhas empoeiradas que usávamos nas trilhas do mato, em Hanmer. A moto de Luc era branca, elegante, com um motor cromado que roncava alto e era cuidadosamente polido. Como eu sabia pilotar, Luc me deixou dirigir. Acho que ele estava flertando comigo, mas eu era totalmente apaixonada por Daniel e apenas curti o passeio.

Alguns dias depois, Luc me convidou para ir a uma festa na casa de seu irmão mais velho. Eu aceitei. A festa começou com um churrasco no final da tarde, mas, assim que esfriou, nós entramos. A música estava alta e a bebida rolando solta. Não era o tipo de festa que eu gostava, mas, para ser honesta, estava me sentindo deslocada desde que voltei para Timmins e queria me enturmar. Apesar da minha idade, eu provavelmente já tinha estado perto do álcool mais do que qualquer um ali, mas não estava bebendo. Conforme a noite avançava, eu comecei a me destacar como uma das únicas pessoas sóbrias, ainda em pé. E, por fim, acabei sendo a única!

Luc não estava em condições de dirigir a moto, então, me conformei em passar a noite ali. Eu poderia ter chamado meus pais e sei que teriam ido me buscar sem reclamar, mas eu simplesmente... não pedi. A verdade é que eu estava me sentindo um pouco distante deles. Não queria ter saído de Toronto, e tinha meus motivos: além de Daniel, eu duvidava que eles conseguissem viver juntos novamente sem uma recaída para o antigo padrão de comportamento violento. E também não gostava nem um pouco de dormir em um quarto gelado. Bem, resumindo, estava muito brava com meus pais por minha vida. Como a maioria dos adolescentes, suponho.

Mas, e agora: onde dormir? Estavam todos desmaiados sobre as cadeiras, nos sofás, no chão; era uma casa bagunçada, com roupas sujas jogadas por toda parte. Luc estava esparramado em um sofá na sala de estar, e eu me encolhi no chão. Estava aliviada por não ter sido pressionada para deitar ao seu lado, o que teria sido estranho, já que não conhecia ninguém ali.

O irmão de Luc e a namorada acabaram enrolados em um saco de dormir, a alguns metros de mim. Eu podia ouvir a respiração ofegante da menina, em um ritmo curioso. *Ah!* De repente, eu me dei conta. *Eles estavam transando!* Achei muito estranho que alguém pudesse agir daquele modo, tão abertamente. Para mim, fazer amor era um ato íntimo e me senti envergonhada e chocada. Principalmente pela garota. Nunca me ocorreu que talvez ela estivesse bêbada, excitada e feliz por transar com seu namorado, não importa onde. Só sei que, com dezesseis anos e sendo o sexo uma novidade, presumi que ela estava sendo subjugada e que ele era um porco arrogante, rude e egoísta. Por que uma garota permitiria tal exposição? Eu certamente não deixaria nenhum rapaz decidir por mim, quando, onde e se haveria intimidade. Mas pode ser que ela estivesse disposta. Ou mesmo tivesse provocado! Uma coisa era certa, eu estava confusa e desconfortável.

Parei de sair com aquela turma depois da festa, ao perceber que provavelmente tive sorte de escapar sem ser abusada. Ainda bem que Luc era legal; outro cara poderia ter sido muito mais insistente. Contudo, preferi não arriscar e decidi procurar novos amigos.

Arrumei um emprego no McDonald's que ficava na mesma rodovia por onde eu e minhas irmãs caminhávamos para ir à piscina Schumacher, dez anos antes. Comecei nas "janelas", anotando pedidos e entregando o troco, mas logo fui promovida para o treinamento de equipe. Carrie-Ann também começou a trabalhar lá, e algumas vezes nos divertíamos operando o *drive-thru* tarde da noite. Havia grandes botijões de gás hélio no fundo da loja... e você já pode imaginar onde isso ia dar... Minha irmã e eu aspirávamos o gás antes de falar ao microfone. Os clientes pulavam ao ouvir o que parecia ser um par de Munchkins, de *O Mágico de Oz*, dizendo: "Bem-vindos ao *drive-thru* do McDonald's; posso anotar o seu pedido, por favor?" Alguns se divertiam, outros não. Nós ignorávamos a fila de carros esperando para fazer o pedido e conversávamos no microfone sobre garotos, cantávamos, fazíamos piadas e geralmente nos ocupávamos com outras besteiras. Fico surpresa que ninguém tenha reclamado com o gerente.

O tempo de separação estava começando a desgastar meu relacionamento com Daniel e eu concordei em nos revezarmos para dividir as despesas da viagem de ida e volta. Naquela época não havia comunicação instantânea por e-mail ou Facebook, e nós dependíamos do correio e de ligações interurbanas caras, quando tínhamos dinheiro. Na primeira vez que ele veio a Timmins, eu fiquei tão ansiosa, excitada e impaciente com a sua chegada que deixei todos à minha volta *malucos*; não havia outro assunto senão sobre *o meu namorado de Toronto*, que vinha me visitar. Eu repetia sem parar. Fazia tempo que eu não via Daniel, por volta de uns três meses. E, aos dezesseis anos, isso parecia uma eternidade.

Na época, minha família já tinha mudado para um pequeno apartamento, no segundo andar de uma casa que tinha sido dividida em quatro apartamentos. Era um casa humilde, mas bem mais clara e limpa do que o porão de terra batida onde morávamos com meus avós.

O apartamento tinha apenas um quarto, onde as crianças dormiam. Eram dois beliches com um metro de distância entre eles. O quarto tinha uma segunda porta que dava para um corredor comum, o que era um pouco constrangedor. A porta não tinha fechadura, e era feita de madeira oca e frágil. Como precaução, colocávamos um dos beliches contra a porta, mas não era preciso fazer muito esforço para entrar.

O apartamento tinha mais dois cômodos: uma cozinha pequena com uma sala contígua, separadas por uma mesa de jantar, e no fundo, ficava o quarto improvisado de meus pais. Era o único lugar da casa grande o suficiente para acomodar todo mundo. O chuveiro ficava em um banheiro no corredor, compartilhado com os outros inquilinos, mas pelo menos tínhamos um banheiro.

Durante a visita de Daniel, meu pai se recusou a deixar que ele dormisse no chão. E não estou falando do chão do meu quarto (dividido com mais três irmãos, devo salientar; afinal, o que poderia acontecer? *Nada*). Não, meu pai não deixou que ele dormisse em *nenhum* lugar do apartamento. Finalmente, depois de muita insistência, chegamos a um acordo: Daniel podia passar a noite no chão do corredor.

Bom, era melhor do que mandá-lo de volta para Toronto no próximo ônibus. E, sem que meu pai soubesse, deixei a porta para o corredor entreaberta, o suficiente para nossas mãos se tocarem e conversarmos baixinho. Hoje, eu acho graça, mas era triste para nós sermos tratados como crianças bobas e apaixonadas, quando na realidade nossa afeição era profunda, madura e baseada no respeito mútuo. Daniel e eu sabíamos que nossos pais não compreendiam isso, pois tínhamos apenas 16 anos.

Por fim, as circunstâncias se revelaram um obstáculo, mesmo para um amor tão verdadeiro como o nosso. Entre ficar separados por centenas de quilômetros e bancando altas contas telefônicas (se pelo menos existisse o e-mail e o Twitter naquela época!), foi preciso aceitar que teríamos de desistir. O desgosto me deixou de luto por muito tempo; fiquei amarga e zangada com a vida, que levou embora o meu amor.

Apesar de Daniel e eu nunca termos desobedecido as regras com respeito às combinações para dormir durante suas visitas, meu pai começou a manifestar um lado estranho, que eu não conhecia.

Até onde me lembro, era meu pai que nos colocava para dentro à noite, e não minha mãe. De certa forma, ele era mais cuidadoso do que ela. Quando eu voltava da ginástica toda dolorida, ele sentava na beira da minha cama e massageava minhas pernas com pomada. Em retrospecto, posso dizer sem dúvida alguma, que não havia nada inapropriado nesse comportamento. Na verdade, eu esperava por isso, porque era uma oportunidade para conversar. O que torna o que vou contar para vocês ainda mais confuso para mim, mesmo hoje.

Depois de eu completar 16 anos, em mais de uma ocasião, ele aparecia de repente no nosso quarto à noite e ficava em pé silenciosamente, na cabeceira da minha cama. Então, ele sussurrava no meu ouvido coisas perturbadoras como "Você é uma puta, você não é nada". "Sua vagabunda".

Eu fingia que estava dormindo profundamente, e provavelmente havia momentos em que estava mesmo, até ser acordada por seus insultos cruéis e perturbadores. Sem saber o que fazer, eu fingia que não ouvia.

Em algumas noites, depois de sussurrar essas ofensas no meu ouvido, ele se dirigia à porta como se fosse sair, voltava e começava novamente. "Sua vagabunda imunda". "Você me enoja". Tudo com a mesma voz sussurrada. Ele saía do quarto e desaparecia no escuro. Há alguns anos, quando Carrie e eu refletíamos sobre nossas infâncias, o assunto surgiu.

"Eu ouvia ele dizer coisas horríveis para você, à noite!", ela confidenciou. Acho que meus irmãos também ouviam, mas não tenho certeza e nunca toquei no assunto com eles. Eu superei tudo aquilo fingindo que nada acontecia e, até então, não imaginava que minha irmã soubesse.

Estranhamente, no dia seguinte, tudo voltava ao normal. Eu chegava da escola e preparava meu lanche costumeiro, bacon e ovos com torrada, meu pai sentava-se à mesa e conversava como sempre. Era como se esses episódios abomináveis nunca tivessem acontecido. Deus sabe o quanto eu ficava feliz em fingir que nada acontecia.

Quanto ao meu pai, eu honestamente me perguntava se ele tinha consciência das coisas que havia me dito na noite anterior. Será que ele era sonâmbulo? O jeito como falava, parecia a voz de outra pessoa, como se ele estivesse fora de si, em transe. Eu tenho certeza de que ele não bebia. E, mesmo sem poder explicar o que provocou tal comportamento, eu concluí que alguma coisa grave estava acontecendo com ele. Na verdade, eu sentia pena dele.

A partir de então, tentei evitar meu pai o máximo possível, sem transparecer. Sua presença, que já tinha sido uma fonte de conforto para mim, agora despertava desconfiança, ansiedade e medo. Eu não conseguia pensar em nada pior do que ser atacada verbalmente, me sentia verbalmente violentada por alguém que eu respeitava, confiava e que me adotou com filha. Eu não queria saber por que ele estava agindo assim, só queria que acabasse. Eu me convenci de que havia algo de errado com ele, e não comigo. Meu objetivo era simplesmente sobreviver, até poder ir embora. Isso continuou até eu sair de casa, aos 17 anos.

★

Minha primeira foto.

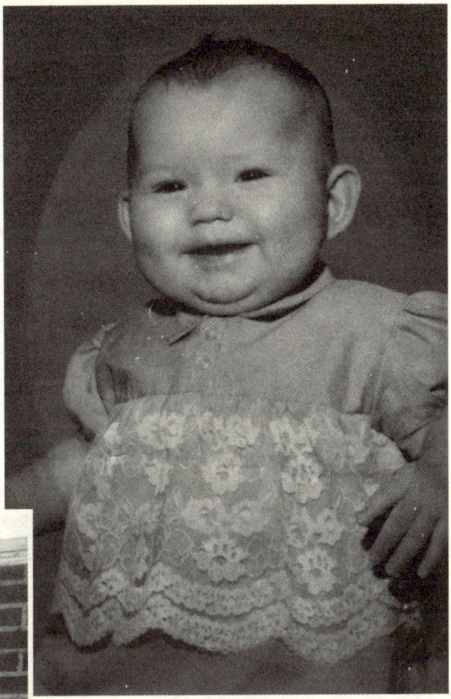

Meu pai, Jerry, aos 22 anos, com as três filhas recém-adotadas: Jill, Carrie e eu, no quintal da casa na Bannerman Street, em 1971.

Minha mãe cozinhando na cozinha improvisada em uma cabana na floresta. As botas de inverno de meu pai estão secando no fogão à lenha.

Timmins, 1970.

Com Carrie, Jill e Mark, no carrinho, na Bannerman Street, em Timmins, no verão de 1972.

Com minhas irmãs, Carrie e Jill, no quintal de nossa casa na Bannerman Street, em Timmins, no Halloween de 1972.

Carrie e eu,
em Timmins, 1973.

Nosso primeiro boneco de neve
(meu e de Carrie), em
Proulx Court, 1975.

Aos 10 anos, cantando com Lawrence Martin, um cantor nativo canadense de Ontário.

Foto escolar,
1972.

Foto escolar em Redwood Acres, em Hanmer, 1976. Estou no centro, segurando o cartaz.

Cantando em um bar de Sudbury, 1976.

Cantando em um bar de Sudbury, 1976.

Com minha mãe e Brent William, segundo à esquerda, depois de cantar em um bar de Sudbury, 1976.

Apresentação em um lar de idosos em Sudbury, por volta de 1977.

Cantando em um clube de Ontário, aos 12 anos.

Meu aniversário de 16 anos, logo após deixar meu namorado Daniel em Toronto, e voltar para a família, em Timmins.

Com minha mãe, trabalhando com reflorestamento, no verão de 1982.

Carrie coloca um travesseiro sob minha camiseta; durante uma folga na plantação.

Na plantação, aos 17 anos, com dois integrantes da equipe.

A equipe de reflorestamento, durante uma rara cervejada para comemorar o final da plantação.

A equipe de reflorestamento.

No palco com a banda *Longshot*, no J.P's Lounge, em Timmins, julho de 1982.

No palco com a banda *Longshot*, no Hollinger Park.

Uma das últimas fotos de meus pais, em outubro de 1987.

Última foto de meus pais, em outubro de 1987.

A lápide dos meus pais, no cemitério de Timmins.

A cabana na floresta, às margens do Lago Kenogamissi.

Compondo uma canção na cabana do Lago Kenogamissi.

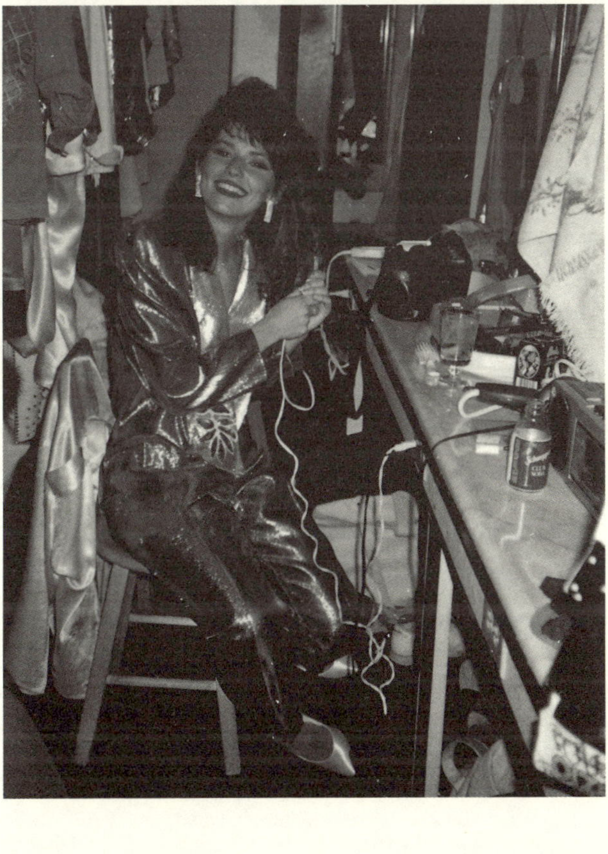

No camarim,
em Deerhurst.

Os primeiros anos em Nashville, com Harold Shedd, da PolyGram (à esquerda), Billy Ray Cyrus (no centro) e Luke Lewis (à direita).
(Cortesia da Mercury Records, uma divisão da UMG Recordings, Inc.)

Foto promocional para o Four Winds, em Deerhurst.

Estúdio em Nashville. Da esquerda para a direita: Joe Cotton, Norro Wilson, minha amiga Laura, Harold Shedd e Joe Scaife.

Turnê tripla com Toby Keith (à esquerda) e John Brannen (à direita).
(Cortesia de Mercury Records, uma divisão da UMG Recordings, Inc.)

Com meu grupo de amigos de Timmins, na Fan Fair, em Nashville, 1993.
Ao fundo, meu primeiro stand, feito pelo pai da minha amiga Cynthia.

9

Evite o gelo aberto

Com a proximidade do Natal, meu pai pegou alguns trabalhos na floresta, para ganhar um dinheiro extra. "Que tal ir para a mata e se juntar a uma das minhas equipes?", ele perguntou. Eu tinha três semanas de férias e aproveitei a oportunidade para ganhar algum dinheiro.

Cercar ou gravar são os termos usados para medir a distância entre as estacas plantadas em uma rede que foi reivindicada por garimpeiros. Nós sempre fazíamos esse trabalho durante o inverno, quando o solo estava encoberto pela neve e as árvores peladas, para ter uma visibilidade maior. Os homens, conhecidos como cortadores, cortam as linhas, de modo que, com a chegada da primavera, os garimpeiros possam acessar melhor e identificar visualmente as redes, onde suas reivindicações foram delineadas nos mapas. Depois, eles exploram as áreas demarcadas com um equipamento de exploração mineral, usado para localizar ouro e outros minerais. Eles aproveitam a superfície congelada do lago, no inverno, usando-a como apoio para perfurar o fundo do lago.

São necessárias duas pessoas para cercar eficientemente. Eu e um outro rapaz da equipe usávamos uma fita métrica comprida para marcar a distância de aproximadamente 25 metros entre duas estacas, e as identificávamos com um número. A locomoção pela floresta era feita com um veículo de neve *ski-doo*, que puxava um trenó carregado de estacas, marcadores e outras ferramentas. A neve era profunda, a temperatura ficava em torno de trinta graus abaixo de zero — talvez mais frio do que isso em janeiro e fevereiro — e trabalhávamos no meio do nada.

Naturalmente, eu amava aquilo. Tinha orgulho de não ser uma "dondoca" — afinal, eu era uma garota do norte do Canadá! O trabalho era puramente físico, dava para desligar a mente e as emoções, e apenas mergulhar na paz e na tranquilidade da floresta no inverno. Havia muito esforço para desviar dos montes de neve, porque era preciso levantar as pernas bem alto, a cada passo. Apesar do frio, eu sentia muito calor e suava tanto que precisava abrir o zíper da roupa de neve para me refrescar ou mesmo deixá-la caída nas costas, até começar a sentir frio novamente.

Eu amei ter crescido no norte nos anos 1960 a 1980. Onde mais poderia uma adolescente guiar um veículo de neve sem licença, com uma garrafa de uísque pendurada no ombro, acender uma fogueira para se aquecer em qualquer lugar que escolhesse na floresta imensa e vazia, e usar todos os palavrões do dicionário enquanto tentava manobrar o veículo na neve profunda, para não encalhar, e ainda chegar em casa viva para o jantar? As bochechas vermelhas, as entranhas aquecidas pelo uísque, o ar fresco que mantém você acordado, livre para xingar, sentada sobre um poderoso motor. Isso era diversão pura para mim e meus amigos, mas o trabalho na mata durante o inverno era outra história. Demarcar no lago aberto era particularmente perigoso. Era preciso seguir o mapa e se isso significasse atravessar o lago, nós percorríamos sua superfície para demarcar, seguindo uma linha de uma margem à outra.

Ao atravessar uma grande distância congelada, tínhamos que ser muito cuidadosos e evitar as partes trincadas. Às vezes, o gelo quebra e deixa fendas que podem ser vistas ao se aproximar. Mas, em outras, a neve que está caindo camufla o buraco, cobrindo-o com uma fina camada de gelo, que não é espesso o suficiente para suportar o peso de uma pessoa, muito menos de um veículo de neve.

Em uma tarde, por volta das três horas, meu pai, um lenhador e eu encerrávamos um dia de trabalho. Em janeiro, começa a escurecer por volta das três e meia, quatro horas. Nós tínhamos acabado de fazer as demarcações e meu pai pediu que eu fosse até a van — estacionada do outro lado do lago — buscar mais um lote de estacas, antes de irmos para casa. Assim, teríamos espaço de sobra no trenó na manhã seguinte.

A travessia levava uns dez minutos e eu não tinha certeza se conseguiria voltar antes de escurecer. O *ski-doo* tinha farol, mas a neve começou a cair, encobrindo a margem ao longe. Para piorar, os flocos espessos estavam encobrindo meu rastro, tornando difícil segui-los no caminho de volta. Eu precisava me apressar, enquanto o sol ainda brilhava no horizonte. Para ser honesta, eu estava com um pouco de medo. Mas queria parecer corajosa e não uma menina chorona.

Meu pai fixou um pedaço comprido de choupo na frente do veículo, que se estendia alguns metros nas laterais, de modo que se o *ski-doo* caísse no gelo, a madeira flexível o manteria suspenso durante tempo suficiente para o piloto escalar para a superfície antes dele submergir. A madeira tinha que ser o choupo, porque qualquer outra afundaria imediatamente. Não sei se essa medida proporcionava alguma segurança ou apenas reforçava o perigo potencial de pilotar veículos pesados sobre lagos congelados. Digamos que era uma precaução necessária.

Eu consegui chegar ao outro lado, mas com o vento forte e a agitação da neve atingindo meus olhos e me cegando — já que eu não tinha nenhum acessório para neve, como óculos de proteção — a viagem demorou mais do que imaginei. E também precisei andar devagar porque estava indo em direção a um aglomerado de bétulas brancas. Em um dia claro, mesmo ao anoitecer, elas se destacavam contra as sempre-vivas escuras, mas não no meio da nevasca, que aumentava a cada minuto. O branco sobre branco tornava quase impossível enxergar o ponto de onde eu tinha saído.

Contudo, tínhamos apenas um veículo, e não havia outra escolha senão voltar para pegar os rapazes. Na pior das hipóteses, eles poderiam voltar para a van, cruzando o lago através da neve, mas, depois de um longo dia de trabalho naquele frio penetrante, eles ficariam felizes ao me ver. O lago era grande e circundá-lo em vez de atravessá-lo levaria três vezes mais tempo e era totalmente impraticável, porque a neve estaria muito alta e tornaria a caminhada exaustiva e lenta, ao contrário de voltar seguindo o rastro do veículo pelo centro do lago. Eu parei próxima à van, enchi rapidamente o trenó com estacas e não perdi tempo para voltar. Eu acelerava e resmungava em voz alta, "Que diabos estou fazendo?! Isto é loucura! Eilleen, você nem consegue enxergar para onde está indo! Merda, está escuro e você ainda vai ter que voltar". Como não conseguia enxergar mais o rastro, tinha que adivinhar para onde estava indo. Calculei que se seguisse meu nariz e continuasse em linha reta, eu me aproximaria do outro lado o suficiente para ver ao menos a margem, e escolheria um caminho a partir desse ponto. A lógica funcionou, a despeito da minha crença naquela atitude insana. Era muito desorientador estar no meio de uma nevasca e extremamente difícil viajar em linha reta, sem um ponto de referência para indicar a direção.

À essa altura, o sol já tinha se posto completamente. Finalmente eu percebi, através da cortina branca quase impenetrável, uma sombra negra na minha frente. Meu pai, imaginando que eu tivesse perdido minha linha de visão, estava de pé na margem. Assim que ouviu o ronco do motor, começou a acenar com a lanterna na minha direção. A luz piscante chamou minha atenção. Eu consegui! Ironicamente, o que tinha sido um drama de vida ou morte para mim, passou completamente despercebido pelos homens, que apenas se perguntavam: "Por que diabos ela demorou tanto?"

No norte, a maioria das pessoas faz esse tipo de coisa, mesmo sabendo dos riscos envolvidos. Naquele ambiente rústico, as pessoas desenvolvem habilidades e atitudes de sobrevivência que se tornam naturais, e seus sentidos também ficam aguçados. A exposição ao clima perigoso nos torna criativos e mentalmente fortes, e quando confrontados com situações como essa, conseguimos enfrentá-las. O que não significa que não respeitássemos o poder da mãe natureza. Deus sabe, todo inverno ouvíamos falar de pessoas que morreram ao serem expostas às condições do norte. Mas acho que não pensávamos que isso poderia acontecer conosco, então havia muitas histórias sobre um triz, geralmente compartilhadas ao redor de uma fogueira acolhedora, com muitas risadas.

Porém, não foi o que aconteceu com o irmão de minha mãe, o tio Don. Uma vez ele e meu primo Roger escaparam da morte por pouco.

Era uma manhã fria de dezembro. Com a temperatura de vinte graus abaixo de zero, é fácil presumir que um lago congelado está tão duro quanto concreto. Não necessariamente. Você encontrará alguns pontos fracos no gelo, quando não ocorre uma sequência de dias frios. Meu tio e o filho, de 21 anos, correndo juntos, eram os últimos de um pequeno grupo de trenós a atravessar o lago. Os outros veículos deixaram um rastro lamacento — um sinal de gelo quebradiço — e meu tio, que estava dirigindo, desviou um pouco para o lado.

Antes que percebessem, a parte traseira do veículo mergulhou no lago. Roger conseguiu pular para fora e se arrastar para o gelo sólido, mas meu tio, que usava botas pesadas e roupas de inverno volumosas, caiu na água. Don nadou até onde o filho estava deitado, de bruços. A primeira coisa que fez — e isso sempre me surpreendeu — foi lembrá-lo de colocar os capacetes sobre o gelo, para alertar os outros condutores do perigo.

Roger tentou puxar o pai para fora da água, mas meu tio era um homem grande, alto e somando seu tamanho com as roupas encharcadas, era impossível resgatá-lo sozinho. Meu primo virou e olhou para uma pousada à distância; mas não daria tempo de chegar lá, conseguir ajuda e voltar para salvar o pai. Além disso, o gelo sob meu primo começava a rachar. Meu tio Don estava ficando cada vez mais fraco e ofegante.

"Vá! Me deixe!", ele disse. Mais tarde, meu tio me contou que não podia suportar a ideia de sua esposa ter que enterrar o marido e o filho. Mas Roger, o rebelde da família, não ouviu o pai. "Não!" ele gritou. "Se você for, vamos os dois!"

É difícil explicar, para quem nunca viveu isso, o que significa ficar mergulhado na água em uma temperatura abaixo de vinte graus — é fisicamente doloroso e desesperador perceber que o tempo está correndo de forma irrevogável.

Don, que chegou ao fim de suas forças, teve uma ideia de última hora: retirou sua luva comprida e deu uma extremidade para Roger. Isso dava a eles alguns centímetros adicionais de alavanca. Apesar da dormência nos dedos, meu tio agarrou-se o mais forte que podia. "Puxe", ele ordenou. Ambos sabiam que esta era, provavelmente, a última chance.

"Chute, seu filho da puta!", meu primo gritou. "Chute!" Segundo ele, esta foi a única vez que xingou o pai.

Talvez tenha ajudado. Meu tio ergueu as pernas o suficiente para Roger puxá-lo para fora. Porém, mesmo assim, eles ainda não estavam fora de perigo.

Eles avançaram deslizando sobre a barriga por algum tempo, com a plataforma de gelo rachando sob os dois, até que a superfície estivesse espessa o suficiente para suportar seu peso. Quando ficaram em pé, eles se abraçaram, tremendo violentamente de frio.

As primeiras palavras do meu tio para Roger, foram: "Nunca mais vou chamá-lo de rebelde novamente". A partir daquela experiência aterrorizante, pai e filho formaram um laço que não se romperia nunca mais e desenvolveram um respeito mútuo. Em nome do amor, nenhum deles se dispôs a desistir.

Três semanas depois, o veículo do meu tio foi recuperado, a seis metros de profundidade.

Na primavera seguinte, a família Twain oficialmente entrou no ramo de reflorestamento. Nosso apartamento agora também funcionava como escritório. Lembro de meus pais e minha tia sentados em volta da mesa da cozinha, coberta de mapas e xícaras de café. Enquanto eu preparava o lanche da tarde, o cachorro latia para o carteiro, meus irmãos entravam e saíam pela porta da frente para ir jogar hóquei na rua, meu pai verbalizava suas ideias, minha mãe anotava cuidadosamente, e tia Karen fazia as contas, tentando mantê-las em dia.

De tanto presenciar essas reuniões na cozinha, eu passei a entender os princípios da plantação de árvores. Como eu era boa para ler mapas, gostava da mata e era fisicamente apta, meu pai decidiu me colocar como chefe de equipe, o que significava comandar doze ou treze homens.

O que me levou a aceitar foi a confiança de meus pais de que eu poderia assumir a responsabilidade. Com os homens da minha equipe, porém, a história foi outra. Posso dizer que me senti deslocada no momento em que cheguei ao local de trabalho. Eu não era apenas uma jovem de dezessete anos, mas, como sempre, era a única pessoa no ambiente sem um cromossomo Y.

No início, os homens não me levaram a sério. E, para ser franca, eu não ajudei muito, porque no primeiro dia eu basicamente os tratei como se fossem crianças na escola, repreendendo-os como uma professora. Aquela era a minha primeira plantação, mas não a deles. Posso imaginar o que pensaram daquela pirralha branca, magricela e inexperiente; provavelmente me acharam tão incômoda quanto as cruéis moscas pretas que infestam a mata em determinadas épocas do ano e ficam voando em volta da cabeça, atraídas pelo dióxido de carbono que exalamos. Elas deixam picadas semelhantes às dos pernilongos, só que mais doloridas, e chegam a tirar sangue de suas vítimas.

Sem dúvida, a equipe me respeitava apenas por dois motivos: primeiro, eu era a filha do dono, cuja importância não poderia ser subestimada, e, segundo, o chefe era um nativo, como todos eles.

O primeiro plantio foi um duro começo, tanto física, como mentalmente. Os plantadores eram pagos de acordo com o número de árvores plantadas e precisavam realizar a meta do dia. Se algum deles fosse muito lento, não ficaria muito tempo no emprego. Isso era óbvio.

Além disso, baseávamos os pedidos de árvores na estimativa de quantas unidades podíamos plantar em um determinado tempo. Se fossem solicitadas mais árvores do que nossa capacidade de plantio, era dinheiro perdido, porque o Ministério de Recursos Naturais de Ontário estipulava claramente que as árvores deveriam ser plantadas o mais rapidamente possível, apenas alguns dias depois de saírem do viveiro. Para garantir uma taxa de sucesso elevada, as mudas tinham que ser plantadas imediatamente, antes que as raízes começassem a crescer e se entrelaçar, e deviam ser mantidas em local fresco e úmido. Assim, o ministério monitorava atentamente, não apenas a quantidade de árvores plantadas, mas também a qualidade do trabalho. Portanto, havia muita pressão sobre os contratados, como meu pai, para plantar as árvores em boas condições e rapidamente.

A primeira parte do meu trabalho era rever o mapa que indicava as áreas onde minha equipe deveria plantar. Eu demarcava os setores com fita de sinalização colorida e despachava os homens para as áreas designadas, de preferência sem deixá-los perdidos. Com certeza, não existe uma forma melhor de perder a confiança dos homens do que mandá-los do acampamento para um lugar onde uma provisão de mudas supostamente aguarda para ser plantada, e eles chegarem lá, quarenta minutos depois de uma árdua caminhada, e não encontrarem nada. Ou, pior, fazê-los carregar pelo caminho aqueles sacos pesados, cheios de mudas, e descobrir que indicou a direção errada. É compreensível que os plantadores fiquem bem chateados quando isso acontece.

Com a experiência, fiquei muito eficiente em decifrar mapas e levar as equipes aonde precisavam ir. Eu também aprendi a avaliar minhas expectativas para cada membro da equipe, baseada na sua média, bem como no espaço e tipo de solo. Ricky, por exemplo, conseguia plantar 1500 árvores por dia, e chegava a 1700 se fosse o pinheiro branco, em solo arenoso, sem muito cascalho. Mas sua produção diminuiria para menos de 1000 por dia, se tivesse que plantar abetos negros, em solo lamacento.

Entretanto, mesmo quando tudo dava certo, o trabalho era difícil. Imagine só, trabalhar horas em ambiente aberto, sujeito a condições climáticas extremas, insetos implacáveis e uma porção de outras coisas desconfortáveis, como, por exemplo, plantar em terra recém-queimada, onde o solo ainda está em combustão; às vezes, pisando em lugares tão quentes que chegam a formar brasas fumegantes. As árvores possuem espinhos e são difíceis de manipular, os sacos cheios de mudas são pesados. Isso sem mencionar os ursos e os alces, na temporada de acasalamento. Os alces são particularmente perigosos nessa época; o macho é agressivo e, se estiver agitado, vai perseguir e atropelar você, como se fosse um touro. A diferença é que o alce é muito maior que um touro!

À parte o plantio, o controle dos trabalhadores também era algo trabalhoso. Não era preciso muito para um plantador decidir que estava farto naquele dia e, para alcançar sua quota, esconder, enterrar e plantar as mudas de duas em duas. Por isso, parte do meu trabalho consistia em supervisionar os homens e ficar atenta a essas coisas. Tenho certeza de que alguns me enganavam, mas não muitos, porque sempre cobríamos a área projetada de acordo com o número de árvores a nós destinadas. As árvores eram plantadas a uma distância de 1,8 metros, em todas as direções. Não era difícil calcular no mapa quantas árvores cabem em uma área de plantio. Muitas vezes, o Ministério de Recursos Naturais concedia à minha equipe uma taxa excelente de 98% de sucesso projetado, o que significa que cada árvore plantada tinha mais de 90% de probabilidade de sobreviver o suficiente para se transformar em algo plano, impresso e verde — isto é, dinheiro. Às vezes, me entristecia o fato de que essas florestas eram replantadas só para serem posteriormente derrubadas. Assim como a criação de animais — o único motivo de trazê-los ao mundo é para matá-los depois. Nossas árvores, dependendo do tipo e das condições do solo onde eram plantadas, estavam programadas para corte em 25 a 75 anos, quando estariam maduras o suficiente para serem transformadas em madeira. Acredito que o reflorestamento bem manejado é uma forma inteligente de produzir um suprimento para a demanda, de modo que as florestas virgens e naturais possam permanecer intocadas e protegidas.

Tenho certeza de que com a invenção do telefone celular o trabalho do líder da equipe tornou-se um pouco mais fácil. Mas, quando eu trabalhava na mata, contávamos apenas com sinais manuais e muitos gritos à distância. Nós passávamos mensagens de um em um, como na brincadeira infantil de telefone sem fio: "Para onde o Remy vai agora?" "A pá do Chuck quebrou! Traga uma nova para ele!" A base de provisões, onde as árvores eram armazenadas até o plantio, era nosso ponto de comunicação, portanto eu tentava ficar ciente da posição de todos e estar presente quando os homens voltavam para se abastecer de mudas.

De volta ao campo, no final do dia, nos sentávamos para comer ao redor das mesas sob uma grande barraca de lona retangular. A refeição típica incluía batatas, milho e salsichas cozidas em molho de tomate, e, geralmente, um bolo de sobremesa. Eu gostava de guardar meu bolo para o café da manhã, porque no verão, nossos dias começavam às três da manhã, e quem conseguia comer àquela hora? Para mim, só bolo e chá preto.

Depois do jantar, eu sempre ia direto para o meu trailer. Nada de jogar cartas, o passatempo habitual no campo, nem mesmo ficar de conversa fiada. Tá brincando? Eu estava *morta*! Escovava os dentes, tirava as botas, pendurava as meias, para arejá-las, e caía na cama. Para mim, não era raro passar dias sem olhar no espelho, o que, para ser honesta, era libertador. De manhã, eu trocava a roupa de baixo, colocava uma camiseta, vestia a calça e estava pronta para partir. De vez em quando, minha roupa era lavada. Pode parecer estranho, mas é verdade. Nada de desodorante, xampu ou sabão. E não era apenas eu, mas todos. Os produtos perfumados atraem as moscas negras, o que é um perigo, portanto, andávamos "ao natural", e todos tinham cheiro de floresta. Eu sei que é incomum ficar muitos dias sem se higienizar com produtos desodorizantes, e pode parecer que ficávamos fedendo, mas a dieta no acampamento era muito básica, com pouquíssima comida industrializada e sem aditivos químicos. Acredito que na primeira semana de trabalho duro na mata, depois de suar o lixo acumulado no organismo, o odor corporal começa a se harmonizar com a natureza. Essa é minha teoria, pelo menos da experiência que tive ao viver em um acampamento com um grande grupo de homens e sem chuveiro.

Para tomar banho, eu me deslocava para o mato. Muitas vezes, enchia um recipiente com água e deixava na carroceria da caminhonete do meu pai, para aquecer ao sol durante o dia. Quando eu voltava, colocava uma tampa no recipiente, para não derramar, e dirigia pela estrada até um lugar onde pudesse tomar banho sem ser vista. Eu ficava em pé atrás da porta traseira e mergulhava um pote ou uma caneca no barril de água aquecida pelo sol e me molhava.

Quando me acostumei com a rotina, passei a apreciar a solidão do trabalho na mata e não sentia nenhuma falta da cidade, nem mesmo do chuveiro convencional. Lá você sabia do seu lugar, seu objetivo, seu trabalho e o que devia ou não fazer. Sabendo que o banho com xampu e sabonete resultava em ser comida viva pelos insetos, entendi que se eu respeitasse e trabalhasse tão duro quanto os homens, eu conquistaria o respeito deles. Se eu comesse ou bebesse mais do que devia, ficaria muito mole para suportar o dia; do mesmo modo, se eu não fosse para a cama logo depois do jantar, eu me arrependeria pela manhã. A vida no acampamento oferecia poucas comodidades, mas ao mesmo tempo, me libertou do fardo de ter que cuidar de assuntos domésticos.

Minha irmã Carrie, que na época tinha 15 ou 16 anos, decidiu se juntar a mim para ganhar algum dinheiro. Afinal, o salário era melhor do que no McDonald's, onde ela trabalhava depois da aula e nos fins de semana, mas o trabalho era muito mais pesado. Ela era sempre uma surpresa. No primeiro dia, combinamos que ela plantaria com a minha equipe, até aprender tudo. Eu a ensinaria a plantar as árvores, como manejar a pá e assim por diante.

Bem, naquele dia, as moscas negras eram numerosas por ali. Nada as atraía mais do que o aroma adocicado de uma pessoa da cidade, toda cheirosa e usando roupas lavadas com sabão e enxaguadas com amaciante. Para sua infelicidade, minha irmã chegou ao acampamento cheirando a xampu, gel e desodorante. As moscas *fizeram a festa!* Além disso, mesmo que o caminho até a plantação não fosse longo, o terreno era cheio de troncos e raízes gigantes, de modo que Carrie ficou cansada antes mesmo de ter a oportunidade de plantar sua primeira árvore. Na primeira hora, minha irmã ameaçou ir embora, gritando, "Já tive o suficiente!" Eu não consegui segurar o riso. Eu vi que ela se sentia mal, mas como eu estava lá a algum tempo e tinha sobrevivido, tudo era divertido para mim. Felizmente, eu a convenci a ficar para a temporada e foi ótimo ter minha irmãzinha como companheira de quarto.

Para ter privacidade, nosso pequeno trailer estava estacionado um pouco acima do acampamento dos plantadores. Uma manhã, eu olhei pela janela e vi um grande alce pastando preguiçosamente. Saí para ver melhor. Ele apenas olhou para mim e continuou comendo. Os alces têm um olhar engraçado; a cabeça é desproporcional, em forma de amendoim, com uma galhada gigantesca entre as orelhas.

Eu pensei, "eis a minha grande chance de caçar um alce!" Corri para dentro do trailer e peguei uma arma. Nós tínhamos algumas no acampamento, para assustar os ursos curiosos e famintos. Era um rifle calibre 33, um pouco pesado para mim, mas eu tinha alguma prática, da época em que acompanhava meu pai no tiro ao alvo.

Eu me aproximei do alce, até ficar a uns 30 metros de distância, e como não era época de acasalamento, o animal estava muito dócil e nada agressivo. Quando você se aproxima, ele geralmente olha longa e firmemente, e só então decide fugir. Assim que me aproximei o máximo que pude, antes que ele olhasse e fugisse, eu abri o cano da arma para colocar uma bala. Já havia uma no tambor, então eu fechei, mirei e puxei o gatilho, achando que a arma ia disparar. Mas, nada aconteceu. Eu tentei tirar a bala emperrada, mas ela não se moveu. *Não acredito nisso! Estou aqui fora sozinha, tenho um alce grande e gordo parado na minha frente e não consigo fazer esta arma atirar!* Com raiva, joguei o rifle no chão (provavelmente não foi uma boa ideia; e se ele descarregasse?) e comecei a pisar nele e gritar, "Seu inútil, imprestável de uma figa!" Se meu pai visse, teria achado a cena cômica. Mas, éramos apenas eu e o alce, que me encarava com os olhos esbugalhados. A sua falta de preocupação fez com que eu me sentisse uma tola, e depois de um tempo, eu desisti. E minha vítima voltou lentamente para dentro da mata.

Para ser franca, no fundo, fiquei aliviada. Eu teria atirado, uma vez que na cultura do norte, onde se cresce comendo carne de caça, é isso o que se faz quando um alce surge na sua frente e você tem um rifle, mas eu não me sentiria bem depois. Nós sempre levávamos armas nas caçadas com meu pai e meus avós, mas eu nunca atirei em nada, e seria bem incômodo se uma criatura majestosa como aquela tombasse aos meus pés, só porque eu quis. Embora eu tenha capturado coelhos com meus avós, gostasse de sair para caçar com eles e de aprender os seus costumes, eu me senti mal quando me dei conta de que para comer aqueles animais lindos e fofinhos, tínhamos de sufocá-los. A caça fazia parte do nosso modo de vida, mas, quando pude refletir a respeito, vi que não combinava comigo.

Uma temporada completa de plantio era dividida em três partes: primavera, verão e outono. Dependendo das minhas atividades com a música, eu participava do plantio em uma das estações ou na temporada inteira. A cada temporada, íamos apenas uma vez à cidade. Pessoalmente, eu nunca estava interessada em ir, mas minha obrigação era levar a equipe, que, como vocês podem imaginar, ansiava em deixar o cativeiro do acampamento. Além disso, com a companhia de Carrie, que estava na sua segunda temporada, as duas horas de viagem de van passavam rapidamente.

A comida do acampamento era gostosa, mas limitada a cozidos, sopas e pratos muito básicos e repetitivos. Como a maioria dos adolescentes, eu era louca por um hambúrguer com fritas, um *milk-shake* de chocolate e, depois de tudo, uma torta de cereja. A primeira parada em nosso itinerário era o Golden Arches, onde eu já tinha trabalhado e minha irmã costumava trabalhar.

Entre todos os caras da minha equipe, meu preferido era um rapaz de 16 anos, chamado Berny. Além de suas muitas qualidades, ele era um trabalhador dedicado e honesto. Independentemente do clima, Berny usava uma camiseta e uma blusa de lã de manga comprida. A temperatura podia estar em sessenta graus, ele sempre usava a mesma coisa, nem mais, nem menos. Quando chovia, ele colocava um saco de lixo sobre os ombros. Seu inglês era tão ruim quando meu dialeto indígena, portanto ele quase não falava. Mesmo assim, parecia que nós dois sempre nos entendíamos. Ele guiava minhas decisões para a equipe: se Berny estava com fome, eu sabia que era hora de pararmos para comer. Se Berny estava cansado, sabia que todos estariam exaustos, e era hora para um intervalo.

Como muitos dos homens, Berny precisava cuidar dos dentes. Eles eram manchados de preto e marrom e o conceito de escovação dentária era estranho para ele. Uma manhã, quando caminhávamos para o trabalho, perguntei diretamente se ele escovava os dentes. Ele acenou com a cabeça que não. "Você precisa escovar os dentes Berny. Eles vão cair se você não escovar. Se eu trouxer uma escova de dentes e creme dental, você vai usar?" "ã-hã", ele repondeu. Berny cumpriu a promessa e depois de algum tempo, eu pude ver seu sorriso. Ele tinha dentes bonitos, retos e bem formados. Eu pensei, "espero que ele consiga mantê-los assim".

Chegamos ao estacionamento do McDonald's para nossa refeição urbana. Fiz pedidos para todos — éramos quatorze — e pedi a Berny para entrar comigo e ajudar a levar tudo para a van. Ele simplesmente olhou para mim e fixou o olhar no chão.

"Vamos, Berny". Ele acenou vigorosamente com a cabeça. Não.

"Por que não?" Eu não conseguia entender por que ele estava agindo assim. Berny começou a ficar agitado. Lentamente e com muita relutância, ele chegou até a porta traseira aberta da van e pude ver que tinha lágrimas nos olhos.

Finalmente, alguém falou, "Berny não pode entrar. Ele está com medo. Nunca esteve em um McDonald's antes e tem medo de ficar no meio de tantos brancos".

É claro, pensei, me censurando por ter sido tão insensível. Na verdade, naquela época a exposição à vida da cidade era pouco comum para alguns nativos norte-americanos, de regiões mais remotas de Ontário. Eu me desculpei imediatamente e levei outro cara mais acostumado com a situação de estar em minoria. Eu me senti muito mal por pressionar Berny, mas não tive a intenção.

Uma viagem até a cidade sempre incluía uma parada no Angelo's, um mercadinho familiar localizado a alguns quarteirões de nossa casa, na Montgomery Avenue. Nós tínhamos uma conta lá, para nossa família e para as equipes de plantadores, que meu pai pagava durante o ano. Angelo, o dono, era um homem muito bacana, gentil e sem preconceito racial. Se eu levasse uma dúzia ou mais de lavradores nativos sem banho e barbudos na maioria dos mercados, podia esperar que fossem recebidos com olhares de reprovação e vistos como suspeitos. Eu ficava pessoalmente ofendida com essa atitude e não comprava nada: o preconceito me ofendia.

Por sorte, Ângelo era dos nossos e sempre recebia bem os plantadores que nos acompanhavam até o seu mercadinho. Comprávamos os itens necessários para atravessar mais algumas semanas de isolamento, como revistas, chicletes, pastilhas para tosse e aspirinas. Depois, eu deixava os homens em um bar local e ia para uma sauna para fazer um tratamento de limpeza profunda. Você não faz ideia do quanto isso não combinava comigo! Na verdade, eu gostava do cheiro da fumaça, do mato, do ar fresco em minha pele, e geralmente limpava apenas as partes importantes e deixava o resto "ao natural". Depois de algumas semanas na mata, o hábito feminino de depilar as pernas, aplicar hidratante, usar condicionador e assim por diante, era um verdadeiro incômodo. Ainda assim, eu era uma moça civilizada que, de volta para a cidade, deveria estar banhada e arrumada. Então, exagerava na sauna.

Eu saía de lá vermelha, com os olhos inchados do calor seco e o rosto irritado pelo sabonete e pelo vapor quente. Eu me sentia estranha e sonolenta, desacostumada com a química dos produtos de limpeza e o calor, mas eu tinha que encontrar os rapazes.

Eles não estavam no bar onde eu os tinha deixado. Nem no próximo. Eu corri para dois homens da equipe de Carrie e eles não me reconheceram no primeiro momento. "Ei, rapazes!", eu chamei. "Sou eu, Eilleen! Onde está o resto da turma?" Eles olharam como se nunca tivessem me visto na vida.

Depois de constatar que era eu realmente, sua chefe normalmente desalinhada, que parecia outra pessoa quando estava limpa, um deles disse, "Você está... diferente".

"Sim... diferente", o amigo repetiu. Os dois estavam tão desconcertados com minha aparência limpa, que nem lhes ocorreu que eu poderia me ofender quando eles disseram que *não gostaram de mim daquele jeito!* Obrigada, rapazes! Na verdade, achei a reação engraçada. Ele apontaram na direção para onde os outros tinham ido e seguimos para lados opostos.

Eu logo encontrei os caras da minha equipe, meio bêbados, em outro bar. A música estava alta e o ambiente meio barulhento. Eles pediram uma dose de alguma coisa para mim, eu engoli e saímos para nos divertir. Nós ficávamos juntos em grupo e frequentemente éramos encarados por curiosos, que achavam estranho ver treze nativos com uma garota branca, e isso geralmente provocava comentários racistas. Eu não tolero racismo e especialmente na adolescência, para mim era difícil morder a língua quando me deparava com atitudes obtusas.

Às vezes, a tensão aumentava e ficava claro que era chegada a hora de partir. Detestava ser a desmancha-prazeres, mas mesmo durante a noitada na cidade, eu ainda era a chefe da equipe, e teria que dirigir por uma hora, de volta para o acampamento. "Vamos embora, rapazes", anunciei. Nós tínhamos que ir para a plantação às cinco horas na manhã seguinte, e já tinha passado da hora de dormir. Eu queria reunir todos, antes que alguém entrasse em uma briga, perdesse um dente ou se envolvesse em problemas com a polícia local. O cenário não era improvável.

Em todos os anos que passei trabalhando com homens mais velhos, ou convivendo como chefe de equipe, nunca nenhum deles agiu de forma inapropriada comigo. Na verdade, apenas uma vez alguém se deu conta da minha feminilidade. É, talvez eu devesse ficar ofendida!

Eu estava ajudando os homens a carregar caixas de árvores de 45 kg, na carroceria do caminhão, quando um deles observou com muita naturalidade, "Você tem um corpo bonito". Eu tomei como um elogio e não me senti ameaçada ou desconfortável, porque o comentário foi feito de forma inocente e não maliciosa, ou coisa do tipo.

Antes de pegar a estrada, eu precisava tirar algo do fundo da van, que estava lotada com os mantimentos do Ângelo. Os homens estavam espalhados no chão de metal e usavam seus casacos como almofadas. Quando eu virei para sair pela porta de trás, Berny segurou meu braço impulsivamente e tentou me beijar. Eu me afastei, totalmente surpresa.

"Berny! O que está fazendo?"

Ele não soltou meu braço e seus lábios estavam prestes a tentar novamente. Desta vez, puxei meu braço e ele me soltou. Antes que eu pudesse sair, o pai de Berny, John, me cercou e começou a berrar na minha cara, "Ele quer casar com você! Você tem que beijá-lo! Beije-o agora!", ordenou.

Eu não estava acreditando no que ouvia. Eu respondi para o homem que não tinha nenhuma intenção de casar com seu filho, mas isso o deixou mais transtornado ainda. Seu rosto ficou vermelho e sua voz, mais alta ainda, me acusava de insultar Berny e humilhar sua família inteira por não me submeter ao pedido de um beijo e por recusar sua... proposta de casamento!

Eu ainda estava em choque com o que estava acontecendo, apesar de saber que os caras estavam muito bêbados. Como John era o mais velho, os homens ficaram constrangidos e alguns minutos se passaram até eles interferirem. O tempo todo, eu pensava, "Nossa, onde fui me meter?" Eu discuti mais um pouco com John, que já estava completamente fora de controle, até que os outros caras interferiram, percebendo que eu não era capaz de me defender fisicamente. Dois deles acalmaram John, enquanto eu saía da van, fechava as portas e sentava na direção. O incidente mexeu comigo, mas eu sabia que era importante me controlar e ser forte. Ainda bem que eu não estava tão bêbada quanto os outros e fui capaz de deixar a cidade. É espantoso como lidávamos com aquelas visitas à cidade depois de semanas isolados no mato. É como se o lugar mais seguro para nós fosse a floresta e não a cidade.

Dei uma pausa, inspirei profundamente, disse a todos que ficassem calmos, e com o pé no acelerador e as mãos firmes na direção, fomos em frente.

Berny, seu pai e seu irmão mais velho, John Jr, ficaram em silêncio. Normalmente, John Jr era muito gentil e comunicativo comigo. Agora, ele nem me olhava. Para ele, eu cometi uma transgressão imperdoável ao humilhar seu irmão e sua família. Foi isso o que aconteceu.

O restante da equipe foi compreensivo, mas, a partir daquele momento, o relacionamento fácil que eu tinha com Berny, seu irmão e seu pai desapareceu. Nas últimas semanas do verão, o clima ficava difícil e às vezes agressivo, quando eu tinha que fazer meu trabalho de chefe e corrigir Berny ou John. Isso me entristeceu, porque eles eram pessoas muito decentes, e eu os admirava por sua ética no trabalho e sinceridade. Eu me senti ligada a todos esses homens, embora fosse a única mulher na equipe. Trabalhei muito para conquistar o respeito deles, mas, a partir daquele episódio, senti que tinha perdido tudo, e isso era doloroso. Eu rejeitei um deles e eles foram implacáveis.

Às vezes, pode ser difícil para uma adolescente perceber as intenções sexuais de um homem, ou reconhecer quando ele está prestes a passar dos limites, e só se dar conta quando já está encurralada. O incidente com Berny aconteceu de repente, mas acho que como eu era a única garota trabalhando com eles durante tantos meses, sozinha em uma área remota na floresta, não é de surpreender a possibilidade de algo sair do controle. Olhando para trás, eu me pergunto por que meus pais não ficaram mais atentos e vigilantes, mas imagino que como eu me mostrava independente e tinha uma atitude do tipo "Não se preocupem comigo", eles realmente não se preocupavam.

Mas a situação com Berny acabou sendo menos perturbadora do que outra, ocorrida naquele mesmo ano. Alguns meses depois, em casa, eu estava tirando um cochilo à tarde, no sofá da sala. Ninguém estava em casa, somente eu e meu pai. Eu estava deitada de lado, de costas para a televisão e, de repente, senti alguém pegando no meu seio direito, por trás.

Eu estava sonolenta e levei alguns instantes para perceber. Meus olhos se abriram e quando percebi onde estava, meu pai se afastou. Eu não sabia bem o que fazer, por isso continuei deitada por um ou dois minutos, me sentindo muito estranha.

"Pai?", eu chamei timidamente. "Pai, você está precisando de alguma coisa?", perguntei, tentando agir como se nada tivesse acontecido. E se ele estivesse atrás de mim? Fiquei congelada e não queria me mover. Alguns minutos se passaram. Eu o chamei uma vez mais. Silêncio. Ele deve ter saído. O chão da sala era coberto por um carpete grosso, então, ele poderia ter saído pé ante pé, silenciosamente, como entrou.

Eu guardei esse incidente no fundo da minha mente; só assim conseguiria encará-lo na próxima vez que o encontrasse. Eu nunca disse uma palavra para ele ou para qualquer outra pessoa, imaginando que ninguém compreenderia ou acreditaria que meu pai fosse capaz de cruzar uma linha tão sagrada.

★

10

Caindo na estrada

Durante os dois últimos anos em que fiquei em Timmins — desde que voltei de Toronto, contra a minha vontade —, eu terminei os estudos no colégio Timmins High and Vocational School.

Eu acompanhava bem as aulas de música e teatro, mas mantive uma certa indiferença em relação às demais matérias. Cabulei muitas aulas e frequentei regularmente apenas as aulas de música, ginástica, inglês, religião e teatro. Estava interessada em aprender, mas estava totalmente envolvida com a música e indiferente aos outros assuntos. A maioria dos alunos, quando cabulava as aulas, escapavam do prédio para fumar. Eu entrava em qualquer sala de música e me entrincheirava nos cubículos à prova de som no fundo da classe. Fechava bem a porta e nada podia ser visto ou ouvido do lado de fora, portanto, eu estava livre para sentar com meu violão, escrever e cantar durante o tempo que quisesse, sem ser notada. As paredes internas desses cubículos três por quatro eram forradas com um tecido grosso e acolchoado, à prova de som, como num estúdio.

Já com essa intenção, eu levava o meu violão para a aula, além de um gravador para registrar minhas composições. Aqueles cubículos eram esconderijos perfeitos para uma adolescente compositora. Era um lugar onde se podia isolar o som e tocar sem incomodar ninguém com notas altas ou desafinadas.

Esse esconderijo à prova de som era meu refúgio musical. Acho que eu ficava mais realizada no meu cubículo à prova de som do que na sala de aula. Minha habilidade para compor foi aperfeiçoada nesse lugar secreto. Para não ser pega, eu ficava de olho no relógio e conseguia entrar na fila de saída e seguir o fluxo dos alunos da classe, no final do período, ou ficava para dois turnos. Era complicado quando não havia aula de música no período, porque não existia um grupo de alunos com o qual eu pudesse me misturar e tentar sair sem ser notada.

Às vezes, o professor de música me via, e nesse caso, eu saía do meu santuário brandindo um livro didático e um bom pretexto para estar ali. "Olá! Esqueci o livro na cabine. Estou voltando para a aula! Até mais!" Ele sempre deixava passar ou fingia que acreditava.

Eu também era ótima em forjar bilhetes dos meus pais, porque era necessário uma notificação dos pais ou um atestado médico para justificar a falta. Como meus pais não estavam prestando atenção, eu nunca fui questionada e simplesmente escapei. Menina travessa.

Mas eu contei os dias daqueles dois anos, até poder finalmente voltar para Toronto. Eu sabia que para alcançar o grande objetivo de me tornar uma profissional em música, teria que deixar minha cidade natal e voltar para a cidade grande. Toronto era obviamente o próximo passo depois do colégio, e eu já tinha decidido que meu futuro estava na música, embora eu realmente não soubesse aonde tudo isso ia dar. Enquanto isso, meus amigos continuaram sua formação na universidade.

Nos dois anos que passei na Timmins High, eu fui o segundo clarim na orquestra da escola. Como parte de um programa de intercâmbio de bandas, fomos tocar em uma escola de Ottawa. Cada um de nós ficou com a família de um integrante da banda da escola local durante alguns dias antes do concerto.

Apesar de conhecer Toronto, Ottawa era a capital, e fiquei entusiasmada por estar fora de casa e conhecer um novo lugar. Fui hospedada por uma família legal, muito melhor do que uma "Família Rosbife", com uma casa maior e um pouco mais de tudo. Eles decididamente *não* eram disfuncionais: todos eram educados, tudo estava em ordem, o aroma da cozinha enchia o ar e as coisas eram bem... normais. Do jeito que eu achava que um lar deveria ser.

O Sr. Tony Ciccone, meu professor de música, sabia que eu compunha minhas próprias canções e me pediu para cantar uma delas na apresentação, me acompanhando com a guitarra. Sem conseguir me conter, eu disse sim. Apesar de cantar em público desde os oito anos, eu ainda me intimidava nas apresentações e tinha um medo terrível do palco. Ficava dividida entre o desejo de manter a música como uma experiência privada e pessoal, e me sentia compelida a seguir a carreira musical. Quando estava rodeada por outros músicos, eu geralmente relaxava depois da segunda canção. Mas a perspectiva de ficar sozinha no palco me assustava.

Às vezes, eu ficava tão estressada por ter que me apresentar, que um ou dois dias antes aparecia uma dor de garganta. Minha mãe-empresária não estava a fim de cancelar um show por causa do meu estado de nervos, então cuidava de mim com o que ela chamava de "bebida quente": um coquetel de água quente, mel e uísque.

A garganta inflamada virava uma crise de bronquite e os antibióticos foram constantes na minha adolescência. Mesmo assim, minha mãe não cancelava nada e as bebidas quentes me levavam adiante. "Vamos aplaudir e dar as boas-vindas para Eillen Twain!". Uma cutucada da minha mãe e eu entrava no palco toda empertigada, mas na verdade estava pronta para fazer xixi nas calças. E não digo isso no sentido figurado. Era um pesadelo caminhar dos bastidores ao microfone, com a bexiga prestes a estourar.

Eu fui destacada como solista durante o concerto no intercâmbio com a escola de Ottawa. Preparei uma de minhas composições e acompanhei os vocais com meu violão. Eu tremo só de pensar como aquele desempenho deve ter sido horrível, considerando que eu tocava de forma medíocre e sem falar na voz trêmula. A parte mais memorável não foi a qualidade, mas o medo da experiência em si. Depois dessa apresentação, ficou claro o motivo de não compartilhar meu mundo musical com meus colegas. Ela também foi o exemplo mais gritante do meu medo de palco.

Assim que a orquestra terminou uma das peças clássicas, eu abaixei o clarim e pensei, "Como foi que eu entrei nessa?" Era a hora do meu solo, diante de uma escola enorme, muito maior do que a nossa. O vozeirão do mestre de cerimônias me assustou — "Vamos dar as boas-vindas a Eilleen Twain!" — eu engoli seco ao levantar da cadeira. Foi quando senti um líquido quente escorrendo pelas minhas pernas. Merda. Eu estava acostumada com o estresse do palco, que sempre me fazia passar por esses apertos, mas isso nunca tinha acontecido antes. E agora?

Eu tinha deixado um copo de água ao lado da minha cadeira, para molhar a garganta antes de cantar. Ainda bem que tive a presença de espírito de chutá-lo "acidentalmente", de modo que pude gritar, "Droga! Derrubei a minha água!". Para os músicos que estavam ao meu lado, a poça aos meus pés não era outra coisa senão H^2O. Muito bem, cérebro! Raciocínio rápido!

Por sorte, estávamos usando o uniforme cinza da banda, com saias para as garotas. Se fosse calça, haveria uma mancha molhada visível, e eu teria fugido do palco, mortificada. Agora que a pressão na minha bexiga tinha aliviado, eu só precisava conter minha ansiedade ao encarar todos aqueles estranhos espinhudos sentados na minha frente. Eu introduzi a música, fazendo o possível para parecer tranquila, quando, na verdade, a calcinha, as meias e até os sapatos estavam encharcados de xixi. Para minha surpresa, o público foi extremamente receptivo e aplaudiu muito quando eu terminei. Então percebi que meu medo do palco vinha de dentro e que meus colegas não eram tão críticos como eu temia. Mesmo assim, eu só queria sair dos holofotes. Estava orgulhosa por ter seguido até o fim, mas fiquei aliviada quando tudo acabou.

Ainda no colegial, eu me juntei a uma banda de rock local, chamada *Longshot*. Era uma grande oportunidade musical, porque até então, profissionalmente, eu tinha tocado quase que exclusivamente música *country* e *folk*. Eu cresci cantando *rock* e música *pop* em casa, mas nunca nos bares, onde era remunerada. Eu sempre amei a música *country* e aprendi a compor com o talento de muitos artistas do gênero, mas era bom ser livre para explorar outro tipo de música ao vivo.

Éramos cinco na banda: eu, Rick Dion, na guitarra, Guy Martin, no piano e vocais, Mike Mitchell, no baixo e Mike Chabot, na bateria. Todos tinham terminado o 2º grau, exceto Rick, que estava no último ano. Nós ensaiávamos na sua casa, que ficava muito próxima da minha, em Montgomery. Era uma banda *cover* e tocava os sucessos do momento — Pat Benatar, Journey, Foreigner — assim como um pouco de Beatles e outros clássicos do *rock*. O público dos bares não estava muito interessado nas composições próprias de um artista local; as pessoas vinham beber, dançar e se divertir ouvindo as canções conhecidas, e só. Eles queriam ouvir apenas os Top 40.

Depois de várias semanas de ensaio no porão do Rick, nós criamos um repertório suficiente (consumindo muita pizza no processo) para convidar os donos de clubes para uma audição. J. P. Aube, o dono da casa noturna de maior sucesso em Timmins, a J. P's Lounge, no Hotel Escapade, ficou impressionado e nos agendou para tocar nas noites de quinta, sexta e sábado. Eram shows regulares!

As noites geralmente não terminavam antes de uma hora da manhã, por isso reuníamos bastante material. Como cantora, eu apreciava a liberdade criativa de cobrir uma ampla variedade de estilos, além da lista habitual da música *country*, à qual eu estava presa há anos. Finalmente, comecei a me sentir à vontade na frente da banda, embora tenha sido uma adaptação difícil ficar ali sem o meu violão. O instrumento funciona como um escudo entre você e o público, mesmo sem tocar. Você se esconde atrás dele e não precisa pensar sobre o que fazer com as mãos.

Eu me sentia completamente estranha sem o violão — talvez nua fosse a palavra certa. Eu nunca fui boa dançarina e ainda era um pouco tímida para exibir meu corpo. As canções falam principalmente sobre amor, romance e saudade, você tem a força do som por trás, e se perde no ritmo sedutor. Uma coisa é balançar sugestivamente na frente do espelho, na privacidade do seu quarto, mas é bem diferente em um clube cheio de estranhos observando seus movimentos. Levou um tempo para perder a inibição no palco, mas, aos poucos, eu fiquei mais confortável no papel, envolvendo o público mentalmente, sem me isolar como o centro das atenções. Eu fazia de conta que era a anfitriã de uma festa, mas não estava sozinha. Todos se divertiam e isso me tirava do foco.

Eu me identificava mais com cantoras como Pat Benatar e Ann Wilson, da banda Heart, que não dançavam. Elas não eram coreografadas ou dirigidas, colocavam a música em primeiro lugar, e a expressão corporal era secundária, uma parte natural da performance.

Minha formatura foi em junho de 1983, mas não seria justo participar da cerimônia de graduação e do baile, devido à frequência irregular durante o ano. Eu estava na estrada com uma nova banda, chamada *Flirt*. Eu passei nos exames, mas não compareci na cerimônia.

Eu ouvi a banda *Flirt* na J.P's, em uma noite em que a *Longshot* estava se apresentando, e eles tinham um som ótimo. Eram muito mais vibrantes do que nós e tinham um equipamento mais sofisticado. Eles também mostraram arranjos elaborados para canções como "Africa", de *Toto*, e "Wind Him Up", de uma banda famosa em Ontário, chamada *Saga*. A vocalista, Diane Chase, era alta, loira e muito bonita, muito mais do que eu, e também cantava muito bem.

Ela deixou o grupo de repente, às vésperas de uma turnê regional. O *Flirt* precisava urgentemente de uma substituta. Seu agente me conhecia como cantora do *Longshot* e perguntou se eu tinha interesse em preencher a vaga. Como já conhecia muitas músicas do *Flirt*, eu aceitei. Vinte e quatro horas mais tarde, depois de uma audição, eu estava dentro. Partiríamos em duas semanas.

Sem o conhecimento dos meus pais, eu pedi ao diretor da escola, Sr. Andrietta, para fazer as provas mais cedo, e ele permitiu. Quanto ao baile, acabei dando o vestido de renda branca que eu tinha comprado para uma amiga. Enquanto ela e os outros dançavam, bebiam ponche e provavelmente se divertiam no baile (não tenho certeza, afinal, eu não estava lá), eu estava fora, na primeira turnê da minha carreira musical.

Durante toda minha vida, a música foi mais uma paixão do que uma ambição, e aos dezessete anos, foi esta paixão que subjugou meu desejo de ir ao baile e fingir que estava gostando de usar um vestido bonito por uma noite. Em vez disso, eu estava muito mais interessada em fazer parte de uma banda de *rock* e ganhar a estrada — uma opção mais ousada, mas eu não tinha nenhuma expectativa quanto a noite do baile e estava incrivelmente ansiosa para começar, finalmente, como profissional da música em tempo integral. Eu queria cantar com um bom equipamento de som e usar meu tempo para aprender canções, partituras, arranjos. Eu só queria fazer música.

Minha mãe, que sempre apoiou minha independência, não tinha receio de me ver na estrada tocando em bares com uma banda nem se importava que eu perdesse meu baile. Não, o que a aborrecia era que eu estava tocando *rock*, em vez de *country*; enquanto meu pai preferia que eu cantasse *pop*. Nesse sentido, eu era um pássaro livre e recusava a ideia de me prender a qualquer estilo de música. Eu gostava de boas canções, independentemente do gênero. Pessoalmente, eu me aproveitava de letras ambíguas, já que me permitiam interpretar as palavras como eu queria. Se a música continha acordes menores, melhor, e as harmonias vocais sempre eram um ponto positivo no meu repertório.

Embora eu fosse a vocalista da *Flirt*, eu não era a líder da banda. A escolha das músicas já estava determinada antes da minha chegada, portanto, do ponto de vista musical, o grupo não era tão gratificante para mim. Mas, ser independente e trabalhar profissionalmente com música era uma grande experiência, mesmo se isso se resumisse a viajar por Ontário, amontoados no banco da frente de um pequeno caminhão, com os nossos amplificadores, estojos da bateria e outros equipamentos, deslizando a cada curva. No entanto, o grupo era legal e a experiência foi agradável para mim.

Em agosto, tocamos várias semanas pela costa leste do Canadá: New Brunswick, Prince Edward Island, Nova Scotia e Newfoundland. Foram treze horas de viagem noturna em uma balsa, para ir da Nova Scotia para Newfoundland. Eu nunca tinha visto um navio tão grande: a rampa para o compartimento de carga me lembrava as mandíbulas escancaradas de uma baleia gigante, e nós viajávamos dentro de sua barriga. Eu olhava para todos os carros, caminhões, trailers e contêiners de carga estacionados ao redor e simplesmente não acreditava como a balsa conseguia aguentar.

Era a primeira vez que eu via o oceano e esperava ver algumas baleias verdadeiras durante a travessia. Na verdade, eu nunca tinha viajado em mar aberto, sem avistar a terra em qualquer direção. Eu também nunca tinha saído do continente. Estava muito animada quando chegamos ao porto. Eu parava a cada oportunidade para ouvir os sotaques exóticos a minha volta, uma espécie de cruzamento musical entre o irlandês e o francês crioulo. Mas não entendia quase nada.

Sendo uma viajante inexperiente, cometi o erro de presumir que Newfoundland e o norte de Ontário tinham o mesmo clima. Em casa, as temperaturas em agosto geralmente ficam entre 25°C e 30°C, durante o dia. Preparei minha bagagem de acordo, mas estava muito frio para usar os *shorts* e as camisetas que eu tinha levado.

Aquele pedaço de metal não era um barco luxuoso. Era apenas um navio de transporte e não algo que uma pessoa escolheria por outro motivo senão ir do ponto A ao ponto B. O barco era cinza, pintado com camadas de tinta irregulares, que tinham sido lavadas para retirar o sal e a ferrugem. Ainda bem que eu não tinha assistido ao filme Titanic, porque poderia imaginar que, se um navio luxuoso como o Titanic pôde afundar, aquela massa de metal, então, fatalmente passaria por isso. Especialmente naquele clima instável.

A viagem foi segura, mas não foi nada divertida. Estávamos apenas a duas horas no mar e ainda faltavam onze. "Que frio!", eu gemia alto. Eu pensava como uma criança de quatro anos que pergunta sem parar, "Já estamos chegando?"

Os outros passageiros começaram se dirigir para os *decks* externos, para ir dormir, e eu estava pronta para ir também, só não sabia aonde ir! Não havia assentos designados, como no ônibus ou no trem noturno, apenas bilhetes simples. E "simples" significa que você poderia ficar em qualquer lugar do convés superior ou intermediário. O convés superior era aberto, mas na chuva, não era uma opção para mim. O intermediário, mesmo coberto pelo convés superior, tinha uma proteção de acrílico apenas até a metade, que impedia a entrada de tempestades.

Eu não sabia que deveria me adiantar e ocupar um lugar para passar a noite, não tinha ideia de como a coisa toda funcionava e achava que certamente haveria algum lugar seco para cada passageiro a bordo, para passar a noite. Para minha tristeza, não foi assim, e quando me dei conta, os passageiros mais experientes já tinham ocupado todos os lugares secos no barco e não tinha mais lugar para mim. Havia espaço na proa, sem laterais, mas a chuva e a névoa do mar molhavam tudo. Se permanecesse no centro, ficaria úmida, mas não encharcada. Tentei ficar ali por um tempo, ao lado de outros pobres coitados que obviamente embarcaram com o rótulo "Sou um turista estúpido!", estampado na testa.

Fiquei tão desconfortável que por fim desisti e aceitei que tinha que ficar em pé a noite inteira. Tive pena de mim mesma — com frio, molhada, cansada e emputecida. Eu me sentia enganada, sem saber que tipo de bilhete estava comprando, e se soubesse antes que não teria nem mesmo um lugar seco para sentar, e muito menos dormir, eu teria mudado.

É claro, hoje sei que provavelmente tinha aquele bilhetes porque era tudo o que eu podia comprar.

Na esperança de me aquecer um pouco, fui até o banheiro no piso inferior, e pude ver à distância uma fila de mulheres do lado de fora. Que novidade! Mas, ao descer as escadas, senti um odor horrível e logo percebi que era cheiro de vômito. Odiei aquele cheiro! Admito que é um comentário estúpido, afinal, quem gosta? Mas o pior foi não ter outra escolha a não ser ir para lá. A certa altura, não interessa se o cheiro é repulsivo, pois, eventualmente, eu ficaria com vontade de fazer xixi, e simplesmente não tinha como ir procurar um banheiro público limpo.

Por fim, eu estava tão exausta que dormiria em *qualquer lugar*. Eu me perguntava, "Onde estaria o resto da banda esse tempo todo?" Tudo bem que eu era nova no grupo e ainda éramos estranhos, mas eu tinha a esperança de que os rapazes estivessem procurando por mim! Eles já tinham feito essa viagem antes e conheciam a rotina do cada um por si, provavelmente eram experientes para garantir seus lugares para passar a noite, enquanto eu andava de lá para cá procurando um lugar para apreciar a vista.

A viagem só melhorou quando desembarcamos e tivemos a oportunidade de encontrar pessoas amáveis. Feliz por pisar em terra firme, eu queria explorar as praias locais. Eu me imaginei descansando na areia quente da costa ensolarada, ouvindo as ondas do mar. Porém, este era o oceano Atlântico ao largo da costa leste, e não a Flórida. Embora as praias fossem incrivelmente belas, elas não eram o que eu esperava: no lugar da areia havia rochas, o mar tinha ondas altas e a água era escura. E, nem preciso dizer, era muito frio. Contudo, eu estava determinada a nadar em água salgada pela primeira vez, sem me importar se a minha ideia de oceano era muito ilusória. Eu gritei ao entrar na água gelada e espumosa, mas estava tão escuro, e a correnteza me puxava tão insistentemente, que tive medo de ser arrastada. Quando a água chegou na minha cintura, eu mergulhei rapidamente o corpo inteiro, e saí correndo tão rápido quanto pude, antes que a hipotermia começasse. Eu estava acostumada com temperaturas abaixo de zero, mas não a nadar na água gelada.

Eu completei 18 anos durante a viagem da *Flirt* pela Costa Leste e foi como se meu mundo começasse a se expandir. Se eu voltasse para casa no verão, estaria na mata plantando árvores com meu pai. Ele não parecia feliz com a minha ausência e, nas conversas telefônicas, parecia decepcionado.

Admito que me senti um pouco culpada durante a turnê. É claro que eu me preocupava com eles, porque ficava fora por longos períodos.

Decidi começar minha própria vida e por isso me senti egoísta. Eu não sentia apenas que estava deixando a minha família, mas que estava abandonando a todos.

Eu me preocupava principalmente com minha mãe. Será que ela estava bem? Será que ela e meu pai estavam brigando? Mas, eu dizia para mim mesma que já era uma adulta e precisava seguir meus sonhos e viver por minha conta. Afinal, meus pais eram supostamente capazes de cuidar da própria vida e da família sem mim. Talvez eu superestimasse a necessidade da minha família e assumisse muita responsabilidade, e talvez eles estivessem perfeitamente bem sem mim. Mas, eu tinha uma preocupação constante, resultado de anos vivendo sob o teto dos Twain, e era difícil me livrar da ansiedade.

Estava em turnê já há algumas semanas, quando meu pai me ligou, furioso. "Onde você está?", perguntou bruscamente, como se eu não estivesse onde deveria estar. Lembrei a ele que eu estava na estrada, cantando. Acontece que minha mãe teve um aborto espontâneo. Eles estavam dormindo e meu pai acordou sentindo alguma coisa molhada. Quando levantou as cobertas, descobriu minha mãe desmaiada. O sangue ensopou os lençóis. Ele a levou correndo para o hospital.

Ele me repreendeu por não estar lá e pelo fato de não ter conseguido me contatar durante a noite. A pousada onde estávamos era muito simples e não tinha recepcionista para atender ao telefone durante a noite.

"Você sabia que sua mãe podia ter morrido se eu não tivesse acordado!", bradou em um tom acusador. Apesar de sentir que ele estava sendo injusto, parte de mim ficou feliz de perceber que ele parecia abalado pela perspectiva de perdê-la. Isso significava que ele ainda a amava. Talvez tenha servido para ele perceber o quanto precisava dela.

Antes de desligar, meu pai tentou me pressionar para voltar para casa imediatamente. "Família", ele disse, "é mais importante do que fazer parte de uma banda". Acho que sempre demonstrei o quanto a família era importante para mim. Eu percebi que minha mãe estava bem cuidada no hospital e realmente não precisava de mim. Fora isso, eu estava a quilômetros de distância; não conseguiria voltar rapidamente para casa. Mesmo assim, meu pai conseguiu fazer com que eu me sentisse extremamente culpada.

Eu tinha um compromisso com os rapazes da banda, que sempre foram muito legais comigo, embora eu sempre me cuidasse. Na costa leste do Canadá, era comum as bandas ficarem em casas alugadas, pagas pelos bares que apresentavam música ao vivo. Muita coisa acontecia. Ah, se as paredes falassem. Pessoalmente, eu não gostaria de ouvir todas as coisas escabrosas que provavelmente se passavam ali. Bebidas à vontade, sexo e drogas. Que segredos aqueles lençóis revelariam! Uau!

Nesses lugares, eu seguia algumas regras básicas: (1) Nunca andar descalça; (2) Sempre verificar se os lençóis foram lavados (apesar de que seria preferível queimá-los); (3) Tomar banho de chuveiro com a cortina aberta, para que ela nunca entre em contato com a sua pele; e (4) Colocar toalhas no chão do banheiro para ter onde pisar, ao sair do banho.

Uma coisa boa era que as casas de banda tinham cozinha. Depois de um tempo na estrada, você pode ficar cansada de comer em restaurantes, e eu tinha prazer em cozinhar para mim. Eu comprava mantimentos (e desinfetante), com o meu dinheiro. Fazia uma refeição por dia, por volta do meio-dia, porque nossas noites geralmente não terminavam antes das três da manhã. Panquecas encharcadas com xarope de bordo e manteiga derretida, um copo grande de leite; bacon frito e crocante, dois ovos fritos na gordura do bacon, com a gema mole; e torradas para mergulhar na gema. E para a sobremesa? Uma tigela de cereais crocantes.

Eu era pequena, mas comia como um porco. E amava essas refeições. A liberdade de comer o que eu quisesse, quando quisesse e o quanto quisesse era uma experiência de independência que eu não conhecia. Como vocalista, não queria comer perto da hora de me apresentar, porque fica difícil usar o diafragma adequadamente com o estômago cheio, tirando o espaço que você precisa encher de ar, portanto, eu geralmente pulava o jantar. De qualquer maneira, estava tão empanturrada que não é de se admirar que não precisasse de mais nada.

Os rapazes do *Flirt* eram meus companheiros de quarto nessas casas de bandas. Um dia, precisei de uma caneta emprestada. Fui até o corredor e, sem bater, abri a porta de um dos quartos e estava pronta para perguntar "Alguém tem uma caneta para me emprestar?", mas nem cheguei a pronunciar a primeira palavra.

Um dos rapazes estava deitado na cama, com as cobertas puxadas até o pescoço, e havia um movimento acontecendo ao redor de sua virilha.

Claro que percebi que ele estava se masturbando. Vermelha de vergonha e na esperança de que ele não tivesse notado a minha presença (ele parecia muito concentrado), saí silenciosamente, fechei a porta e voltei para o meu quarto, na ponta dos pés, petrificada ao pensar que poderia ter um músico irritado gritando na minha cara por ter invadido sua privacidade.

Eu *sabia* que os homens se masturbavam, mas topar com alguém em pleno ato me pegou de surpresa. Porém, devo admitir que cheguei tarde ao conceito de masturbação. Mesmo sendo sexualmente ativa desde os 15 anos, eu ainda não sabia que as meninas também se masturbavam. E só descobri isso depois, quando conversava com uma amiga, muito aberta sobre assuntos sexuais em geral. Eu admiti para ela que estava surpresa e que não sabia que as meninas podiam fazer isso. Ela não conseguia acreditar e me disse que se masturbava desde os 13 anos. Ela ficou espantada de que essa informação fosse tão nova para mim e exclamou, "Onde você estava?!". Não soube o que responder. Eu nunca tinha me dado conta disso.

Em muitos aspectos, posso dizer que amadureci rapidamente, como resultado de cantar em bares desde cedo, e por crescer em um ambiente familiar desarmônico, que exigia uma maturidade incomum, e agora, aos 18 anos, estava em turnê com uma banda de *rock*. Mas, em outros assuntos mundanos, eu ainda era muito ingênua.

★

11

Por conta própria

Desde 1981, quando voltei de Toronto, contrariada, eu dizia para quem quisesse ouvir que pretendia voltar assim que terminasse o colegial. E foi o que fiz no final do verão de 1983, quando terminou a turnê do *Flirt* pela Costa Leste. Meu pai acabou aceitando que sua filha, agora com dezoito anos, era uma adulta independente e que não voltaria para casa — colocou minha bagagem no porta-malas do carro e me levou para a cidade grande. Toronto era o centro da indústria fonográfica canadense. Para atingir meu objetivo de viver da música, aquele era o lugar onde eu deveria estar. Era como se eu fosse uma aspirante a estrela, de um lugar qualquer dos Estados Unidos, chegando em Hollywood de ônibus, com a esperança de entrar no mundo do cinema. Toronto é a maior cidade do Canadá, com cerca de 5 milhões de habitantes, e a mais populosa da América do Norte.

Eu já conhecia bem o trabalho nos bares, portanto, não tinha ilusões quanto à dificuldade de cantar profissionalmente, em tempo integral. Sabia de muitas mulheres na faixa dos 30 anos que ainda cantavam em bares, dolorosamente cientes de que já tinham passado do ponto de se tornar a próxima Tanya Tucker; e não afastei a possibilidade de ter o mesmo destino. Mas estava animada, queria passar para uma nova fase da minha vida e ver se conseguiria me sustentar como artista. Não tinha a intenção de ficar esquecida nos clubes pelo resto dos meus dias. Em algum momento, se as coisas não corressem bem, partiria para outra coisa — embora não soubesse exatamente quando e o que seria.

Eu dividia um apartamento com duas amigas que iniciaram a faculdade em Toronto: Laura, de Hanmer, e Michele, de Timmins. Era ótimo ter companhia, além de dividir o aluguel.

É claro que na indústria da música não existe uma progressão acadêmica. Mas, em termos de comparação, quanto às provas, eu poderia dizer que a cada vez que sobe ao palco, o artista é avaliado por uma plateia. E o mesmo vale para uma fita demo submetida a uma gravadora; se conseguir um contrato para gravar, significa que passou no exame. E as rádios, os canais como a MTV e a CMT (Country Music Television), e a audiência nacional ou até a internacional, determinarão se você receberá um diploma na forma de milhões de discos vendidos. A carreira musical é realmente diferente de qualquer outro campo profissional.

Enquanto minhas colegas estavam em aula durante o dia, minha formação acontecia na sala de nosso pequeno apartamento. Meus professores faziam parte de uma lista de artistas de vários gêneros. Em grande medida, o artista amador avalia a qualidade de seu próprio trabalho e se ele se encaixa, ou não, na onda musical no momento.

Eu passava horas sozinha com meu violão, gravador, discos, caneta e papel. Aos 18 anos, não me preocupava aonde isso iria me levar; meu foco era a qualidade. Eu analisava minha voz e minhas músicas em comparação com meus artistas preferidos. Estava sozinha e assustada, mas nunca desanimada.

Todas essas horas de autodidatismo refletem uma teoria que conheci recentemente e que acredito ser válida. No livro *This Is Your Brain on Music*, Daniel J. Levitin, psicólogo cognitivo e neurocientista da Universidade McGill, além de músico, explica que para ser um especialista em qualquer coisa, seja teatro, música, arte, ginástica ou o que for, a pessoa precisa de no mínimo dez mil horas de prática. Segundo ele, não existe nenhum caso onde uma especialidade tenha se desenvolvido em menos tempo. O cérebro precisa desse tempo para assimilar o conhecimento necessário para alcançar a verdadeira maestria. Levitin diz que, "Nós encontramos isso na música o tempo todo. Algumas pessoas podem ter a tendência genética ou biológica para a música. Na verdade, eu sei que as pessoas, e as crianças em particular, podem começar em níveis diferentes ao se interessarem pela música, mas sem as dez mil horas de prática, elas provavelmente não atingirão a condição de excelência, independentemente da capacidade inata. Portanto, na prática, serão necessárias três horas por dia, em dez anos, para alcançar as dez mil horas. Em outras palavras, o aprendizado requer a assimilação e a consolidação do conhecimento no tecido neural. Na medida em que a experiência é repetida e enriquecida pela prática e desenvolvimento da habilidade, a memória e o aprendizado destas experiências ficam mais fortes".

Aos dezoito anos de idade, eu certamente já havia dedicado pelo menos dez mil horas à música. Tanto que eu passei grande parte da minha juventude isolada.

Se eu morasse sozinha, teria me tornado uma eremita. Por sorte, minhas companheiras, mesmo não sendo muito festeiras, eram sociáveis e me apresentaram alguns amigos interessantes da faculdade. Entre eles estava um cara extravagante de Trinidad, chamado Sheriff, que fazia faculdade em Toronto, com um pequeno grupo de amigos do seu país. Ele parecia pertencer a uma família de posses, que lhe proporcionava conforto e até seu próprio carro.

Às vezes, íamos a bares gays com Sheriff e seus amigos, nas sextas à noite. Eles passavam em casa e todos nós nos vestíamos e nos maquiávamos, inclusive os rapazes. Madonna era o sucesso do momento, e a mais copiada. Usávamos roupas como as dela, penteávamos o cabelo para trás, até ficar alto e espetado, e íamos para a cidade. Para mim, era uma aventura, além de ser uma novidade. Os bares gays tinham a melhor música dançante e os figurinos mais impressionantes. Uma outra vantagem, do ponto de vista de uma garota, era que você podia dançar tranquilamente com os amigos sem precisar se defender de caras inconvenientes, querendo pegar alguém.

Eu não tinha experiência com maquiagem e fiquei maravilhada com a habilidade de alguns rapazes, tão artísticos e glamorosos. Eles eram lindos, com as feições bem definidas e marcadas com blushes, bases, sombras e outras coisas. Minha fascinação com essa primeira apresentação e a transformação de homens em lindas mulheres, foi provavelmente a semente de inspiração para a música que eu escreveria anos depois: "Man! I Feel

Like a Woman!". Mas nem todos estavam montados e eu vi muitos homens que não poderiam ser identificados como gays. Contudo, a maioria dos frequentadores era muito cuidadosa com o estilo e a estética, dos pés a cabeça, desfrutava e se divertia com a moda e o flerte. Parece que a aparência fazia parte da diversão. Pessoalmente, eu tinha mais interesse em me vestir para dançar do que para me exibir: os sapatos e as roupas tinham que ser confortáveis, para eu me mover à vontade. Para mim, era novidade não estar em um clube para me apresentar, portanto, estava ali para socializar com os amigos e dançar, e não me preocupava com a aparência.

Aquelas noites nos bares gays eram uma diversão inocente e me lembro da pista de dança lotada, ao som de canções como o pop-reggae do UB40, "Red Red Wine", "Material Girl", de Madonna, "When Doves Cry", do Prince, e "Karma Chameleon", do Culture Club. Eu não precisava de álcool para viajar no som mágico de "Red Red Wine", principalmente porque o som era tão alto que você não conseguia ouvir mais nada, e a música repercutia no corpo como uma droga. Depois de dançar, voltávamos para casa e ficávamos rindo e conversando com nossos amigos de Trinidad, até ao dia amanhecer. Eles nos deliciavam com histórias e relatos de seu belo país, especialmente sobre a festa de carnaval anual. Tudo parecia exótico e as pessoas e lugares distantes chamavam minha atenção. Toronto era muito estimulante nesse sentido, com sua inebriante mistura de culturas, em razão do enorme afluxo de imigrantes que inundam o Canadá. Nossas faculdades e universidades atraíam, e ainda atraem, jovens de todo mundo. Eu, que na época não passava de uma simples garota do interior, me deliciava com essa exposição do mundo.

Infelizmente, meu dinheiro só durou até a primavera. Para a alegria do meu pai, eu voltei para Timmins para trabalhar durante toda a temporada de reflorestamento, de maio a outubro. Ganhei o suficiente para voltar para a cidade e ficar até o fim do inverno. Desta vez, eu dividi a casa com outra estudante de Timmins, mobiliei o lugar com minhas coisas e alguns móveis descartáveis.

Depois de um mês, eu voltei para casa um dia e descobri que ela tinha ido embora e levado suas coisas. Nenhum bilhete, nenhuma explicação. Como eu daria conta do aluguel sozinha? Contudo, o que me deixou emputecida foi a conta telefônica de 300 dólares que chegou algumas semanas depois; despesas que ela fez e não me contou. Eu não sabia como resolver isso financeiramente, mas não queria voltar a viver com meus pais e perder minha independência de jeito nenhum.

Acontece que meu apartamento ficava muito próximo da casa de Ian Garret, com quem eu tive aulas de canto, sete anos antes. Pedi sua ajuda para conseguir um trabalho, de preferência como cantora. Ele não podia me ajudar nisso, porém, mais uma vez, fizemos um acordo: se eu limpasse sua casa, ele me deixaria usar o piano, além de me dar algumas aulas de canto. Eu fiquei animada para compor: afinal, era um piano de cauda, com um som magnífico e pedais de bronze. Para mim, ele parecia enorme, mas era difícil avaliar o seu tamanho com precisão, porque a sala não era muito espaçosa e é possível que ele parecesse proporcionalmente maior. Eu me lembro de adorar acionar os pedais para criar um *delay* nas notas, permitindo uma sobreposição.

Apesar de não saber tocar de verdade, sempre fui habilidosa para brincar com as teclas, criando melodias e progressões de acordes, que eram diferentes dos que eu compunha no violão. O piano definiu um novo território para mim, em termos de estilo, e impulsionou minhas composições para uma nova direção. O violão sugeria o ritmo e o piano inspirava menos estrutura, e as melodias ficavam mais soltas e mais complexas.

No entanto, os problemas financeiros continuavam sendo uma fonte constante de preocupação.

Enquanto ficava na sala de piano de Ian cantarolando melodias, eu observava a atividade na esquina abaixo, e via um trio de mulheres atraentes, vestidas com minissaias provocantes, calças justas, sapatos de salto agulha e casacos de pele. Elas iam e vinham, entrando e saindo de carros, e voltavam para o mesmo lugar depois de algum tempo. Naquele cenário urbano, também estrelavam dois personagens masculinos, que pareciam estar na direção da cena. Era como assistir a um filme mudo pela janela. Depois de alguns dias, finalmente saquei: as meninas eram garotas de programa!

Imaginei que elas provavelmente ganhassem um bom dinheiro. Apesar de saber que eu nunca escolheria esse caminho, podia compreender o desespero que leva as pessoas a fazer coisas que não fariam em outras circunstâncias. Mesmo ansiosa com minha capacidade de me sustentar, apenas voltei para o teclado e continuei com minha música.

Não me lembro das músicas que compus nesta fase. Foi mais um período de desenvolvimento, de brincar com ideias que ficaram no meu subconsciente, até encontrar o caminho para as minhas canções. Para mim, as ideias musicais permanecem não identificáveis até serem colocadas em forma de canção e ganharem um título. Antes disso, elas ficam vagando na minha mente, como tantos fragmentos que vinham a minha cabeça enquanto ficava sentada no piano de Ian.

Para ganhar algum dinheiro, eu peguei alguns "bicos", cantando em bandas de bares, contratadas sob a condição de ter uma cantora.

O repertório geralmente girava em torno das 40 músicas mais ouvidas no momento, o que facilitava bastante. O dinheiro era pouco, o trabalho não era criativo nem profissionalmente relevante, mas me ajudou a passar o inverno, portanto, nada de reclamações!

Contudo, preciso fazer uma ressalva: na realidade, a experiência foi artisticamente positiva porque as canções *pop* e *rock* que eu estava cantando exigiam uma performance mais dinâmica, o que nunca foi o meu forte. Com a prática, o domínio de palco e a interação com o público melhoraram — embora eu não possa dizer que fosse algo natural. A experiência me fez sair da concha, apesar de que, no fundo, o que eu gostaria mesmo é de ter a opção de me sentar no chão com as pernas cruzadas, de costas para o público, ficar ali viajando com meu violão, e ainda ser paga para isso, ou ganhar a vida como *backing vocal* ou gravando *jingles* em um estúdio. É o que eu faria para não ter que encarar o público.

Quando criança, eu gostava de harmonizar ao ouvir outros cantores e curtia o desafio de propor vocalizações individuais que se misturavam perfeitamente. Acredite ou não, eu gostava de me imaginar feliz, sentada no banquinho de um café, dedilhando o violão e cantando minhas músicas, enquanto as pessoas conversavam calmamente, tomando um café. Eu fui parar sob os holofotes, mas, na verdade, gostava de ficar nos bastidores, onde me sentia segura e tranquila. Eu não gostava da música porque ela atraía a atenção das pessoas, e sim porque ela me dava prazer. Ela me levava para um outro lugar, um mundo particular, dentro do mundo real. Mas, como cantora, que tocava violão de forma mediana, o único trabalho que rendia algum dinheiro era o de vocalista. Isso forçou minha presença no centro do palco, se eu quisesse ganhar a vida com a música.

Esta não é certamente a atitude ideal para se tornar uma "estrela". As estrelas transbordam autoconfiança: são corajosas, lindas e desinibidas. Pelo menos, era isso que eu pensava. Mas isso não se aplicava a mim, tampouco era meu objetivo. Assim, meu plano de carreira — se é que isso existe na música — era ter sucesso com minhas composições e meu talento vocal, e não com minha capacidade performática.

Por fim, nem o trabalho de estúdio, nem os cafés funcionaram para mim. Eu não tinha formação suficiente em teoria musical para leitura de partituras, que facilitasse minha entrada no ramo exclusivo dos frequentadores de estúdios. Esses cantores têm que ser rápidos. A coisa toda funciona mais ou menos assim: em uma sessão para gravar um *jingle* ou colocar os *backing vocals* em uma gravação, ao ficar diante da partitura apresentada, você passa a música uma ou duas vezes *a capella*, o engenheiro de som roda a fita, grava e pronto. Pode ir embora. Só que se trata de uma peça musical que você nunca ouviu antes. Eu era muito amadora como cantora de estúdio para ter uma chance.

Quanto aos cafés, eu não podia contar só comigo como instrumentista e pensei em contratar um acompanhante, mas os shows não pagavam o suficiente para tornar esta opção viável. Então, acabei ficando com os shows noturnos nos finais de semana. É claro que seria melhor fazer alguma coisa durante o dia, porque a viagem de metrô de volta para casa a uma ou duas da manhã me deixava nervosa, afinal, era uma jovem sozinha na noite em uma cidade grande e, como qualquer outra metrópole, Toronto tinha sua cota de crimes relatados nos noticiários. Sendo uma garota do interior, eu ficava apreensiva ao andar sozinha depois de escurecer.

Eu relutava em aceitar outros tipos de trabalho, que me faziam sentir como uma fracassada, porque meu objetivo era conseguir me sustentar com a música. Mas, não tinha escolha. Fui contratada pelo McDonald's, noToronto Eaton Centre, *o shopping-center* no coração da cidade. A grande vantagem era que eu podia comer de graça, embora as refeições fossem restritas à comida "vencida" — isto é, fora do prazo de validade para venda. Mas, para quem contava moedas, ficava feliz só por estar alimentada.

Eu tinha orgulho de fazer um bom trabalho, especialmente no que diz respeito às famosas batatas fritas. (Nota histórica: isso foi na época em que as batatas eram fritas em gordura animal, que entopem as artérias, e não como hoje, em óleo vegetal). Mas, não ria, eu era obcecada com a forma como as batatinhas eram colocadas no recipiente de papelão em que eram servidas.

Para mim, era fundamental que elas fossem apresentadas exatamente como apareciam na propaganda: de pé, altas e eretas como um pelotão de soldados de altura uniforme, e, pelo amor de Deus, nada de batatas quebradas ou amassadas! Eu aprendi como posicionar a colher e o ângulo do pulso para que as batatinhas deslizassem na posição exata, perfeitas para uma foto, a cada porção servida. Obsessiva? Talvez. Eu estava apenas tentando fazer de acordo com a foto do anúncio. Era uma tendência para tudo, ser a melhor no que quer que eu faça.

Esta foi a minha vida nos três anos seguintes: invernos passados em Toronto, compondo, fazendo trabalhos temporários, tocando em bares esporadicamente, seguidos por períodos de cinco meses, supervisionando as equipes de reflorestamento no norte de Ontário, com minha família.

Eu ainda precisava dividir as acomodações durante os meses em que passava em Toronto, porque o dinheiro era curto. Laura tinha se mudado para um lugar novo, quando nos cruzamos novamente, um ano depois. Ela estava em um apartamento no porão de uma casa antiga, onde havia um quarto pequeno lotado de tranqueiras, cobertas com teias de aranha e poeira. As coisas entulhadas não deviam ser muito valiosas, porque pareciam estar esquecidas. Laura disse que a proprietária nunca vinha até o porão, então perguntei se poderia levar o lixo abandonado para outro lugar no corredor. A ideia era dividir o espaço, de modo que ficaríamos mais seguras juntas, diante do alerta de que havia um estuprador na vizinhança.

Eu mesma fiz a arrumação e passei quase um dia inteiro limpando as camadas de insetos e sujeira do "armário". O ambiente vazio parecia a cela de uma prisão. Para deixá-lo mais claro, comprei uma lata de tinta barata e pintei as paredes de tijolos. Achei um pedaço de carpete, cobri o chão de cimento rachado e estava pronta para mudar. Restava capturar uma estranha centopeia gigante, que se movia rapidamente e me deixava enojada, além de aranhas perdidas procurando por suas teias. Agora, este lugar era meu e eu queria que os insetos dessem o fora, depois de suar tanto e gastar aquele tempo todo para me sentir em casa naquele buraco no porão.

Mas, em algum momento entre o plano brilhante e a mudança, Laura me disse que a locatária desceu casualmente até o porão e descobriu nosso segredo. Ela ficou furiosa e advertiu Laura de que tudo tinha que ser colocado de volta! Eu não me conformava, porque tinha pintado as paredes, limpado e mudado tudo de lugar, e achava que tinha o direito de usar o espaço. Ela deveria se dar por satisfeita porque pelo menos o lugar estava limpo e as velharias bem guardadas. Não sei porque me senti no direito de viver ali em segredo, sem permissão. Não era do meu feitio me apropriar de algo que não me pertencia.

Hoje em dia eu acho estranho esse meu comportamento, mas acredito que minha imaturidade me fez abandonar a lógica. Não quero usar a juventude como desculpa, mas eu precisava resolver o problema de moradia, e a solução era criar algo a partir do nada. Ao ser descoberta, me senti incomodada com a crítica.

Naquela primavera de 1987, tirei minha licença anual para supervisionar o negócio de reflorestamento de meus pais. E, pelo que pude observar, a tensão entre eles era óbvia.

Havia uma jovem bonita, de cabelos avermelhados, que vinha regularmente ao acampamento no verão. Ela era funcionária do Ministério de Recursos Naturais de Ontário, cuja função era monitorar a operação de plantio. Meu pai deixou claro seu interesse. Ela era formada na universidade, amante da natureza, solteira e muito amável com ele. Não tenho ideia se eles tiveram ou não um caso, mas a simples presença desta flor glamorosa perturbava minha mãe. Para complicar ainda mais, certa vez meu pai insinuou que minha mãe tinha se envolvido com um dos homens da equipe. Ele não deu detalhes e eu não fiz perguntas. Para mim, ele provavelmente mereceu, depois de provocar o ciúme da esposa, ficando o verão inteiro às voltas com a outra.

Logo depois do término do plantio daquela temporada, voltei para Toronto para cantar em alguns shows que Mary Bailey organizou para mim. Mary Bailey era o nome artístico de Eveline Kasner, uma amiga querida da família. Nós conhecíamos um homem chamado John Kim Bell, um americano mestiço de indígenas Mohawk, que tinha se mudado recentemente de Nova York para Toronto. Pouco tempo depois de nos conhecermos, Kim e eu começamos a namorar e logo fomos morar juntos em uma casa em Indian Grove, perto do maravilhoso High Park, o maior parque de Toronto.

Kim era pianista clássico e maestro talentoso. Ele era mais velho do que eu, por isso foi estranho levá-lo em casa, em Timmins, para conhecer meus pais, que eram um pouco mais velhos que ele. Meus pais tentaram me convencer a terminar o relacionamento, dizendo que "ele não servia para mim". Quando meu pai se referia desdenhosamente a Kim, chamando-o de "maçã", eu não sabia o que dizer. Era um termo pejorativo para descrever alguém que tinha a aparência de índio, mas cuja essência era "branca".

Discuti com meus pais naquela noite, defendendo Kim e meu direito de escolher meus relacionamentos sem ser criticada. Mais tarde, lamentei ter feito isso, já que não demoraria muito para que eu não os visse mais.

Acordei uma manhã na casa da Indian Grove depois de um sonho terrível, aturdida e encharcada de suor. Levei alguns minutos para perceber que era apenas um sonho, mas, mesmo assim, fiquei tão abalada que precisei sair para tomar ar. Sentei num degrau na frente da casa. Por mais que quisesse afastar a lembrança do sonho, ela voltava, como em um filme.

No sonho, minha mãe pegou um táxi do supermercado para casa, com o carro cheio de sacolas. Houve um acidente e ela ficou muito ferida, sangrando da cabeça aos pés. Ela estava morta quando a vi, apesar de continuar viva em uma dimensão estranha e diferente, e ainda conseguia falar comigo. Enigmaticamente, ela me disse, "Você tem que cuidar de tudo", e depois, ela se foi. Morreu e partiu. Durante alguns minutos, eu me senti em choque e demorei a aceitar que era apenas um sonho. As imagens e a conversa eram muito nítidas e pareciam tão reais que eu senti um vazio na boca do estômago, como um sentimento de luto. Foi muito perturbador e me deixou incomodada durante o resto do dia.

Assim como acontece com muitas pessoas, eu sempre senti emoções reais através de acontecimentos nos meus sonhos. É sempre um alívio descobrir que estava apenas sonhando, mas doloroso ter que sentir essas emoções profundas e perturbadoras através de acontecimentos trazidos pelos sonhos. Posso não viver aqueles acontecimentos, mas os sentimentos são reais, como este sonho foi para mim.

Curiosamente, naquele mesmo verão, minha mãe me ligou de um telefone público. "Preciso ver você", disse, com uma voz sufocada. Ela estava ligando de Toronto, na verdade, de bem perto. Tinha deixado meu pai novamente. "Posso ficar com você?", perguntou, explicando que não tinha roupas, dinheiro ou abrigo. Eu fiquei chocada e um pouco surpresa por ela não ter me ligado antes para falar de seus planos. Sabia do ressentimento de Kim com meus pais, por não ter sido aceito como um homem com coração de índio. Esta foi a percepção que meus pais tiveram dele, e eu duvidava muito que ele receberia minha mãe de braços abertos, considerando o ocorrido.

Eu me senti muito mal por não poder ajudá-la quando ela mais precisava. Hoje, vejo que o fato de não me sentir confortável para acolher minha mãe poderia ter sido um bom indicador de que aquele homem não era o melhor para mim. Mas, afinal, a casa era dele, e naquelas circunstâncias, o máximo que eu podia fazer era ajudá-la a encontrar um quarto em uma pensão. O lugar era barato e extremamente simples, mas pelo menos, ela ficaria por perto e não iria para um abrigo.

Peguei algumas roupas no meu armário e liguei para o meu pai. "Você precisa mandar as roupas da mamãe", eu disse. "E acho que deve mandar algum dinheiro também. Ela o apoiou todos esses anos e é uma das responsáveis por seu sucesso no negócio de reflorestamento". Eu insisti e me sentia como uma mediadora, negociando os direitos da minha mãe.

Ele respondeu, dizendo: "O que ela deixou para trás vai ficar aqui. Se ela quiser alguma coisa, terá que vir buscar pessoalmente. Seu lar é aqui e ela pertence a este lugar". Esse comportamento possessivo era um jeito de dizer que ela era dele: sua mulher, sua companheira. Foi o que percebi no seu tom de voz. No fundo, um desejo triste de que ela voltasse para casa, para ele. Ele foi dramático e pude perceber uma dor sincera na sua voz.

Meu pai ficou furioso por eu tentar ajudar minha mãe a pelo menos recuperar suas coisas até que eles conseguissem conversar. Ele interpretou como se eu estivesse tomando partido e ficou ainda mais endurecido. Em seguida, deixou escapar algo que quase me fez deixar o telefone cair: que ela o deixou por *outro homem*, um de seus empregados. "Ela tem que pagar e sofrer", ele disse, claramente ferido pela traição. Aquilo me pegou de surpresa, pois, até onde pude perceber, ela estava sozinha.

Depois de desligar o telefone, eu questionei minha mãe. "Que diabos aconteceu?", perguntei.

Embora meu pai sempre tenha demonstrado algum ciúme, nunca houve nada que justificasse. Eu estava em choque. Minha mãe começou a se explicar, dizendo que ela e meu pai estavam distantes e ela havia se apaixonado por um dos caras do acampamento. Aos soluços, contou que o homem tinha planejado encontrá-la em Toronto. Mas ele não ligou e não a procurou mais. Ela ficou humilhada e inconsolável — acho que realmente tinha se apaixonado pelo cara. Ele obviamente sumiu. Meu palpite é que meu pai o ameaçou, o mundo do reflorestamento era pequeno, e o homem reconsiderou a ideia de se juntar à esposa do chefe.

Senti muito pela minha mãe — e também pelo meu pai — mas, ao mesmo tempo, não gostei de ter sido envolvida na confusão. Eu queria que os dois crescessem e superassem isso de uma vez; estava cansada de cuidar daqueles que deveriam cuidar de mim. Por mais que eu os amasse e me sentisse egoísta por não ter paciência com aquele comportamento, decidi que não me envolveria naquele desencontro.

Seguindo o padrão de sempre, depois de algumas semanas de separação, minha mãe voltou para o meu pai. Era evidente que ela não tinha forças para recomeçar. Seu amante a abandonou, meu pai se recusava a ajudá-la, a menos que voltasse, e eles ainda tinham dois adolescentes dentro de casa. No inverno, quando ela partiu para Timmins, eu senti sua dor, mas ao mesmo tempo, fiquei aliviada por me livrar das complicações do relacionamento entre meus pais.

Eu permaneci na periferia do mundo da música durante tempo suficiente para compreender que a subida era íngreme. Eu estava com 21 anos, e enquanto as pessoas com a mesma idade estavam terminando a faculdade e se aproximando de seus objetivos profissionais, a música era a única coisa que eu sabia fazer. Estava chegando a hora de pensar em um plano B. Decidi fazer um curso básico de informática em uma faculdade comunitária, cinco vezes por semana. Na época, os monitores ainda eram em branco e preto, com caracteres verdes. Imagine só! Muitos estudantes eram imigrantes, cujo inglês era tão precário que o instrutor me pediu para ajudá-lo com duas meninas. Uma era de Gana e a outra da Etiópia. A comunicação não era fácil, mas a gente dava um jeito, e eu tinha curiosidade em saber como era a vida em outras partes do mundo. Eu gostava desses intercâmbios com pessoas de lugares distantes, e era muito mais interessante conversar do que aprender a usar o F6, marcar, sublinhar e copiar e colar um texto.

Eu percebia a necessidade em ter um plano alternativo, aprender coisas práticas, como digitação e inserção de dados, para o caso de minha carreira musical não dar certo. Contudo, minha atenção para a praticidade não significava que eu estava desistindo do meu sonho. Eu queria ser capaz de me sustentar e não depender de ninguém. Eu não desejava ter filhos logo, não tinha intenção de ser sustentada por um homem ou viver de pensão, tampouco queria fazer trabalhos braçais e conseguir apenas o suficiente para comer, o resto da vida. Eu almejava um conforto financeiro e queria ganhar meu próprio dinheiro. Talvez esse desejo feroz de independência existisse por eu não acreditar na possibilidade de confiar em alguém. Suponho que esta seja uma parte do que eu aprendi a aceitar como realidade e a outra está baseada no exemplo consistente de meu pai de não pedir esmolas, com o firme princípio de que se você mesmo não conquistar o que tem, a posse não trará o mesmo prazer de recompensa e realização. Essa é a origem da minha motivação para melhorar.

★

12

Juntos para sempre

No primeiro dia de novembro de 1987 — uma tarde tranquila de domingo — eu estava em casa com meu namorado Kim, quando o telefone tocou. Percebi pelo seu tom de voz que a ligação era para mim, mas, quando levantei para pegar o telefone, ele não me entregou. Fiquei preocupada, porque senti que era alguém que eu conhecia e não entendia porque ele não me passava o telefone.

Tentei interrompê-lo, perguntando, "Quem é? O que está acontecendo?", mas ele estava concentrado no que ouvia, como se estivesse tentando compreender o que a pessoa falava. Eu estava ficando contrariada e inquieta, ansiosa por saber o que estava acontecendo, porque percebia que havia algo errado. Comecei a andar de um lado para o outro, enquanto esperava uma resposta.

Finalmente, Kim desligou o telefone, segurou minhas mãos e sentamos no sofá, frente a frente. Eu estava extremamente ansiosa para saber do que se tratava, mas percebi que não iria aguentar. Sentia que algo tinha acontecido e que era ruim.

Kim começou a me contar calmamente, mas com clareza, que meus pais tinham sofrido um grave acidente de carro. Eu pulei em pânico. "Eles estão bem? O que está acontecendo? Me diga!" Deve ter sido incrivelmente difícil para ele ter que dar uma notícia tão devastadora e responder às minhas perguntas. Ele começou a explicar, mas diante de minhas interrupções constantes, Kim não conseguia acompanhar meus pensamentos. Minha cabeça girava e eu precisava que ele se apressasse e me dissesse o que eu não queria, mas precisava saber. Eu estava despedaçada, esperando a notícia que eu sabia que iria me chocar. Provavelmente, eu pude supor pelo tom sombrio de sua voz e seu olhar tenso que o pior tinha acontecido.

Quando ele finalmente falou, "Eles estão mortos", foi como se algo desmoronasse dentro de mim, em uma explosão emocional. Não sei como ficou minha feição, mas por dentro, acontecia uma erupção. Minhas entranhas estavam vazias. Fui invadida por uma confusão de sentimentos — dor, raiva, medo e uma tristeza esmagadora —, sentada ali, vendo tudo se esvair. Lembro de pouca coisa a partir daquele momento, mas sei que bati no peito de Kim com as mãos, gritando que aquilo não podia ser verdade. Minha mente tentava resistir à realidade o máximo possível. Ele certamente me diria que aquilo era apenas uma brincadeira de mau gosto, mas isso não aconteceu. Era real.

Não tenho ideia de quanto tempo se passou até eu me acalmar o suficiente para falar com coerência. *Meus irmãos. Minhas irmãs*. Eu precisava ouvir suas vozes, saber mais. Consegui recuperar o fôlego para ligar para a casa de meus pais na Montgomery Avenue, onde estavam Jill e Carrie. Elas se revezaram ao telefone, tentando me passar todas as informações. Mas estávamos chocadas e histéricas, no meio daquela conversa confusa, pontuada por gemidos e soluços.

De repente, elas sussurraram. "Darryl chegou. Ele ainda não sabe." Pobre Darryl, que já tinha perdido a mãe para o suicídio, quando ainda era um bebê. Segundos depois, ouvi o lamento mais sofrido que se possa imaginar, um grito perturbador e doído, de dilacerar o coração, e que, mesmo sem palavras, expressava um profundo desespero. Ao ouvir seus gritos, não pude deixar de sentir que o mundo era um lugar horrível, que Deus não poderia existir, que a compaixão e a bondade haviam desaparecido, para sempre.

Sentada, a 600 quilômetros de distância, com o telefone na mão, eu nunca me senti tão desamparada e sozinha.

Fui inundada pelo desespero de querer estar com minha família. Eu estava sofrendo tão profundamente que quase não podia suportar, chorando inconsolavelmente, como um bebê abandonado. Eu não sabia que essa dor tão visceral e essa sensação de vazio eram humanamente possíveis.

Tenho apenas *flashes* de memória dessa noite em que falei com minhas irmãs: estou em Toronto, Indian Grove, casa, sentada à mesa da cozinha — como fui da sala para a cozinha? — com a garota gentil do apartamento de cima massageando minhas costas, me incentivando a tomar o chá que ela preparou para mim. Mas eu continuei chorando, perdida em uma névoa de choque e descrença.

Depois, lembro de estar no banco de trás do carro de Kim, viajando para Timmins, durante a noite. Minha amiga Michele está sentada no banco da frente ao lado dele, para que eu possa dormir no banco traseiro, mas quando eu fecho os olhos, as mãos da ansiedade me sufocam, até eu perder a respiração. Apavorada demais para ficar sozinha, passo para o banco da frente.

Os dias em Timmins para o funeral ficaram obscuros, embora eu lembre de ter colocado uma cópia de uma das minhas fitas-demo no caixão de minha mãe, para que minha música a acompanhasse onde quer que fosse. Curiosamente, uma calma me envolveu assim que vi meus pais em seus caixões na casa funerária, antes da cerimônia. O relatório do legista dizia que minha mãe morreu na hora, com o impacto da cabeça no painel. Com exceção de um inchaço e um corte, parcialmente coberto pela maquiagem, ela não tinha sinais visíveis do acidente fatal. Saber que ao menos ela não tinha sofrido trazia algum conforto.

Os ferimentos de meu pai também não eram aparentes. Segundo o relatório do legista, ele sofreu traumas internos graves, porque a coluna da direção esmagou seu tórax. A força da colisão empurrou a frente do veículo do lado do motorista como um acordeão e o volante quase tocou o encosto do banco. Ao contrário de minha mãe, ele ainda estava vivo e pedia ajuda, quando a ambulância chegou. Os paramédicos o levaram para o hospital junto com dois outros passageiros feridos, ambos nativos, trabalhadores da empresa de reflorestamento. Sempre que me lembro disso eu me sinto triste porque eles decidiram deixar minha mãe para trás. Mas entendo o motivo — ela foi declarada morta no local e a ambulância já estava cheia — mas a imagem dela sozinha na mata, caída sobre o painel do carro, sangrando e sem vida, me perseguiu por um bom tempo.

Os detalhes do acidente me torturavam continuamente, como se a cena de horror se repetisse e eu não conseguisse desligá-la. Demorou um bom tempo até que eu finalmente achasse o botão de desligar, embora as imagens e a cena ainda lampejem diante de mim, de tempos em tempos.

Meu pai morreu a caminho do hospital por causa dos ferimentos internos, mas um dos trabalhadores feridos voltou a consciência por tempo suficiente para perguntar, "Onde está o garoto?". Posso imaginar os paramédicos perguntando, *que garoto?* "O garoto", ele repetiu. O filho de 14 anos estava no banco traseiro. Os médicos voltaram imediatamente ao local do acidente. O sol já se punha no horizonte e demorou um pouco até encontrarem Mark inconsciente, a uma boa distância do veículo destruído. Com o impacto, meu irmão foi jogado através do para-brisa da caminhonete e caiu ao lado da estrada, fora do campo de visão. Seus ferimentos não eram fatais, mas se eles não tivessem voltado, o sangramento e o frio de novembro poderiam comprometer suas chances de sobrevivência. Ele teve sorte.

A paz que senti com a presença de meus pais no funeral pode ter sido apenas um entorpecimento — e possivelmente alguma negação — mas eu sentia que eles ainda estavam conosco, porém, em uma condição diferente. A ausência deles ainda não era real. Sem querer ser mórbida, lembro de pensar com naturalidade, *Por que não podemos conservá-los de alguma forma e levá-los para casa?* Na verdade, eu imaginei colocar os caixões na sala, para que eles pudessem continuar conosco nesse estado de sono eterno. Hoje, parece estranho, mas naquele momento, era absolutamente sério. Tudo aconteceu tão rápido e eu não estava pronta para aceitar o caráter definitivo da perda.

Nos reunimos para resolver o que deveria ser gravado na sepultura de nossos pais. É surreal sentar para decidir sobre um assunto desses. Como é possível resumir a vida de duas pessoas e o que elas significaram para você em poucas palavras? E como se referir a duas pessoas que morreram juntas, mas quase não conseguiam viver juntas sem se matar?

Desde pequena, eu sempre me preocupava se algum dia meu pai poderia matar minha mãe durante uma das brigas violentas, ou que minha mãe realizaria suas considerações sobre matar meu pai como a única forma de escapar daquele relacionamento destrutivo. Eu nunca a levei a sério, nunca imaginei que ela pudesse *realmente* matá-lo, mas pensei que era provável que se informasse sobre o melhor método para fazê-lo. Eu avisei que se ela o matasse seria considerada uma assassina, iria para a prisão perpétua e nós a perderíamos para sempre. Lembro de sentir medo, embora minha intenção fosse acalmá-la e trazê-la de volta à realidade. Eu tentava afastá-la desses pensamentos loucos que me assustavam, e acreditava que ela não era sincera, falando a partir de seu desespero, que não seria capaz de fazer isso de jeito nenhum.

Assim, fiquei impressionada com a ironia de terem morrido juntos, em um acidente. Apesar de tudo, era como se fossem destinados a ficar juntos eternamente. Então, escolhemos as palavras "Juntos para sempre" para serem gravadas nas lápides.

Depois do funeral, eu me lembrei de uma coisa que minha mãe me disse alguns meses antes, quando estava em Toronto, depois de deixar meu pai novamente.

Estávamos tendo uma de nossas conversas íntimas, o que eu achei emocionante, pois foi como se nosso relacionamento entrasse em uma nova dimensão, mais rica. Nós ríamos de alguma coisa, quando, de repente, ela se calou.

"Preciso lhe contar uma coisa", ela disse, hesitante. Mas eu não estava preparada para aquela revelação.

Minha mãe tinha ido a uma vidente havia pouco tempo. "Ao ler a minha mão, a mulher disse que meu marido iria morrer em novembro, e de repente, falou que não podia continuar a ler e fechou a minha mão." Naquele momento, não vimos nada de mais, apesar de pensar que aquela fala parecia peculiar e um pouco assustadora. Minha mãe acreditava e sempre consultava cartomantes e quiromantes, e ficou incomodada quando a mulher interrompeu bruscamente a leitura, como se estivesse assustada. Eu tentei não dar importância ao fato, e disse, "Ah, superstição, é só isso. Não é nada para ser levado a sério, mãe".

Você pode imaginar como me senti quando pensei nisso depois do acidente, já que aconteceu exatamente o que a mulher falou. Meu pai morreu no dia 1º de novembro. O que a quiromante não conseguiu dizer para minha mãe é que ela estava fadada a morrer junto com meu pai. Para mim, era inacreditável que a vidente tivesse acertado. Fiquei impressionada com a comprovação da existência do fenômeno da clarividência.

Contudo, hoje sou mais cautelosa com a realidade e, pessoalmente, prefiro não saber nada sobre meu futuro ou daqueles que amo, e mesmo do mundo ou da humanidade. O que não quer dizer que fico passiva diante do bem-estar dos outros ou do meu papel de cidadã no mundo, mas, em última análise, acredito que o Criador tem tudo perfeitamente planejado, e tanto faz se estou ou não de acordo. Conhecendo ou não o Seu plano, não cabe a mim alterá-lo, portanto, não quero sofrer desnecessariamente e ficar ansiosa com informações potencialmente devastadoras, que eu não posso mudar. Para que fazer isso se você tem fé na capacidade de Deus de cuidar do que Ele criou? Eu penso assim.

Nas semanas seguintes, depois do enterro, eu fiquei em Timmins com meus irmãos para ajudar a cuidar das responsabilidades familiares e dos assuntos pessoais e profissionais de meus pais, que ultimamente estavam progredindo mais e mais a cada dia.

Depois do funeral, Kim voltou para Indian Grove, mas eu não voltaria para ele. Um dia, me sentindo sobrecarregada com tudo que tinha que lidar, liguei para Kim procurando apoio moral.

"Por que você está me ligando?", ele perguntou, friamente.

Ele simplesmente me disse para não ligar novamente. Fim.

Sua crueldade me pegou de surpresa. Eu estava tão triste e emocionalmente frágil que tudo que fiz foi dizer um tímido "ok". Em circunstâncias normais, eu teria me sentido humilhada — e provavelmente ficaria irada por ser tratada com tanto desprezo. Mas, naquele momento, eu tinha assuntos mais importantes para cuidar do que um ego ferido.

Jill era a filha mais velha, mas estava noiva, prestes a casar, e tinha se mudado da cidade. Eu assumi o papel de cuidar dos detalhes dos bens dos meus pais, pois eles não deixaram um testamento. As questões mais prementes se referiam ao estabelecimento da tutela de Mark e Darryl, os assuntos comerciais da Sharont Enterprises (o nome da empresa de meus pais que vinha de "Sharon" mais o "t", de Twain), e o pagamento do pessoal e dos impostos. Havia também a questão angustiante de ter que sentar com os advogados e rever os relatórios do legista e os detalhes sobre o acidente que, tecnicamente, ocorreu por culpa do meu pai. Uma realidade difícil de processar.

Meu pai dirigia uma Chevy Suburban, o veículo precursor do utilitário esportivo, que além dos assentos da frente e de trás, tinha uma carroceria tão grande quanto a de uma caminhonete. Era um automóvel grande e pesado, com espaço para nove pessoas, mais a carga. Além de minha mãe e meu irmão, ele levava dois empregados pela Trans-Canada Highway, para uma cidade chamada Wawa, a uns 270 km de Timmins. De lá, os homens seguiriam em um helicóptero, levando um suprimento de alimentos até o acampamento na mata.

Perto da cidade de Chapleau, depois de percorrer dois terços do caminho, meu pai estava dirigindo ao longo de uma estrada de cascalho sinuosa, de frente para o sol, que estava baixo. Pelo que a polícia constatou, é provável que sua visão foi ofuscada por um clarão assim que ele chegou no alto de uma subida. Quando avistou o veículo que se aproximava, já era tarde. Ele reagiu e brecou de repente, o que fez o carro derrapar e bater de frente com o outro veículo. As marcas dos pneus sobre o cascalho indicavam que ele certamente viu o veículo e brecou, mas é muito difícil parar abruptamente sobre uma superfície de cascalho, tão escorregadia quanto o gelo.

O conceito do ciclo de vida e morte, e a percepção de que meus pais eram parte dele, ressoou em mim como um timbre ensurdecedor, um som metálico que imaginei ecoando através da mata, quando os dois veículos colidiram. Eu ficava aturdida considerando que, naquele verão e outono, quando ainda eram vivos, eles estavam substituindo as árvores que logo seriam carregadas e transportadas pelo caminhão contra o qual eles bateriam semanas depois. Eu pensava, *sai o velho, entra o novo*, este é o movimento cruel de reciclagem da vida. Eles plantaram vida nova para substituir as árvores antigas que posteriormente iriam matá-los. Este era um jeito distorcido de pensar, mas minha mente estava extraordinariamente confusa. Eu não sabia se ficava furiosa ou triste, a quem culpar, se é que alguém tinha culpa, e não tinha respostas para nada, além do relatório da polícia, que declarava que meu pai foi tecnicamente responsável pelo ocorrido.

Não lembro como isso se deu ou qual era o nome da pessoa, mas havia um advogado representando a causa de meus pais, no que diz respeito ao acidente, à propriedade e aos assuntos legais associados a eles. Eu pedi ao advogado que explicasse como o acidente poderia ter acontecido por um erro de meu pai. Naturalmente, eu estava na defesa e queria colocar a culpa no outro motorista, que sobreviveu, porque seu veículo era maior e bem mais pesado do que o do meu pai, e, considerando seu tamanho, não havia dúvida de que foi a colisão que matou meus pais. Além disso, a ideia de que a culpa pertencia ao meu pai era demais para suportar. Mas o advogado explicou que, mesmo que ele não tenha excedido o limite, era esperado que andasse em uma velocidade apropriada para uma estrada escorregadia. Ironicamente, se ele simplesmente continuasse em frente, sem brecar, os dois veículos teriam se cruzado sem problemas, como dois navios na noite, e haveria espaço suficiente para os dois. O fato de ter brecado foi determinante para a vida deles.

Para mim, aos vinte e dois anos de idade, era difícil aceitar: lá estava eu, sentada em um escritório, cercada por pessoas totalmente estranhas, e tendo que reviver os momentos finais dos meus pais, reduzidos a alguns parágrafos e gráficos em branco e preto. Mas era necessário que um membro da família conhecesse e compreendesse as circunstâncias, como parte do procedimento referente às questões do seguro. Eu tive que assinar para confirmar que tinha compreendido o que foi explicado e que eu aceitava o relatório do acidente como verdadeiro. Eu gostaria de poder negar tudo, mas lá estava ele, bem na minha frente. Então assinei.

Sendo meu pai o responsável, seus bens provavelmente seriam demandados pelas seguradoras representantes dos dois empregados e do motorista do outro veículo. A empresa proprietária do caminhão também abriria um processo por danos. Não conseguia evitar de pensar, "Quem se importa com o outro veículo? Meus pais morreram e vocês estão preocupados com o prejuízo do seu caminhão? Seu motorista está vivo; o que mais vocês querem? Será que a família Twain já não perdeu o bastante, com duas vidas?"

Eu estava dividida, porque, por outro lado, eu reconhecia a culpa de meu pai. E isso me deixou com raiva dele! Mas, como eu poderia ficar com raiva do meu próprio pai, quando um simples erro, que qualquer um pode cometer nas mesmas circunstâncias, custou-lhe a vida?

Até hoje, ainda não sei como encontrei forças para passar por tudo aquilo. Minha mente estava sobrecarregada com informações que eu não conseguia digerir, eu me sentia vulnerável, perdida e com muita pena de mim mesma. Àquela altura, o advogado começou a discutir a hipoteca da casa da família, e eu precisei perguntar o que era uma hipoteca!

Eu não sabia nada sobre bancos, empréstimos, crédito, débito — nada. Meus conhecimentos sobre finanças pessoais consistiam em depositar e sacar dinheiro no banco. Só isso. Agora, tinha que tomar decisões sobre a forma de liquidar os ativos da empresa dos meus pais, resolver o que fazer com os contratos vigentes da Sharont com o Ministério de Recursos Naturais de Ontário, e assim por diante. Eu me sentia sufocada por todos aqueles assuntos jurídicos e empresariais e sobrecarregada pela responsabilidade de tomar decisões.

Logo após a morte de meus pais, meu tio Don, irmão da minha mãe, disse que tinha prometido para minha avó Eileen, no seu leito de morte, que cuidaria das crianças depois que ela se fosse. Ele se colocou à disposição e disse que eu poderia chamá-lo se precisasse de ajuda. Mas, mesmo perdida em um mundo de documentos e termos jurídicos, sobre os quais eu nada sabia, não achava justo incomodar outras pessoas com nossos problemas. Eu precisava de ajuda, mas não sabia como aceitá-la. Na verdade, não havia mais ninguém a quem recorrer e a maioria dos meus parentes dependia de meus pais. Acabei enfrentando sozinha os assuntos legais. Eu saía exausta das reuniões, mental e fisicamente, e pronta para fugir daquilo tudo. E, na verdade, eu quase fiz isso.

Ouvi falar de grupos de estudantes que saíam em missões para países do terceiro mundo. No meu idealismo juvenil e ingênuo, achei que o trabalho voluntário em uma região do mundo em crise não apenas me levaria para longe da minha dor e do meu sofrimento, mas me colocaria diante de pessoas em situação muito mais desesperadora do que a minha, e, comparando, eu perceberia a sorte que tinha por estar viva.

Visualizei uma criança sozinha, atordoada, sentada no meio das moscas, com toda a família morta e sem ninguém para ajudá-la, seu destino selado, não importa o quanto ela gritasse. Ninguém viria. Eu achava que deveria estar ajudando esse tipo de gente, para conseguir colocar as coisas em uma perspectiva diferente: essa criança, cujo sofrimento era inimaginável, me consideraria sortuda por ter perdido "apenas" meus pais e não a família inteira.

Imaginei que minha única responsabilidade nessa missão seria levar suprimentos, ajudar as enfermeiras, transportar água, alimentar bebês, cozinhar e viver em condições desconfortáveis, mas suportáveis, enquanto cumpria tarefas úteis, que não precisavam de nenhuma formação ou especialização. Eu poderia fazer essas coisas sem pressão.

Entender sobre os negócios da família, como funcionavam e como deveriam ser conduzidos nos próximos meses, cuidar de impostos, resolver problemas de seguro, detalhes de herança — era demais. Minha participação no processo se estendeu durante meses, estressantes e dolorosos. Por isso, deixo um conselho para os adultos com filhos: façam um testamento para que eles nunca tenham que passar por esse pesadelo, se vocês partirem de repente. Isso ajudará seus entes queridos a evitar muita angústia.

Um dia, nesse estado de espírito, eu falava ao telefone com nossa amiga Mary Bailey. Mary tinha a mesma idade que minha mãe e elas se tornaram amigas depois de se cruzarem algumas vezes nos bastidores, durante os shows onde nos apresentávamos. Mamãe e Mary mantiveram contato por anos, compartilhando histórias do meio musical e discutindo a melhor forma de impulsionar minha carreira. Mary sabia que minha mãe era obcecada e apaixonada pelo sonho de ver sua filha vencer. Depois da sua morte, eu me aproximei de Mary, e em alguns aspectos, ela se tornou uma "mãe substituta".

Mary morava a mais de uma hora de Timmins. Eu estava com ela ao telefone dizendo como as coisas eram difíceis para mim e que eu estava considerando ir para a África em uma missão humanitária. Eu sabia que não podia simplesmente abandonar meus irmãos mais novos naquele momento difícil, mas estava tão deprimida que me perguntava o que poderia fazer por eles. Eu sequer sabia o que era uma hipoteca! E, assim como eles, eu também precisava de consolo e apoio.

Lembro de dizer a Mary, "Como posso ajudá-los se a única coisa que sei fazer profissionalmente é cantar? E no mundo cruel da indústria do entretenimento eu ainda estou por baixo". Minha maior preocupação naquele momento era como sustentar a mim, Carrie, Mark e Darryl, porque o dinheiro do seguro tinha ficado retido em um processo demorado. O que fazer enquanto isso? A ideia de ter que sustentar uma família era assustadora. Minha irmã mais nova trabalhava em período integral e estava focada em suas necessidades pessoais, mas o que dizer sobre manter a hipoteca da casa onde vivíamos e cobrir as necessidades diárias de dois adolescentes, além da energia elétrica, da calefação e das contas de telefone?

Eu não tinha uma educação formal e não podia me imaginar cantando em um bar de Timmins para sobreviver até Mark e Darryl crescerem. Era uma ideia muito deprimente. Não só destruía minha esperança de ter uma carreira musical, mas também não renderia o suficiente para pagar as contas. A única forma de ganhar decentemente cantando seria viajando com uma banda. Mas como eu poderia cuidar da família se ficasse na estrada o tempo todo? As opções que restavam não eram aceitáveis para mim: ver meus irmãos serem acolhidos separadamente por familiares — o que era uma possibilidade, mas não a certa — ou, se ninguém pudesse recebê-los, colocá-los em um orfanato.

Eu não conseguia imaginar os meninos separados. Eles estavam arrasados com a morte de nossos pais e seria uma crueldade separá-los. Na verdade, eu acreditava piamente que a melhor escolha para nós quatro seria ficarmos juntos. Eu mal tinha a idade suficiente para me qualificar para ser a guardiã de Mark e Darryl, mas me sentia naturalmente obrigada a assumir esse papel. Eu estava convencida de que deveríamos ficar juntos e sentia que eles contavam comigo.

Então, desabafei com Mary, questionando se assumiria as responsabilidades familiares ou fugiria para a África. Porém, qualquer que fosse minha decisão, eu teria que abandonar a música. Diante de tudo o que eu estava vivendo, a lógica se torna um conceito relativo.

Mary me ouviu em silêncio e quando acabei de falar, ela me aconselhou gentilmente, mas com firmeza, a não abandonar a música — e, certamente, a não fugir. Assim como eu fazia o papel de protetora, Mary se colocou no papel de minha mãe, e como sempre acontece entre mães e filhas, a princípio, eu não levei o seu conselho a sério. Como ela poderia compreender a enorme pressão que eu estava sofrendo? Mas é claro que ela compreendia. Eu logo comecei a dar mais crédito ao que ela tinha a dizer sobre meu futuro e o de meus irmãos.

Um dia, Mary me ligou para contar sobre um clube de golfe chamado Deerhurst, localizado a uma hora e meia ao norte de Toronto, nos arredores de uma cidade chamada Huntsville. “Eles têm uma produção no estilo de

Las Vegas e apresentam cantoras e artistas de vários estilos", ela explicou animada. "Antes de ir em frente e deixar a música, por favor, me prometa que virá comigo para ver como é, certo? Depois você pode decidir". Eu não via a solução nessa perspectiva, já que era tão distante. Achava importante que meus irmãos continuassem juntos, mas vivendo em uma casa, em um ambiente familiar. Mesmo se houvesse trabalho para mim em Deerhurst, como poderia aceitá-lo?

O otimismo de Mary era contagiante, então, mesmo me sentindo totalmente perdida sobre as decisões que teria que tomar, ela me estimulou a pelo menos conhecer Deerhurst. Embora relutante, eu resolvi ceder à sua gentil insistência.

★

13

A força que me leva

Demorei um pouco para decidir, mas em maio, quando a neve estava derretendo, Mary me levou de carro até Huntsville. Eu nunca tinha ouvido falar da cidade, mas quando nos dirigimos para o sul, ao longo da Highway 11, percebi que já tinha passado por ela várias vezes, nas minhas viagens de Timmins para Toronto.

Vários quilômetros depois de Huntsville, uma estrada sinuosa nos conduziu por curvas e colinas até chegar a um campo de golfe com vista para o pequeno lago Penn. Deerhurst não era tão desenvolvido como hoje. A parte central do complexo era uma cabana rústica e charmosa (que ainda está lá, mas modificada), situada no meio de um imenso gramado. O palco que abrigava a produção musical do resort, *Viva Vegas*, ficava no pavilhão de exposições, que na época era o prédio principal da propriedade. Existiam alguns condomínios em volta do pavilhão principal. Fiquei impressionada com o lugar — na minha percepção, o resort era um retiro exclusivo para pessoas ricas, ou no mínimo, muito além do meu poder aquisitivo.

Mary e eu nos encontramos com Brian Ayer, o produtor de *Viva Vegas*, que se apresentava ali seis noites por semana. Brian era alto, de fala mansa e amigável, explicou um pouco sobre a pequena produção e sugeriu que eu ficasse aquela noite para assistir e avaliar se seria adequada para mim, e vice-versa. Ele também pediu uma audição de improviso no piano do saguão. Na hora eu fiquei nervosa, mas acho que me saí bem, porque depois de algumas canções, Brian me ofereceu o lugar de vocalista no show principal. Fiquei lisonjeada, mas realmente não sabia o significado daquilo. Eu nunca tinha participado de uma produção antes.

Eu fiquei inquieta e ansiosa diante da perspectiva de fazer parte do elenco da produção *Viva Vegas*. A estrutura não era semelhante aos shows de *rock* ou *country* dos palcos de bares e seguia o padrão de show comumente visto em Las Vegas, ou uma versão *pocket* do Le Moulin Rouge, com dançarinas de *topless,* usando figurinos como biquínis bordados com *strass* e meia arrastão. (No Canadá, as dançarinas de *topless* só podiam se apresentar em clubes de *striptease* licenciados.) Um sexteto, que incluía uma pequena seção de metais e dois vocalistas: um belo cinquentão chamado Sam, que aparentava ser bem mais novo, e uma mulher alta de cabelos crespos e sorriso largo, a quem vou chamar de Sheila.

Sam era um grande artista e cantava maravilhosamente bem. Sempre gostei de assistir a sua *performance*. Ele era muito simpático e charmoso no palco — um *crooner* à moda antiga, tipo Dean Martin —, e sua voz era muito parecida com a de Johnny Mathis. O mestre de cerimônias era Frankie Vogol, um apresentador muito suave e espontâneo; dava para perceber imediatamente que ele fazia isso há anos.

Sheila, de olhos grandes e atraentes, e um bonito rosto redondo, também era muito talentosa. Além de possuir uma voz com potência e alcance, era uma excelente comediante, e também sabia dançar razoavelmente bem. Ela esbanjava segurança com sua presença de palco. Fiquei intimidada ao imaginar que iria dividir o palco com uma artista tão polivalente. Ela me lembrava aquelas artistas incrivelmente versáteis, saídas de uma academia de artes, como no filme *Fama*. Na verdade, todos os integrantes mais jovens do elenco me davam essa impressão. Em contrapartida, minha formação musical consistia principalmente de minha experiência cantando em bares, centros comunitários, casas de repouso, ou qualquer lugar que me aceitasse. Minhas poucas "aulas formais", com Ian Garrett, representavam uma fração mínima do que aqueles artistas possuíam.

Expliquei a Brian que só poderia aceitar o trabalho se o cachê bancasse as necessidades da minha família. Se fosse deixá-los em Timmins, teria que ter um bom salário mensal, porque eu era responsável por três irmãos mais novos, incluindo dois adolescentes, além de um cachorro, então, precisávamos de uma casa. Brian, sensibilizado com a situação da minha família, me ofereceu um salário generoso, que me permitiria pagar um aluguel decente e ainda cobrir as despesas da casa. Embora o tipo de desempenho exigido ficasse totalmente fora da minha "zona de conforto", e aceitar aquele trabalho significava mudar com a família em um momento delicado de nossas vidas, respirei fundo e assinei o contrato. Foi uma grande decisão, porque eu estava assumindo a responsabilidade de deslocar e impor mudanças a todos, em razão da minha possibilidade limitada de trabalho e capacidade de sustentar a casa. Eu me sentia presa pela falta de opções e nervosa por mergulhar no desconhecido. O mundo parecia muito grande para mim naquele momento. Cada movimento parecia gigantesco, como se eu tivesse que me esticar ao máximo para dar um simples passo.

O contrato exigia que eu cantasse na produção principal seis noites por semana, e me apresentasse ao som do piano no salão ou no bar dançante Four Winds. Em algumas noites, eu aparecia nos três. Eu gostava da variedade, pois cada ambiente pedia um gênero diferente de música. Nas poucas temporadas que passei em Deerhurst, eram apresentados números como *YMCA*, do Village People, *Stop! In the Name of Love*, das Supremes, uma balada como *Somewhere Over the Rainbow*, a antiga canção francesa *La Vie en Rose*, da grande Edith Piaf, um *mix de músicas* latinas, segundo a sugestão dos produtores.

O Four Winds, meu preferido, apresentava os 40 sucessos do momento, com os mesmos músicos e algumas dançarinas. Eu gostava de trabalhar no piano bar, o Cypress Lounge, provavelmente porque atendia a um desejo antigo de cantar num ambiente íntimo como os cafés, bem diferente dos bares barulhentos e enfumaçados. Em vez de ficar rebolando sobre o palco com algum figurino colante, eu sentava discretamente em um banquinho, acompanhada por um violonista ou pianista, e cantava músicas como *Killing Me Softly With His Song*, de Roberta Flack e *We're All Alone*, de Rita Coolidge, além de uma lista de sucessos antigos e atuais. O ambiente do *lounge* era ótimo: os clientes realmente paravam para ouvir por algum tempo.

O show principal era outra história. Até então, eu só tinha usado roupas confortáveis para cantar, apropriadas para me movimentar livremente, e subia ao palco com sapatos baixos ou pés descalços. Entrar no camarim do Deerhurst foi um choque cultural para mim. Imagine dez garotas amontoadas em um espaço do tamanho de um armário, comprido e estreito, com uma bancada, cadeiras, bancos e um espelho iluminado cobrindo toda a extensão das paredes, dos dois lados. Roupas bordadas com *strass* pendiam do teto e das paredes, com penas, enfeites para cabeça, lenços, perucas e peças de todo tipo de tecido e cores, pairando sobre nossas cabeças.

As garotas colavam pequenas gotas de *strass* no canto externo dos olhos, que de perto pareciam estranhas, mas brilhavam no palco. Eu não queria colar aquelas coisas no meu rosto. Nem usar cílios postiços. Primeiro, eu não sabia como colocar aquilo, e tinha muita dificuldade para lidar com detalhes, e segundo, eu achava que essas coisas provocariam uma irritação na minha pele. Eu me sentia um pouco ridícula montada como uma *showgirl*, parecia brega e exagerada, mas logo me acostumei e adotei o visual chamativo.

Eu não era do tipo de garota que usava muita maquiagem: apenas um pouco de *blush*, delineador, rímel e batom. Até então, nunca tinha usado base, apenas aplicava no rosto de minha mãe, em algumas ocasiões. A primeira vez que tentei, parecia que tinha coberto meu rosto com massa de panqueca, como uma máscara, e não via a hora de retirar aquilo.

As roupas também eram muito estranhas. Durante a montagem, eu parecia uma astronauta vestindo o traje espacial pela primeira vez. Os figurinos eram divertidos, pois davam a sensação de que eu estava me fantasiando, mas, naqueles trajes, eu realmente teria que andar pelo palco quase nua. Tudo era muito esquisito: seios empinados, umbigo de fora e pernas à mostra — com fendas enormes ou saias muito curtas. Quando eu usava alguma coisa mais fechada, o tecido era chamativo. No fim, quem subia ao palco não era eu, mas uma personagem. Era assim que eu encarava a situação, para poder enfrentá-la. Em um ato eu interpretava uma das Supremes; em outro, o indígena americano do Village People (Apesar de que o verdadeiro Village People era composto por cinco homens).

E os sapatos? Sheila usava um salto agulha de 8 cm. Eu tive que me acostumar, já que nunca tinha usado nada mais alto do que 2 cm em toda minha vida. Não sei como consegui me equilibrar, quanto mais andar e cantar sobre aqueles saltos. Fora o desconforto das meias arrastão, que provocavam coceira por serem grossas e ásperas.

Brian me apresentou ao elenco de quinze pessoas, seis das quais eram dançarinas. Eram garotas simpáticas, pacientes, que tiveram muita boa vontade comigo, já que minha contratação exigiu novos ensaios, para me preparar para o show. Trabalhar no fim de semana não era divertido, mas todos foram muito atenciosos. As dançarinas, principalmente Kelly e Karen, precisaram de mais tempo para me ensinar a andar elegantemente com aqueles saltos gigantescos, além de passar a coreografia complicada. Não era como cantar em um clube, onde você faz o que quer no palco.

Nada era improvisado. Todas as *performances* em grupo eram marcadas no chão, por toda a extensão do palco, com Xs feitos de fita adesiva de cores diferentes e cada cor correspondia a uma pessoa e sua posição. Dois Xs brancos indicavam as posições centrais, a minha e a da Sheila, marcando o lugar iluminado pelo holofote, e três Xs vermelhos indicavam a posição do grupo vocal de um lado do palco, para que ficássemos separados e centralizados adequadamente em um determinado número. Marcar a superfície do palco com fita adesiva é comum em todas as produções teatrais, mas para mim era muito estranho ter que pensar onde deveria ir e quando. Até os microfones tinham etiquetas coloridas, para não serem confundidos. O microfone de Sheila sempre tinha uma mancha vermelha na capa. O sonoplasta, John Noble, limpava as capas de nossos microfones, mas o batom dela nunca saía, então, ficava fácil identificar. Era cansativo ter que pensar em tantos detalhes, sendo que antes só me preocupava com a música e a comunicação com a plateia. A apresentação era intuitiva — estava me metendo em algo que não conhecia —, mas eu tinha que me esforçar e aprender ou então perderia o melhor emprego que poderia ter naquele momento: com um salário decente e sem viajar, de modo que meus irmãos e eu pudéssemos ficar juntos. E eu ainda estava seguindo com a música, mesmo que não fosse exatamente como tinha previsto. Tive várias semanas para ensaiar, e, na estreia do show, já estava preparada.

Quando fui contratada, expliquei para Carrie, Mark e Darryl que faria parte do elenco de um show fixo, com um salário suficiente para nos sustentar, e que nos mudaríamos para um lugar que nenhum deles conhecia. Eles ficaram tensos por sair de Timmins e deixar a casa de nossos pais, onde tudo era familiar. Percebi que estava pedindo demais.

Depois dos ensaios, eu saía para procurar uma casa em Huntsville. Meus irmãos ainda estavam na escola e, embora fosse o início do verão, eu queria que eles tivessem tempo para se adaptar, até setembro.

Encontrei uma casa térrea para alugar, que mais parecia uma cabana, fora da cidade, a uns dez minutos acima de uma estrada de terra, no meio de um bosque. O lugar era ótimo para mim e eu sabia que as crianças também gostariam. A casa estava longe do ideal, mas era o melhor que eu podia arranjar em um prazo tão curto e com poucos recursos. Imaginei que no outono encontraríamos algo melhor. Isso seria necessário, já que a casa não tinha água encanada, nem banheiros adequados. Isso exigia muitas caminhadas até o rio para buscar galões de água. Para tomar banho era preciso se ensaboar na margem e depois mergulhar do rio. E como o banheiro não tinha descarga, o mato nos fundos teve que servir de privada.

Eu levava a roupa suja para lavar no rio e, como nos tempos em que vivia em Proulx Court, eu recorria às minhas habilidades de lavadeira, mas sem água quente ou meu pai para ajudar a torcer as peças maiores, como os *jeans*. Parecia um acampamento: roupa lavada à mão, ensaboada e esfregada nas pedras. Eu tentava ser o mais discreta possível; se fosse pega despejando sabão no rio, poderia ser repreendida ou multada. Mas ninguém veio me importunar com isso, e, na época, provavelmente eu teria perguntado se alguém tinha uma ideia melhor. Aquela era minha realidade: de um lado, a necessidade de lavar minhas roupas, de outro, um rio frio e escuro, um pouco de detergente e minhas duas mãos; portanto, ali era minha lavanderia e ponto.

Até a chegada da família, eu dormia no chão acarpetado, sem colchão, e escovava os dentes em um pequeno riacho que atravessava a calçada e corria para o rio. Quando ouvia um carro se aproximando, ficava em pé rapidamente e escondia a escova, para disfarçar. Seria vergonhoso que alguém soubesse que eu estava pagando para acampar em uma casa alugada.

Aquele lugar era como uma "cabana de caçador" na floresta, o tipo de lugar precário e remoto para onde alguém foge para se esconder. É claro que estou exagerando um pouco, mas, só para dar uma ideia, a casa não tinha fechaduras nas portas e eu ficava estressada ali, sozinha. Então, mais pela companhia do que pela proteção, eu trouxe a Sadey para ficar comigo, uma cadela mestiça de *husky* com pastor-alemão que veio de Timmins.

Ela também era uma recordação agradável de meus pais. Logo depois que eles morreram, Sadey se deitava sobre seus sapatos, que ficavam no tapetinho da porta dos fundos. Ela não saiu dali durante dias. Não que ela nunca tivesse feito isso antes, mas dava para perceber que esse era o seu jeito de expressar a falta que sentia deles — do único modo que sabia. Em Huntsville, sua presença foi muito importante. Ela se acostumou a vagar pelas redondezas e eu podia deixá-la livre para farejar e explorar a mata.

Nós tínhamos uma rotina todas as noites, quando eu voltava do trabalho, geralmente por volta de uma hora da manhã. Eu parava o carro, abria a janela e a chamava. Àquela hora da noite, o som ecoava na mata. De onde quer que estivesse, ela me ouvia e corria de volta para casa. Às vezes, demorava um pouco, e eu a esperava dentro da minha caminhonete GMC Jimmy, até que ela chegasse do bosque que circundava a casa. Como não tinha fechaduras nas portas, naquela hora da noite eu me sentia melhor com Sadey ao meu lado.

O vizinho mais próximo ficava a dez minutos, em qualquer direção. Para minha infelicidade, um deles era um cara chamado Norman, que costumava chegar de repente. Ele sempre cheirava a álcool, a qualquer hora do dia. Eu ouvia seu carro branco enferrujado chegar a toda velocidade e brecar ruidosamente.

Eu tinha medo dele, com seu jeito estranho de falar, olhando para o chão. Parecia que ele não estava presente; tinha alguma coisa errada com seu comportamento. Eu corria para fora para barrá-lo, antes que entrasse na casa. Eu agia amigavelmente, dizendo, "Oi, Norman, como vai?", mas estava sempre cautelosa. Ficávamos ali um tempo, falando do clima ou de outros assuntos superficiais, e depois eu tentava ajudá-lo a ir embora. Uma boa coisa sobre bêbados é que são muito sugestionáveis.

Se não funcionasse dizer, "Então, para onde você está indo?", eu simplesmente mentia e dizia que tinha um amigo me esperando em casa ou que estava a caminho da cidade para encontrar alguém. Com Norman, eu sempre tinha que pensar rápido, e quando ele finalmente ia embora, era como se eu tivesse saído de um lugar apertado.

Levando em consideração que o show estilo cabaré de Deerhurst não combinava com meu jeito natural de cantar, acho que me adaptei muito bem, em termos musicais. Por outro lado, a adaptação social representou um desafio bem mais difícil.

Desde o começo, eu me senti intimidada pela outra vocalista. Depois de contratada, fui avisada por alguns integrantes do elenco que existiram outras cantoras antes de mim, que entraram por uma porta e saíram pela outra, graças ao comportamento grosseiro de Sheila. A impressão que dava era de que ela não gostava de compartilhar os holofotes. A competitividade e o despeito profissional fazem parte do *show business*, mas, em relação a mim, o rancor de Sheila se devia ao fato de que, aparentemente, eu tinha sido contratada por um salário mais alto do que a maioria dos integrantes, que já estavam lá a algum tempo. Digo "aparentemente" porque eu nunca soube quanto os outros ganhavam. Brian propôs um valor e eu aceitei. Mas Sheila descobriu o quanto eu estava ganhando e não gostou.

Eu não sabia que no dia do pagamento os salários eram deixados no camarim, em um envelope colocado no lugar de cada integrante. Saí apressada depois do show, e embora estivesse esperando pelo pagamento, achei que teríamos que buscá-lo no escritório, de modo que na primeira semana, meu cheque ficou no camarim até o show seguinte, quando soube da rotina de pagamentos. Quando encontrei meu envelope, ele estava aberto. Disseram-me que Sheila o abriu e contou para os outros. No espetáculo seguinte, ao entrar no camarim, o clima estava pesado e frio. Eu me senti muito só, mas não disse nada. Todos haviam deixado bem claro que eu não era um deles.

Havia poucos meses que meus pais tinham morrido, e aquele era um recomeço para nossa família. Eu estava em uma cidade estranha, cercada por estranhos e tentando lidar com um trabalho intimidador. Eu me esforçava ao máximo, em todos os sentidos. Francamente, não precisava de mais uma complicação na minha vida difícil. Eu me encontrava emocionalmente debilitada para reagir. O único jeito de lidar com a situação era seguir em frente e me adaptar, porque precisava do emprego, e pronto. Eu estava sujeitando minha família a uma grande mudança e precisava me manter ali, independentemente da atitude mesquinha de Sheila.

Ela me provocava com pequenos gestos aqui e ali, durante o tempo em que estávamos juntas no palco, e eu tolerava tudo, sem reclamar. Para piorar, alguém começou a espalhar o boato de que eu estava tendo um caso com um dos proprietários do *resort*. Ah! Suponho que isso explicasse meu salário "polpudo". Foi humilhante pensar que alguém pudesse acreditar naquela mentira deslavada, mas era impossível me defender desse tipo de fofoca, então nem me esforcei. Era apenas mais uma tentativa imatura de me sabotar e eu ignorei. Na verdade, a pessoa em questão sempre foi amável e nunca me abordou — e isso faz dele um tipo de anomalia no mundo do entretenimento.

Por outro lado, o gerente do bar do *resort* era bem mais atirado. No começo, ele até que foi legal. Quando meus irmãos chegaram de Timmins, eu perguntei se ele podia contratá-los para trabalhar como ajudantes de garçom no Four Winds, nas noites de sexta-feira e sábado. Expliquei que não tinha ninguém para ficar com eles em casa, porque eu trabalhava das sete à uma da manhã. Assim, eles poderiam ganhar algum dinheiro e nós voltaríamos juntos para casa. O gerente pareceu muito receptivo e disse que ficaria feliz em ajudar.

Tudo estava caminhando bem. Mas, algumas semanas depois, ele me encurralou no pequeno vestiário escuro escondido na parte de trás do bar. Eu tinha entrado ali para pendurar meu casado, ele me seguiu e fechou a porta. Jogou-se em cima de mim e me pressionou contra a parede. Eu o empurrei e disse bruscamente: "Fique longe de mim!"

"Ah, mas o que é isso!", ele falou, maliciosamente. "Acho que fui bonzinho com você e seus irmãos. Não seja tão ingrata." Depois, ameaçou demiti-los. Eu pedi novamente que ele me soltasse e comecei a lutar. Finalmente, ele se afastou, mas seu sorriso de escárnio indicava que era do tipo vingativo. A demissão dos meus irmãos na semana seguinte não foi uma surpresa. Esse incidente fez com que eu me sentisse ainda mais sozinha e me deu vontade de chorar, mas eu segurei as lágrimas e segui adiante. Não podia me descontrolar, porque meus irmãos confiavam em mim e não tinham mais ninguém. Eu tinha que me manter forte para enfrentar as "Sheilas", suportar o fardo de ser a responsável pela família e superar os ataques dos abusadores.

Nunca fui de ter relacionamentos pessoais passageiros e casos não faziam meu estilo. Não quero parecer puritana, mas nunca usei desse artifício para conseguir alguma coisa, e sempre evitei isso. Eu simplesmente não tinha interesse em flertar com os homens como passatempo ou por qualquer outro motivo que não fosse um relacionamento significativo. Aprendi a não levar esse tipo de acusação a sério, apesar de ser uma tática comum que as pessoas invejosas usam para ferir. Mas, ainda hoje, isso me irrita. É barato, vulgar e imaturo.

Uma noite, enquanto eu ainda morava sozinha, cheguei do trabalho, chamei por Sadey e esperei como sempre. Fiquei uns quinze minutos chamando e ela não apareceu. Fiquei preocupada pensando que ela poderia ter se perdido e me senti extremamente vulnerável sentada ali, na escuridão. Imaginei um cenário assustador, no qual meu vizinho desequilibrado, Norman — ele só podia ter esse nome, como se tivesse vindo direto do filme *Psicose* — tinha matado Sadey, para que pudesse ficar me esperando dentro de casa.

Eu não saí do carro de jeito nenhum. Caí fora, em direção à cidade. *O que vou fazer esta noite?* Eu só consegui pensar em Pierre, o baterista da banda. Nós tivemos uma reunião de elenco na casa dele há pouco tempo e eu me lembrava do endereço. Ele era um cara muito legal e bem humorado. Expliquei a situação, dizendo que estava com medo de entrar em casa e pedi para dormir no sofá até amanhecer. Com seu sotaque francês, ele me convidou para entrar e me acomodou em uma sala para dormir.

Na manhã seguinte, encontrei Pierre nos bastidores. Seu rosto estava arranhado e o lábio cortado, como se tivesse brigado com alguém. "O que aconteceu com você?", perguntei. Ele me puxou de lado e explicou resumidamente que outro integrante da banda, seu vizinho, deve ter me visto chegando ou saindo de sua casa, e compartilhou a grande novidade com o resto do elenco. É claro que a história de que eu tinha passado a noite lá chegou até a namorada do baterista, que ficou furiosa e avançou em Pierre. Minha primeira reação foi rir, porque percebi que ele nem explicou o motivo de eu ter passado a noite em sua casa — talvez para provocar ciúme, mas o efeito foi péssimo — ou o pobre Pierre simplesmente tinha uma namorada maluca. Eu me senti mal, afinal, ele tinha sido gentil e apenas me fez um favor. Graças à má intenção do vizinho, eu fui marginalizada. Todo esse drama porque Sadey não deu as caras. Era difícil acompanhar a mentalidade dessas pessoas e seus dramas mesquinhos. Tudo era realmente muito estúpido. E ficou ainda mais bobo quando voltei para casa naquela manhã, e adivinha quem estava me esperando, abanando alegremente o rabo?

Decidi dar um companheiro para Sadey, um lindo pastor-alemão de seis meses, chamado Roman. Ele tinha bons instintos: não gostou do vizinho assustador logo de cara. Todas as vezes que Norman subia a rua e saía do carro, Roman bloqueava sua passagem e latia sem parar.

Carrie, Mark e Darryl chegaram no meio do verão. Em uma manhã, ouvimos um carro derrapando pela rua de cascalho, bem em frente de nossa casa, e parando de repente. Foi a brecada súbita que chamou minha atenção. Corri assustada, porque estranhei que um carro correndo pela estrada brecasse justamente na frente de casa. Normam atropelou e matou Roman. Não sei se foi de propósito ou acidental. De qualquer modo, toda tristeza que eu tinha superado nos últimos seis meses, tentando manter tudo e todos juntos, ressurgiu naquele momento.

Eu não sabia o que dizer para Norman. Só queria enchê-lo de porrada. Eu queria despejar toda minha raiva sobre seu carro, pular sobre a capota até afundá-la, apedrejar os vidros e cuspir na cara daquele imbecil que matou meu cachorro, que me assustava com suas aparições, que estava dirigindo e era uma ameaça. Mas eu só fiquei imaginando o que gostaria de expressar, sem conseguir. Toda essa emoção estava trancada dentro de mim. Eu não tinha como expressá-la sem perder o controle.

Queria enterrar Roman o mais rápido possível e chamei meus irmãos para pegar as enxadas e cavar. Eu estava à beira de um ataque de nervos, e eles não foram tão rápidos quanto deveriam. "Andem logo e venham cavar este buraco!", eu gritei, ajeitando o roupão cor-de-rosa. "Se vocês não saírem e cavarem uma cova imediatamente, eu vou jogar as porcarias dos troféus de hóquei na rua!"

Perdi a paciência com meus irmãos, que cometeram a besteira de não me levar a sério. Entrei na casa, peguei os troféus da prateleira e comecei a atirar um por um no gramado. Só então eles correram e começaram a cavar.

Transferi a emoção reprimida para os meus braços e os troféus voaram; somente alguns escaparam. Mas eu me senti muito mal por quebrar os troféus dos meus irmãos. Era difícil encontrar uma saída para os meus sentimentos, quando eu estava preocupada em ocupar o lugar da "responsável".

Foi muito triste colocar o corpo de Roman na cova. Havia apenas oito meses que nós tínhamos assistido ao funeral de nossos pais e agora, outro enterro. Fiquei inconsolável. Era como se a vida me desse uma surra. Estava arrependida por ter surtado com meus pobres irmãos. Eles tinham acabado de conhecer Roman, mas tenho certeza de que devem ter sentido o ocorrido. A morte de nossos pais ainda era muito recente.

Nessa época, escrevi uma canção triste chamada "Hallelujah", mais tarde finalizada com Mutt Lange e intitulada "God Bless the Child", gravada em *The Woman in Me*.

Eu estava parada na estrada de cascalho, lamentando a situação, olhando para as montanhas, então comecei a chorar e cantar. Voltava do rio para casa, e ouvia os gritos agonizantes de um urso, à distância. Aquilo já durava um tempo e meu coração estava partido por ele. Normalmente, isso acontecia quando alguém atirava no animal sem conseguir matá-lo, e o urso ferido conseguia fugir e vagava sofrendo; ou ficava preso em uma armadilha, sangrando, e esperava em agonia que o caçador voltasse para terminar de matá-lo. Sempre ficava chateada quando uma pessoa atingia um animal e desistia dele. Atire para matar o animal de primeira ou então, não vá caçar. Acho que os caçadores deveriam passar por uma reciclagem e fazer aulas de tiro, todo ano, antes de cada temporada de caça, para garantir que sua habilidade seja satisfatória, porque com o intervalo entre as temporadas, a pontaria pode "enferrujar". Mas eles acabam praticando com os animais vivos. Para mim, isso é uma barbaridade.

Eu costumava caçar com meu pai e meus avós, e eles enfatizavam muito que o objetivo era sempre matar a presa rapidamente para evitar ao máximo o sofrimento do animal. É muito difícil atingir um animal sem causar alguma dor, a menos que você seja muito preciso e o mate instantaneamente, com um tiro certeiro no coração ou na cabeça. Entretanto, para ser franca, hoje eu prefiro ser vegetariana e evitar qualquer associação com isso.

Antigamente, nós caçávamos perdizes, que geralmente ficavam sobre as árvores, e como nem sempre carregávamos uma arma, nós as pegávamos com as mãos. A perdiz gosta de ficar em local fresco, perto do chão, nos galhos mais baixos — quase sempre em grupos — por isso, se duas pessoas pulassem sobre elas no momento certo, geralmente dava para pegar duas ou três. Uma torcida no pescoço resolvia mais rápido do que um tiro. Eu detestava esse método manual e esta é uma habilidade da qual não posso dizer que me orgulho, mas era o jeito menos sofrido para a ave. Eu cacei perdizes até os vinte anos, porque eram fáceis de conseguir às margens da estrada. E as limpava ali mesmo, porque era mais prático, enquanto ainda estavam quentes. A ave saía pronta para a panela ou para o *freezer*. A perdiz não tem muita carne, então, depois de acumular algumas, eu preparava uma refeição.

Eu não julgo as pessoas que caçam ou comem carne, porque acredito que seja uma escolha muito pessoal, mas me sinto incomodada quando lembro que já matei e limpei animais com minhas próprias mãos. Hoje, tudo isso pertence ao passado, e já faz vinte anos que não como carne, e muito menos a de caça.

As produções musicais de Deerhurst mudavam periodicamente. Uma das minhas favoritas, no meu terceiro e último ano, chamava-se *Dogs* — uma paródia do musical *Cats*, da Broadway. Eu fazia o papel de um poodle cor-de-rosa, que sapateava pelo palco, cantando, atuando e parecendo uma idiota o resto do tempo. No fundo era divertido, graças ao senso de humor afetado e por estar bem distante do meu *background* de cantora e compositora. Eu aproveitei a oportunidade para me desenvolver musicalmente e via tudo isso como parte de minha formação.

Entretanto, encarar todos os estilos, menos o meu, começou a prejudicar meu desenvolvimento como compositora, assim como minha busca por uma gravadora. Às vezes, um show fixo e estável pode ser prejudicial para um artista. É bom se sentir confortável, mas não muito.

A partir de 1990, quando fiz 25 anos, concentrei o foco no meu objetivo e comecei a compor para valer. A morte de meus pais inspirou a canção chamada "Send It with Love":

Whenever I think of you, it seems so unfair
That I have to close my eyes, to see you there.
I know I'm makin' it now, but it's tough.
I can't begin to tell you enough, the pain is too much.
And I give my heart in a prayer, and send it with love.

[Quando penso em você, parece injusto
que eu tenha que fechar os olhos para te ver.
Sei que estou fazendo isso agora, mas é difícil.
Eu não consigo dizer tudo, a dor é demais.
Ofereço meu coração em uma oração e a envio para você com amor.]

É óbvio que a música tinha um caráter pessoal. Eu fiz uma demo simples de *Send It with Love*, mas nunca voltei para finalizá-la nem fiz uma gravação adequada. Ela foi lançada pelos produtores envolvidos na gravação da demo, quando minha carreira começou a decolar.

No One Needs to Know foi outra canção que escrevi na época de Deerhurst, que foi finalizada e produzida por Mutt Lange — com quem mais tarde me casaria —, e lançada no álbum *The Woman in Me*. A canção tinha um astral mais lúdico e alegre, que eu sempre usava em minhas composições logo depois da perda de meus pais, para me tirar da tristeza e me levar para um mundo de faz-de-conta, onde tudo era alegre e perfeito.

Depois dos shows em Deerhurst, durante a madrugada, eu comecei a fazer gravações simples das minhas canções autorais. Os caras da banda eram corujas noturnas, então eu conseguia mobilizar alguns deles para essas sessões de demo. As gravações eram bem básicas, quase amadoras, mas nós gravávamos em um estúdio improvisado, no porão de um amigo, ou no *lounge*, depois que os clientes saíam. O técnico de som, John Noble, me lembrou recentemente como nós usávamos os banheiros no porão, embaixo do palco do hotel, como cabines de som. Ele passava os cabos da mesa de mixagem para o andar inferior, para conseguir isolar o som da voz. Acho que pensávamos que a acústica dali era boa, ou pelo menos eu pensava. Sempre considerei os banheiros com uma acústica ótima. De qualquer forma, cantando com o coração até as quatro da manhã, depois de duas horas no palco, eu desenvolvi uma característica vocal interessante!

Mary Bailey, agora minha empresária, conseguiu convencer um proeminente advogado do ramo musical, chamado Richard Frank, a viajar de Nashville, Tennessee, até Huntsville, para assistir à minha apresentação. Ele tinha bons contatos com os executivos e produtores das gravadoras. O escritório de advocacia Knight, Frank & Lion, de Richard Frank, era formado por advogados ligados ao ramo musical, que agenciavam artistas promissores. Curiosamente, o show que Deerhurst estava apresentando naquele momento não tinha nada a ver com a música que interessava a Frank. Mesmo assim, aquela foi minha vitrine para a indústria fonográfica.

Meu grande solo era a canção "Wind Beneath My Wings", gravada por Bette Midler para a trilha do filme *Amigas para Sempre*, que chegou ao primeiro lugar em 1989. Na época, a música teve um significado especial para mim. Eu estava prestes a realizar o sonho que minha mãe e eu perseguimos desde minha infância, e ela deveria estar acenando em aprovação. Era em momentos como aquele que eu mais sentia a sua falta. Eu gostaria muito que ela estivesse viva para aproveitar o meu sucesso. O *nosso* sucesso.

Embora eu sempre achasse que minha mãe morreria jovem, acreditava que sua morte seria consequência de tantas brigas e espancamentos, ou então por causa do cigarro. Desde muito cedo, eu tentei me preparar para perdê-la, mas nunca imaginei que isso aconteceria de uma forma tão comum, e que um acidente de carro pudesse tirar a vida da minha mãe.

Eu me lembro de estar nervosa, com uma sensação de vazio e solidão pela ausência da minha mãe e, ao mesmo tempo, sentindo a pressão de estar prestes a cantar pela minha vida. Se desse errado, eu poderia não ter outra oportunidade de me apresentar para alguém tão importante da indústria fonográfica. E eu tinha apenas alguns minutos para trocar de roupa e respirar fundo antes de cantar "Wind Beneath My Wings".

Recapitulei mentalmente tudo o que teria que fazer: arrancar o figurino, me enfiar em um vestido longo e elegante, colocar o salto alto, arrumar o cabelo e correr, literalmente, depois descer um lance de escada, seguir dos bastidores até o corredor de serviço, subir dois lances, passar pelas laterais das quadras de tênis cobertas, subir uma rampa, e entrar no salão de festas a tempo de ficar sob os holofotes. Eu teria que fazer uma pose de estátua e parecer bem equilibrada e tranquila, porque a canção começava suavemente, enquanto, na verdade, meu coração estaria disparado, graças à combinação do nervosismo com aquela correria desenfreada.

De alguma forma, eu consegui. Completei o número sem atravessar ou engasgar em partes da letra como "You were content to let me shine" [você ficava feliz ao me ver brilhar], "I would be nothing without you" [eu não seria nada sem você], e no refrão: "Did you ever know that you're my hero?" [você sabia que é minha heroína?]. Estas poderiam ser minhas palavras para minha mãe.

Essa canção seria meu primeiro e único teste. Felizmente, eu impressionei Richard Frank o suficiente para que ele mostrasse a demo com minhas músicas para um conhecido produtor de discos, Norro Wilson, que dirigiu artistas como Reba McEntire, Charly McClain, John Anderson e Charley Pride, entre outros. Norro, que também era um compositor talentoso, tinha um ouvido muito atento e um amor sincero pela música. Ele ficou animado com minha voz e minhas composições, e transmitiu seu entusiasmo com o meu potencial para o homem da Mercury Nashville Records A&R, seu amigo Buddy Cannon. Norro foi o elo fundamental na cadeia de acontecimentos que me levou ao meu primeiro álbum. Por sua vez, Buddy achou que o chefe da gravadora, Harold Shedd, poderia se interessar. Ele estava certo e eu fui contratada. Anos mais tarde, soube que Buddy teria dito, "Ela foi contratada e eu só saí na foto". E ele tinha razão, porque fora o meu reconhecimento por seu apoio na ocasião, ele não foi recompensado pela sua colaboração, embora eu saiba que essa associação de Buddy com meu sucesso, como a nova artista da Mercury Nashville, é bem conhecida no meio musical. No final, Buddy não foi incluído na produção do meu primeiro disco, apesar de ter acreditado em mim.

Em questão de meses, Harold e Richard Frank fecharam os detalhes do meu contrato de gravação, e de uma hora para outra, eu passei de uma garota caipira do norte, com poucas chances de fazer carreira em outro lugar além das fronteiras do meu país, para uma cantora contratada por uma gravadora situada bem no meio de Nashville, Tennessee. Nashville! Terra de grandes estrelas da música, dos principais produtores de discos, megaestúdios, compositores de sucesso e músicos de primeira — basicamente, o *crème de la crème* da indústria fonográfica.

★

14

Meu cantinho selvagem

Mas antes disso, eu saí de Deerhurst. Naquela época, a PolyGram Records, representada pela Mercury Nashville, ainda não tinha pago um adiantamento e não pude me mudar para Nashville. Antes de saber se conseguiria um contrato de gravação, eu consegui uma hipoteca e financiei minha primeira casa. O inverno estava chegando e precisávamos de um chuveiro com água quente e um banheiro com descarga. Fomos morar em Melissa, uma cidadezinha nos arredores de Huntsville. Nosso novo lar era um sobradinho de um quarto. Deixamos o quarto para os meninos e improvisamos dois quartos no andar de baixo, para Carrie e eu. A casa tinha um porão e um banheiro. Esprememos uma lavadora e uma secadora debaixo da escada para o porão e fizemos uma lavanderia.

Embora eu fosse a "mais velha", responsável pela casa e pelas contas, o lugar mais parecia uma república invadida por um bando de crianças. Carrie, Mark, Darryl e eu éramos novos na cidade, e tentávamos nos virar.

Meu namorado na época, Paul Bolduc, que também era de Timmins, veio morar conosco e ajudava a organizar a casa. Com uma hipoteca, dois adolescentes, uma casa que precisava de manutenção e muita lenha para cortar para o inverno, Paul foi imprescindível e formávamos um bom time. Eu o conheci em Timmins pouco depois da morte dos meus pais. Ele tinha 18 anos, quatro a menos do que eu, e ficamos juntos por uns cinco anos.

Jeff, o novo namorado de Carrie, com quem mais tarde ela se casaria, também ajudava os rapazes de vez em quando. Ele recorda do fardo sobre meus ombros nos primeiros anos após a morte dos meus pais. Às vezes ele comenta que observava meus desafios naquela idade, dirigindo uma casa e tentando lidar com o luto.

A propósito, Jeff inspirou a letra da música *That Don't Impress Me Much,* que diz: "You're one of those guys who likes to shine his machine/ You make me take off my shoes before you let me get in" [Você é um daqueles caras que gosta de polir o carro/Você me faz tirar os sapatos antes de me deixar entrar], pois Carrie havia me contado que quando Jeff a levava para algum lugar, ela tinha que tirar os sapatos ao entrar no carro. Ele deixava o carro brilhando, o tempo todo, e era muito perfeccionista para seus 19 anos, especialmente se comparado conosco, lenhadores de Timmins, que não estávamos nem um pouco preocupados com esse tipo de coisa.

Jeff e Paul eram maduros, responsáveis e tranquilos para a idade que tinham, e muitas vezes, a presença deles foi muito reconfortante — como na vez em que a polícia chegou, no meio da noite, trazendo um dos meus irmãos, menor de idade, que foi pego bebendo. Eu sou baixinha e um adolescente forte embriagado pode ser pesado. Em momentos como esse eu era forçada a exercer uma paternidade que incluía a preocupação que isso acarreta, como noites sem dormir, quando já eram três horas da manhã e os meninos ainda não tinham chegado.

Eu chegava do trabalho em Deerhurst bem depois da meia-noite, e esperava que os meninos estivessem seguros e dormindo profundamente. Estas eram minhas verdadeiras preocupações aos 23 anos, e eu ficava aliviada quando eles estavam onde deveriam.

Minha rotina durante os meses frios era abastecer o fogão com lenha, que queimaria durante umas quatro horas, antes de precisar ser reabastecido. Eu acordava às 6 da manhã para cuidar disso e chamava os meninos às 7 para a escola, quando a casa já estava novamente aquecida.

Hoje, meu cunhado diz, "Quando penso naquele tempo, não sei onde você encontrava coragem". Também não sei muito bem, mas eu tinha um sonho, em particular, que me impulsionava. E não poderia ter vindo em melhor hora, porque o peso de assumir dois adolescentes, o trabalho, a casa, e de tentar manter minha carreira, começava a pesar.

Nesse sonho, meus pais apareciam para mim, mas apenas meu pai falava. Ele flutuava perto de mim, na verdade, só seu rosto. Com uma voz suave, me contava que não tinha muito tempo, porque minha mãe o esperava. Eu a via flutuar atrás dele e queria que ela se aproximasse, mas ela não vinha.

Meu pai falava, "Ela já está saindo deste mundo e me espera para irmos juntos". Ele dizia que estava fazendo um bom trabalho, que tudo estava sob controle e que eu não devia ficar triste. Ambos queriam que eu soubesse que estava fazendo o melhor e que devia continuar.

No meu sonho, e depois de acordar, me sentia aliviada e estimulada por suas palavras. Eu precisava muito ouvi-las, porque me sentia culpada por não fazer o suficiente e decepcionar meus irmãos, depois de tudo que tinham enfrentado. Eu virei minha vida do avesso para ficarmos juntos, colocar um teto sobre nossas cabeças e nos sustentar, mas mesmo assim, não conseguia deixá-los felizes, e me sentia culpada por isso. É claro que eles ainda estavam tristes: nossos pais foram arrancados de nós, junto com a vida que eles conheciam, em Timmins.

Mas, voltando ao sonho, enquanto meu pai falava comigo, minha mãe lhe dava um sinal telepático, como se batesse no seu ombro para indicar que era hora de partir. Eu desejava desesperadamente que ficassem e não me deixassem sozinha com toda aquela pressão, mas eles tinham que atravessar um limiar e não havia tempo a perder.

É como se fossem pegar um avião, e, se perdessem o voo, ficariam presos em algum tipo de purgatório. Meu pai explicava que se não partisse agora, minha mãe teria que ir sem ele.

Foi simbólico que eles seguissem juntos, porque confirmou que este era o seu destino. Eles não só morreram juntos, mas meu sonho mostrava que eles realmente ficariam "juntos para sempre". Isso me trouxe alguma paz, pois ambos sofreram muito na vida, e me senti fortalecida para cuidar de tudo por eles, não desistir e proporcionar alguma estabilidade para seus outros filhos. Eu sentia que devia isso ao meu pai, considerando que ele assumiu Jill, Carrie e eu como suas próprias filhas, e mesmo não sendo perfeito, ele foi sincero e altruísta. Eu tinha um profundo respeito por ele.

Contudo, havia chegado a hora da separação das crianças Twain e não havia mais nenhum motivo para minha permanência em Melissa. Os meninos já eram maiores de dezesseis anos e buscavam sua independência, e Carrie e Jeff formavam um casal de verdade. Além disso, eu não conseguia mais sustentar a casa sem um emprego; não podia pagar a hipoteca todos os meses. Demoraria muito para vender a casa, por isso, com a ajuda de Paul, que era um carpinteiro amador, esvaziamos o porão e fizemos uma reforma, transformando-o em um apartamento, com sala, cozinha e banheiro e alugamos os dois andares de cima para pagar a hipoteca. Mais uma vez, eu voltava a ser uma errante, sem um lugar fixo para morar.

Era irônico que eu tivesse deixado meu trabalho bem remunerado em Deerhurst para seguir uma carreira musical, de graça! Mas teria que ser assim, pelo menos, até provar minha competência. Dizem que as chances de se obter sucesso com a música é de 0,005%. Na melhor das hipóteses. E a taxa de sucesso em um programa como o *American Idol* é ainda menor, com audiência de cem mil pessoas por temporada, portanto, em dez anos, um milhão de pessoas. A cada temporada, apenas um cantor é escolhido, em um total de dez finalistas. Apenas dois conseguem ter uma carreira de sucesso, o que significa uma porcentagem de 0,000002%. Eu tive sorte por não ter ideia de que minhas chances eram tão limitadas. Não há como ser desencorajada por algo que desconhece, portanto, no meu caso, a ignorância foi uma bençāo. Eu tinha o otimismo do meu lado, e com a libertação das responsabilidades domésticas, achei que poderia recuperar o tempo perdido. Era agora ou nunca, eu estava com vinte e poucos anos.

Eu tinha um contrato de gravação, mas não tinha onde morar, então voltei para a antiga casa de meus pais em Timmins, por algum tempo. Havíamos colocado os dois andares para alugar, enquanto esperávamos pela venda da casa. Eu fiquei com o apartamento de cima, que estava vago. Como responsável pela propriedade dos meus pais, eu precisava do aluguel daquele apartamento para cobrir as despesas, mas a desocupação foi providencial naquele momento. Fiquei grata pela oportunidade de me refugiar no lugar que meus pais proporcionaram, mesmo na sua ausência, quando eu não tinha onde ficar.

Passei aquelas semanas enfurnada no apartamento, tentando compor e me sentindo triste e melancólica, porque a casa evocava muitas lembranças da família. Nada tinha mudado desde a morte de meus pais. Eu conseguia sentir o cheiro e o sabor do passado flutuando no ar, e ainda escutava as vozes de todos. Às vezes, imaginava seus passos na escada e esperava que eles abrissem a porta a qualquer instante. Minhas emoções inspiraram muitas composições.

Entretanto, apesar da tristeza, eu estava em paz. Ao contrário de outros lugares onde vivi, a casa de Montgomery não foi manchada pela violência. Eu sempre sustentei que os problemas financeiros eram responsáveis pelas brigas de meus pais, e as coisas tinham melhorado quando eles compraram este lugar. Aqui, mesmo quando discutiam, eles não partiam para o confronto físico.

Assim que precisei deixar o apartamento para os locatários que estavam prestes a se mudar, os pais de Paul — Larry e Helene —, nos receberam em sua casa durante um tempo. Eu era contratada de uma gravadora e era só uma questão de tempo até me estabilizar profissionalmente, mas, por enquanto, ainda estava em transição, com um pé no meu antigo mundo e o outro, no novo. Eu tinha um trabalho temporário na Sears, três vezes por semana, e quando Paul e eu tínhamos um tempo livre, íamos para a casa de campo de seus pais às margens do lago Kenogamissi. Nós construímos uma pequena cabana na mata, feita com pedaços de madeira e material reciclado de demolição. Paul era um construtor habilidoso e eu projetei o lugar, para que pudéssemos cozinhar, dormir, tomar banho e nos aquecer naquele pequeno espaço. Sem eletricidade ou encanamento, a cabana equivalia a um *trailer*. Mas esprememos muitas coisas ali.

Eu gostava do meu tempo sozinha na mata, nos dias em que Paul ficava trabalhando na cidade e eu não conseguia pegar nenhum turno na Sears. Ele me levava para a cabana, com suprimentos para alguns dias, e voltava para me encontrar no fim de semana. Eu amava a solidão, especialmente durante o inverno deslumbrante. A estrada que ia para o campo ficava coberta de neve e intransitável para carros ou caminhões. Paul alugava um *ski-doo*, com um pequeno trailer para carregar os suprimentos, e andava uns três quilômetros além da estrada principal. Na cabana, eu me sentia isolada, mas segura, e muito à vontade. Eu não tinha medo de ficar sozinha na mata no meio do inverno. Os ursos estavam hibernando, o acesso pela estrada era limitado, portanto, não havia humanos à vista. Eu não tinha outra preocupação, senão a de congelar se ficasse sem lenha.

Os lobos não eram problema, porque são tímidos em relação aos humanos e não podiam bater na porta, muito menos derrubá-la com um sopro.

A experiência me mostrou a alegria da solidão. Isto é, a oportunidade de mergulhar em um espaço onde o tempo tem pouca importância, e o direito divino de sentir, pensar ou dizer o que quiser, é seu. Todo seu. Perdida na felicidade e na simplicidade do menos, com todo tempo do mundo para refletir e transformar pensamentos e sentimentos em música. Eu fui muito produtiva no meu cantinho selvagem e aproveitei cada minuto. Sinto saudade desse pequeno refúgio! Ali, eu compus a base de muitas canções que eu eventualmente completaria e gravaria com Mutt Lange, anos depois. Eu ainda gosto de ouvir as fitas gravadas de minhas sessões de composição daquela época, onde é possível ouvir o fogo crepitante do fogão a lenha ao fundo.

Eu passava dias cortando madeira, limpando a neve da porta e do caminho, curtindo o silêncio, apreciando a vista e escrevendo músicas. Eu tinha uma rotina organizada nos meus dias solitários na cabana. Antes de ir para a cama, colocava lascas e gravetos perto do fogão, para ter acesso rápido pela manhã. Enchia o fogão com pedaços grandes e úmidos, para queimar o mais lentamente possível durante a noite. Depois, ia para a cama com meias, blusas de lã e um saco de dormir até os joelhos, pronto para ser puxado até a cabeça no meio da noite, depois que o fogo apagasse. O fogão à lenha não era hermético e a cabana não tinha isolamento, portanto, não demorava muito para ficar gelada na floresta, com uma temperatura média entre vinte e quarenta graus abaixo de zero. Não havia rádio ou comunicação, então, não tinha ideia se a temperatura cairia a noite, mas conseguia prever. As estrelas, a cor do céu, o vento e a neve, davam as dicas sobre o que esperar. As noites calmas e claras no norte de Ontário eram sempre as mais frias. Claras e geladas. Eu adorava essas noites, mas sabia que tinha que estar pronta para um amanhecer gelado.

Com tudo à mão, e bem agasalhada, eu estava preparada (ou, tão preparada quanto possível) para deixar meu aconchego e reabastecer o fogo, às quatro da manhã. Depois, voltava para meu saco de dormir para aproveitar mais algumas horas de calor, antes da cabana esfriar novamente.

Eu colocava um balde d'água no fogão à lenha, para preparar o banho. Quando a água atingia a temperatura certa, eu despejava em uma bacia no chão e usava uma caneca para me molhar, enquanto me ensaboava. Durante a tarde, eu derretia a neve, que evaporava. Mas, eu tinha tempo para essas coisas e não me importava.

Quando Paul e sua família vinham para o final de semana, eles acendiam a sauna, que ficava perto da casa dos pais de Paul, e havia calor e água para todos. Secretamente, eu preferia meu método aconchegante e muitas vezes dispensava minha vez na sauna. Tenho certeza de que eles me achavam louca, mas eu gostava do meu sistema rústico. Era exatamente como meus pais e eu costumávamos tomar banho nas grandes barracas do acampamento, durante as temporadas de plantio de árvores, já que o frio do outono nos impedia de pular nos lagos. Os trabalhadores costumavam aparecer na barraca de meus pais à noite, mas quando era a hora do banho da minha mãe, ela colocava todos para fora. Lembro de uma vez que cheguei à barraca deles e encontrei um bando de homens tremendo do lado de fora. "O que vocês estão fazendo aqui fora?", perguntei. "Sua mãe está tomando banho", um deles pigarreou e sua respiração formou uma nuvenzinha de ar frio. Nem todas as barracas tinham fogão, por isso a barraca de meus pais era o lugar de encontro, até a hora de dormir, quando todos voltavam para as suas tendas menores.

Meus dias em qualquer acampamento eram simples e alegres, e aqueles às margens do lago Kenogamissi foram especiais. Aquecer, limpar, alimentar e criar era tudo o que eu tinha para fazer nos dias que passava ali sozinha. Era o paraíso.

★

15

Uma novata em Nashville

Mesmo gostando de viver isolada em uma cabana no bosque, aquele foi um período de transição muito assustador. Eu estava envolvida naquele relacionamento à distância com minha gravadora, porque não podia me dar ao luxo de ir até Nashville. Mas eles esperavam que eu voasse 1500 milhas sempre que precisavam procurar as músicas certas. Eu teria que estar presente para as audições, que aconteciam nas editoras. E também recebia fitas gravadas pelo correio, cheias de canções para serem avaliadas, mas a compra da música tinha que ser feita pessoalmente. Hoje, podemos enviar as canções por e-mail em segundos, e não precisamos mais estar presentes ou esperar o correio para ouvir as músicas com potencial para serem gravadas. Na verdade, as sessões de gravação podem ser feitas, por exemplo, através do *source connect*, no programa de gravação Pro Tools, pela internet.

Foi um grande alívio quando a PolyGram finalmente me adiantou 20 mil dólares — na época, uma fortuna para mim. Com isso pude alugar um apartamento de um quarto em um condomínio novo, chamado Landings, no subúrbio de Brentwood. Eu esperei muito para morar em um lugar melhor, mas, considerando minhas condições financeiras, aquele estava bom: novinho em folha, varanda, sala de estar, e até mesmo uma lavadora e uma secadora. Nada de esfregar roupas nas pedras à margem do rio! O condomínio tinha uma piscina e uma pista em volta dos prédios, para agradáveis caminhadas noturnas. Eu nem acreditava que o aluguel era tão acessível; para mim, aquilo era viver no luxo. E sentia que estava subindo na vida.

No verão de 1992, enchi o carro até o teto com tudo que tinha. As janelas ficaram completamente bloqueadas, mas a viagem de dois dias, de Timmins para Nashville, foi segura.

Foi nessa época que eu consegui meu primeiro cartão de crédito. Fiquei surpresa com a facilidade de se obter um cartão nos Estados Unidos, mesmo não sendo uma cidadã norte-americana. No Canadá, as empresas são muito mais exigentes para conceder crédito para pessoas sem um emprego fixo. Esse cartão me ajudou a enfrentar os meses de seca que viriam.

Harold Shedd e Norro Wilson foram os produtores do meu primeiro CD. Harold era proprietário de um estúdio famoso, chamado Music Mill, onde tinham sido gravados incontáveis discos de ouro e platina, ao longo de anos. Eu tive a sorte de cruzar com Glen Campbell nos corredores. Eu sempre amei a voz de Glen e, para mim, foi um grande acontecimento conhecê-lo pessoalmente e gravar no lugar onde ele se encontrava.

Norro acreditava em mim como compositora, mas acho que ele sentia que eu ainda não estava madura o suficiente, e precisava do apoio da comunidade de compositores de Nashville para descobrir sucessos. Harold Shedd também não estava satisfeito com a qualidade de minhas composições até então. Nas primeiras viagens para Nashville, e depois de mudar para lá, a ordem era comprar as canções que eu iria gravar. O termo "comprar" pode parecer um pouco esquisito, mas é usado para se referir à busca de músicas; embora não seja exatamente no conceito "Atenção, clientes, no corredor sete temos baladas *country*!". É claro que o "comprador" não andava por aí empurrando um carrinho, mas os editores apresentavam as músicas e os produtores e artistas faziam suas seleções, até encontrar a lista satisfatória de "produtos" para levar para o estúdio.

Geralmente, Norro e eu, e às vezes Harold, íamos até a Music Row, o centro da indústria da música *country*. É uma parada obrigatória para gravar. Em um raio de vários quarteirões, você passa por estúdios de gravação, gravadoras e escritórios de agenciamento de artistas, consultores de relações públicas, equipamentos de produção, editores de música — o que precisar, é só escolher. Se fosse em Nova York ou Los Angeles, outros dois núcleos importantes da atividade musical americana, todos estariam instalados em imponentes edifícios corporativos. Para mim, o que tornava a Music Row tão especial era sua peculiaridade: as ruas arborizadas estavam repletas de casas charmosas, com varandas de madeira e grandes pórticos. O único jeito de descobrir que se tratavam de estúdios, matrizes e escritórios, eram as placas discretas sobre as portas, com os nomes das empresas. Hoje, a sensação é diferente, porque o cimento, o metal e as estruturas de vidro na Music Row tiraram o charme das pequenas casas adaptadas.

Imagine a minha surpresa ao pisar pela primeira vez no escritório da PolyGram em Nashville, que ficava em uma bela casa de três andares, com uma varanda branca. O cenário tornou menos assustador o primeiro encontro com o diretor do selo, Harold Shedd. A autenticidade e cordialidade da Music Row facilitaram a adaptação da garota do interior.

Isso também vale para Nashville. Logo ficou evidente para mim que começar minha carreira ali era uma benção. Para ser franca, se eu tivesse sido apresentada aos Estados Unidos na *Big Apple* ou em Hollywood, por exemplo, tudo teria sido bem mais assustador, pelo menos no começo.

A Music City do início dos anos 1990 não era tão populosa e tinha um ritmo mais lento. Era mais familiar do que outros centros da indústria fonográfica e certamente do que é hoje. Na primeira vez que conheci a zona rural dos arredores, fiquei encantada com as fazendas de criação de cavalos, espalhadas por todos os lados, com quilômetros de cercas emoldurando grandes extensões de pastos e paisagens pitorescas. Gostei principalmente das áreas de Brentwood e Franklin, ao sul da cidade, que lembravam os clássicos da música *country*, como "Take Me Home, Country Roads", de John Denver e "Green, Green Grass of Home", de Porter Wagoner. (Há uma versão de 1967, de Welshman Tom Jones, mas Porter fez muito sucesso com esta música, dois anos antes.) Na minha infância, essas canções registraram as imagens do velho sul na minha mente. Agora, elas se tornavam reais para mim: "casa de fazenda", "feijão-fradinho", "rios lamacentos", "vinho de melancia"... palavras tão presentes nas canções. Depois de mudar para o Tennessee, por um bom tempo, parecia que eu estava vivendo em um cenário de filme.

Para alguém que nunca tinha saído do Canadá, acho que me adaptei muito bem ao novo lar. Tudo era novidade, e tudo era muito bom. Que tal supermercados abertos vinte e quatro horas? Nossa! Eu não conseguia acreditar no tamanho ou no fato de que alguns hipermercados vendiam de tudo, filmes, bebidas, pneus — até armas. Um conceito totalmente novo para mim. Se eu quisesse sair e comprar leite às três da manhã, tudo bem. *Era demais!*

Nas minhas viagens internacionais, descobri que os canadenses geralmente têm fama de serem pessoas amigáveis, com senso de humor. Acho que os sulistas também são assim, embora mais formais. Eles se dirigem a uma senhora chamando-a de "madame", por exemplo. Os sulistas também praguejam bem menos do que os ontarianos do norte. Quando um canadense do norte fica bravo, não é incomum que alguma blasfêmia saia de sua boca, e os franco-canadenses também. Às vezes, eu interpretava mal a simpatia do sul, quando pessoas estranhas vinham em minha direção na rua, sorriam e perguntavam: "Oi, como vai?". Eu nem sempre respondia, simplesmente porque não tinha certeza se estavam falando comigo, mesmo quando olhavam para mim e pareciam sinceros. Eu pensava, *por que alguém que eu nunca vi antes na vida estaria interessado em saber como estou?*

Mas o que mais me surpreendeu, foi a disposição tipicamente americana de compartilhar alegremente informações pessoais com uma perfeita desconhecida. Uma atendente de loja, por exemplo, me diria, "Olá, como posso ajudá-la? Se precisar de alguma coisa, meu nome é Jennifer, querida". Respondendo de forma igualmente descontraída, pedindo ou não, às vezes eu era bombardeada por perguntas e depoimentos pessoais, como, "Sabe, experimentei esta camisa quando chegou, mas meu marido disse que eu estava muito gorda para usar cores vivas, então decidi ficar com a preta. Acho que sua cor é o vermelho. Você é casada? O seu marido gosta de cores fortes ou prefere tons mais sutis? Às vezes, acho que nos preocupamos muito sobre o que os homens pensam, você não acha?" Esta cordialidade me conquistou e eu me senti acolhida.

Além desse charme acolhedor, a comida está entre muitas outras coisas que eu passei a amar no sul, principalmente porque naquela época eu ainda comia carne. O *meat'n'threes*, um prato local, econômico e caseiro, tornou-se um dos meus preferidos. Os ingredientes variam, mas como o nome sugere, você pode pedir uma carne e mais três acompanhamentos. Eu me apaixonei pela broa de milho, que nunca tinha provado antes, e o chá gelado também foi uma novidade para mim. Em Ontário, quando você pede um chá, ele vem quente. No sul, se você não especificar, o chá é servido gelado.

A vida no sul exigiu uma adaptação cultural séria. Fiquei perplexa quando vi pela primeira vez no cardápio o filé de frango empanado: eu nunca poderia imaginar aquilo. Não conseguia conceber a ideia de comer um bife coberto de massa e frito. Entretanto, eu era louca por um prato que, quando vi, pensei que era churrasco, já que no cardápio estava escrito *barbecue*. Eu perguntei para a garçonete, "Isso é churrasco de quê? De carne ou de frango? Ela me explicou pacientemente que *barbecue* era uma forma de preparo, mas se referia especificamente à costela de porco defumada lentamente na churrasqueira, com um molho picante de matar. Quando penso na minha voracidade ao degustar esta delícia do sul, me sinto culpada, porque além de ser um prato altamente calórico, hoje não sinto mais prazer em comer carne. Você deve estar se perguntando por que parei de comer carne, se eu gostava tanto. Eu me tornei vegetariana depois de ler um livro chamado *Diet for a New America*, de John Robbins, que Mutt me deu logo depois da minha chegada a Nashville, há uns vinte anos. Hoje, meu coração e minha cintura estão em condições bem melhores. Meus dias de carnívora terminaram e estou convicta disso.

Minha adaptação ao mundo da música bem que podia ter sido tão fácil e prazerosa quanto minha transição para a nova casa!

A decisão da PolyGram para que eu gravasse músicas de outras pessoas, e não as minhas, foi decepcionante, mas não me surpreendeu. Quando cheguei a Nashville, eu compreendi que seria colocada à prova e que nem tudo iria cair no meu colo de um dia para outro. Mesmo assim, considerei aquele um bom começo e continuei a escrever no meu apartamento. Eu acreditava plenamente que com paciência e perseverança eu teria a oportunidade de brilhar como compositora em um futuro não muito distante.

Mas, não posso deixar de dizer que a maioria das músicas que me foram impostas para o primeiro álbum eram estereotipadas e massificadas. Entretanto, uma coisa que me impressionou nas incontáveis audições foi a qualidade de som das gravações. Eram apenas demos, mas a musicalidade e os arranjos eram muito bons. Eu mal podia esperar para ouvir como ficaria o CD pronto, depois de tudo gravado e mixado. Mas as músicas não estavam lá. A minha posição na hierarquia artística de Nashville tinha alguma influência nisso. Em suma, eu não fazia parte dela! Eu era recém-chegada de outro país e nadava contra a corrente em todos os sentidos. Os artistas estão sempre à procura de sucessos para gravar, inclusive as estrelas da música *country*, que normalmente estavam no topo da lista para escolher o material selecionado. Se você é um compositor ou arranjador, é lógico que daria tudo para ser escolhido por um cantor de sucesso, com discos de platina. Só que eu estava no fim da lista.

Concordei com a sugestão da PolyGram para colaborar com outros compositores da cidade. Essas sessões de composição eram marcadas como se fossem consultas médicas: você sentava em um escritório e tinha umas três horas para ser produtiva artisticamente, cronometradas no relógio. Achei difícil escrever qualquer coisa de valor nesse contexto e pressionada pelo tempo. Não era um ambiente propício à criatividade. Eu consegui incluir apenas uma canção no primeiro álbum, "God Ain't Gonna Getcha for That", mas acho que foi aceita porque a escrevi em parceria com um compositor de sucesso, Kent Robbins, futuro membro do hall da fama dos compositores de Nashville. Nossa canção não foi um sucesso, mas foi uma experiência agradável; Kent era uma pessoa gentil, de quem me lembro com carinho. Infelizmente, ele teve uma morte trágica, em um acidente de carro, aos 50 anos.

Minha experiência com o cenário musical de Nashville ficou restrita a essas sessões cronometradas e agendadas. Isso lembrava a segregação que existia na música popular no início dos anos 1960. Os músicos tocavam seus instrumentos, os cantores cantavam e os compositores escreviam músicas, como se fossem especialistas. Hoje é mais comum os cantores obterem sucesso independentemente dos compositores, mas isso não se restringe a nenhum período da história da música. Há artistas que são apenas intérpretes e outros ficam na outra ponta do processo criativo, como compositores, arranjadores e produtores. Os talentos múltiplos são exceções, como Chuck Berry, Buddy Holly e Johnny Cash, apenas três exemplos de estrelas, que escreviam suas próprias músicas, além de executá-las. Os Beatles, também, provavelmente mais do que qualquer outro grupo no cenário musical, investiram na ideia de que era possível ser uma unidade autossuficiente e gravar suas próprias músicas, em vez de contar com compositores de fora — para desespero dos compositores populares e letristas. Contudo, as "fábricas de música" semelhantes à antiga Brill Building de Manhattan, ainda floresciam em Music Row.

Contudo, a gravação do meu álbum ficou aquém do que eu tinha imaginado. Eu esperava sessões cheias de energia e ideias, como as que eu via nos documentários de Elvis Presley. Ele improvisava com a banda no estúdio por dias a fio, repetindo a mesma canção até tudo ficar perfeito, e depois, editava. O mesmo acontecia com os Beatles. Algumas canções que eles levaram para o estúdio já estavam sendo tocadas ao vivo regularmente, mas eram novamente trabalhadas, experimentando mixagens, sons, melodias; ao passo que muitas ideias clássicas nasceram em improvisações ao vivo, que deixam espaço para a magia se desenrolar no seu próprio tempo. Esta era a minha percepção de produzir um disco.

A minha estreia foi mais parecida com a gravação de um *jingle* comercial do que de um disco. Devido ao orçamento apertado, entramos e saímos do estúdio no Harold Shedd's Music Mill para algumas sessões de três horas, e só. Fim de jogo. O processo de gravação foi breve e eficiente. Os músicos contratados foram rápidos ao aprender suas partes, profissionais e objetivos, pois tinham que realizar o trabalho em pouco tempo. Todos estavam atentos ao relógio, sem tempo para brincar. Havia pouco espaço para experimentar intervenções musicais ou arranjos, porque isso poderia interferir no projeto de gravação.

A experiência me proporcionou pouco espaço para a criação. Durante os *playbacks*, os engenheiros me perguntavam, "Está feliz, Eilleen?" "Está gostando?", e eu apenas concordava, porque era muito claro que minha opinião não mudaria nada; mesmo se eu fosse franca e dissesse que queria tentar algo diferente, ou que tinha gostado, mas gostaria de trabalhar um pouco mais. O orçamento ditava o limite do tempo no estúdio, e o trabalho do engenheiro de som e do produtor determinava que tudo ficasse dentro do orçamento. Era mais ou menos como o serviço de um garçom, que pergunta se você terminou a refeição depois que ele já tirou os pratos. Com ou sem fome, no que diz respeito a ele, você está satisfeita. Minha fantasia do que seria uma gravação não se realizaria desta vez. Apesar disso, estávamos gravando no Music Mill, onde incontáveis discos de ouro e platina foram gravados durante anos, e isso, ao lado da equipe amável e animada do estúdio, incluindo engenheiros e técnicos, manteve a magia viva para mim.

Quando cheguei a Nashville, era firme e ousada nas minhas ideias criativas e quanto às perspectivas para minha carreira. Entretanto, não demorou muito para que eu percebesse que deveria ser discreta. Nunca fui de reclamar, mas como minha frustração cresceu ao longo do processo de gravação, comecei a compartilhar meu descontentamento com parte do material e explicar que estava me sentindo presa e desanimada com o sistema rígido de gravação. Eu sentia falta de me reunir com outros músicos e simplesmente tocar. Estava sendo tratada como se fosse uma mocinha tola mas bonitinha vinda do norte, que podia cantar bem, e eles estavam me dando um empurrãozinho, portanto, eu devia me calar e fazer o que mandavam. Eu realmente pensei que como artista, deveria participar da produção do disco, e não apenas fazer os vocais. Queria me envolver e não simplesmente chegar, cantar a minha parte e deixar o resto para os produtores e engenheiros de som.

Eu era apaixonada pela música, mas também pragmática. Porém, no começo você geralmente não tem escolha. Sabiamente, eu suavizei minha atitude para não ser vista como encrenqueira e retirada da gravadora antes do lançamento de meu disco, na primavera de 1993. Decidi considerar a experiência como o primeiro passo de uma longa viagem. Se escolhesse as cartas certas, teria a oportunidade de fazer um outro disco mais satisfatório artisticamente. Assim, guardei a frustração e minhas opiniões o quanto pude, para não me prejudicar.

★

16

Volte para casa, menina do interior!

Assim como acontece com muitas mulheres que trabalham em um mundo masculino, como o da indústria fonográfica, não faltaram homens que tentaram se aproveitar de mim ao longo dos anos.

Quando me apresentava nos bares do Canadá, geralmente era a única mulher entre os músicos, técnicos, agentes e proprietários. No Deerhurst Resort, a proporção entre homens e mulheres era mais equilibrada, graças às dançarinas. Contudo, ali eu aprendi outras coisas, e do jeito mais difícil. Ao trabalhar com outras mulheres, você pode se deparar com a inveja, o despeito e a intriga, com o agravante da tensão pré-menstrual. Eu aprendi a fazer parte da minoria feminina entre os homens desde a adolescência e deveria estar mais preparada do que as outras artistas para o ambiente masculino de Nashville.

Frustrada por ter que morder a língua com bastante frequência desde o início da minha carreira, eu tinha que me controlar para não perder a calma, lutando contra os caras que tentavam tirar minha blusa. E a calça também! Que droga! Eis aqui um exemplo:

Conheci um compositor que parecia compartilhar minha posição sobre escrever música quando bate a inspiração, em vez de marcar hora para isso. Ele tinha emplacado alguns sucessos com composições gravadas por cantores *country*, com contratos decentes, e eu achei legal ele se dispor a trabalhar com uma novata como eu. Para manter a privacidade, vou chamá-lo de "Dick". (Escolhi este nome fictício neste exato momento, aleatoriamente. Juro).

Trabalhamos em algumas canções durante o dia todo, em sua casa, nos arredores de Nashville. Acabou ficando tarde e como estava muito distante da minha casa, combinamos que eu ficaria. Sua esposa já tinha ido dormir. Fui para o quarto de hóspedes e, pouco tempo depois, Dick chegou, pé ante pé. Inclinando-se sobre mim, ele sussurrou: "Você está acordada? Posso ficar com você?" Acho que ele pensou que bastava pular em cima de mim e se servir. Minha reação foi rápida e abrupta. Eu o repreendi como a uma criança arteira, perguntando que diabos ele pensava que estava fazendo. Primeiro, disse que estava surpresa com sua proposta indecente e, depois, que não estava *nem um pouco* interessada.

Eu me perguntava o que teria dado a Dick a ideia de que eu me sentia atraída por ele, mas levei um susto ao me dar conta de que, na verdade, não importava se eu estava interessada ou não. Ele me via como uma cantora-compositora novata, que estava longe de casa, batalhando, vulnerável e, portanto, disponível. Imaginou que eu daria o que ele quisesse, em troca de ajuda profissional. Era isso! Naquele momento, fiquei desiludida e decepcionada com a natureza humana. E cansada, também. Era como se uma artista não pudesse evitar essas situações humilhantes. Dick se mostrou ressentido e frio no dia seguinte. Não o vi mais desde então. Grosso!

Naqueles primeiros anos, comecei a reconhecer uma tendência que até então não tinha experimentado: a sugestão de que uma garota jovem e atraente só chega ao topo se ela se deitar com alguém no caminho. Isso estava ficando irritantemente recorrente. Mulheres ciumentas inventavam boatos e homens desrespeitosos tentavam torná-los realidade. Eu logo fiquei cheia dessa atitude infantil e maldosa, mas a maioria das vezes precisei aprender a relevar e não permitir que estas perturbações me afetassem.

Outra experiência estressante envolveu um homem mais velho que, mais uma vez, para manter a privacidade, vou nomear de Henry. Ele era bonito, famoso e muito respeitado no meio da música *country*. Henry falava macio, com um sotaque sulista tranquilo, que exalava gentileza. Eu gostava de Henry. Ele era educado e divertido, e me convidou para eventos e reuniões sociais, como um meio de facilitar a minha adaptação. Embora entusiasmado com meu talento, ele me aconselhou firmemente a não demonstrar minha insatisfação. Eu apreciava seu apoio e amizade.

Uma noite, Henry me convidou para uma festa em sua casa. Assim como em ocasiões anteriores, ele me pediu para ir. Minha expectativa era de encontrar o lugar cheio de gente da indústria da música. Porém, eram poucas pessoas, que logo foram embora.

Desconfiada, pensei, *O que é isso? O que estou fazendo aqui?* Eu nunca tinha visto aqueles convidados que haviam acabado de sair e tive a impressão de que receberam algum tipo de sinal para sumir. Eles pareciam meio bêbados e Henry estava esquisito. Pouco tempo depois, ficamos sozinhos naquela casa enorme, e eu me senti muito pequena e vulnerável. Mas, graças a minha experiência com os bêbados dos bares e confiante de que poderia cortar avanços indesejados, agi calmamente e não entrei em pânico — por enquanto.

Antes que eu pudesse dizer, "Bem, acho que está na hora de eu ir também", Henry estava em cima de mim. "Não vá embora", ele suplicou, enrolando as palavras. "Por que não vamos para o meu quarto?"

"Henry", eu disse firmemente, "Acho que você precisa ir para cama. Você está bêbado". Ele estava cambaleante e acho que nem percebia que estava a ponto de se espatifar. Como um garotinho que foi pego quando deveria estar dormindo, ele concordou em ir para cama. Sozinho. O problema agora era outro... como voltar para casa? Um amigo me trouxe e não havia transporte público no lugar onde Henry morava.

"Henry, há um ponto de táxi por aqui?"

"Não seja ridícula", ele disse. "Eu levo você para casa". Nós dois gargalhamos, sabendo que ele não tinha a mínima condição de sequer segurar no volante.

"Toma". Ele me deu as chaves. "Leve o carro". Eu nem discuti.

Nunca me interessei muito por carros e não posso afirmar qual era o modelo, mas sei que Henry tinha orgulho de seus carros caros e elegantes. Era algum tipo de carro esporte, talvez um Porsche ou uma BMW. Eu nunca tinha dirigido nada parecido antes. Deslizei no assento do motorista e me senti no *cockpit* de um jato sobre rodas. Diante de todos aqueles botões no painel, eu não sabia por onde começar. Aquele veículo precisava de um piloto!

Levei um tempo para descobrir como ligar aquilo, mas o maior problema, além da partida, foi ajustar o assento. Henry era um homem muito alto e eu era muito baixinha para alcançar o acelerador.

Quase chorei tentando manobrar meu veículo de fuga. Eu me sentia como uma garota inútil e tola, fugindo para salvar sua reputação, tentando manter a auto-estima e sair de uma situação comprometedora, com a dignidade intacta. E sequer conseguia ajustar o assento daquela coisa! Eu podia dirigir o ônibus escolar azul do meu pai por uma estrada no meio do mato, uma carroça sobrecarregada através do pântano, e pilotar veículos de todos os tamanhos e formas no inverno, sem tração, e não conseguia guiar um carro tão sofisticado que parecia poder andar sozinho?

Enquanto pressionava raivosamente os botões ou puxava uma alavanca, eu podia jurar que aquele carro extravagante estava debochando de mim: "Volte para casa, sua caipira. Volte para sua vida simples. Você está se metendo em coisas que estão muito acima de suas possibilidades".

Talvez fosse isso. Talvez esse mundo estivesse além do meu alcance. Naquele momento, acho que pensei em desistir e voltar para casa, mas eu não tinha mais um lugar para voltar. Era prosseguir ou fracassar. Sempre que ouço a canção "Good-bye Yellow Brick Road", que Elton John compôs com Bernie Taupin, eu me emociono. Ela me lembra essa época, quando eu tentava me inserir em um mundo que não era meu. A maioria masculina, o valor de uma mulher bonita ao lado de um homem poderoso, a sedução constante e a integridade em risco a cada passo. Nesse momento, talvez eu tenha acordado para a realidade de que não fui feita para o mundo da música. Era cansativo manter tudo em ordem e não ficar tão sobrecarregada a ponto de desistir e voltar para aquilo que era familiar, a cidade pequena. Como Elton cantou tão pungentemente, "I should have stayed on the farm" [Eu deveria ter ficado na fazenda]. Era assim que eu me sentia, só que no meu caso, eu deveria ter ficado no mato.

Na verdade, estava louca da vida por me ver naquela situação. Eu deixei o cara armar aquilo. Como é que não percebi? Como fui confiar nesse homem como amigo e não enxerguei suas verdadeiras intenções? "Você deveria saber", eu me repreendia. "Afinal, este é o *mundo da música*. Este é um caso clássico de teste do sofá, e você caiu direitinho".

Finalmente, consegui domar o carro e fazê-lo me levar em casa. Mesmo sem puxar o banco para a frente, meus dedos podiam tocar os pedais do acelerador e do freio. Assim que entrei no estacionamento do condomínio e saí do carro, fiquei furiosa e pronta para lhe dar um pontapé.

Mas, em vez disso, apenas xinguei algumas vezes, calculando que não deveria amassar ou arranhar aquele carro caríssimo. Já era muito não ter batido a caminho de casa.

Na manhã seguinte, evitei falar diretamente com Henry. Liguei bem cedo e deixei uma mensagem na secretária eletrônica, dizendo onde tinha deixado o carro e que as chaves estavam no para-sol do motorista (de qualquer modo, graças à bebedeira, ele não se lembrava de nada do que tinha acontecido). Henry estava diretamente envolvido com a comunidade musical em que eu vivia, de modo que nos cruzamos muitas vezes depois disso, mas ele nunca mais foi o mesmo comigo. Mais tarde, ouvi boatos de que tínhamos tido um caso, e embora ressentida e com vontade de lhe dar um tapa na cara por permitir tais comentários, eu não sabia se ele era o responsável por isso, então, deixei para lá. Se Henry quisesse que as pessoas pensassem que ele havia dado sorte com a jovenzinha canadense recém-chegada, problema dele. Minha experiência com esse tipo de besteira me ajudou a ignorar, embora, mesmo hoje em dia, eu ainda me aborreça com isso.

Mantive a cabeça erguida e focada na minha música. Nunca dormi com ninguém para agilizar a ascensão da minha carreira, o que pode ser algo arriscado no mundo do entretenimento. Certamente existem homens poderosos que são capazes de prejudicar a carreira de uma mulher que não entra nesse tipo de jogo. Mas eu confiava em mim e acreditava que teria sucesso sem comprometer minha integridade.

★

17

Novo país, novo nome

Meu primeiro álbum estava previsto para ser lançado em abril de 1992. Para ser franca, achei o disco mediano, mas a PolyGram estava preparando o lançamento com entusiasmo. Normalmente, quando uma gravadora investe em um artista, costuma apoiar pelo menos o primeiro *single* com uma boa divulgação. Isso significa investimento em fotos e um videoclipe da música, a organização de uma série de aparições no rádio e na televisão, e a cobertura na imprensa. Se o disco for um sucesso, é possível conseguir fazer o segundo *single*, depois o terceiro, e assim por diante, até o CD seguir seu curso com o público e a mídia. Meu contrato cobria a produção de oito álbuns, portanto eu me sentia bastante segura, mesmo sabendo que outros artistas contratados para fazer vários álbuns eram abandonados sem cerimônia, caso seus primeiros lançamentos fossem recebidos com indiferença.

O título do CD foi *Shania Twain*.

Acatei ao pedido da gravadora para trocar meu nome, como prova de minha disposição em cooperar. Na verdade, eu tive mais dúvidas sobre a qualidade do material do que a respeito da adoção de um nome artístico. Afinal, o próprio Mark Twain nasceu Samuel Clemens. A ideia parecia divertida, mas deixei claro que não mudaria o sobrenome, por respeito e lealdade ao meu pai. Ele se sacrificou para me criar, colocou combustível no carro para que eu chegasse aos shows, enquanto o dinheiro realmente deveria ter sido usado para as compras ou para pagar a conta de luz.

Eu me sentiria uma traidora se abandonasse o nome da família. Mas, tinha que admitir: Eilleen Twain não era uma combinação adequada para uma artista. Meu primeiro nome tinha uma sonoridade muito suave. Os grandes nomes do palco geralmente têm consoantes fortes, alguma coisa cativante, como Dolly Parton ou Nat "King" Cole. Aliteração também funcionava bem: *Loretta Lynn*, por exemplo, tem uma qualidade melodiosa e soa bem. Ou então precisava ser um nome marcante, como Elvis Presley. Este sim era um nome exclusivo.

Que nome combinaria com Twain? Eu tentei uma lista de combinações. De repente, me lembrei do nome de uma camareira que conheci no Deerhurst Resort, um pouco antes de me demitir. Ela tinha minha idade e, assim como eu, cresceu em uma família miscigenada. A mãe era uma indígena americana e o pai era branco. Quando ela se apresentou como Shania, tive que pedir que repetisse. Eu nunca tinha ouvido um nome tão bonito, raro e exótico, que, na época, não sabia que significava "no meu caminho". Apenas senti que o nome tinha uma aura de esperança. Comecei a pronunciá-lo... *Shania*... Twain. Era esse! Combinava perfeitamente. Eu o apresentei aos executivos da gravadora e eles gostaram. E o nome pegou.

Com a proximidade da data de lançamento, fui enviada para o treinamento de mídia. Além de suavizar meu sotaque canadense, tive que aprender a conter meu senso de humor impulsivo e a tendência de me expressar livremente e de forma exuberante. Eu não gostaria de ofender ninguém desnecessariamente, digamos, um jornalista ou o entrevistador de uma rádio ou televisão, sendo politicamente incorreta ou dizendo coisas que poderiam ser consideradas pejorativas em algumas regiões dos Estados Unidos. Eu não pensaria duas vezes em dizer "Pelo amor de Deus", ao me expressar espontaneamente, ou "Que merda!", ao ser pega de surpresa por algo que estava sendo dito. Graças à minha educação pouco refinada, os palavrões eram parte considerável do meu vocabulário, e eu não tinha sido criada em um ambiente religioso, portanto, não compreendia o quão sensível poderia ser o uso de algumas palavras consideradas ofensivas. Eu era ignorante nesse aspecto, e uma expressão como "Mas que diabos!" (usada frequentemente por meu pai) é comum no lugar de onde venho. Afinal, quando você tropeça, não tem nada melhor do que um bom e velho palavrão. Mas isso não era aceito no meu novo ambiente, e se eu quisesse ser respeitada e levada a sério deveria abandonar a linguagem de lenhador. Além disso, eu também precisava falar mais devagar, porque sendo naturalmente agitada, poderia passar a impressão de que alguém na sala de controle acelerou a fita de vídeo. Não era o caso de me amordaçar, mas, às vezes, comentários que parecem perfeitamente inocentes ou hilários quando se está viajando em turnê com pessoas conhecidas — e que já estão acostumadas com seu jeito — soam totalmente inadequados quando aparecem na imprensa no dia seguinte.

A mesma imagem pode transmitir um significado pessoalmente e outro completamente diferente diante da tela da TV. É como ouvir a própria voz em uma mensagem telefônica — parece irreconhecível ou pelo menos, soa bem estranho. Nós parecemos ou agimos de forma diferente quando somos gravados. Existe até esse termo, "voz de telefone", e se você escutar alguém falando casualmente, poderá dizer se a pessoa está presente ou ao telefone, apenas pelo tom da voz.

O escritório da PolyGram em Nashville supervisionava exclusivamente as produções de música *country* do selo. Eu sempre me considerei uma cantora e compositora versátil, que não estava restrita a nenhum estilo musical. Mas, como toda arte popular, a indústria fonográfica precisava decidir em qual vitrine iria me exibir, para direcionar as ações de *marketing*. A realidade é que a categorização existe em todos os setores do mundo musical: obviamente, os discos dos artistas *country* tocam nas rádios *country*, e não nas estações voltadas para os fãs do *rap* ou do *rock* clássico. Do mesmo modo, é preciso definir em qual seção da loja de discos o CD será colocado. Ao mesmo tempo em que existem publicações, rádios e programas de TV de interesse geral, que cobrem todos que estão se destacando no momento, existem outros com um foco mais concentrado, interessados apenas nos artistas que pertencem a um gênero específico.

Não há dúvida de que minhas raízes musicais têm origem no *country*. Eu me identifico com músicos como Dolly Parton, Waylon Jennings, Willie Nelson e Johnny Cash. Eu ainda amo suas músicas. Mas, depois de anos me apresentando em bares, eu fui obrigada a transitar por vários estilos, o que foi muito bom para o meu desenvolvimento musical. Eu me julgava uma cantora de estilos variados, nos moldes de Elvis, Glen Campbell, Olivia Newton-John e John Denver, que não se restringiam a um único gênero. Eles faziam parte de uma elite de artistas capazes de reunir gêneros musicais, denominados *crossover*.

Minha alegria de cantar encontrou inspiração em vários músicos e intérpretes, alguns dos quais não deixaram uma marca perceptível no meu estilo pessoal e no desenvolvimento de técnicas autodidatas. Stevie Wonder, por exemplo, desliza pelas notas com tanta facilidade! Eu usava suas gravações para fazer exercícios vocais e estudar cada nuance, para ajudar a desenvolver minha agilidade. Seu *timing* e sua intensidade eram corretos tecnicamente e mesmo assim ele cantava com alma, o que me deixava musicalmente enlevada. Cantar com ele era um exercício vocal intenso. Gladys Knight é outra voz que eu não cansava de ouvir, e me tocou em um lugar tão profundo, que nunca consegui alcançar com minha própria voz. Para mim, Stevie e Gladys representam uma síntese do *soul* vocal.

Na minha adolescência, todos os dias eu descobria algo surpreendente: Michael Jackson, Supertramp, Van Halen, Def Leppard, Whitney Houston, Police — gêneros diferentes, mas cada um produziu um efeito musical diferente sobre mim.

Na época em que assinei com a PolyGram, já fazia muito tempo que eu não cantava ou ouvia música *country*, e o cenário tinha mudado drasticamente. Eu não conhecia os cantores contemporâneos do *country* — nem mesmo Reba McEntire! Se você me perguntasse o nome de uma artista *country*, eu diria Tanya Tucker, que gravou seu primeiro disco em 1972. Eu estava por fora do que estava acontecendo no *country* atual, mas tinha assinado com o departamento de música *country* da PolyGram. Tentei convencer Harold Shedd que seria melhor me divulgar como artista *pop*, o que me permitiria explorar uma gama de estilos mais eclética. Falei o mesmo para o pessoal do departamento que cuidava dos artistas e do repertório da gravadora. Eles eram os responsáveis por descobrir talentos, supervisionar o desenvolvimento do artista contratado e fazer o "meio de campo" entre os artistas e o setor comercial da gravadora. Porém, os poderosos insistiram na minha estreia como cantora *country*.

Eu sabia que era melhor tentar me atualizar. Comecei a assistir a Country Music TV o máximo possível. Era uma plataforma fantástica para ver, ouvir e conhecer tudo que era preciso saber sobre o "novo *country*", que mobilizava todo o cenário do gênero. De vez em quando, o canal de vídeos apresentava alguns rostos familiares da minha infância, que ainda estavam ativos, como o *single* de George Jones, mas a maioria era de artistas novos. Pessoalmente, eu preferia o *country* antigo com o qual cresci, porque sentia que era mais profundo e sincero do que a nova safra.

Contudo, este era o meu mundo atual. Eu tinha que compreender como funcionava, se quisesse oferecer a música que minha gravadora iria divulgar ativamente. Minha intenção sempre foi ser fiel a mim mesma, quanto à criatividade, porém, todos os artistas devem se ater ao fato de que sem o apoio de uma gravadora, e da mídia, o público nunca ouvirá sua música. Trata-se de uma questão de equilíbrio, quando você está tentando fazer a carreira decolar. Eu comecei a sentir a pressão para me adaptar e ignorar minha vontade de ser uma artista eclética e original. Acho que os críticos da indústria e a minha gravadora temiam que eu não tivesse uma identidade e fosse considerada confusa artisticamente. Eles tinham que me encaixar em uma categoria.

Na primeira vez que fui para Nashville, comecei a manifestar minha insatisfação por não conseguir encontrar compositores com quem eu pudesse estabelecer parcerias na liga de autores, e que quisessem trabalhar depois do expediente e fora do escritório. Expliquei que me sentia controlada por um sistema, e que desse jeito eu não conseguiria ser original. Embora estivesse feliz com meu primeiro disco, que logo seria lançado, estava desanimada por não ter o controle criativo e nenhum estímulo. Precisei me conter para passar por isso.

O que ouvi e vi foram canções industrializadas e vídeos com imagens, direção artística, design e estilo que pareciam respeitar uma fórmula em detrimento da liberdade criativa. Eu via que alguns videoclipes se destacavam. Garth Brooks parecia ser a única pessoa que dava um ar visualmente inovador aos videoclipes de música *country*. Lembro de ter pensado que quando chegasse a minha vez de fazer um clipe para meu primeiro *single*, "What Made You Say That", eu gostaria de chegar a algo verdadeiramente original e interessante. Estava determinada a expressar minha individualidade.

O videoclipe foi dirigido pelo canadense Steven Goldmann, que faria a direção de mais cinco vídeos meus. Grande cara, animado, fácil de trabalhar. Ele era a personalidade perfeita para trabalhar com alguém que nunca tinha feito um clipe antes.

Eu não tinha ideia de como me comportar diante de uma câmera, como se estivesse em um karaokê, tentando ser o mais natural possível, enquanto sincronizava a voz com a imagem. Nunca tinha feito isso antes e achei complicado combinar meu desempenho no vídeo com a gravação. Ou você canta durante as filmagens, para que fique o mais autêntico possível, ou apenas move os lábios para ouvir melhor o *playback* e ser mais precisa com as expressões faciais e o movimento da boca. Sou muito grata pela paciência e compreensão de Steve. Consegui aprender a fingir que estava cantando sem perder a concentração. Embora Steve tivesse ideias próprias, ele era flexível e aberto às minhas opiniões, de modo que eu me envolvia com a direção e a percepção geral, com a imagem e a história.

Com pouco dinheiro, a produção era pequena. Contudo, Steve reuniu forças e fez algo atraente. Filmamos em Miami, na Flórida. Ele era competente, especialmente para filmar com luz natural, e posso dizer, ainda hoje, que fiquei muito feliz com o meu primeiro videoclipe. Com exceção de duas coisas, começando por minhas sobrancelhas grossas. Achei graça quando vi, porque ainda não sabia fazer as sobrancelhas. Não tenho certeza se tínhamos cabeleireiros ou maquiadores no *set*. Mesmo se tivéssemos, eu era muito insegura para permitir que alguém modelasse minhas sobrancelhas. E também tremo diante das minhas imagens antigas, quando vejo meu cabelo super crespo.

Steve e eu compramos os figurinos em uma loja de departamentos. Eu garimpei nas araras até achar algumas roupas atraentes e baratas, que refletissem a natureza lúdica da música. E tinham que ser confortáveis.

Surpreendentemente, eu nunca tinha visto na Country Music Television uma mulher com a barriga de fora, deixando o umbigo à mostra. Isso podia ser visto em toda parte, desde o vídeo de ginástica de Cindy Crawford até o clipe recente da Madonna. Achei que não teria problema algum mostrar o meu umbigo no vídeo filmado em uma praia da Flórida, sob o sol quente do verão. Grande coisa!

Aparentemente, era algo maior do que imaginei. À princípio, a CMT recusou colocar "What Made You Say That" no ar, alegando que era muito sugestivo, por causa do *top* curto que eu usei — que, sejamos honestos, era bem discreto. Eu não podia acreditar. O vídeo de três minutos mostrava a cantora e seu namorado de mentira brincando na praia, com alguns carinhos aqui e ali. Dois dos três figurinos que usei cobriam completamente a minha barriga e o conjunto preto de duas peças não mostrava nada além de 10 cm de pele do umbigo para cima. A *Billboard*, revista semanal da indústria da música, se referiu à minha dança como "sedutora", e mesmo apreciando o elogio, não deixa de ser um exagero. Eu diria que a dança era muito discreta, mesmo para aquele momento.

Finalmente, a CMT reverteu sua decisão e adicionou "What Made You Say That" a sua *playlist*, mas a controvérsia me fez pensar sobre o que tinha acontecido com a música *country*. Eu voltei minha atenção para outras coisas por alguns anos e ela acabou ficando muito pudica para mim! Os artistas que conheci quando criança eram sensuais, atraentes, ousados, corajosos e bonitos. Veja Dolly Parton. Ela certamente não se intimidava e se vestia para acentuar sua silhueta deslumbrante e perfeita. O que dizer de Elvis, que era tão amado na música *country* quanto no *rock'n'roll*, com sua imagem *sexy* e provocante? Willie Nelson e os rapazes? Eles não eram conhecidos por serem cidadãos bem apessoados e cumpridores da lei, e cantavam livremente sobre seus caminhos "fora-da-lei". Logo no início, Loretta Lynn cantou sobre uma garota de cabaré, e mais tarde, sobre a decisão de tomar a pílula (e muitas estações de rádio recusaram-se a tocar "The Pill", quando foi lançada em 1975). Que eu saiba, tudo isso era música *country*: real e aceitável. Por que diabos agora a indústria da música *country* estava me rejeitando por mostrar o umbigo?

Estou percorrendo um caminho de pedras e aceito que devo dar um passo por vez. O passo em relação ao meu primeiro CD e a experiência em Nashville me deixaram mais segura. Depois desse período inicial de cerca de um ano, percebi que tinha superado a delicada fase de transição para deixar meu país, um show regular, o trabalho temporário de caixa na Sears, em Timmins, o aluguel do apartamento em Montomery, a casa dos pais de Paul e a cabana no rio, para abrir um novo capítulo em minha vida. Eu terminei o colegial em 1983 e estávamos no final de 1992. Nove anos de aprendizagem entre o berço do ensino médio na cidade natal e o colo do gigante da indústria fonográfica de Music City. Sinto que estou prestes a deixar o campus de Nashville, pegar o que aprendi com os mestres das lendas e aplicar à minha própria carreira. Meu disco ficou pronto depois de vários meses de preparação e expectativa.

Logo depois do lançamento do single "What Made You Say That", em fevereiro de 1993, eu saí para a minha primeira turnê profissional, chamada de Triple Play, porque apresentava mais dois artistas da PolyGram, que também estavam lançando seus álbuns de estreia: Toby Keith e John Brannen. Éramos artistas muito diferentes musicalmente, com imagens bem distintas. Mas nos entendemos bem, considerando que passamos várias semanas enfiados em um ônibus. De volta da campanha promocional, eu tinha aprendido muitas coisas, como mascar e cuspir tabaco — um hábito curioso, que durou pouco. Fui advertida várias vezes sobre como deveria engomar meu jeans, de modo que a calça ficasse com o vinco central bem feito. Além disso, o jeans tinha que ser da Wrangler. Minha sandália vermelha de salto plataforma e tiras no tornozelo não estava funcionando, e eu precisava comprar um par de Ropers, a única bota de *cowgirl* legítima, na época. E também acrescentei alguns passos de dança ao meu repertório, que eram muito divertidos. Entendi a necessidade de me conformar, porém, mais uma vez, me senti um fantoche. Havia a pressão de se adaptar a um determinado modelo se quisesse ser aceita no *show business*. Sempre me perguntei quem foi exatamente que definiu esses padrões de aparência, ação e som. E como alguma coisa original poderia se desenvolver em um ambiente tão unidimensional e homogêneo?

Com apenas um *single*, eu já me sentia presa. De um lado, achava que não poderia manter minhas ideias, opiniões e energia criativa trancados por muito tempo. De outro, meu lado prático compreendia que se a gravadora começasse a me considerar "difícil", haveria sempre uma nova artista pronta para tomar meu lugar. Por enquanto, eu tinha que reprimir minha consternação e seguir adiante, um passo de cada vez. Além da insegurança de me sentir um pouco desajustada, havia o fato de que a gravadora — agora Mercury Nashville —, tinha um novo presidente, Luke Lewis, e Harold Shedd havia sido promovido. Luke Lewis ficou na direção da Mercury Nashville por dez anos. Embora eu sentisse que tinha mais para oferecer artisticamente do que Harold reconhecia, ele ainda era a pessoa que tinha me contratado, me apresentado a cidade e coproduzido meu primeiro disco. Eu tinha ouvido histórias sobre artistas novos que criticaram seus álbuns de estreia, e foram engavetados por tanto tempo que já estavam ultrapassados quando chegaram às lojas. Em alguns casos, o disco sequer viu a luz do dia. Pelo menos, não foi este o meu destino.

Ser um artista contratado por uma gravadora não é diferente de ser um empregado: quando chega um novo chefe, especialmente se vier de outra empresa, você fica preocupado com sua posição. Será que a Mercury faria cortes, como era costume acontecer nas mudanças gerenciais, e será que a canadense recém-chegada teria que voltar?

Minhas preocupações desapareceram quando conheci Luke, um homem calmo e gentil, com uma voz profunda e sensual e um jeito simples de se comunicar. Ele era firme, mas de riso fácil, e não se ofendia quando eu me irritava. Para meu alívio, logo percebi que nos daríamos bem.

A turnê do Triple Play propiciou grande exposição e um curso intensivo sobre o que é ser um artista performático nos Estados Unidos: os tipos de locais, o ambiente de rádio, o lance de viver no ônibus da turnê e a natureza competitiva do negócio. Enquanto meu *single* ia bem, subindo para a 55ª posição no *ranking* das melhores músicas *country* da Billboard, o primeiro disco de Toby, *Should've Been a Cowboy*, estava chegando ao 1º lugar. Eu fiquei feliz: ele era trabalhador, decente e chegou ao sucesso honestamente. Na verdade, Toby ganhou meu respeito porque a música era dele e não um produto da fábrica de melodias de Nashville. Conforme a turnê progredia e a popularidade de Toby aumentava, John e eu recuamos para a sombra; onde quer que fôssemos, a atenção do público se dirigia para Toby. Os fãs também pediam autógrafos para mim e John, mas acho que era só para conseguir dos três. À certa altura, eu não tinha certeza se teria a chance de lançar um segundo *single*, mas fiquei contente por Toby e curti a experiência.

Ainda em turnê, eu soube que o ator Sean Penn ficou interessado em dirigir meu próximo videoclipe. Não sei onde ele ouviu falar de mim. Será que ele assistia a CMT? De qualquer modo, fiquei contente. Francamente, eu não tinha certeza se a Mercury planejava um outro vídeo além de *What Made You Say That*, mas ter alguém da categoria de Sean interessado em trabalhar comigo deve ter feito a gravadora me levar mais a sério e concordar em financiar a produção. O *timing* era ótimo e eu senti que teria mais uma oportunidade gravando outro *single*.

Durante o intervalo da turnê, Sean veio a Nashville para me conhecer e discutir seu conceito para o meu clipe. Ele foi muito legal e divertido, direto ao expor suas ideias, mas tranquilo e aberto para minhas opiniões. Ele assumiu o projeto com muita seriedade, e antes que eu percebesse, já estava no estúdio de cinema em Los Angeles, rodando a filmagem para *Dance with the One That Brought You*. Para ser franca, a canção, de andamento médio, não era muito forte, e eu lamento que a capacidade e o entusiasmo de Sean foram desperdiçados em uma faixa que nunca traria um retorno comercial, mas a experiência de trabalhar com ele foi incrível. Sean trouxe o notável ator Charles Durning para fazer o papel de um "senhorzinho" ingênuo e divertido, que chega de braços dados com sua esposa adorável e tímida em um bar dançante, típico das cidadezinhas do interior, num sábado à noite. Eu o adorei como ator e mais ainda como pessoa. Ele era um homem doce e muito gentil.

Antes de gravar, Sean e eu nos encontramos duas vezes em LA para definir alguns detalhes. Em uma dessas reuniões, à certa altura, saímos para buscar alguma coisa para comer com seu velho Mustang conversível. Na volta, paramos para ver sua esposa Robin Wright Penn, com quem era casado na época. Ela saiu e os dois conversaram rapidamente enquanto eu esperava no carro. Sempre a achei linda e admirável como atriz. Eu temia que ela julgasse que eu estivesse dando em cima dele, ou mesmo que Sean tivesse explicado que a garota no carro era uma artista, cujo clipe ele estava dirigindo, ela poderia ter a impressão errada de que havia algo entre nós. Eu teria odiado isso, porque Sean foi um perfeito cavalheiro durante o tempo em que estive em sua companhia. Alguma coisa em mim gostaria que Robin soubesse disso, mesmo que não fosse necessário.

Uma vez, ao me deixar no hotel, este astro do cinema despretensioso me entregou uma nota de 100 dólares. Ele não disse nada, apenas a deu para mim. Eu ainda estava lutando para sobreviver, pois o magro adiantamento da gravadora era suficiente apenas para cobrir as despesas básicas, por isso, na viagem, eu tinha pouco dinheiro para comer em restaurantes, andar de táxi e assim por diante. Eu não tinha comentado nada sobre meus apuros financeiros, mas acho que ele percebeu e teve pena de mim.

Senti vergonha de receber aquela ajuda. "Obrigada", gaguejei, ao sair do Mustang. "Prometo que pago de volta". Eu nunca paguei, então, tenho que fazer alguma coisa agora. Pode ser que ele nem se lembre disso, mas eu me lembro, e acho que ele foi muito gentil. Para mim, Sean foi alguém que se preocupou com uma pessoa menos favorecida. Ele ouvia mais do que falava, mas não tinha medo de dizer o que pensava. Uma pessoa franca e honesta.

★

18

O encontro com Mutt

Pouco depois que a turnê Triple Play terminou, minha agente Mary Bailey me perguntou se eu já tinha ouvido falar de um tal Mutt Lange. Eu não tinha, mas pensei, *que nome interessante*. "É um produtor musical", Mary disse. "Ele ouviu seu CD e perguntou se você poderia autografar uma foto para ele."

Eu autografei, mas escrevi "Mut", com um "t" em vez de dois. Anos depois, ele me mostrou a foto, rindo. Este, provavelmente, foi o primeiro autógrafo que eu dei para um fã de verdade, já que todos os outros foram dados na cola de Toby Keith!

Mutt e eu conversamos por telefone pela primeira vez graças a Mary, e a comunicação entre nós evoluiu rapidamente, com ligações que duravam até quatro horas. Eu estava por minha conta, mas ainda seguia em turnê por pequenos bares de música *country* nos Estados Unidos, cantando *What Made You Say That* e *Dance with the One That Brought You*, além de uma ou duas outras faixas do meu CD. Eu não estava acompanhada por uma banda, ainda — só depois, no lançamento do álbum, quando tentei ganhar algum dinheiro em apresentações ao vivo em clubes, com um pequeno grupo de músicos. O objetivo dessa viagem era principalmente conhecer os *disc jockeys* e fazer entrevistas nas rádios, durante o dia, e algumas apresentações, à noite. Como *Shania Twain* estava vendendo modestamente, a PolyGram não estava disposta a gastar com músicos e toda infraestrutura envolvida na montagem de uma turnê completa, para um trabalho puramente promocional. Então, para minha decepção, eu tinha que subir ao palco e cantar com o *playback*. Isso mesmo: Shania Twain estava cantando acompanhada pelo CD de Shania Twain. Nada de banda, nada de vibração, apenas eu, segurando um microfone sob um holofote. Foi realmente embaraçoso.

Embora fosse humilhante, eu tinha que entender que estava envolvida na luta para manter o primeiro *single* em circulação durante o maior tempo possível, enquanto o meu futuro na PolyGram estava sendo questionado a cada semana que passava. Será que eu seria eliminada em meu segundo *single*? Não havia certeza de nada. A participação de Sean Penn na direção do meu segundo *single* me deu esperança de ter sucesso nas rádios e mais segurança na gravadora, mas a música não era forte o suficiente para isso acontecer. Fiquei animada porque Sean achou que eu e minha música valíamos a pena, mas a música não ajudou.

Por volta da meia-noite, eu voltava para o meu quarto de hotel decadente e pegava no telefone para falar com Mutt, que estava em seu estúdio nos arredores de Londres. Eu me animava ao conversar com ele, já que parecíamos falar a mesma língua musicalmente, com o charme adicional de seu sotaque distinto, que misturava o sul-africano e o britânico. Ele parecia maduro e eu achei que fosse bem mais velho do que eu. Com o tempo, eu criei uma imagem mental para ele: alto e gorducho, com uns 50 anos, usando uma camisa floral, calvo, mas com um rabo-de-cavalo grisalho. Não faço a menor ideia de como essa imagem se formou, mas estava lá, na minha cabeça.

Passávamos a maior parte do tempo falando sobre música e tocando. Ele ligava diretamente no meu quarto ou deixava uma mensagem para eu ligar quando chegasse. Quando eu retornava, Mutt pedia para eu desligar e imediatamente me ligava de volta, para que eu não precisasse pagar pelos telefonemas. Ele sabia que eu não tinha condições e era muito atencioso. Ele estava trabalhando em algumas faixas originais e tocava alguns trechos para mim. Depois, era minha vez de colocar o fone sobre o travesseiro, pegar o violão e tocar algumas canções autorais. Ele elogiava minhas ideias e minha voz, e era estimulante ter alguém tão musical, sinceramente interessado em mim como artista. Nascido na Rodésia (atual Zâmbia), Mutt estudou na África do Sul, mudou-se para a Inglaterra aos vinte e poucos anos, e apreciava a música *country* americana.

A primeira vez que Mutt tocou para mim a música que estava trabalhando no estúdio, quase caí da cadeira. O som era extraordinário. Eu fiquei surpresa com a sonoridade e com o arranjo da música que saía pelo receptor. Foi difícil esconder meu entusiasmo ao ouvir aquela música incrível. Lembro de pensar, ingenuamente, *esse cara é muito bom! Isso vai ser um sucesso!* Devo ter parecido uma estúpida ao fazer esse comentário.

Mutt, uma pessoa muito humilde, nunca nomeou os inúmeros artistas com vendas multimilionárias para quem ele compôs e produziu muitas canções, como AC/DC, Boomtown Rats, The Cars, Def Leppard, Foreigner, entre outros, nem mencionou seus sucessos — incluindo *Do You Believe in Love*, de Huey Lewis e os News, muitas das produções dos anos 1980 para a Def Leppard, além da vencedora do Grammy *(Everything I Do) I Do It for You*, da qual ele é coautor e produtor, para Bryan Adams.

Eu não tinha noção de que ele era um grande produtor, com milhões e milhões de discos vendidos. Só o álbum *Hysteria*, da banda Def Leppard, vendeu vinte milhões de cópias no mundo todo.

Meu interesse musical por ele se desenvolveu durante várias semanas de telefonemas transcontinentais. Quando finalmente descobri o status icônico de Mutt na indústria musical, nós já estávamos ligados, sem a influência dessas informações. O fundamento de nosso relacionamento tinha como base o meu desejo de saber mais sobre o que ele estava fazendo e sua vontade de ouvir mais do meu trabalho.

Nosso primeiro encontro aconteceu em junho de 1993, no CMA Music Festival/Fan Fair, um evento anual de quatro dias, que a Country Music Association realizava desde 1972. Era uma espécie de encontro para os fãs da música *country*. Diversos artistas, desde os mais famosos até os relativamente desconhecidos, participavam de shows, davam autógrafos e conviviam com os fãs entusiasmados, mais de 130 mil, em média.

Eu estava para estrear no palco principal da Fan Fair; acho que também era a primeira apresentação de Tim McGraw ali. Mutt estaria na Tennessee State Fairground para assistir a apresentação de Randy Travis, seu artista preferido da música *country*.

Combinamos um encontro nos bastidores depois de minha apresentação e eu estava animada para finalmente conhecê-lo pessoalmente.

Também fiquei nervosa ao saber que ele estava me assistindo e queria estar à altura de suas expectativas como cantora. É claro que Mutt sabia como eu era, mas eu estava esperando aquele cara alto, gorducho e calvo, com rabo-de-cavalo. Assim que cheguei aos bastidores, Mutt se aproximou e se apresentou. Reconheci aquela voz familiar, que escutei durante tantas semanas, e nos abraçamos como velhos amigos. Mas, com exceção da altura, nada na aparência de Mutt batia com a imagem que eu fazia dele. Ele tinha cabelos louros encaracolados até os ombros, olhos azuis, e era bem esbelto. Era mais velho do que eu, porém mais novo do que sua voz sugeria. Fiquei surpresa por ele ser tão diferente do que eu esperava. Mutt era ainda mais carinhoso e acessível pessoalmente. Eu amei Mutt Lange à primeira vista. Não que eu estivesse apaixonada, mas havia uma proximidade que eu não conseguia explicar. Tínhamos uma conexão que eu não compreendia, nem questionava. Foi natural e fácil. Não era romântico; ainda. Era um amor inocente e confortável. Naquele momento, eu não projetei ou antecipei um relacionamento mais profundo.

Fiquei animada com a ideia de vê-lo novamente e estimulada a compor com alguém tão incrível musicalmente.

No mês seguinte, voei para Londres para encontrá-lo, carregando uma lista de ideias para músicas, títulos e melodias, guardadas desde Deerhurst, incluindo aquelas que foram rejeitadas pela gravadora para o meu primeiro disco. Passamos a noite em um vilarejo chamado Hind Head, onde Mutt morava em um chalé charmoso, estilo *country*, que ficava no fundo de um pequeno vale, coberto de hera e musgo. Eu achei a casa aconchegante e pitoresca. Seu interior era bem arrumado e tranquilo. A casa tinha jardins deslumbrantes, projetados e plantados por ele. Eu gostei demais de seu jeito de levantar as mangas e cavar, por assim dizer, quando algo precisava ser feito. As janelas dos quartos eram voltadas para o jardim, e pareciam emoldurar obras de arte. Fiquei hipnotizada diante da vista esplêndida de fontes e gramados perfeitos, cercados por canteiros de flores com texturas e cores contrastantes. Mutt era um paisagista talentoso.

No dia seguinte, voamos para sua casa na Espanha, porque Mutt achava que a mudança de cenário seria inspiradora. Eu já estava impressionada com Hind Head, mas como ele morava ali, pude entender sua posição, então fomos para o seu retiro nas montanhas, com vista para o

Mediterrâneo. Era uma casa de dois andares, construída sobre uma rocha à beira-mar, com ares de férias, criando um ambiente descontraído, perfeito para a inspiração artística. Não era um lugar extravagante, mas posso dizer que Mutt caprichou na decoração. Gostei do seu estilo e da atenção aos detalhes. Assim como na propriedade de Hind Head, era notório que eu estava na casa de alguém cuidadoso com tudo ao seu redor, preocupado com a qualidade e o bom gosto. Mutt e eu fizemos muitos progressos durante as duas semanas que passamos ali, compondo juntos. O tempo era todo dedicado à música. Parávamos nos intervalos das refeições, mas sem perder o foco. Gostei de ter esse tempo criativo, sem interrupção. Foi como tirar férias para compor. Eu só precisava sentar e ter ideias musicais. Foi fantástico! Lembrei da época em que minhas amigas passavam o dia inteiro na faculdade, enquanto eu ficava no apartamento envolvida com a música. Só que dessa vez eu tinha um parceiro fazendo o mesmo: vivendo e respirando música intensamente o tempo todo, até conseguir algum resultado satisfatório.

Não havia mais ninguém por perto, com exceção da empregada, que entrava e saía silenciosamente nos dias da semana. Lembro de me sentir desconfortável e sem jeito ao vê-la lavando minhas roupas. Eu não estava habituada com ninguém fazendo o trabalho doméstico para mim e me sentia culpada ao vê-la assumindo todas as tarefas da casa. Sempre tive o costume de arregaçar as mangas e fazer tudo ou, pelo menos, ajudar. Perguntei a ela como usar as máquinas e insisti em fazer eu mesma. Percebi que ela estranhou meu comportamento, mas sorriu e agradeceu. Na minha cabeça, esse tipo de luxo era para pessoas como Scarlet O'Hara, em *E o Vento Levou*, e não para Eilleen, de Timmins, Ontário.

As férias para compor terminaram mais cedo do que eu esperava, e tive que voar de volta a Nashville, fazer as malas e voltar para a estrada novamente, para promover meu disco. Assim que entrei no apartamento de Brentwood, liguei para Mutt para dizer que já estava com saudade. Não me intimidei em falar, porque senti sua falta como se ele fosse um membro da família ou um amigo muito próximo. Até aquele momento de nossa amizade, Mutt nunca havia demonstrado que estivesse interessado em outra coisa além de compor junto comigo. Ele foi um perfeito cavalheiro e nunca me deixou constrangida.

Um mês depois, viajei novamente para compor com Mutt, e nossas canções estavam realmente tomando corpo. Mas, seria em nosso terceiro *round* de sessões para compor que o curso de minha vida pessoal mudaria para sempre.

Percebi que estar com Mutt despertava em mim algo mais do que amizade. A impressão que eu tinha a seu respeito era de uma pessoa modesta e sincera, mais interessado em música do que em qualquer outra coisa, mas ele começou a revelar um interesse sincero em mim, e eu correspondi. Mutt não estava preocupado com o fato de eu saber "quem" ele era e o que tinha realizado. Eu gostava disso. Conversávamos sobre música e nossas infâncias, e nos divertíamos falando da vida. Naquela semana, estávamos nos conhecendo a fundo e descobrindo que queríamos passar mais tempo juntos. Queríamos ser mais íntimos. No final do nosso encontro para compor, em Maiorca, vi que minha vida estava mudando diante dos meus olhos, e rapidamente. A simples presença de Mutt me dava energia e nós tínhamos muito o que dizer um ao outro.

Mesmo admitindo uma afeição mútua, eu não tinha certeza do significado desses sentimentos, e na confusão, tentei controlar minha crescente atração. A vida continuaria como antes. Eu voltaria para Paul, sua família e nossa pequena cabana às margens do rio, e iria ignorar que estava diferente. Eu queria me sentar à beira da fogueira e cantar minhas novas canções, negar que havia chegado à conclusão de que não construiria um futuro com quem tinha me relacionado nos últimos seis anos. Tive medo de deixar Paul, porque sentia que perderia a estabilidade. Estava perturbada com a ideia de deixar sua companhia, sua família carinhosa e a intimidade confortável desenvolvida entre nós ao longo de anos. Nós tínhamos uma ligação especial e era doloroso imaginar viver sem isso.

Paul fazia eu me sentir segura e amada, mesmo assim, não poderia continuar com ele apenas para me sentir segura. Tinha que ser honesta com ele e comigo, dizer que não queria me casar e que seria um erro manter nosso relacionamento. Sabia que teria que abrir mão de um para ter o outro, e não necessariamente quando fosse conveniente. Meu relacionamento com Paul foi muito significativo; eu deixei a segurança que tinha com ele e sua família, e nossos amigos, repentinamente, sem estar emocionalmente preparada. Eu me senti voando para fora do ninho e prestes a entrar em um mundo novo e assustador.

Foi como encerrar um capítulo da minha vida. Timmins, minha família, Paul, o Canadá — estava deixando tudo isso para trás. Depois de me despedir de Paul, ele foi para a cabana às margens do lago Kenogamissi para ficar com a família; e eu fui para a casa de Mary, no lago Kirkland, duas horas ao sul. Emocionalmente esgotada, fui para a cabana que Mary e seu marido Bob construíram entre o rio e a floresta. Não lembro muito sobre este breve interlúdio de luto, porque parecia estar o tempo todo sob uma névoa, mas me lembro de ficar sentada no sofá chorando três dias seguidos, consumindo caixas e caixas de lenços de papel.

Fiquei muito sentida com a separação, mesmo sabendo que Paul não era a pessoa com quem eu queria passar o resto da minha vida. Depois de chorar todas as minhas lágrimas, deixei Mary e voltei para o meu novo mundo, com Mutt e a música, em Nashville.

★

19

O casamento

"Shania, quando você vai voltar para Nashville? Está na hora de voltar ao estúdio!" Era Luke Lewis, querendo saber onde diabos eu estive durante os recentes intervalos da turnê promocional. O CD *Shania Twain* estava perdendo a força e já era tempo de preparar e lançar o próximo disco, enquanto ainda lembravam que Shania Twain existia. Ironicamente, o primeiro passo seria comprar as canções. Claro, à essa altura, Luke não tinha ideia de que a lista completa de canções para o próximo CD estava quase completa. Com as viagens à Europa, a temporada com Mutt escrevendo as canções, a ida ao Canadá para me despedir de Paul, eu quase não tinha ficado em Nashville nos últimos meses. Era compreensível a pressão de Luke para que eu parasse de enrolar. Uma oportunidade de gravação não era de se desperdiçar, muito menos, duas. Agradeci a ele pela nova chance, depois das vendas fracas do primeiro CD. Fiquei agradecida por continuar no time; nem todos os artistas *country* da PolyGram sobreviveram às mudanças ocorridas nos últimos meses.

Mutt e eu concordamos que os executivos da gravadora provavelmente ficariam desconfiados ao saber da minha parceria com um inglês, que também estava envolvido com bandas renomadas como Def Leppard. Eles poderiam pensar que eu tinha me convertido para o *rock*. Dava para imaginar sua preocupação: eu estaria chacoalhando o corpo vestido de elastano na frente de imensos amplificadores e flashes, fazendo sinais de chifres para a plateia. Era melhor não contar para Luke por enquanto.

Sem entrar em detalhes, fiz o melhor que pude para garantir a Luke que eu não estava só passeando em Maiorca. "Estou trabalhando duro", disse a ele. "Só preciso de um pouco mais de tempo antes de mostrar para você." Não tenho certeza se o convenci, porque percebi algum ceticismo do outro lado da linha. Mas, na tentativa de evitar a mentira, eu fui vaga, e provavelmente dei a impressão de ser mal agradecida.

"Prometo voltar na próxima semana e mostrar a você, ok?" Antes que Luke pudesse me pressionar para mais detalhes, fingi que não estava conseguindo ouvi-lo, porque a ligação estava péssima (bem, isso era parcialmente verdadeiro, a ligação estava um pouco ruim mesmo) e logo desliguei.

Acredite, eu gostaria de ter apresentado algumas músicas naquela hora, porque sabia que eram mágicas, mesmo em estado bruto: nós dois tocando violão, eu cantando e Mutt colocando a harmonia e as contrapartidas vocais. Mutt e eu estávamos arrasando. Sentia que estava no meu melhor momento musical, com a criatividade no auge. Especialmente depois da experiência de me sentir como um fantasma durante a gravação do meu primeiro álbum.

Por outro lado, Mutt dizia que apreciava o jeito como minha cabeça funcionava para compor e que gostava da minha voz, cuja sonoridade, para ele, lembrava Karen Carpenter. Uau! Era um elogio e tanto, porque eu achava o estilo dela muito requintado. Mutt tinha um ouvido sensível, e não é de se estranhar que o som de Karen influenciou seu próprio estilo. Mutt tinha um histórico de sucessos e eu não tinha nenhum, mas, mesmo assim, ele me respeitava como artista.

Sua confiança me estimulou a superar meus limites. Ele também me empurrava, me desafiando continuamente a melhorar as melodias e ajustar as letras. "Bom o suficiente" não existia no seu vocabulário e com razão. Não estava bom o suficiente, enquanto não fosse um sucesso. Mas, quando uma canção atingia a marca, ele dizia, "É isso, você conseguiu, Woody" (o apelido, dado quando nos encontramos pela primeira vez, era uma referência jocosa ao meu corte de cabelo na época, que lembrava um pica-pau).

Não tínhamos tempo para perder com ideias que não fariam parte do álbum, mas, *Man! I Feel Like a Woman!* surgiu. Eu me inspirei logo de cara por um refrão que Mutt estava tocando, e a letra e o fraseado saíram do nada. Mutt fez um gesto de *ok*, sem questionar. Ele conseguia reconhecer uma ideia de sucesso quando a ouvia. O ritmo fluiu facilmente e a música surgiu para ambos, sem o menor esforço.

Durante essa fase de composições, eu sabia que era um privilégio trabalhar com um gênio como Mutt. Ele é um grande compositor e não precisa de ninguém para ajudá-lo a criar um sucesso, mas queria que eu me apropriasse do que estávamos escrevendo juntos. Assim, ele apresentava uma progressão de acordes irresistíveis, que eu ouvia algumas vezes, e em seguida, começava a moldar uma melodia que se adequasse. Nós duelávamos, adaptando a melodia e os acordes até que tudo se encaixasse e Mutt aprovasse. O mais divertido no trabalho de composição era que cada canção surgia de modo diferente. Mutt era incrível com a sensação e o ritmo da canção, e meu desafio era escrever as letras e a melodia para o fraseado, boa parte do tempo. Fazíamos um pouco de tudo para montar as músicas, nos separávamos para compor, e depois nos reuníamos para combinar as criações. Algumas de nossas anotações por escrito contêm dados compartilhados no mesmo bloco de papel, revezando contribuições enquanto desenvolvíamos a letra. Algumas coisas que escrevemos juntos foram inspiradas em algo que eu tinha escrito anteriormente, do mesmo modo, ele mesclava suas ideias às minhas letras. Algumas canções evoluíam de bases guardadas por anos, e outras construídas sobre o quadro existente. Nessa época, eu aprendi muito com Mutt sobre composição, e aprendi rápido.

Eu cumpri a promessa feita a Luke Lewis e voei de volta para a Music City, alguns dias antes de uma reunião que decidiria sobre meu futuro. Confesso que estava um poço de nervos, imaginando como ele reagiria à novidade de que eu estava envolvida com um cara do *rock*.

Sentar na frente de Luke foi como estar diante do diretor da escola. Ele fechou o punho sobre a mesa e perguntou seriamente, "Então, senhorita, onde esteve esse tempo todo?" Eu hesitei um pouco, me contorcendo na cadeira, inquieta e ansiosa, tentando encontrar uma posição confortável para começar a me explicar. Eu me sentia mal por ter sido tão sigilosa sobre tudo, já que tinha um contrato importante e deveria ser honesta com eles sobre os meus planos na música. Eu estava em uma situação vulnerável, sem saber qual seria a reação de Luke. Será que eu seria demitida por minha decisão negligente de compor com um "cara do *rock*", quando deveria estar fazendo música *country*? E se ele me expulsasse? Acho que teria que descobrir.

"Primeiro, quero dizer que estou realmente entusiasmada com minhas novas músicas, e não sei como agradecer a oportunidade de mostrar o que posso fazer como compositora". É claro que se ele não gostasse do que iria ouvir, o departamento de artistas e repertório me levaria às compras nas editoras da Music Ross novamente. Luke queria saber em qual estilo musical eu estava interessada, assim o departamento me apresentaria um produtor adequado. Um dos dois produtores do meu primeiro CD, Harol Shedd, não estava mais na gravadora. Norro Wilson era a escolha óbvia, mas Luke enfatizou que ainda não havia uma decisão sobre isso.

Finalmente, eu soltei a bomba.

"Eu passei semanas compondo com Mutt Lange e nós praticamente terminamos canções suficientes para um álbum inteiro."

Eu estava no limite, à espera de uma resposta, com aquela ansiedade de quem espera pelo resultado de um exame importante. Luke é o tipo de cara descontraído e mesmo quando tem muito para dizer, ele vai ao ponto e resume as coisas em poucas palavras. Ele recostou na cadeira, de olhos arregalados, e disse apenas, "Caramba, que legal!"

Nem dá para imaginar ao alívio que senti. Entretanto, eu não queria arriscar minha sorte e comecei a falar sobre minha expectativa de que Mutt produzisse meu álbum. Isso foi suficiente para expor minha intenção de gravar minhas próprias canções, compostas com uma lenda do *rock*, Mutt Lange. Na verdade, Mutt nem tinha levantado a hipótese de me produzir, porque não sabíamos se a PolyGram recusaria gravar nosso trabalho, além disso, ele tinha outros projetos em andamento e o tempo também era uma questão. Luke admitiu que a notícia poderia ser mal recebida por alguns setores da música *country*. Nashville queria canções e produtores de Nashville, e que seus músicos gravassem nos estúdios de Nashville. E eu, além de estrangeira, queria gravar minhas próprias músicas.

"Pessoalmente, eu gosto da ideia", disse Luke. "Muito". Eu, francamente, não conseguia imaginar alguém apresentando uma objeção lógica. Bastava ver todas as músicas de sucesso que levavam o nome de Mutt. E não era só isso. Apesar de sua vertente *rock'n'roll*, o homem era fã de música *country* de longa data. Além disso, uma boa canção é uma boa canção, em qualquer estilo, e ponto. Contudo, as gravadoras tomam decisões sem sentido o tempo todo.

Logo liguei para Mutt para dar a boa notícia de que Luke tinha topado. Esta seria uma abordagem muito controversa para um disco de uma gravadora de Nashville, e estávamos preparados para o próximo passo. Com a retaguarda de Luke, esperávamos que a Mercury Nashville concordasse com a colaboração e não me chutasse para fora da cidade.

Ganhamos um segundo aliado na gravadora quando toquei partes das canções para o chefe do departamento de repertórios, Buddy Cannon, conhecido como um dos melhores "ouvidos" do negócio, isto é, ele reconhecia um sucesso ao escutá-lo. Embora surpreso com meu novo rumo, Buddy sabia que era especial. Também fiz uma audição para Norro, que teve a mesma reação de Buddy. Mas, para ser franca, eu ainda não estava certa sobre o que eles tinham em mente. Eu diria que tinham sido pegos de surpresa por algo que soou muito diferente de qualquer outra coisa saída de Nashville, mas pareciam sinceros quanto ao reconhecimento da qualidade dos arranjos e da força das canções. Eu percebia que tinham sentimentos contraditórios, que envolviam seu gosto musical pessoal, mas eram profissionais experientes e logo compreenderam que as músicas eram especiais e poderosas. Foi assim que avaliei sua percepção.

Dava para sentir o apoio de Norro e Buddy ao que Mutt e eu fizemos. Estava nas nuvens por tê-los do nosso lado, e percebi que era importante ter o apoio de Buddy, que fazia parte da equipe da gravadora. Pessoalmente, significava muito para mim, porque ele também era uma das pessoas mais doces que conheci. Buddy foi tão bom para mim quando cheguei a Nashville, e me tratou como uma filha. Eu costumava ir a casa dele para provar da excelente cozinha sulista de sua adorável esposa, Billy. Depois, vinham as cantorias ao violão: eu, Billy e suas filhas nos divertíamos cantando *blues*, brincando e rindo. Adorava esses momentos felizes com os Cannon. Meus pais tinham partido havia sete anos, e eu saboreava a sensação reconfortante de fazer parte de uma família de novo, com pais, filhos, carinho, segurança e sinceridade. Sou eternamente grata por ter sido recebida no coração e no lar dos Cannon. Eu estava tão distante de minha vida no Canadá e sua generosidade e gentileza foram um consolo. O fato dessa família ser tão musical me fazia recordar dos tempos em que eu sentava com Kenny e Carrie, na nossa casa, cantando em harmonia.

De 1991 a 1993, o intervalo entre os shows em Deerhust e os primeiros sinais de que o meu verdadeiro sucesso na música estava próximo, foi muito rápido. Eu tive sorte pela sucessão de mudanças ocorridas em uma escalada constante: a assinatura do contrato; a chance de gravar um segundo álbum; Mutt descobrindo minha habilidade de compor; não ter sido chutada para fora da música *country* apesar das notícias controversas de que Mutt Lange não era apenas o coautor do meu próximo álbum, mas era também o produtor; e Luke arriscando seu pescoço, enquanto estávamos todos muito nervosos, à espera da reação das rádios. Não vou dizer que foi fácil, mas fora o aperto financeiro temporário e a adaptação à indústria fonográfica durante estes dois anos, a batalha daquele momento era relativamente administrável.

Em termos relativos, os dois anos entre a assinatura do contrato e a promessa de sucesso parecem pouco tempo em comparação com os quatorze anos seguintes. Estes anos trariam muito mais desafios e batalhas do que os dois primeiros. Com o sucesso, eu trabalharia duro e me sacrificaria ainda mais. O período de transição entre o contrato antes da gravação e o lançamento do álbum *The Woman in Me* foi intenso e emocionalmente desafiador. Além da novidade, e por mais natural que fosse minha nova vida de artista nos Estados Unidos, eu estava triste por deixar o Canadá, desta vez, definitivamente.

Mutt se apressava em produzir o próximo álbum, e Luke Lewis nos apoiava, embora ainda enfrentasse a resistência de sua equipe na gravadora. Ele estava preocupado com o orçamento proposto por Mutt. Aquele disco saiu porque Mutt concordou em absorver boa parte dos custos. Todos sabem que Mutt é um perfeccionista no estúdio, mas eu o considero um homem apaixonado pela qualidade de seu trabalho e meu disco não seria uma exceção. Ele insistiu na liberdade de levar o tempo necessário para fazer a música que quiséssemos sem ficar limitado ao orçamento. Ele acreditava tanto no que estávamos fazendo que pagou para ver. E também colocou um anel no meu dedo.

O casamento chegou de repente, para dizer o mínimo, com Mutt e eu dizendo "sim" seis meses depois de nos conhecermos. Eu já havia passado por dois relacionamentos sérios, principalmente com Paul, mas nunca senti que estava pronta para me casar. Mas também não estava pronta para os sentimentos poderosos que tomaram conta do meu coração em tão pouco tempo. Acho que o mesmo se passou com Mutt, que era dezessete anos mais velho do que eu e já tinha sido casado duas vezes. Nós estávamos certos do que queríamos e foi um compromisso real.

Em 28 de dezembro de 1993, nos casamos no Deerhurst Resort, pela conveniência e proximidade com minha família. Assim, foi mais fácil realizar uma cerimônia às pressas. A temperatura era de quarenta graus abaixo de zero, sem vento, em um dia ensoralado. Foi o casamento de inverno dos sonhos. Lembro desse dia como o mais feliz de minha vida. Eu sorria como uma criança, a caminho do altar. A cerimônia foi simples e íntima, um lindo começo para nossa vida juntos. Estávamos felizes e nossos votos foram sinceros. Meu tio Don, único irmão de minha mãe, me levou ao altar. Alguns familiares próximos compareceram: os Twain vieram de Timmins e os Langes voaram da África do Sul. Escolhemos a canção *Let It Be Me*, dos Everly Brothers, o dueto vocal preferido de minha mãe. A letra dizia, "I bless the day I found you" [abençoado o dia em que encontrei você].

Passamos a lua-de-mel na ilha caribenha de Anguilla, para fugir do frio intenso do Canadá. Eu estava no paraíso, especialmente porque era a minha primeira viagem para aquela parte do mundo, e não poderia ter sido mais perfeito para o sonho romântico de uma noiva. Eu me senti muito inspirada para compor naquela atmosfera incrível de sol, praia e águas cristalinas. Nós nos chamávamos carinhosamente de família de dois violões, porque os carregávamos onde quer que fôssemos. Pode parecer bobagem, mas isso era uma necessidade: para compor, era frustrante ter que ficar passando o instrumento de um para o outro o tempo todo.

O casamento era recente e eu gostei da novidade de ter a minha "família". Aquela união era tão importante para mim que adotei Lange como meu novo sobrenome e deixei Twain apenas no meu nome artístico.

Voltamos às praias do Caribe para finalizar as composições do álbum *The Woman in Me*. Uma das lembranças mais vivas de nossa lua-de-mel foi a composição de *(If You'r Not in It for Love) I'm Outta Here!* — um chamado para os artistas de todo lugar, com uma batida pulsante de *rock* e uma sugestiva guitarra. Esta seria a música "número um" das rádios *country*.

★

20

O sucesso de *The Woman in Me*

Com todas as composições finalizadas, era hora de começar a gravar. Mutt sugeriu que adiantássemos a produção até um determinado ponto, e só então mostrá-la ao pessoal da Mercury Nashville. Mutt estava certo em colocar a marca de nossa linha musical no disco antes de dar abertura a eventuais discussões e atitudes negativas ou conservadoras que prejudicassem nossa autoconfiança. Como artista, eu podia ver claramente que ele não precisava de influências ou orientação sobre o tipo de disco que queria fazer para mim.

Audições com o pessoal da gravadora em vários estágios do processo de gravação eram comuns, para que eles se certificassem de que o disco era adequado e estava dentro da margem de aceitação para o gênero. Esse tipo de restrição artística era exatamente o que Mutt e eu estávamos tentando evitar. Eu não tinha experiência no mundo das gravações, mas estava em sintonia com a convicção de Mutt, de não fazer um disco destinado a um gênero específico de música, mas sim fazer um grande disco. Nossa ideia era criar algo único, diferente de tudo; algo que resistiria ao tempo, uma música inovadora que chamaria a atenção das pessoas na primeira vez que ouvissem. Essa foi a visão sobre a produção de um disco que Mutt passou para mim. A convicção pessoal necessária para ir atrás de suas próprias ideias tomou corpo. Nunca testemunhei Mutt oscilando diante da pressão externa, e o admirava por isso. Eu me senti protegida como artista, porque meu produtor garantiria que meu disco seria o melhor possível, antes que qualquer outro colocasse as mãos sobre ele.

Quando chegamos ao estágio final de mixagem, convidamos os exdcutivos da gravadora — oito pessoas — para nos encontrar no Morin Heights Studio, localizado ao norte de Montreal, para a primeira audição.

Mutt organizou uma sessão com *playback*, que, na minha memória, aconteceu fora da sala de controle, onde cabiam todos em volta do sistema de som. Lembro que a reação foi variada. Disseram principalmente que não era lá muito *country* ou, pelo menos, eles não estavam muito familiarizados com o que estavam ouvindo. Mas, mesmo aqueles que fizeram ressalvas reconheceram que tínhamos conseguido algo novo, diferente. Na verdade, este foi o problema para alguns: soava muito diferente. Era tudo o que queríamos escutar. Não precisávamos de aprovação quanto à qualidade de nossa gravação. Eu já confiava totalmente em Mutt como produtor, ele acreditava em mim como artista, e ambos acreditávamos nas canções. Nossa preocupação era que os executivos aceitassem o que estávamos fazendo, e não com sua opinião. O mais importante foi que a música provocou uma grande reação, com muita discussão nos dias seguintes.

Eu amei o meu, ou o nosso, novo álbum. Era um projeto de equipe, Mutt e eu, e era estranho dizer "meu" disco. Embora eu fosse a artista, Mutt foi um produtor e compositor muito participativo, e vi o disco como o resultado do empenho de uma equipe. Fiquei entusiasmada com sua sonoridade ousada e dinâmica, e com o estilo quase não identificável. A voz de Mutt estava mixada nos *backing vocals*, com arranjos inusitados de violinos, tendo como pano de fundo a energia da bateria, e violões entrelaçados com o alcance e a sensualidade das guitarras. Esse contraste era estimulante e, às vezes, eu não sabia o que escutar. É como se eu quase pudesse ver os sons e efeitos vindos do nada, em todas as direções, como uma animação sonora em 3-D.

Por melhor que fosse minha opinião sobre o disco, e acho que Mutt também acreditava muito nele, ninguém conseguia prever a reação das rádios e do público. Mesmo com muitos anos de experiência na indústria, Mutt não tinha a pretensão de assumir o que poderia decolar ou não, e me lembrava sempre que não havia garantia de sucesso, mesmo que o disco fosse muito bom. Acho que estávamos todos muito nervosos com a recepção das rádios *country* para um som que não era notoriamente *country*, e não queríamos assumir nada. Eu não estava querendo me tornar uma artista controversa entre os puristas do gênero, mas minha percepção da música *country* contemporânea é que ela se definia de forma muito restrita — o que explicava todas aquelas músicas quase idênticas reunidas na minha busca de material para o primeiro disco, as quais tentei evitar escrever e não tinha interesse em gravar. Minha versão para a música *country*, com a marca pessoal de Mutt nos arranjos e na sonoridade, estava no novo álbum. Aceito ou não pela indústria, Mutt tinha produzido um disco do qual me orgulhava.

No final, Luke Lewis arriscou o pescoço e decidiu dar uma oportunidade para *The Woman in Me*, independentemente das ressalvas ou preocupações alheias. Na verdade, ele estava mais otimista com a receptividade do que eu. Lembro de estar em seu escritório, no final de 1994, antes do lançamento do CD, junto com uma porção de pessoas da gravadora tentando adivinhar quantas cópias ele venderia. Na época, eu não tinha uma previsão. Nem estava pensando em números. Mais tarde, embora ainda estivéssemos nos primeiros estágios do lançamento (que demonstrava grandes possibilidades de vender muito), Luke ligou de seu escritório em Nashville para minha casa, em Nova York, para compartilhar sua expectativa quanto ao potencial do disco. Ele queria minha estimativa para as vendas.

"Bem, eu sei que o último disco de Reba McEntire vendeu três milhões de cópias; eu adoraria chegar a isso". Pensando bem, eu não respondi a sua pergunta, certo? Eu estava apenas sonhando acordada sobre quantos álbuns eu imaginava que seriam vendidos. Honestamente, eu não acreditava que ele sequer se aproximaria de uma quantidade como esta, que na época era gigantesca para uma mulher, e mesmo quinze anos depois, ainda era um número enorme. Eu fiquei surpresa quando Luke disse, provavelmente balançando a cabeça do outro lado da linha, "Acho que você está esperando muito pouco".

Ficou claro que minha carreira estava chegando a uma nova fase, mesmo se não conseguíssemos um disco de platina ou um de ouro pela venda de quinhentos mil discos.

Luke estava aberto para inovações em todos os níveis, e me deu total liberdade para a direção de arte do *The Woman in Me*. Mary, minha empresária, foi corajosa e pensou em chamar alguém de fora do cenário musical para fazer as fotos da capa do álbum. Ela perguntou para John Derek se ele teria interesse. Ele não tinha, mas sua esposa, Bo, assumiu a responsabilidade e John aceitou com relutância. John Derek era ator, diretor e fotógrafo, conhecido principalmente por fotografar suas esposas lindas e famosas — Ursula Andress, Linda Evans e Bo Derek. Ele também era um homem muito bonito, e apesar da diferença de trinta anos entre ele e Bo, achei que formavam um belo par. Bo era deslumbrante em qualquer situação e John, mesmo aos sessenta e poucos anos, quando o conheci, ainda era muito atraente. Eu era muito jovem quando John Derek ganhou sua fama, e não o conhecia, mas sabia que Bo estava entre as dez mulheres mais perfeitas do mundo, e que ficou famosa como protagonista do filme Mulher Nota 10. Bo era uma verdadeira estrela de cinema e um símbolo sexual. Era difícil não ficar olhando para ela. Acho que nunca tinha visto uma mulher tão bonita.

Quando cheguei ao rancho de John e Bo, em Santa Inês, na Califórnia, eles explicaram de um jeito muito franco e direto que normalmente não faziam esse tipo de trabalho. John me avisou que parte do motivo de não fotografar outras mulheres além de sua esposa, Bo, era porque nenhuma mulher conseguia suportar sua honestidade. Eu também tive a sensação de que ele pensava que não haveria ninguém que fosse tão naturalmente bela,e que valesse a pena fotografar.

John continuou exemplificando como ele expressava essa honestidade ao me dizer que eu estava acima do peso e que não gostou do meu nariz torto. Comparada a Bo, eu realmente estava acima do peso e, sim, meu nariz é torto. Ele estava certo. Eu não me importava de ouvir coisas que eu já sabia e não vi motivo para não fazer o trabalho. Ele continuou a contar que na última vez que Raquel Welch tentou fazer com que ele a fotografasse, ela foi embora chorando. Eu acreditei piamente que ele falava a verdade, porque não parecia ser o tipo de cara que queria se incomodar com besteiras, e a maioria das garotas são sensíveis a críticas, mesmo que construtivas, em relação à aparência.

Pensei que talvez John não tivesse compreendido minha intenção ao pedir que ele fizesse minhas fotos. Expliquei para eles que não estava ali para ser fotografada como uma modelo, estrela de cinema ou símbolo sexual. Eu não era nada disso e tinha consciência. Eu era apenas uma cantora que precisava de fotos para a capa e divulgação do seu disco. Eu não estava vendendo minha beleza, estava vendendo música, e precisava de um pouco de arte para a embalagem. Continuei dizendo que se ele me fizesse parecer tão bem quanto possível, eu estaria satisfeita, desde que aceitasse trabalhar com o meu visual, já que estava claro que não era meu desejo atingir nenhum padrão de beleza. Fui muito direta e acho que John gostou por eu ser tão franca quanto ele. Aquele diálogo combinava com meu estilo canadense de *não ser* politicamente correta, que eu sempre precisava amenizar se quisesse me dar bem no país, mas que John e Bo pareciam aceitar.

Não demorou muito para a personalidade de John se manifestar na nossa primeira sessão de fotos. Em uma determinada foto, John ficou muito frustrado, porque meu nariz estava provocando todo tipo de problemas estéticos. Ele começou a xingar e praguejar, como se o nariz fosse uma pessoa, como eu, a quem ele pertencia. Ele finalmente saiu com essa. "Alguém me dê uma maldita faca para que eu possa cortar esse nariz fora". Apesar de não concordar que ele cortasse fora o meu nariz, eu não me importei com o fato de que ele gostaria de fazer isso, e continuamos a fotografar.

Era constrangedor que a verdadeira beleza encarnada, Bo, me seguisse com os refletores, tentando me favorecer com a melhor luz possível, enquanto John tirava as fotos. A foto na água foi tirada na piscina da casa, e estava gelada. Uma hora dentro da água fria é bem desconfortável, mas Bo estava ali comigo, segurando o refletor, recebendo ordens de John. O chapéu cor-de-rosa que eu usei era dela, um acessório para disfarçar o cabelo molhado, que não estava ajudando muito. É a foto que está na capa do álbum *The Woman in Me,* e é uma das minhas preferidas.

Nós trabalhamos juntos em mais dois projetos: os vídeos de *Any Man of Mine* e *Whose Bed Have Your Boots Been Under*. Bo fez as fotos que nós utilizamos com algumas finalidades. Ela tinha muita sensibilidade para fotografias espontâneas.

Eu gostei de trabalhar com John, por quem tinha grande respeito e admiração. Ele e Bo foram incrivelmente profissionais no compromisso com o trabalho e levaram tudo a sério. Isso me fez querer fazer o melhor possível. Com eles, eu trabalhei para obter os melhores resultados. Amadureci ao lado deles e acredito que aprendi muito sobre meu rosto, iluminação, fotografia, filmagem e, o mais importante, tolerância e trabalho em equipe.

Eles possuíam uma equipe unida, que foi um bom exemplo para mim, quando ainda tinha muito o que aprender sobre filmagem. Considerei Bo e John meus verdadeiros parceiros, e Kerry, irmã de Bo, foi a assistente de fotografia. A mãe de Bo fez o cabelo e a maquiagem, e Ramon, que trabalhava para eles como instrutor de equitação, foi quem cuidou do trabalho pesado.

Sempre fui incrivelmente impaciente, em se tratando de coisas que não consigo fazer sozinha, mas que gostaria muito de fazer. Para mim, John parecia ser igualmente impaciente, apenas era um homem com mais experiência, que sabia o que queria, que tinha força de vontade. Essa força é muito importante para a criatividade se você espera realizar um projeto. Se você está na liderança, deve ser capaz de dirigir claramente sem muita agitação. Quando se está cercado de pessoas capazes, fica mais fácil conseguir o que precisa, se souber o que quer. John e eu sabíamos o que queríamos, embora nossos desejos nem sempre coincidissem. Uma tarde, no meio da gravação do vídeo de *Any Man of Mine*, John insistia em me dirigir para fazer uma coisa, e eu insistia em dizer que não era o que eu queria. Ele saiu detrás da câmera, andou na minha direção e me disse, "Olha, às vezes, eu posso ser um babaca" — mas antes que ele pudesse terminar de explicar que como um babaca assumido ele insistia em fazer do seu jeito, eu cortei, peguei seu rosto com as duas mãos, e disse, olho no olho, "Agora, você está sendo um babaca". Eu me expressei calmamente e sem deixar nossa discussão transparecer, ele deixou prá lá e continuamos a trabalhar. Ele respeitou minha posição e não disse mais nada.

Infelizmente, é comum ouvir falar que no mundo da música, quando um jovem artista promissor chega a um determinado ponto — geralmente quando está à beira do estrelato — o empresário que se destacou dirigindo o artista nos primeiros estágios de sua carreira, ou a equipe de gestão que trabalhou duro para que ele chegasse lá, não têm a experiência, o *know how* ou a influência necessários para navegar pelas águas desconhecidas à frente. As apostas ficam ainda mais altas e a curva de aprendizagem pode se revelar muito íngreme para o empresário continuar e dar conta das exigências desse novo ambiente. Contudo, isso não aconteceu com Mary e eu, que permaneceu comigo enquanto a Mercury Nashville estava preparando o lançamento de meu segundo álbum. Eu também fui leal, pois nosso relacionamento transcendia os negócios. Embora ela fosse minha representante oficial desde 1991, eu a conhecia há anos, graças a sua amizade com minha mãe. Acho que ambas estávamos orgulhosas — as duas garotas do interior do Canadá — da transição corajosa e importante para a Music City. Definitivamente, foi preciso coragem e muita fé.

Eu tenho uma dívida eterna com Mary e seu marido, Bob, que nos emprestou algum dinheiro para enfrentar os momentos difíceis, até que eu pudesse devolver. A fé de Mary em mim foi incondicional, mas nem ela, nem ninguém à nossa volta sabia que aquele dia estava próximo.

O fim de nosso relacionamento profissional foi muito doloroso para ambas. Mary era como uma pessoa da minha família. Ela também representava a ligação com minha mãe, o que tornou nosso elo mais pessoal. Fico feliz em dizer que renovamos nossa amizade, que está além de nossa associação profissional, e Mary continua a ser uma amiga querida. Entretanto, na época, a ideia de seguir sem tê-la ao meu lado era assustadora. Eu senti tanto quanto o fim do relacionamento com Paul, e fui tomada pela angústia da separação, como se parte de mim ficasse para trás.

Antes mesmo do lançamento do primeiro *single* de *The Woman in Me*, eu saí em turnê para apresentar a nova música de trabalho para as rádios. Antes de pedir que a música fosse colocada no ar, sentei com os radialistas para uma audição, apenas para dar a eles uma amostra do que tínhamos em mãos. Algumas estações foram muito receptíveis, me colocaram no ar para uma entrevista ao vivo e tocaram uma das canções. Eu estava na linha de frente representando a nova música, enquanto Mutt e a gravadora aguardavam os relatórios no final de cada dia. Eu passava o dia inteiro em encontros com as rádios, um depois do outro, que em alguns casos nem queriam escutar a música, devido ao envolvimento de Mutt. Outras, que eram fãs do *rock* e tinham divulgado muitos discos do AC/DC e da Dep Leppard no passado, em outras estações, me receberam de braços abertos.

Foi uma experiência cheia de altos e baixos. Não havia nada certo sobre como as coisas correriam após esse período promocional do prélançamento do *single*. Foi exaustivo manter a energia e o empenho diante das reações de amor e ódio diante do novo disco, e estava ficando claro para mim que as instituições do setor não estavam capacitadas para se colocar entre o artista e o público, porque o tempo estava passando e a resistência era crescente. Como a internet ainda não fazia parte da grande mídia, as rádios controlavam amplamente o que os ouvintes locais escutavam. Era um tipo de monopólio que poderia matar um disco, se este fosse o efeito desejado. Em vez de impor meu trabalho, percebi claramente que o público poderia decidir por si mesmo o que gostaria ou não de ouvir.

Any Man of Mine era a canção do álbum que eu queria tocar nas rádios durante a turnê promocional, e também a faixa mais preocupante e passível de rejeição, por sua levada radical, que combinava *rock* e *country*. Durante a turnê de apresentação de *The Woman in Me*, escolhi três canções para mostrar às rádios, *Any Man of Mine*, *Whose Bed Have Your Boots Been Under?* e *(If You're Not in It for Love) I'm Outta Here!*. Se fossem bem recebidas, eu tocava *You Win My Love* e *The Woman in Me*.

Minha escolha para o primeiro *single* do álbum foi *Any Man of Mine*, mas os radialistas tiveram reações diversas e a gravadora achou mais seguro continuar com uma canção mais *country*, "*Boots*". Mas eu queria impressioná-los com a verdadeira mescla de gêneros que melhor me representava, a variedade de influências musicais da infância, que moldou meu gosto pessoal como cantora e compositora. Hoje, concordo que foi melhor aquecer com *Boots*, porque se o público gostasse e quisesse mais, não correríamos o risco de perder a oportunidade de *Any Man's* alcançar todo seu potencial. Foi uma época muito emocionante para todos os envolvidos, porque pudemos sentir o atrito nos bastidores e, ao mesmo tempo, uma comoção positiva. Foi difícil decidir sobre a ordem de lançamento dos *singles*, porque era muito cedo e só contávamos com o pessoal das rádios, que parecia dividido e confuso.

Na virada de 1994 para 1995, Mutt e eu tivemos três comemorações em cinco dias, começando com nosso primeiro aniversário de casamento, no dia 28 de dezembro. Em seguida, nos mudamos para uma casa nova, na região de Saint Regis Falls, em Nova York, onde a neve era abundante durante essa época. A dois dias do Ano-Novo, a PolyGram lançou um *single* do álbum "The Woman in Me", *Whose Bed Have Your Boots Been Under?*. Era uma das canções do CD com sonoridade mais *country*, embora revelasse a assinatura e a energia da produção de Mutt.

Essa canção nasceu durante meu tempo na cabana às margens do rio. Como dez das doze músicas do álbum, ela foi creditada a Shania Twain e Robert John "Mutt" Lange; as outras duas são composições minhas. Muito diferente do primeiro álbum, que continha apenas uma música solo e outra em coautoria. Mutt me liberou como cantora e compositora e eu não poderia estar mais feliz.

Whose Bed Have Your Boots Been Under? ficou sete meses no topo da lista de músicas *country* da *Billboard*. Mas isso não foi de imediato. Na verdade, as vendas foram modestas no começo. *Boots* foi boicotada várias vezes pela resistência dos "porteiros" do setor, que reclamavam que a música estava muito fora do gênero e que eu não fazia parte do *country* — e eles estavam conseguindo bloquear minha conexão com o público. Os ouvintes não tinham acesso à música porque a rádio não tocava. É assim que os programadores e radialistas fazem suas escolhas: eles decidem o que o público vai ouvir e tiram esta opção de escolha quando não oferecem a oportunidade ao ouvinte de formar sua própria opinião. A democracia estava morta e a escolha era da indústria e não do público. Fiquei frustrada e surpresa com a falta de liberdade do ouvinte.

Não acredito que as emissoras que se recusaram a tocar meu disco fossem resistentes a mim pessoalmente, mas sim às mudanças no estilo da música *country* que elas preferiam. Este novo som tão diferente era muito estranho para eles, e havia comentários nesse sentido regularmente. Na época fiquei magoada com estas opiniões e levei para o lado pessoal. Eu me sentia ofendida porque estavam insultando minha música e tentando evitar que ela chegasse aos ouvidos do público, para quem eu realmente trabalhava. Essa falta de acesso às pessoas me deixou vulnerável e me senti desconectada do propósito de ser uma artista. Existiram esforços genuínos para exterminar *Boots*, e embora tenham feito algum estrago à dinâmica da canção, em abril ela alcançou a 11ª posição, e eu consegui meu primeiro sucesso entre as 20 mais tocadas. Não chegou ao primeiro lugar, nem ficou entre as 10, mas pelo menos conseguiu chamar a atenção suficiente para o álbum dar sinais de que alcançaria outro patamar. Mas ainda precisei de muita paciência, porque minha escalada na indústria fonográfica, com um passo de cada vez, continuava.

No rastro de *Boots*, lançamos *Any Man of Mine*, minha faixa favorita do álbum — uma canção que, pode-se dizer, possui dupla personalidade. Foi mágico ver sua construção no estúdio. Eu amava Mutt como marido e é possível que eu admirasse ainda mais seu talento musical. Não posso dizer que sei como sua mente funcionava ou como ele chegava às ideias originais; tudo o que posso dizer é que me surpreendia, e coisas que pareciam não combinar se uniam para criar um sucesso. Mas isso não acontecia do nada — Mutt trabalhava durante muito tempo e arduamente, desenvolvendo meticulosamente cada fração de som. Não ficava óbvio para onde as coisas caminhavam, até reunir tudo em uma obra. Era como se a única pessoa que realmente tinha tudo em mente fosse Mutt. Em *Any Man of Mine*, eu testemunhei como Mutt combinou os instrumentos tradicionais da música *country* com a sonoridade vibrante do *rock*. Vocais roucos e guturais pontuaram meu fraseado musical, e a mudança de um ritmo que lembrava *We Will Rock You*, do Queen, para o ritmo *country*, que soava como se viesse de outra música, funcionou perfeitamente. Esse arranjo contrastante de estilos que Mutt reunia me deixava louca de curiosidade. Eu queria ver como os ouvintes iriam reagir na primeira vez que ouvissem. Ficava ansiosa por compartilhar.

Em julho de 1995, *Any Man of Mine* chegou ao primeiro lugar na lista de *singles* de música *country* da *Billboard*, onde permaneceu por dez semanas. Foi o primeiro *single* de um artista estrangeiro a ocupar essa posição, desde *Now and Forever*, de Anne Murray, em 1986, e foi meu primeiro sucesso entre os Top 40 da parada *pop*.

★

21

O outro lado da fama

Os montanhistas dizem que a parte mais extenuante e perigosa de uma escalada começa no momento em que pisam no cume. E isso não difere da conquista do primeiro sucesso. Nos dois casos, a subida é exaustiva, física e emocionalmente. Você consegue chegar ao topo e a primeira reação é mais de alívio do que de júbilo, seguida do pensamento, *Ok, o que vou fazer agora?*

É provável que ninguém pense nisso; as pessoas geralmente sonham em alcançar o topo do Monte Everest, mas não consideram a descida. Sendo assim, a maioria dos acidentes graves ocorre nessa etapa. Ao contrário dos alpinistas, boa parte dos artistas almeja permanecer aonde chegou.

O dia 22 de julho de 1995 marcou o ponto alto de minha carreira, quando *The Woman in Me* e *Any Man of Mine* chegaram ao topo das paradas de sucesso. Foi a coroação de dois anos de trabalho, iniciado quando Mutt e eu começamos a compor juntos as canções do álbum. Na verdade, a base de tudo remonta aos meus anos na pré-adolescência, quando me esgueirava para o bosque para compor com meu violão — não podia prever que um dia venderia milhões de discos.

Continuando a analogia, pelo menos, quando um alpinista escala um pico, ele tem um longo descanso depois. No mundo da música você faz tanto esforço, ou mais, para permanecer no topo.

Any Man of Mine foi o segundo *single* do álbum. Todos acreditavam tanto na qualidade do material que foram preparados mais onze *singles*. Isso é muito, mesmo para a música *country*, que é diferente do *rock'n'roll*, em que o sucesso em compacto — ou o arquivo digital de hoje — ainda impulsionava as vendas do álbum. Era mais ou menos um retorno aos anos 1950 e 1960, quando os artistas costumavam gravar cinco ou seis *singles* por ano: de Elvis Presley e Ricky Nelson às bandas The Rolling Stones e Creedence Clearwater Revival. Naquela época, um LP era praticamente um adendo, lançado para oferecer aos fãs do artista um disco com os dois ou três sucessos que eles provavelmente já tinham comprado. Com exceção dos Beatles, Bob Dylan e outros poucos artistas de grande talento, a colocação de outras músicas entre os sucessos servia apenas para completar o LP, e consistia de versões *cover* ou originais de segunda linha do mesmo artista. Mas, no final dos anos 1960, na sequência de álbuns marcantes como *Sgt. Pepper's Lonely Hearts Club Band*, dos Beatles, e *Blonde on Blonde*, de Bob Dylan, o LP começou a ter precedência sobre o compacto — principalmente porque já existiam as novas rádios FM de *rock*, dispostas a tocar seleções de álbuns e não apenas os 40 maiores sucessos em evidência nas rádios AM. Entretanto, a mudança nunca chegou à música *country*, que ainda prezava o *single*.

Em agosto, enquanto *Any Man of Mine* ainda subia na lista das melhores músicas *country* da *Billboard*, a Mercury Nashville lançou a balada exuberante *The Woman in Me (Needs the Man in You)*. A música se tornou o meu terceiro sucesso consecutivo entre as Top 20. Os três *singles* posteriores, lançados a cada três ou quatro meses, chegaram ao primeiro lugar: *(If You're Not in It for Love) I'm Outta Here!*, *You Win My Love* e *No One Needs to Know*. E foram seguidos por outras duas canções de menor repercussão: *Home Ain't Where His Heart Is (Anymore)* e *God Bless the Child*. Um total de oito *singles*. Assim, chegamos a janeiro de 1997, dois anos depois que cruzamos os dedos, quando a gravadora lançou *Whose Bed Have Your Boots Been Under?*.

Tradicionalmente, o artista promove seu novo disco saindo em turnê. Eu optei por não fazer isso, deixando de lado milhões de dólares. Mas, eu via desta forma: *The Woman in Me* era apenas meu segundo álbum, e, como vocês sabem, eu não era nem um pouco entusiasmada com o conteúdo do álbum de estreia. Como poderia entreter o público por uma hora e meia a duas horas? Tocando um punhado de sucessos originais e várias músicas de outros artistas? Contar piadas e fazer malabarismos entre as músicas? Eu via outros artistas caindo na estrada muito cedo, aproveitando o bom momento, e me contorcia observando como eles tentavam preencher o tempo, repetindo um ou dois sucessos no final do show, para não perder a credibilidade na sua originalidade. Isso não dava para mim. Lembrava muito meus dias tocando no circuito de bares do norte de Ontário, só que agora teria figurinos mais bonitos, iluminação mais sofisticada e uma audiência mais atenta (e sóbria).

Eu estava começando a gostar das apresentações ao vivo. Distante dos meus dezesseis anos, quando fiz xixi nas calças, e da fase inicial de minha carreira, decidi que meu tempo seria melhor empregado na promoção da música que eu tanto acreditava. E eu já estava pensando no próximo álbum. Uma turnê deixa pouco espaço na agenda para sentar e escrever. Muitos artistas novos caem nessa armadilha. Eles têm a sorte de conseguir um álbum de sucesso e passam o ano seguinte na estrada. Ouvi muitos colegas reclamarem que quando finalmente voltam para casa, cansados e meio loucos, a gravadora, sedenta por uma sequência, arrasta-os para o estúdio. Contudo, eles não têm material inédito suficiente. (E depois de um ano confinado em um ônibus e quartos de hotel, a última coisa que querem é ficar enfiados em um estúdio de gravação.)

Que os artistas têm a vida inteira para escrever seu primeiro álbum e menos de um ano para fazer o segundo, é um fato conhecido no mundo da música. O que fazer então? Criar algumas músicas novas às pressas, como um adolescente que tem que entregar o trabalho escolar no dia seguinte? Todos sabem no que isso vai dar. Ou você guarda os rascunhos que escreveu durante a turnê, que raramente rendem grande coisa, porque é difícil criar quando você está fazendo a mesma coisa dia após dia. É por isso que o segundo CD de inéditas pode não fazer jus ao primeiro. Não se trata de má sorte, mas de um monte de músicas medíocres, que provavelmente precisavam de mais tempo e mais cabeça para serem desenvolvidas.

Eu escolhi um caminho diferente para chamar a atenção do público para *The Woman in Me*: uma ação promocional intercalando videoclipes, entrevistas em jornais, rádio e TV, sessões de fotos e apresentações marcadas, isto é, em programas matinais (*Good Morning America*, por exemplo) ou em um *talk-show*, como o David Letterman. Outras atividades também tomavam muito do meu tempo: meu envolvimento com a direção artística de fotos, videoclipes e adaptações para apresentações ao vivo, tanto na produção, como na *performance*. Eu trabalhava constantemente com os produtores e designers em tudo que fazia. Comecei a editar meus próprios videoclipes, desde o início, um trabalho lento, meticuloso e tedioso. Participar da produção de meus projetos era estimulante, embora fosse cansativo desempenhar tantos papéis.

Além disso, eu também tinha que dar conta das sessões de autógrafos e participações especiais, como no Grammy Awards. Nada do que eu tinha feito até então me preparou para a carga de trabalho que tive que enfrentar, de dez a quinze horas por dia, sete dias da semana. Minha agenda estava tomada com seis meses de antecedência e eu quase não tive tempo de respirar naqueles dois anos e meio, porque assim que eu terminava de promover meu último sucesso, o próximo já era lançado, e a sequência se repetiria por mais três meses. Agora, multiplique isso por oito.

Minha agenda de trabalho, em um dia típico, supondo que o itinerário iniciasse em Nova York, seria algo assim:

4h00 Acordar!
4h15 Saída do hotel para o Good Morning America
4h30 Começar a fazer o cabelo e a maquiagem
5h00 Chamada para a passagem de som
5h30 Passagem de som
6h00 Retoque de cabelo, maquiagem e figurino; tomar um suco!
7h30 Apresentação
8h00 Retornar ao hotel
8h15 Chegar ao hotel; intervalo para ir ao banheiro!
8h30 Retocar a maquiagem
8h45 Entrevista com a imprensa, no hotel
12h00 Intervalo para almoçar
12h30 Saída do hotel para reunião com o diretor do vídeo
14h00 Saída da reunião para uma entrevista na rádio

14h20 Chegada à emissora
15h00 Saída da rádio para o hotel
15h15 Chegada ao hotel; pausa para retocar a maquiagem e ir ao banheiro!
15h30 Entrevista com jornalista no hotel
16h30 Encontros com crianças ou fãs
17h30 Reunião sobre o figurino para o Grammy
18h30 Preparação para o jantar com radialistas
19h00 Saída do hotel para jantar com os radialistas
19h30 Chegada ao jantar
22h00 Retorno para o hotel
22h30 Chegada ao hotel – BASTA POR UM DIA!!!

À essa altura, eu tinha uma assistente pessoal, uma garota fantástica chamada Sheri Fobare, que tinha três vezes mais energia do que eu. Sheri preparava meus itinerários do dia. Eu percebi que as coisas estavam saindo do controle quando ela começou a inserir astutamente a "hora do xixi" na minha agenda, ou eu nem teria tempo para isso, já que tudo era muito corrido, e eu entraria no carro para o próximo compromisso apertada. Logo depois, o "intervalo para o lanche" também foi inserido. A vida ficou bem mais civilizada depois disso. Obrigada, Sheri!

Eu sei, eu sei: parece ridículo que alguém possa esquecer de comer ou fazer xixi. Mas no começo da carreira, quando tudo o que foi sonhado finalmente começa a acontecer, você é compelida a não deixar escapar nenhuma oportunidade, imaginando que tudo está sendo garantido. Chegavam diversos convites importantes, dos mais variados tipos: participações no *Leno*, *The Morning Show* e no Country Music Awards, uma foto para a capa da revista *Rolling Stone*, lançamento do meu próximo videoclipe. Como as revistas e os programas de TV têm longos prazos de preparação, em alguns casos eu concordava em fazê-los com meses de antecedência, sem saber quais seriam meus limites. Muito bem, qual desses compromissos poderia ser cancelado para se ter algum tempo livre? Eu não sabia. Todos eram importantes para o sucesso do álbum. Eu não queria me comportar como uma *prima donna* e parecer ingrata. Minha agenda abarrotada era o sonho de qualquer jovem artista.

Eu funcionava como aquele coelhinho da propaganda de pilhas, continuava ligada mesmo depois de parar. Em retrospectiva, vejo que estive exausta durante boa parte durante doze anos. Emagreci e, muitas vezes, ficava gravemente letárgica, por causa de desnutrição e fadiga. Certa vez, em uma entrevista, o jornalista percebeu que eu passei a enrolar a língua e praticamente desmaiei. "Você está bem?", ele perguntou. "Não", eu respondi, com os olhos esbugalhados. Eu não estava bem e não queria estar ali. Foi a única vez que admiti não estar bem em público, quando me perguntaram. Eu não gostaria de ser mal interpretada, nem antiprofissional por estar com a cara amassada. Eu tinha que parecer "bem" o tempo todo na frente do público, como se isso fosse uma responsabilidade, uma obrigação diante daquele privilégio. O jornalista deve ter pensado que eu estava bêbada ou drogada.

Na verdade, eu não bebia e tampouco usava drogas, nem mesmo café ou refrigerante. Talvez devesse ter feito isso — quero dizer, tomar café ou refrigerante — para sobreviver àquela agenda cruel com mais facilidade. Outra vez, quando estava rodando um vídeo em Londres, às três da manhã, eu me descontrolei e deixei escapar, "Chega, já deu!". Kim Godreau, minha assistente, sucessora de Sheri, pensou no pior; talvez eu estivesse prestes a arrancar uma página do manual da diva perfeita e fazer um escândalo no *set*.

"*Eu não aguento mais! Preciso de uma coca-cola!*". Ela sorriu, aliviada. Para mim, usar qualquer tipo de substância para continuar a trabalhar revelava minha fraqueza. Eu sempre funcionei com energia natural ou, de alguma forma, sem energia, mas estava frio e era tarde, e estávamos na locação desde manhã. Kim me trouxe o refrigerante e o estímulo da cafeína e do açúcar me levantou.

Depois da gravação do vídeo, fomos para o aeroporto pegar um voo para não sei onde. Nas horas seguintes, eu vomitei ideias mais rápido do que Kim conseguia transcrevê-las. Kim, que hoje, tantos anos depois, ainda é uma amiga próxima, estava exausta depois de dois dias seguidos de quinze horas de trabalho e só queria dormir. Finalmente, ela me encarou com uma expressão severa. "Woody", ela falou enfaticamente, "chega de coca para você". Nós caímos na gargalhada — provavelmente, eu estava um tanto maníaca — diante do absurdo da situação.

Ainda bem que não havia nenhum repórter bisbilhoteiro por perto, caso contrário, os tabloides provavelmente teriam alardeado a notícia de que o vício de Shania Twain em *coca* estava fora de controle.

Meu sucesso crescia e eu comecei a viver a experiência de ser reconhecida em público. Lembro da primeira vez, estava em um aeroporto e percebi as pessoas me rodeando. Ninguém se aproximou; todos ficaram a uma pequena distância, cochichando e olhando. Eu me senti em uma vitrine e foi desconfortável, porque estava ali pelo mesmo motivo que eles: pegar um avião. Isso nunca tinha acontecido antes e eu não sabia como lidar com a situação. Acho que você pode imaginar como seria esquisito se estranhos começassem a encará-lo em público, especialmente se fosse novidade. Você provavelmente se perguntaria, *Será que coloquei a saia do avesso? Por que todo mundo está me olhando?* Decidi levantar e caminhar até o telefone público, imaginando que se eu ficasse fora do alcance da vista de todos — e, para disfarçar, fingisse que falava ao telefone — ninguém me incomodaria. Funcionou.

Aos poucos, fui aprendendo a lidar com esse recente status de celebridade, embora existam alguns detalhes que qualquer um acharia intolerável. Como eu disse, gosto de conversar com as pessoas. Mas existe um desequilíbrio natural no relacionamento entre as estrelas e o público. Graças às revistas, aos programas de TV e, atualmente, à internet, dedicados a expor a vida dos artistas ao público, às vezes os fãs conhecem mais detalhes íntimos de seus artistas preferidos do que da própria família. Mas, dependendo da fonte, muito do que é dito é falso e difamatório — e isso geralmente é ignorado.

Esta adoração pelas celebridades pode criar nos fãs uma sensação ilusória de familiaridade. Um fã pode se aproximar da celebridade em público como se fosse um velho amigo, e isso pode parecer muito lisonjeiro. Porém, a celebridade não sabe *nada* a respeito desta pessoa, o que caracteriza uma estranha ligação unilateral. E como o fã o considera da família, ele pode se achar no direito de exigir atenção ou simplesmente ficar aborrecido quando você não tratá-lo com a mesma familiaridade.

Depois de algum tempo, você começa a achar que todos querem alguma coisa de você, mesmo que seja apenas um autógrafo, e passa a questionar, mesmo quando o pedido é completamente inocente. Estou dizendo isso para explicar meu ponto de vista como alguém que, naquele ponto da carreira, não sabia se portar como celebridade ou lidar com a atenção do público. Não estou reclamando por ser uma celebridade, mas quero esclarecer sobre como é ser famoso sem entender o que isso significa.

Sou receptiva com estranhos, e seria mesmo se não fosse famosa, mas assim como para qualquer coisa na vida, limites são necessários. Nem sempre é fácil ser objetiva, mas vou citar um exemplo de uma tentativa de transição para a fama, como Shania Twain, a partir da vida da antiga Eilleen.

Estou no aeroporto e um homem se aproxima sem a menor discrição e começa a fazer uma porção de perguntas: se estou viajando sozinha, qual é o horário do voo, para onde estou indo. Ele até queria saber com quem eu iria me encontrar. Um pouco demais, não acha? Mas eu tento ser gentil, respondendo de modo vago. Acredite, eu não sinto o menor prazer em ofender um fã ou qualquer pessoa que seja.

O cara tinha mais uma pergunta.

"Então", disse ele, cheio de arrogância, "qual é o seu nome?"

O meu nome? Eu não podia acreditar. Percebi que o cara não queria um autógrafo ou uma foto, ele estava tentando me assediar! Ele não tinha ideia de quem eu era.

De qualquer forma, o episódio me deixou aborrecida. Fiquei perturbada porque o fato de ser uma figura pública se sobrepôs ao meu instinto natural de fugir daquele cara tão esquisito. Eu me senti vulnerável e me perguntei, *será que não tenho o direito de decidir sozinha se quero ou não responder para um estranho que me envolve em uma conversa?* O fato de eu não ter percebido a real situação também me fez começar a questionar meu próprio julgamento. Eu estava na fase de transição entre o antes e o depois da fama, pois até o final de 1995, as vendas do álbum passaram de um milhão para dois e depois três milhões, e eu tive que resolver situações ainda mais difíceis do que esta.

Uma vez, ao norte de Nova York, fui ao shopping fazer compras com minha irmã Carrie e seu filho de nove meses, Dylan. Começamos bem, entrando e saindo de algumas lojas, mas na medida em que os compradores começaram a se reunir à nossa volta, o ritmo foi diminuindo, até que ficamos presas na multidão, sem poder nos mover. O bebê, olhando para aquele tanto de gente ao redor de seu carrinho, estava ficando agitado com o barulho. O mesmo acontecia com Carrie e eu. Aquilo era novo e não sabíamos o que fazer.

Apareceu uma caneta e eu comecei a dar autógrafos e sorrir, mas quanto mais eu assinava, mais a multidão se multiplicava, até que finalmente, a equipe de segurança do shopping dispersou o grupo. Enquanto me acompanhavam até o carro no estacionamento, pude perceber que a normalidade que existia na minha vida estava se esvaindo. Um simples passeio com minha irmã e meu sobrinho não era mais tão simples. Será que eu conseguiria fazer isso de novo?

Até hoje, eu tento ser gentil, paciente e educada com as pessoas que me tratam com respeito. Faço o melhor para corresponder às expectativas do público, mas nem sempre é possível agradar a todos, o tempo todo.

Antes do final da turnê promocional do álbum *The Woman in Me*, precisei contratar uma equipe de seguranças para sair em público. Deve ser simples para quem nasceu na realeza, mas para mim foi uma adaptação muito difícil. A primeira vez é muito impactante, um tipo de descarga de adrenalina — por exemplo, uma perseguição de carro por *paparazzi*: parece que você está protagonizando um filme do James Bond. A tensão pode ser enorme e assustadora; basta lembrar o que aconteceu com a princesa Diana. As coisas podem sair rapidamente do controle. Nem posso imaginar como é a vida de um presidente ou da rainha da Inglaterra. Tudo o que posso dizer é que no início da carreira pública todos se deparam com essa transição do anonimato para a fama, e, para algumas celebridades, isso acontece da noite para o dia. É uma adaptação que conta com pouca simpatia e compreensão da imprensa e do público. De qualquer modo, estou apenas compartilhando meu ponto de vista com base no início de minha experiência como personalidade pública.

Sabe o que é irônico? O objetivo de fazer música é a conexão com o público, e quanto mais cresce a popularidade, menos você consegue interagir diretamente com esse público, além do palco ou dos discos. A fama pode separar. E foi o que aconteceu comigo durante um bom tempo.

Quando apareço em público, acho prazeroso reservar um tempo para os fãs. Se não fosse por eles, os artistas não teriam uma profissão. Mas pode ser frustrante quando os limites são ultrapassados.

Certa vez, eu estava em um restaurante, quando uma mulher se aproximou e me perguntou se eu me incomodaria em cumprimentar um amigo dela, que estava completando quarenta anos. Eles estavam em uma sala privativa e eu concordei em acompanhar a senhora. Quando cheguei na porta do salão, ela colocou a mão para trás, fez um sinal para que eu parasse e gritou, "Ei, pessoal, vejam o que encontrei!". Ficou claro o que eu representava para aquela mulher. Eu era um objeto, não uma pessoa. Eu era uma "coisa" e não "alguém". Esta é a realidade, em boa parte do tempo, quando você é um produto em exibição, como acontece frequentemente com as celebridades. Não tem erro! Esta é a realidade dos famosos. É claro que hoje compreendo que isso faz parte do jogo e simplesmente sigo o fluxo tanto quanto a situação permite.

Entretanto, no começo de minha carreira, enquanto estava me adaptando, meu jeito de lidar com esse tipo de tratamento era andar de cabeça baixa, evitando os olhares das pessoas. Depois que você faz contato visual, é como se estivesse convidando o outro a se intrometer no seu espaço pessoal. Comecei a andar bem mais rápido, em todos os lugares. Eu ria ao observar os seguranças que estavam no carro da frente pulando para fora antes que o meu carro parasse, para sair na frente. Caso contrário, eu já estaria no meio do caminho, com aqueles caras corpulentos ofegantes tentando me alcançar. Para eles, eu devo ter sido uma chata!

Quase toda comunicação se dava através de entrevistas e reuniões de trabalho, de modo que eu só falava sobre assuntos relativos à carreira. Isso era destrutivo, porque as conversas raramente abordavam assuntos que não se relacionavam com minha vida profissional, e nunca pude falar sobre a inspiração que obtive ao explorar coisas novas, como as férias no lugar dos meus sonhos e o encontro com pessoas novas, interessadas em mim e não no meu lado "Shania". Depois de um tempo, você começa a desenvolver duas existências diferentes. O mundo privado de Eilleen é seguro para ela existir, xingar, beber, usar as roupas erradas, cantar desafinado, se atrasar, se arrepender — uma lista de imperfeições que posso exibir sem ser julgada ou severamente criticada. Contudo, como Shania, eu passei anos prestando atenção em como as pessoas me viam, em todos os momentos. Hoje, não me preocupo tanto com isso como há alguns anos. Não diria que não me importo com o que as pessoas pensam; na verdade, estou menos propensa do que nunca a posar para a revista *Playboy*, especialmente porque a gravidade está no meu caminho. Mas encaro as críticas com mais tranquilidade e sinto que não sou tão afetada por coisas que não posso controlar.

No esforço de atender às expectativas para Shania, comecei a me afastar das pessoas e mantê-las à distância. Isso passou a ser um hábito que afetou minha vida pessoal. Eu me senti cada vez mais distante dos meus amigos de infância e mesmo de minha família. Na estrada, era quase impossível ter tempo para falar ao telefone, e mesmo quando eu convidava meus familiares e amigos para virem ao meu encontro, eles nem sempre podiam deixar seu trabalho e a família para me atender. E também não conseguíamos fazer muita coisa nas raras ocasiões em que aceitavam o convite. Eles basicamente assistiam ao meu show. Era maravilhoso para mim. Eu me animava com sua presença e com o apoio moral. Mas a experiência nem sempre era tão boa para eles.

De certa forma, as pessoas presentes no meu dia a dia — Sheri, Kim e a publicitária Patty Lou Andrews — viajavam comigo e se tornaram uma família substituta. Eu as chamava de irmãs da estrada. Passamos por muitas coisas e nos ligamos rapidamente, como uma espécie de pelotão de soldados que serviam juntos e voltavam para casa com histórias de guerra, que só eles podiam compreender. O amor de Mutt estava no estúdio, não na estrada, e passamos longos períodos separados — de semanas e, às vezes, meses —, porque minha agenda era implacável, e, a menos que ele viesse até mim, nós simplesmente não tínhamos como nos ver.

Durante estes anos, tive momentos de desespero, e embora nunca tenha pensado em suicídio, procurava uma fuga. Eu chegava até a desejar pegar uma gripe, assim seria forçada a descansar, ou que o álbum perdesse a força de repente, e eu tivesse tempo para sair da estrada e passar meu tempo com o violão, compondo em paz, com os amigos, em volta da fogueira. Eu contava com uma desgraça, porque um recesso não era opção. O descanso era um pedido egoísta, que comprometeria o sucesso do meu trabalho e isso envolvia muita gente que contribuía comigo: desde a gravadora e minha equipe até Mutt e todas as pessoas relacionadas ao projeto, que confiavam em mim para levá-lo até o fim. Parecia que tudo estava nas minhas costas. Era óbvio que se eu parasse, toda a máquina pararia.

Eu não bebia nada alcoólico, não consumia drogas, raramente tomava um analgésico, muito menos soníferos ou outros calmantes. Eu não usava a comida para me consolar e não tinha um terapeuta. Estava sozinha nessa confusão, aparentemente sem saída. Meu destino era ser um soldado e permanecer naquela prisão solitária.

Lembro de uma conversa telefônica com Luke, de um quarto de hotel em Las Vegas. Era uma suíte ampla, com janelas enormes do chão ao teto, que rodeavam toda a sala de estar. O andar era alto, com vista panorâmica da cidade. Embora não consiga apreender o que se passava na minha cabeça naquele momento, era assim que eu me sentia: a sala era espaçosa e eu falava com Luke, ouvindo com uma parte do cérebro e meditando com a outra. Passou pela minha cabeça que tudo que eu precisava fazer era tirar a mesa do caminho e correr para a janela com força suficiente para quebrá-la e saltar. É claro que não fui inspirada pelo que Luke estava dizendo, porque ele sempre foi muito sensível comigo. Eu apenas disse a ele que estava cansada e precisava descansar mais, mas nunca expressaria meu profundo desespero naquela noite. Eu era muito forte, ou talvez muito fraca, dependendo do ponto de vista, para incomodar alguém com minha dor. Na minha cabeça, era mais difícil fazer isso do que me jogar pela janela. Eu estava fazendo um sucesso incrível e achava que não tinha o direito de reclamar.

Ao longo destes dois anos, minha agenda permitia algumas "paradas" em casa, próxima a Saint Regis Falls, a cada dois ou três meses, por alguns dias apenas. No começo da primavera de 1996, durante uma dessas viagens para casa, enquanto promovia *You Win My Love*, a solidão e a exaustão do último ano me derrubaram.

Alguns *singles* estavam em curso e eu senti que não conseguiria ir adiante. Uma noite, estava tomando um banho de banheira, me sentindo sozinha e muito triste. Naquele dia, eu finalmente implorei a quem pudesse ouvir — um amigo, Mutt ou uma irmã de estrada — que eu precisava de uma pausa e queria ficar mais alguns dias em casa para descansar, mas a resposta de todos foi a mesma: "Vamos lá, Eillen, você consegue. Você tem tudo a seu favor. Qualquer um daria o braço direito para estar no seu lugar. Pare de reclamar". Eu aprendi a acreditar que a quebra de compromissos poderia me prejudicar no futuro. E mais, que a equipe tinha trabalhado duro para colocar a máquina em movimento para o novo disco, e seria vergonhoso decepcioná-los. Basicamente, eu me sentia pressionada a aceitar e fazer o que fosse preciso para aproveitar ao máximo o sucesso do disco. Naquele momento, eu deveria ter procurado minha família, mas não quis demonstrar o que considerava uma fraqueza de minha parte. Autossuficiente, forte e determinada, era assim que eu me via e não queria manchar esta imagem. Minha auto-imagem. Além disso, de que adiantaria? Eu tinha acabado de pedir socorro e fui ignorada.

Fiquei bastante tempo dentro da banheira, até a água começar a esfriar e comecei a chorar. Mutt havia dado uma pausa no estúdio para assistir a um evento esportivo na TV, e eu não queria que ele me ouvisse. Não queria que ninguém soubesse do meu colapso patético. Quando parei de chorar, fui para a cama; sozinha.

Posso imaginar alguém lendo isso, fingindo tocar um violino imaginário e pensando, "Oh! Seu segundo álbum está vendendo milhões de cópias e você fazendo esta cena. Por favor, me poupe". Exatamente. Eu disse a mesma coisa para mim mesma inúmeras vezes. E me sentia culpada. Que direito eu tinha de reclamar de alguma coisa? Como eu conseguia ficar tão infeliz, com toda essa sorte?

★

22

A vida em Loon Echo

Nem preciso dizer que eu estava longe de acertar quando previ as vendas do álbum *The Woman in Me*. Mesmo as previsões mais otimistas do pessoal da gravadora ficaram muito aquém. Um ano depois do lançamento, o CD tinha vendido 3,2 milhões de cópias e eventualmente ultrapassaria os 15 milhões, fazendo de *The Woman in Me* o álbum mais vendido por uma artista feminina na história da música *country*. Quando você considera o imenso talento das mulheres que me antecederam — Patsy Cline, June Carter Cash, Tammy Wynette, Loretta Lynn, Dolly Parton, entre outras — é espantoso.

The Woman in Me trouxe outras honrarias completamente inesperadas, que eu nunca poderia imaginar, incluindo o prêmio Grammy de 1996, pelo melhor álbum de música *country* e o Country Music Awards — o prêmio da música *country* —, como álbum do ano. O sucesso daquele ano também me rendeu o International Rising Star (estrela em ascensão internacional no British Country Music Awards), o World's Best Selling Female Country Artist (como artista feminina de maior venda mundial da música *country*, do World Music Awards), e o Top New Female Vocalist (a melhor vocalista feminina da Country Music Awards).

Este reconhecimento ajudou a compensar o meu cansaço, enquanto voltávamos a atenção para o próximo disco. Eu tinha só quatro meses para compor e gravar, e atender ao prazo de lançamento do disco, no outono de 1997. Consegui fazer parte do trabalho em Saint Regis Falls, que ficava a uns 30 km da fronteira canadense, e, considerando sua localização central, a uns 130 km a sudoeste de Montreal e 13 km a sudeste de Otawa, ou seja, localizada no meio do nada. Era o que eu e Mutt queríamos, e exatamente o que precisávamos.

Nós amávamos a natureza e queríamos manter distância do reconhecimento público. Éramos artistas que precisavam da solidão, sem distrações, para nos concentrar na criação musical. Gostávamos de passar os dias compondo. O público só iria participar depois que o material estivesse acabado e pronto para ser compartilhado. Afinal, quem quer ver um quadro antes de secar a tinta e o artista decidir que está pronto?

A ideia era restaurar a sanidade em nossas vidas, limitando a quantidade de viagens, especialmente porque eu planejava divulgar este CD com minha primeira grande turnê. Entretanto, nós viajamos um pouco para que Mutt pudesse entrar em contato com os músicos em seu próprio ambiente, sem que precisassem se deslocar. Também queríamos mudar nosso cenário e ir a lugares novos, que poderiam ser inspiradores. A casa em Saint Regis Falls foi construída para ser uma base de criação, onde passaríamos muitos anos. A casa e o lago ficavam no centro da propriedade, cercada por uma grande floresta. Nós projetamos grandes varandas ao redor da casa, para podermos nos sentar e apreciar os sons da floresta do Norte, que ecoavam sobre o lago.

Nomeamos a propriedade isolada de Loon Echo [Eco dos Mergulhões], porque ao nascer do sol e ao entardecer, os mergulhões chamavam-se uns aos outros. Os gritos dos grandes pássaros, que saltavam sobre a superfície espelhada do lago, lembravam minha infância no Canadá. O som me relaxava. O escritório espaçoso — centro de todas as coisas no mundo de Mutt e Woody — tinha grandes janelas panorâmicas voltadas para a entrada. Diante da paisagem deslumbrante, havia uma varanda. O aroma das tortas de maçã magistrais de Kim Godreau flutuava na cozinha e completava o cenário perfeito.

Kim chegou em 1996 e ficou conosco durante quinze anos. Eu percebi logo que não poderia viver sem ela! Nós desenvolvemos uma ligação de lealdade fraterna durante os anos em que trabalhamos juntas. Acho que se eu me encontrasse em uma sala com outras celebridades e o assunto fosse nossas assistentes pessoais, eu faria questão de garantir a todos que a minha era a melhor.

Stacy Smith fazia parte da equipe e trabalhava fora do escritório, em Loon Echo. Ela estava presente desde que Sheri começou a trabalhar comigo, em 1992, quando mudei para Nashville, e começou a cuidar de minha contabilidade. Seu papel cresceu até se tornar a gerente de negócios. Ela já está comigo há mais de dezoito anos e é uma das pessoas de minha total confiança.

Patty Lou Andrews também foi uma amiga maravilhosa que fez parte da equipe no período de sucesso de *The Woman in Me*. Ela viajou comigo durante a divulgação do CD. Patty Lou era dedicada, e na ausência de Mary, assumiu boa parte do trabalho. Patty lidava com o marketing e a publicidade, em parceria com a gravadora, uma função muito exigente, porque a maior parte do meu trabalho era baseada em promoção e marketing.

Patty Lou tinha marido e filhos em Ontário, e conseguiu viajar a trabalho, ser uma mãe amorosa para seus dois filhos pré-adolescentes, além de esposa dedicada ao seu amado marido, Rob. Ela era um exemplo brilhante de como fazer tudo bem feito. Patty falava constantemente com a família e era ótimo ter notícias de todos, como um refúgio da realidade da vida na estrada.

Kim, Patty Lou e Stacy cumpriram o papel da gestão profissional por mais de dois anos. Não sei como teria enfrentado o intenso período promocional de *The Woman in Me* sem elas.

Em 1997, quando estava trabalhando em *Come On Over*, fui apresentada a Jon Landau e Bárbara Carr, empresários de Bruce Springsteen de longa data. Jon iniciou no meio musical como um respeitável crítico de *rock*. Em 1974, pouco antes da explosão da carreira de Bruce, com seu terceiro álbum, *Born to Run*, Jon assistiu a apresentação dele em Boston, que inspirou suas palavras proféticas: "Eu vi o futuro do *rock'n'roll* e seu nome é Bruce Springsteen". Alguns anos depois, ele era o empresário do futuro do *rock'n'roll*.

Como meu co-empresário, Jon foi extremamente atencioso e me deu todo apoio quando precisei de sua atenção e estímulo, especialmente em relação ao medo de palco. Ele sabia como me ensinar a lidar com o pânico.

Bárbara, uma mulher prática e inabalável, com grande experiência em gestão e um coração de ouro, passou muito tempo comigo na estrada. Consequentemente, ela conheceu o meu melhor e o meu pior, mas sempre lidou bem com os extremos. Nós duas e Jan Stabile, outra parceira de gestão da Landau Management, formávamos um belo trio. Jan e Bárbara tinham força, inteligência, compaixão, bom senso e *know-how*. Elas tornaram minha vida mais fácil, e mesmo depois de cinco anos de separação, ainda me sinto ligada a elas.

Nós passamos muito tempo viajando pelo mundo para promover *Come On Over*. Na época, minhas músicas já estavam em vias de bater muitos recordes, mas eu ainda era desconhecida em muitos países fora dos Estados Unidos. Estava começando do zero no mercado internacional, e Jan e Bárbara ajudaram a abrir o caminho para meu sucesso no exterior.

Na época, eu já estava bastante desgastada pelo trabalho árduo na promoção do CD *The Woman in Me*, mas *Come On Over* seria um sucesso ainda maior e mais exigente. Lembro de estar na Escócia, durante a turnê de *Come On Over*, quando comecei a ter insônia e fiquei desesperada. A agenda era extenuante e o cansaço não ajudava. Eu precisava dormir e não conseguia. Acordava no meio da noite, insone, e teria que estar pronta, com cabelo e maquiagem, em poucas horas. Não era possível continuar nesse ritmo louco de trabalho, com três a quatro horas de sono no final. Eu estava exausta, mas continuava ligada na tomada. Pedi a Jan se ela conseguiria arranjar uma esteira para colocar no quarto dos hotéis onde me hospedava, porque imaginei que a corrida seria o único jeito de extravasar o excesso de energia para voltar a dormir. Barbara e Jan sobreviveram a tudo isso. Agradeço sua paciência, porque houve momentos em que eu ficava a ponto de estourar e embora conseguisse me controlar na frente dos outros, quando estávamos sozinhas, eu me liberava, e não era muito bonito de se ver. Digamos que o linguajar desbocado da menina caipira do norte de Ontário vinha à tona.

Agora que eu tinha uma gestão formal novamente, Patty Lou Andrews podia voltar para seu marido e seus filhos, Michael e Mathew. Infelizmente, dois anos depois, Patty Lou teve um grave aneurisma cerebral e faleceu. Chorei como um bebê ao receber a notícia. Ela era uma pessoa muito especial, que me fazia sorrir quando eu estava mal-humorada, sem dormir e cheia de compromissos. Sua capacidade de manter a calma sob pressão era inspiradora.

Pouco depois da morte de Patty Lou, recebi um pacote contendo um belo colar de pérolas, que pertenceu a sua falecida mãe. Ela o deixou para mim em testamento. De boca aberta, sem acreditar, eu me agarrei às pérolas como se fossem as mãos de Patty nas minhas. Naquele dia, ela me tocou profundamente. Não consegui deixar de pensar sobre o testamento, que ela naturalmente fez sem saber que morreria de modo tão prematuro. E por que será que ela deixou aquele colar para mim? Eu caí literalmente de joelhos, diante de sua delicadeza — mas não era de se surpreender. Sinto falta de Patty Lou.

Come On Over foi escrito em partes ao longo de dois anos, desde o lançamento de *The Woman in Me*. Mutt e eu nos reuníamos periodicamente, quando ele vinha me encontrar durante a turnê promocional. Nós criávamos as composições durante o jantar, dirigindo, e mesmo durante um jogo de futebol, onde o grosso de *From This Moment On* foi escrito. Eu fiquei entediada com o ritmo daquele jogo, vagaroso em comparação ao hóquei no gelo, com o qual eu era mais familiarizada, e comecei a divagar. Esta é uma das minhas músicas preferidas. As sessões de composição com Mutt eram dispersas, e nenhum lugar ou momento específico representa aquele período de criação.

Mutt e eu passávamos muito tempo separados: enquanto eu estava em turnê ele ficava nos estúdios trabalhando nas faixas e nos arranjos que escrevia. É surpreendente que criássemos tanta coisa em tão pouco tempo juntos. Fazíamos composições em separado e misturávamos as ideias quando nos reuníamos. Lembro de ficar muito empolgada com o *backing vocal* criado por Mutt em *You're Still the One*. Enquanto eu cantava o refrão repetidamente, ao escrever a letra, ele entrou com o contraponto, e fiquei arrepiada. De repente, tínhamos um refrão de sucesso. Foi um momento mágico.

A música foi um sucesso internacional. Encontrei Elton John ao visitar uma rádio, e quando nos cruzamos no corredor, ele começou a cantar *You're Still the One*. Eu fiquei muito lisonjeada ao ver aquele compositor extraordinário pela primeira vez, em carne e osso, me honrando com um elogio tão incrível, dirigindo-se a mim cantando meu refrão. *You're Still the One* teve três indicações para o Grammy, dois dos quais eu levei para casa.

That Don't Impress Me Much foi o sétimo *single* do CD e manteve o ritmo. É extremamente difícil para um álbum se manter no topo, mesmo depois do terceiro *single*, quem dirá do sétimo. Isso era raro no mundo da música e ainda é. *You're Still the One* abriu as portas para o sucesso internacional e outros estilos musicais, e *That Don't Impress Me Much* deu continuidade ao processo. O disco ganhou vários prêmios de música pop, *country* e internacional.

Man! I Feel Like a Woman! foi o oitavo lançamento e assegurou uma longevidade ainda maior para o álbum *Come On Over*. Nossa! Eu estava exausta, e mesmo animada com o sucesso, tinha medo de que aquela vida nunca acabasse: o trabalho, a viagem, a solidão.

Tenho muito orgulho desse disco, das músicas e de tudo que foi conquistado até então. Hoje me sinto realizada, mas, na época, estava cansada demais para curtir. Toda vez que eu recebia a notícia de que o disco continuava a vender, e que havia pedidos para mais *singles*, eu queria morrer só de pensar que a normalidade, o descanso e a recarga de baterias ainda estavam a mais um *single* de distância. Foi uma experiência conflitante, desfrutar do sucesso e sentir uma pontada de ressentimento em relação a ele. Eu me achava egoísta e confusa, imersa nesses sentimentos contraditóriosa. Não sabia se ficava feliz ou triste. Estava perdendo o contato com meu desejo. Não havia paz. O ditado, "More pain, more gain" (mais dor, mais prosperidade) se aplica à experiência com *Come On Over*, e só hoje consigo olhar para trás com grande prazer e satisfação. Eu via a realidade do meu dia a dia como uma luta sem fim, sem perspectiva de terminar. É claro que agora percebo como tudo foi uma bênção, que poucos artistas têm a sorte de receber. Na época, eu também sabia disso, mas era confuso, estava envolvida demais para ver claramente.

Mesmo em casa — naquele paraíso como Loon Echo — eu ainda me sentia oprimida pela fama conquistada. Parece difícil de acreditar, mas depois de algum tempo, você passa a sentir falta das coisas simples, como ir à farmácia e comprar uma escova de dentes. Com certeza, não é disso que os sonhos são feitos, mas você sente quando não consegue mais fazer esse tipo de coisa — pelo menos não sem mobilizar os seguranças — e depende de um assistente para comprar até seus absorventes.

E não é só isso, parece que você nunca tem tempo, porque sempre tem alguma coisa mais importante que precisa ser feita *ontem*, e que geralmente envolve outras pessoas. É uma disputa acirrada entre minha vontade de passar roupa e ter que ir ao estúdio para colocar a voz em uma gravação, senão vou atrasar Mutt, o engenheiro de som, e sabe-se lá mais quem, e a tarefa doméstica vai ficar para trás. Ninguém pode me substituir nos vocais, mas alguém pode passar a roupa. Nem precisa dizer: "O que há de errado nisso? Eu adoraria ter alguém para fazer essas coisas para mim!". Bem, acho que conscientes ou não, todos obtemos alguma satisfação por ser autossuficientes e competentes. Eu estava começando a perder minha habilidade para tarefas básicas — e olha que fui uma pessoa capaz de sobreviver em uma cabana na floresta, sem água encanada nem energia elétrica, em temperaturas abaixo de zero e neve até a bunda. Agora, com uma equipe especializada em casa, para cuidar de meus assuntos domésticos e pessoais em período integral, eu me sentia... inútil e incompetente.

Ao voltar para casa, eu me sentia uma visitante; e por um simples motivo: não conseguia achar nada! Onde estão minhas galochas? Eu tinha que perguntar à arrumadeira. Droga! Esqueci como programar o forno! "Pergunte para Kim". Parece que minha presença interrompia a eficiência da casa. Todos tinham que dar espaço quando eu queria fazer alguma coisa.

Por exemplo, cozinhar na sua própria cozinha, onde seus armários foram organizados por outra pessoa na sua ausência, pode ser desanimador. Uma cozinheira tem que saber se virar na sua cozinha, porque não é divertido ficar procurando por tudo. "Por que você não relaxa? Por que você quer cozinhar?" Eu ouvia isso o tempo todo. Por quê? Porque eu queria me sentir normal! Eu não queria ser servida como uma princesa mimada; queria fazer coisas que me mantivessem em contato com a realidade e que me dessem a sensação de controle sobre a minha vida, como dobrar toalhas, fazer a cama e colocar as meias onde quisesse, para encontrá-las depois.

Eu comecei a implorar por normalidade. Em uma tarde de sexta-feira, pouco tempo depois que Kim começou a trabalhar para mim, perguntei quais eram seus planos para o fim de semana. "Nada especial", ela respondeu. "Amanhã vou ao Walmart comprar tinta".

Achei o máximo. "Posso ir com você?", perguntei, animada, como se ela tivesse dito, "Vou pegar um avião para Paris, fazer compras na Champs-Élysées, pois todas as lojas estão com 100% de desconto". Nós ainda não nos conhecíamos tão bem; ela deve ter achado meu pedido estranho, ou apenas deprimente. Mas, na tarde seguinte, ela apareceu com seu carro velho. "Desculpe o calhambeque", disse. Tá brincando? Eu cresci guiando calhambeques. Eu me diverti muito naquela tarde de sábado ao lado de Kim, fazendo coisas que muita gente classificaria como "escravidão".

Havia uma atividade em Loon Echo, que eu poderia chamar de minha: tratar os cavalos. Eu quis ter cavalos desde os doze anos, quando cuidava de Angel, a égua palomino de Sue, quando morávamos em Hanmer. Agora que tinha dinheiro e um pouco de tempo entre os álbuns, eu me presenteei com cinco destas criaturas nobres e altivas. Eu adoro tudo o que se refere a cavalos: o poder e a beleza, o equilíbrio e o movimento leve de seu corpo atlético, a silhueta elegante, a energia e a paixão que fluem através de suas veias, o jeito como se movem, com uma beleza de tirar o fôlego. Eu os admiro. Como um animal tão poderoso pode ter um temperamento tão generoso, carregar o homem, obediente e cuidadoso, através dos tempos?

Visitei várias fazendas na região de Nashvile, à procura de meus amigos equestres. Depois que finalmente chegaram em Loon Echo, eu aproveitava todas as oportunidades para estar com eles. O estábulo se tornou um refúgio para onde eu podia escapar do *show business*. O cheiro doce do feno e do pelo dos animais, o ruído dos cascos no chão de madeira, os suspiros de contentamento — eu amava tudo isso. De vez em quando, eu lhes proporcionava um "dia de salão de beleza". Fazia uma limpeza completa em cada um, enquanto ouvia o rádio. Espumas e condicionadores, crinas e rabos bem penteados, pelos brilhantes e macios, cascos polidos, muitos abraços e beijos, e eles estavam prontos para dar uma volta no pasto. Os cavalos não ficam limpos se você deixar que se divirtam ao ar livre, sendo cavalos. O objetivo do dia de salão era o contato físico e a comunicação, que os mantêm comportados e pacientes, enquanto estão sendo tratados. Era uma oportunidade de conferir se haviam cortes e contusões e avaliá-los da cabeça aos pés.

Eu também gostava de retirar o esterco das cocheiras. É muito gratificante deixar a cama do seu amigo limpa e pronta para uma boa noite de descanso. Tinha orgulho da saúde e felicidade de meus cavalos. Assim como eles dependiam de mim, eu os procurava quando estava triste ou para aprender com eles a ser paciente. Se você agir impulsivamente perto de um cavalo, provavelmente vai se machucar. Os cavalos exigem um tratamento respeitoso, calmo e gentil, se você quiser ser correspondido. Um cavalo, por si só, não tem um comportamento perigoso, mas se a vontade do animal não estiver em sintonia com a sua, é provável que ele o domine ou mesmo o machuque ou mate. Na verdade, basta um coice. Portanto, é preciso ser humilde para lidar com cavalos. Eu sempre os abracei e me acalmei com sua afabilidade, e quando eles tinham a oportunidade de ir embora, mas não iam, então eu via que tinha um amigo.

No inverno, meu momento preferido do dia era a hora de alimentar os cavalos, por volta das cinco da tarde, quando começava a escurecer. Eu ia até o estábulo e enchia o cocho com feno suficiente para os cinco animais. Depois, raspava a neve, deixando bastante espaço para que eles comessem em paz, sem precisar perder tempo com cara feia e fazendo pose, colocando as orelhas para trás, para defender sua porção. Era tão relaxante olhar os cavalos comendo. Todos agasalhados, e eu acomodada na neve, afundada em uma cadeira perfeita e macia, feita sob medida. Eu me sentia confortável e acolhida no silêncio da noite, olhando as estrelas e ouvindo os cavalos mastigarem satisfeitos. Era mágico. Mais tarde, à noite, eu voltava para colocá-los para dentro e lhes oferecia cereais.

Eu amava todos, mas um era particularmente especial para mim: Dancer, um andaluz castrado, com onze anos de idade, dócil, todo branco, parecido com um unicórnio. Eu descobri essa raça espanhola no rancho de John e Bo Derek, quando fizemos as fotos para o álbum *The Woman in Me*. Na época, eles estavam criando cavalos da raça andaluz. Eu me apaixonei imediatamente pelo seu porte, o pescoço arqueado, o caráter arrojado e confiante e o temperamento forte. Isso foi em 1994.

Três anos depois, o treinador dos cavalos de Derek, Ramon Becerra, que treinava o cavalo que aparece na foto da contracapa do CD *The Woman in Me*, passava pelo norte do estado de Nova York com seu espetáculo equestre itinerante. Ele perguntou se poderia parar no meu estábulo, para que seus dez cavalos pudessem pastar e descansar. Fiquei animadíssima com a perspectiva de ter a companhia dos cavalos e um parceiro para cavalgar durante alguns dias.

Aprendi muito com Ramon. Sua vida é domar cavalos e ele é especializado no trabalho de equitação clássica, do tipo visto na Escola Espanhola de Equitação, localizada em Viena, na Áustria, reconhecida mundialmente. Dancer era um cavalo andaluz, uma raça espanhola de cavalo ibérico. O treinamento de Dancer foi intenso em movimentos da *haute école* de adestramento clássico. Ramon também o ensinou a se alongar para baixo, de forma que o cavaleiro possa montá-lo facilmente. Ele também podia dobrar o joelho e inclinar a cabeça para frente, como se fosse tirar o chapéu. Um animal extraordinário.

Ramon e eu cavalgamos nas trilhas de nossa propriedade. Ele montava Dancer, que eu lembrava de ter visto no estábulo de John e Bo. "Você gostaria de montá-lo?", ele perguntou. Para ser franca, fiquei com medo. O animal era impressionante mas intimidador, e um pouco arrogante em comparação aos outros cavalos. Seus movimentos eram cheios de altivez — veias saltadas, narinas dilatadas, boca espumando — com cascos poderosos, martelando o chão.

"Uau", eu disse para Ramon. "Esse cavalo é muito para mim."

"Não, você consegue lidar com ele". Chegamos a uma grande poça d'água no meio da trilha. Dancer se recusou a atravessar e deu trabalho a Ramon até fazê-lo andar. O cavalo teimoso se esquivou de um lado para outro, empinou sobre as patas traseiras e escarvou o ar, balançando a cabeça como se dissesse "De jeito nenhum!". Os cantos de sua boca ficaram vermelhos e em carne viva com a pressão da mordaça. Tudo isso por causa de uma poça.

Finalmente, Dancer colocou um casco na água barrenta e recuou rapidamente. Passou pela minha cabeça que o belo cavalo branco só não queria sujar suas meias brancas impecáveis! O único jeito de cruzar a poça era rapidamente e na ponta dos cascos, como se estivesse sobre um tapete de brasas. Ele parecia tão certinho que eu achei graça, e naquele momento, me apaixonei por Dancer. *Então, ele tinha um lado vulnerável.*

Eu disse para Ramon que tinha interesse em comprar o cavalo e pedi para ele deixar Dancer comigo por algumas semanas, para ver se nos entendíamos. Se não desse certo, em duas semanas ele poderia levá-lo de volta para a Califórnia.

O começo não foi sensacional. Dancer era hostil aos outros cavalos, e por isso eu tinha que mantê-lo em sua própria cocheira. Ele ficava agitado quando via os outros animais. Eu imaginei que aos poucos ele iria se acalmar, então o soltei para que ficasse sozinho por algumas horas. Quando voltei para ver como estava, notei à distância que havia alguma coisa errada: o pescoço e o dorso de Dancer estavam ensanguentados. Horrorizada, corri para verificar de perto. Aparentemente, ele ficou correndo de lá para cá ao longo da cerca e se cortou em um dos mourões. O sangue escorria de um corte no pescoço. Mesmo assustada, coloquei o cabresto e o levei rapidamente de volta para o estábulo, tremendo. Ainda bem que o veterinário conseguiu fechar o ferimento com duas camadas de pontos, que, miraculosamente, deixaram apenas uma leve cicatriz. O corte foi profundo e estremeci só de pensar o que poderia ter acontecido se eu tivesse deixado Dancer fora a noite toda. Provavelmente, ele teria sangrado até morrer. Foi horrível perceber que eu tinha exposto aquele animal maravilhoso ao perigo enquanto estava aos meus cuidados, especialmente considerando que ele tinha sido confiado a mim.

Aquela experiência criou um vínculo entre nós. Nos dias seguintes ao acidente, eu fiquei direto ao seu lado na cocheira. Mas o andaluz não gostava de ninguém na sua baia, o que ele deixava claro, dando as costas e virando a traseira na sua direção assim que alguém entrava. Ele também não gostava de ser acariciado, abraçado ou beijado. Parece que era indiferente a essas bobagens e potencialmente perigoso. Deixei a porta da baia parcialmente aberta, caso ele ficasse agitado e precisasse ser contido. Eu não confiava muito naquele cavalo arisco e, obviamente, ele também não confiava em mim.

Nós estávamos parecendo um casal que tinha decidido se divorciar: eu me agachava, de costas contra a parede e olhos no chão, cantarolando junto com o rádio e mexendo na palha, esperando. Por sua vez, Dancer, às vezes, deixava o canto, virava na minha direção, abaixava a cabeça e cheirava — mas, em seguida, recuperava o mau humor. Assim que eu saía, ele colocava a cabeça sobre a porta, observando ansiosamente a cena. Isso durou dias. Aos poucos, Dancer começou a me cheirar mais regularmente e a mordiscar a palha entre meus dedos. Ele finalmente estava se comunicando comigo — mas até certo ponto. Toda vez que eu estendia a mão para tocá-lo, ele sacudia a cabeça para trás e voltava para o canto.

Quando Dancer pareceu apto para ser montado, eu fui com calma. Para minha surpresa, tudo correu muito bem. Sozinhos nas trilhas, começamos a nos entender, a tal ponto que ele passou a me aceitar na baia. Foi o início de nossa amizade. Viramos bons amigos. Depois de algumas semanas com Dancer, senti confiança para ficar com ele permanentemente.

Quando contei a Ramon e também a Bo Derek sobre o progresso de Dancer, ambos ficaram surpresos. Segundo Bo, as pessoas tinham medo de montá-lo, porque o achavam teimoso e dominador. Nas cavalgadas em grupo, ele sempre tinha que ir na frente do pelotão. E disse, ainda, que Dancer era tão metido que quase mudou seu nome para Maniac.

Depois que estabelecemos um vínculo, ele nunca se comportou mal comigo. O andaluz aceitava até passar calmamente pelas poças lamacentas que tanto odiava. "Dancer se tornou um cavalo diferente com você", disse Bo, maravilhada. De fato, ele se tornou meu fiel e gentil companheiro. Meu príncipe.

O estábulo era o lugar onde eu me sentia melhor. Sempre imaginei que seria fabuloso viver em um apartamento sobre os cavalos. Era onde eu gostaria de ficar. Lá eu sempre achava as coisas no lugar onde havia deixado, o cheiro era ótimo e os cavalos não se preocupavam com minha aparência. Eu estava em excelente companhia, e sempre havia um focinho macio para beijar.

★

23

Na estrada com o show

O CD *Come On Over*, a ser lançado em novembro, estava quase pronto. Enquanto Mutt tinha praticamente se mudado para o estúdio de gravação em período integral, aprimorando as mixagens finais, eu voltei minha atenção para a montagem da banda para a turnê. Sentei no chão do escritório em casa, vasculhando pilhas de demos, fitas cassetes e currículos enviados por músicos, pedindo uma audição.

Eu sabia que seria colocada à prova no show ao vivo. Como não tinha feito uma turnê para *The Woman in Me*, muitos críticos chegaram à conclusão de que eu era um produto forjado pela gravadora e não era capaz de cantar no palco. Eles não faziam ideia de que eu já tinha passado mais tempo na frente do público do que muitos artistas durante toda sua carreira.

Mas eu compreendia aquele ceticismo. Por um lado, minha estratégia de concentração exclusiva na promoção do álbum foi pouco ortodoxa, para dizer o mínimo. Por outro, a tecnologia de gravação tinha avançado tanto que o estúdio poderia facilmente trapacear e aperfeiçoar uma voz medíocre. A gravação multicanal do vocal principal pode dar peso a uma voz de taquara rachada. Outro avanço foi o advento do Auto-Tune, um recurso de áudio que corrige a afinação automaticamente, tirando do artista a responsabilidade de cantar de modo afinado. Muito agudo? Muito grave? Sem problema! Mas, para mim, isso parece trapaça. Quero dizer, eu estou me apresentando como uma cantora, certo? Então, acho que devo ser capaz de cantar. Na lista de requisitos para o trabalho, tenho certeza de que isso está no topo da lista. Ou talvez, nem tanto. A tendência de cantar melhor usando a tecnologia tem sido predominante, principalmente nas áreas do *pop* e da *dance music*. O público da música *country* ainda aposta na qualidade dos músicos, e com razão.

Admito que sou muito crítica em relação a capacidade de cantar ao vivo, mas essa atitude surgiu depois. A pressão para cantar ao vivo com a mesma qualidade das gravações cresceu junto com minha carreira. Antes, eu era uma artista de estúdio, não havia nada para comparar. Eu cantava o melhor possível e não me preocupava em ser refém de meu próprio desempenho no estúdio. Eu me orgulhava por ser precisa e consistente, ter uma boa afinação, controle e resistência. A autoconfiança parecia ter superado o pânico que eu sentia na infância. Entretanto, com a pressão exagerada e a predisposição a esse medo do palco, finalmente cheguei ao limite. Eu estava em evidência de uma forma que nunca imaginei e senti medo. Era extremamente difícil ter segurança para cantar adequadamente sob pressão. Minha garganta fechou e eu fiquei em choque. O som simplesmente não saía como deveria. Eu só conseguia emitir notas trêmulas e espremidas, e a cada falha no controle de voz, mais insegura eu ficava e a situação foi se agravando.

De repente, eu me vi entusiasmada com a capacidade da tecnologia para "consertar" um vocal ao vivo que não me agradasse. A gravação no estúdio era bastante segura e as *performances* ao vivo tinham percorrido um longo caminho desde o tempo em que eu me escondia atrás do violão. Passei a compreender outros cantores, cujas gravações eu admirava, mas que, ao vivo, deixavam a desejar. Será que se tratava de medo do palco, da dúvida de sua capacidade de cantar sob pressão? Eu compreendia e me identificava com a situação. Estava mais complacente com os artistas que eram perfeitamente capazes de cantar ao vivo no estúdio mas que não conseguiam mostrar sua aptidão tão bem no palco. Qual seria a diferença? Cantar ao vivo deveria ser a mesma coisa, no estúdio ou no palco. Mas, psicologicamente, tentar ser perfeito na frente de milhões de expectadores pode realmente ser um desafio. Eu me preocupo em fazer o melhor, e quando penso que o meu melhor pode não ser bom o suficiente, fico nervosa e a ansiedade toma conta.

Por algum motivo, o estúdio e as apresentações ao vivo ficaram em uma zona confortável durante a turnê de *Come On Over*, e eu consegui aproveitar a experiência. Contudo, na TV ao vivo meus nervos começaram a se manifestar novamente, como um fantasma da minha infância. Eu me sentia realmente o centro das atenções e isso afetava minha auto-estima a ponto de minha voz começar a sumir com a tensão muscular no pescoço e na laringe, que se fechava de forma crônica e começava a oprimir minha capacidade vocal. Na época, isso só interferia na minha voz para cantar quando eu estava sob grande pressão, o que ficava praticamente restrito ao desempenho na televisão.

Decidi que estava na hora de iniciar uma turnê de seis meses, depois do lançamento do CD *Come On Over*. A fase de pré-produção começou durante a gravação do álbum, porque a turnê precisava ser preparada com muito tempo de antecedência. O processo começou com a busca por músicos para a banda. Depois de passar horas ouvindo as demos, eu estava pronta para chamar os músicos para audições ao vivo. Mutt era o principal crítico no que diz respeito à musicalidade, porque sabia que levar um show ao vivo exigiria muita técnica dos músicos. Eu estava mais interessada na personalidade, presença de palco e capacidade para multitarefas, necessária para um bom músico de palco. Eu queria que os músicos, além da competência e habilidade nos instrumentos, fossem capazes de fazer o *backing vocal* e tivessem resistência física para mostrar energia no palco durante uma hora e meia a duas horas, sem pausa. Atitude também era um requisito. Eu tinha que gostar deles como pessoas e reconhecer que tinham um bom caráter. "Nada de encrenqueiros e egomaníacos, mesmo sendo muito bons" — isso era um dos principais critérios. Eu queria trabalhar com pessoas legais, que fossem humildes, honestas e profissionais, e foi o que consegui, depois de um longo processo de seleção.

Estas são as pessoas que compartilharam o palco comigo nas turnês de *Come On Over* e *Up!*, e em inúmeras apresentações na televisão e programas especiais. Comigo, desde a época da turnê promocional do CD *Shania*, Allison Cornell nos teclados, violino, bandolim e *backing vocal*. Marc Muller, indicado por Allison, na guitarra e violão acústico. Da mesma forma, o baixista-vocalista Andy Cichon me levou até Randall Waller, um dos principais guitarristas e vocalistas. Roddy Chiong tocou violino e fez o *backing vocal*, e J. D. Blair, na bateria. Hardy Hemphill tocou piano e percussão e fez o *backing vocal*, e Cory Churko, na guitarra, violão, violino e *backing vocals*. Brent Barcus foi o guitarrista principal e *backing vocal*.

Eu realmente não posso indicar nenhum dos membros da banda como sendo melhor do que os outros, porque todos contribuíram igualmente para o sucesso de cada show, durante anos. Eles foram solidários, positivos, cheios de energia e tranquilos, e eu os reverencio com profundo respeito. Era um grupo culturalmente misto: Roddy, músico chinês com formação clássica; J.D., afroamericano, com um *background* no *funk*; Andy e Randall, da Austrália; Cory, do Canadá; Brent e Hardy, com um *background* na música gospel; Marc, surfista californiano além de músico; e Allison, com uma formação na *Juilliard School*. A maioria dos músicos tocava mais de um instrumento e todos eram muito talentosos.

Os ensaios para a turnê de *Come On Over* pareciam um campo de treinamento de recrutas. Eu queria que cada concerto fosse um show, cheio de energia. E não queria os holofotes apenas em cima de mim. Como expliquei aos músicos no primeiro ensaio, eles faziam parte da *performance* e não de uma banda de apoio. Eu disse a eles: "Quero que vocês se movimentem, entrem em contato com o público, e que todo o palco tenha vida.

Bem, para fazer tudo isso sem prejudicar o desempenho, é preciso conhecer sua parte tão bem que a música se torna uma extensão de seu corpo — mas, sem soar como um piloto automático.

Entretanto, uma das exigências do show ao vivo que eu nunca gostei é o grande esforço físico. Movimentar-se no palco empunhando uma guitarra ou um baixo é algo inimaginável. No meio do show, o músico sente como se estivesse amarrado a uma âncora. Ele precisa estar preparado física e mentalmente, e a única forma de conseguir isso é ensaiando repetidamente, até fazer calos nos dedos e confiar cada movimento à memória muscular, como um atleta. Além disso, para desenvolver a telepatia do palco, que caracteriza a unidade da *performance*, nada substitui a prática. Não há outro modo para os músicos aprenderem a tocar juntos com precisão. Improvisar é ótimo e muito pode ser feito em uma canção, mas isso, às vezes, pode ser preguiça. Mesmo sendo divertido, pode ser difícil ouvir por muito tempo os músicos que só fazem isso. O improviso é como uma piada interna: quem acha graça são aqueles que conseguem ver sentido no que está sendo dito, ou, neste caso, tocado. Para mim, se você tem talento e sabe exatamente aonde quer chegar com a sua parte, terá liberdade para improvisar sem incomodar ninguém.

Nós ensaiamos aproximadamente vinte canções, semanas a fio, em Loon Echo, até ficarmos exaustos e quase perfeitos. Marc Muller, nosso extraordinário guitarrista, manifestou sua preocupação de que tanto ensaio poderia apagar a espontaneidade de todos. "Honestamente, acho que estamos prontos", ele disse.

"Ainda não", eu respondi. Todos me olharam. "Você estará pronto quando puder dar piruetas enquanto toca". Eu devo ter dito isso com um leve sorriso, porque nunca pedi para nenhum dos membros de minha banda para dar piruetas no show, mas estava falando sério. Quando terminamos os ensaios gerais, com luz, som e todos os detalhes, estávamos bem seguros: o versátil Hardy Hemphill conseguia tocar guitarra ou piano e cantar, enquanto fazia uma de suas amadas palavras cruzadas, à caneta. Certa vez, durante um ensaio, o violinista Allison Cornell caminhou no palco até Hardy, olhou sobre seus ombros, e gritou alto, "seis para baixo: falecido!", sem perder uma nota. Eles se acabaram de rir ao perceber onde tínhamos chegado.

Era exagero? Talvez. Sei que muitos músicos pensavam assim. Mas eu sempre almejei a excelência e batalhei pelo melhor desempenho possível, e não podia me comparar a Mutt quando se tratava de consertar as coisas. Qualquer um que trabalhasse conosco iria se envolver na busca da perfeição. Acho que valeu a pena. Nosso primeiro show foi em 29 de maio de 1998, no Sudbury Community Arena, um local com 4.600 lugares, na minha cidade natal. Foi surreal voltar a Sudbury — onde passei minha infância em clubes e shows de talento — iniciando minha turnê internacional, como uma artista de verdade. Meus pais não poderiam ver o antes e o depois de Eilleen Twain, mas estavam comigo em espírito naquele palco, como se eu estivesse em um túnel do tempo. Muita coisa havia mudado, mas eu me sentia muito próxima daquela garota caipira que fui um dia.

Jon Landau veio aos bastidores e observou, "Uau! Parece que vocês estão em turnê há três meses e não em uma estreia". Foi um grande elogio vindo de alguém que já esteve nos bastidores de dezenas de shows de Bruce Springsteen com a banda E Street Band, considerada uma das maiores montagens que já subiu aos palcos.

Mesmo com tantos ensaios, eu precisei me acostumar a cantar e me movimentar para ocupar um palco tão amplo. Na maioria dos clubes pequenos onde me apresentei, eu não precisava me movimentar, mesmo porque não havia espaço. Sinceramente, eu nunca fiquei inteiramente satisfeita com minha voz, mas percebi que só conseguiria um desempenho do nível do estúdio se ficasse parada. No palco, o importante era tocar o público, dando as mãos ou simplesmente fazendo contato visual, enquanto cantava. Meu único objetivo era deixar os fãs que vieram ao show satisfeitos, sentindo que o dinheiro gasto valeu a pena.

O repertório foi se enchendo rapidamente de sucessos. Os primeiros dois *singles* de *Come On Over*, *Love Gets Me Every Time* e *Don't Be Stupid (You Know I Love You)*, chegaram ao primeiro e sexto lugar respectivamente, na lista das melhores canções *country* (Hot Country Songs). Curiosamente, a canção romântica *You're Still the One*, minha preferida, começou a subir no começo de 1998. Na primeira semana de maio, pouco antes do início da turnê, o *single* finalmente atingiu a primeira posição, e caiu. Mas ainda ficou mais dois meses na segunda posição, no Hot 100, e me deu o primeiro sucesso entre as 10 mais populares. Também foi meu primeiro *single* a ir ao ar em uma rádio moderna e ficou em primeiro lugar durante quase todo o verão. Embora a canção tenha elementos *country*, como o dedilhado acústico, os versos são acompanhados pelo piano, enquanto um órgão suave, meu instrumento preferido, se destaca junto aos coros. Acredito que esta música transcendeu os gêneros e a mensagem universal dos versos lhe conferiu um estilo *crossover*. Com certeza, *You're Still the One* é um marco na minha carreira.

Nos dois anos de estrada durante a divulgação de *The Woman in Me* descobri o que gosto e o que não gosto. Acima de tudo, eu ansiava por espaço pessoal e controle; uma dose de consistência também ajudaria a preservar a sanidade. Desta vez, eu viajei principalmente de ônibus e o mínimo possível de avião. Para mim, morar no ônibus era preferível aos hotéis, porque eu podia deixar minhas roupas dobradas em gavetas e não na mala. Minha casa sobre rodas custou um milhão de dólares. Mas valeu a pena.

Dois rostos familiares de Timmins me acompanharam: Larry e Helene Bolduc, pais de meu ex-namorado. Eles sempre me consideraram da família, mesmo depois que Paul e eu nos separamos, há anos, nós continuamos próximos. Larry, que dirigiu caminhões para a Sears por mais de vinte anos, era o motorista do ônibus, e Helene foi minha assistente pessoal, porque Kim tinha duas crianças pequenas e precisava trabalhar perto de casa, no escritório em Nova York.

Outra vantagem de viajar de ônibus era que podíamos pegar a estrada imediatamente depois do show, e assim iniciar a viagem para o próximo destino com antecedência. Logo depois do bis, quando as luzes se acendiam, eu era levada para fora do palco e seguíamos de carro, com uma escolta policial, até o ônibus, que ficava estacionado na estrada mais próxima, geralmente a alguns minutos, fora da cidade. O ônibus era muito grande para ser conduzido no meio do trânsito e o carro nos permitia sair antes do público.

No entanto, o motorista tinha que ser rápido para não ficar preso no congestionamento, como todos os outros. Larry desviava dos carros, brecava de repente, virava bruscamente, enquanto eu sacudia no banco de trás. Lembrava a cena de perseguição de carros no filme *Os Gatões – uma Nova Balada*.

Helene ou minha irmã, Carrie, me ajudavam a tirar a blusa. Nesta turnê, combinamos que eu encerraria cada show vestindo a camisa da agremiação esportiva local. Depois, eu autografava a camisa, que era entregue ao promotor e leiloada para caridade. Entretanto, eu não conseguia tirar a blusa sem antes remover a bateria dos fones de ouvido, usados no palco. Nós prendíamos a bateria com fita adesiva na parte de trás do sutiã, para que ficasse escondida sob o cabelo comprido; um fio passava debaixo dos braços e era conectado aos fones. Depois do show, meu cabelo estava ensopado de suor, e o fio geralmente se enroscava nele. Então, enquanto chacoalhávamos nos bancos de trás, Helene ou Carrie tentavam retirar o equipamento com cuidado, sem arrancar meus cabelos ou arranhar minha pele — algumas vezes com sucesso, outras não. Eu xingava e reclamava até me ver livre da engenhoca. Parecia um Houdini tentando escapar de uma camisa de força.

Assim que subia no ônibus, eu ia para o compartimento reservado como meu quarto, onde Tim me esperava sobre a cama. Eu o levava comigo para aplacar a solidão da estrada e também por segurança.

Tim era um belo e altivo pastor-alemão, de pelagem dourada com manchas pretas, com uma cabeça grande e imponente, e orelhas pontudas e longas. Ele recebeu dois anos de adestramento intensivo *Schutzhund*, na Áustria, e foi treinado para proteção pessoal. *Schutzhund* significa "cão de guarda", em alemão, e o pastor-alemão é uma das raças que competem e recebem o título de *Schutzhund*. Tim ficava ao meu lado em todos os lugares aonde eu ia. Ele dormia aos pés da minha cama, me seguia até a porta do banheiro, e nunca me perdia de vista.

Quando Tim chegou, eu não sabia que ele levava seu "trabalho" tão a sério, até estarmos juntos na gravação de um vídeo e ele insistir tanto em ficar perto de mim que sempre acabava entrando no enquadre. Por fim, peguei uma coleira de couro e o prendi perto do *trailer*, na sombra, ao lado de uma vasilha de água, e voltei para o *set*. Uns dez minutos depois, Tim entrou correndo, arruinando a cena. Ele mastigou completamente a coleira. Eu aprendi a lição, e dali em diante eu o amarrava perto de mim, para que pudesse me ver e ouvir a minha voz. Isso o acalmava. Mesmo assim, para não arriscar, troquei a coleira de couro por uma corrente (que ele também chegou a mastigar em várias ocasiões).

Eu amava Tim e compartilhamos o espaço no ônibus durante toda a turnê de dezoito meses. O barulho da multidão e dos fogos era estressante para ele, por isso, durante o show, Tim me esperava pacientemente no ônibus, deitado na minha cama. No começo da turnê, eu tentei levá-lo para as passagens de som, mas ele ficava em estado de alerta com o ruído dos testes pirotécnicos. Ele começava a latir, arrepiava os pelos das costas e se apoiava nas patas traseiras, procurando a origem do som. O som de tiro era especialmente alarmante para Tim, porque fazia parte do seu treinamento manter-se alerta e me proteger quando ouvisse o tiro de uma arma. Na verdade, ele foi ensinado a procurar armas de fogo e ficava louco, desesperado para fazer seu trabalho e me proteger.

Para deixá-lo no ônibus, nós tínhamos uma pequena rotina: eu usava o quarto para me vestir e, quando estava pronta, o chamava até a cama, beijava sua cabeça e pedia que ficasse ali até a minha volta. E ele ficava. Quando eu voltava, ele praticamente rolava comigo de tão feliz e aliviado em me ver novamente e poder fazer seu trabalho. Na minha ausência, ele ficava muito ansioso, porque seu treinamento era para nunca sair do lado da pessoa que deveria proteger. Era preciso deixá-lo durante uma hora para a checagem do som nos dias de show e aproximadamente duas horas, durante os shows, mas Tim logo se recuperava. Eu o levava para passear e fazer suas necessidades, antes de tirar as roupas de palco suadas, tomar uma ducha, vestir um pijama e relaxar para a viagem. Naturalmente, Tim enrolava um pouco até resolver seu problema, especialmente quando estava chovendo.

Depois do banho, eu avisava Larry para seguir viagem. Tomar banho com o ônibus em movimento era como estar em um terremoto, de pé, sobre um piso ensaboado. Eu tentei e percebi que, a menos que quisesse quebrar o pescoço, o ônibus precisaria estar estacionado na hora do banho. Eu deveria ir direto para a cama, mas nunca durmo bem estando em movimento, o que não é muito prático em uma turnê, mas os prós superaram os contras. Geralmente, ficava acordada e conversava com Helene, ou falava ao telefone, ou assistia a um filme durante as primeiras horas de viagem para a próxima cidade, enquanto me esbaldava com meu lanche nada comportado de fim de noite: refrigerante e pipoca com *cheddar*.

É incrível o conforto que se pode ter em um ônibus. Meu espaço pessoal ficava na parte central, separado da área de estar e do dormitório de Larry e de Helene, na parte traseira. Helene e eu compartilhávamos uma porta lateral, mas a disposição me proporcionava bastante privacidade.

A viagem de uma cidade para outra durava por volta de seis a dez horas, e eu permanecia boa parte do tempo acordada, antes de finalmente sucumbir — para ser acordada algumas horas depois, quando chegávamos ao estacionamento, no local do evento ou nas proximidades. O ônibus era manobrado, até parar completamente. Era impossível dormir no ônibus estacionado. Larry, depois de guiar a noite toda, procurava um hotel com Helene para dormir com mais conforto, e eu ficava com Tim.

Nessas paradas, Tim não sossegava até sair do ônibus. Eu não ficava tão animada como ele, então, arrumamos um jeito para resolver a situação. O ônibus tinha um piso especial, e abria uma rampa que levava até um compartimento para bagagem, na parte de baixo. Sem sair do compartimento, eu podia prender Tim em uma coleira ligada a um cabo do lado de fora e deixá-lo sair por uma escotilha no chão. Ele podia fazer suas necessidades e correr à vontade, e se quisesse ficar na sombra, podia se esconder sob o compartimento. Eu conseguia observá-lo através de uma câmera de segurança, até que estivesse pronto para voltar. Funcionava perfeitamente.

Às vezes, conseguíamos acampar em uma fazenda nos arredores, e eu tinha a oportunidade de montar Dancer. É verdade! Ele também acompanhava a turnê, transportado em uma cocheira móvel. Poder montá-lo e curtir a natureza era algo que me ajudava a clarear as ideias — eu realmente procurava fazer o máximo com meu tempo limitado. Depois de ficar acordada metade da noite, geralmente eu levantava por volta das dez ou onze horas, então saía para cavalgar, quando Dancer estava comigo, ou passeava com Tim, e antes que percebesse, já eram quase três da tarde, hora de ir ao local do evento para a passagem de som. No geral, minha vida na estrada era bem organizada. A configuração personalizada tornou os dezoito meses de turnê bem administráveis.

A primeira etapa nos Estados Unidos nos levou a aproximadamente oitenta cidades e terminou com dois shows no anfiteatro do Miami Bayfront Park, em meados de janeiro de 1999. Àquela altura, o álbum *Come On Over* já tinha um ano e mais duas músicas haviam chegado ao primeiro lugar, o *rock* pesado, *Honey, I'm Home* e a canção romântica *From This Moment On*.

Honey, I'm Home, com uma pegada dançante contagiante, antes de alterar o ritmo no refrão, é uma espécie de versão divertida do clássico de Johnny Paycheck, *Take This Job and Shove It*, mas sob uma perspectiva feminina. Não tenho certeza, mas acho que posso dizer que é o único sucesso na história da música *country* que faz referência à TPM. *From This Moment On*, praticamente uma promessa de casamento, foi minha primeira música gravada por outro artista, Bryan White, e a ter uma versão internacional, com o vocalista do grupo *Boyzone*, Ronan Keating. Algumas vezes, durante as duas turnês, rapazes pediam suas namoradas em casamento durante a apresentação desta música. Inúmeros fãs comentaram que a canção era muito tocada em casamentos. Esta foi uma utilização inesperada da música que me agradou. Agora, ela pertencia ao público, e muitas pessoas a escolheram para selar seus compromissos. Alguns casais vinham ao meu show com o figurino completo do casamento. Eu simplesmente adorava ver aquilo.

A música move as pessoas e eu me emocionava ao ver o quanto minhas canções mexiam com os fãs. Era para isso que eu fazia música, e era isso que fazia todo o trabalho duro valer a pena. Eu sentia prazer com o prazer que a música trazia para eles e suas vidas. *You're Still the One* e *From This Moment On* alcançaram o primeiro lugar na parada do Adult Contemporary e ficaram entre as cinco mais no Hot 100.

Quando voamos para a Austrália, para sete shows em fevereiro, *That Don't Impress Me Much* estava entre as Top 10, nas paradas *country* e *pop*. Uma canção irônica depreciativa sobre homens que se acham o máximo, mas, na realidade, acabam sendo esnobados, semelhante ao sucesso de Carly Simon de 1973, *You're So Vain*, exceto pelo fato de que na sua música, o cara em questão é tão obcecado consigo mesmo que acha inconcebível que ela se interesse por outro. Por outro lado, o meu homem é tão vaidoso e condescendente, e acima de tudo, desinformado, que não se reconheceria como protagonista de *That Don't Impress Me Much*. Na verdade, ele provavelmente ouviria a letra e diria, "Cara, este sujeito deve ser um idiota!" A personagem era fictícia, mas representou um estereótipo que a maioria das mulheres, na faixa dos trinta anos, já encontrou pelo menos uma vez na vida, e neste sentido, eu acreditava que estava escrevendo sobre um tipo bem real.

A canção teve uma ascensão lenta e gradativa, e marcou um retorno ao *country-rock* tradicional. Esse foi o sexto lançamento de *Come On Over*, e ainda tínhamos mais cinco *singles* para mostrar, e mais quatro meses de shows nos Estados Unidos, sem intervalos.

★

Durante a gravação do videoclipe de *Dance with the One That Brought You*, com os atores Charles Durning (à esquerda) e Sean Penn (à direita).
(Cortesia da Mercury Records, uma divisão da UMG Recordings, Inc.)

Sean Penn na direção do videoclipe de *Dance with the One That Brought You*.
(Cortesia da Mercury Records, uma divisão da UMG Recordings, Inc.)

Foto com Tim.

No Cairo, durante a gravação do videoclipe de *The Woman in Me*, em julho de 1995.
(Cortesia da Mercury Records, uma divisão da UMG Recordings, Inc.)

Usando o chapéu cor-de-rosa de Bo Derek na foto tirada por John Derek, na Califórnia, em 1995. *(Cortesia da Mercury Records, uma divisão da UMG Recordings, Inc.)*

Antes de um recesso da turnê, em uma brincadeira com a banda, eu fiz os rapazes usarem figurinos de elastano.

Com a banda durante a turnê de *Come On Over*.

Dancer no Central Park: uma permissão especial foi concedida para um passeio durante a turnê de *Come on Over*.

Meu primeiro encontro com Elton John, em 1998.

Com Tim na gravação do videoclipe de *That Don't Impress Me Much*, em El Mirage Dry Lake, novembro de 1998.
(Cortesia da Mercury Records, uma divisão da UMG Recordings, Inc.)

O diretor Paul Boyd, o figurinista Marc Bouwer e o cabeleireiro Cyril Lanoir, na gravação do videoclipe de *That Don't Impress Me Much*, novembro de 1998. *(Cortesia da Mercury Records, uma divisão da UMG Recordings, Inc.)*

Com Marc Bouwer na gravação do videoclipe de *Man! I Feel Like a Woman!*, em Nova York, janeiro de 1999. *(Cortesia da Mercury Records, uma divisão da UMG Recordings, Inc.)*

Com Eja, em Milão,
outono de 2001.

A primeira neve de Eja, na
Suíça, no inverno de 2001.

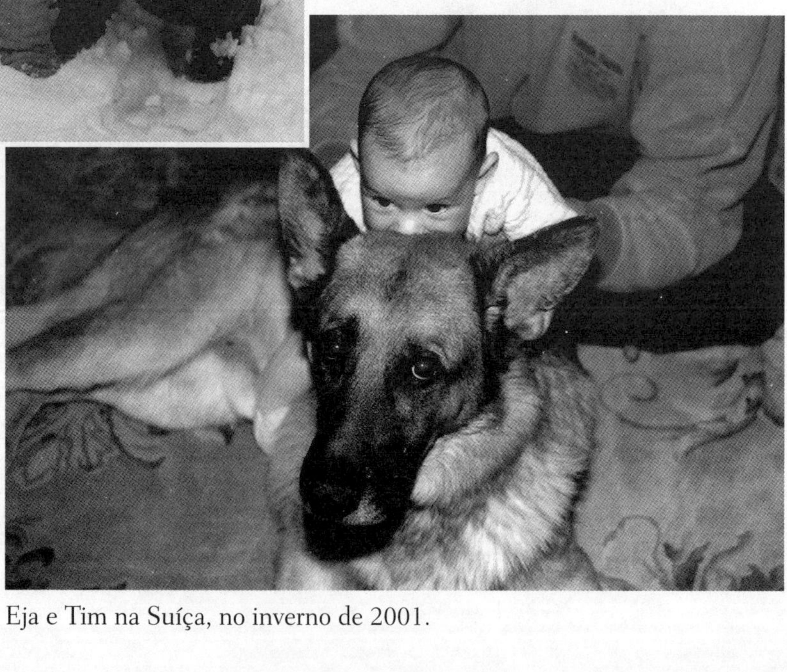

Eja e Tim na Suíça, no inverno de 2001.

Com Eja, no intervalo de uma sessão de fotos, na primavera de 2002.

No CMA Awards, em 2003, com Jason Owen, meu empresário, que na época era meu assessor de imprensa.
(Crédito: Ed Rode/EdRode.com)

Show para 50 mil pessoas no Chicago's Grant Park, em 17 de julho de 2003.
(Créditos: NBCU Photo Bank/Paul Drinkwater).

Com Fred, na casa de campo no Lago Bays, no Canadá, em 2010.

Las Vegas, outubro de 2010.

Com Eja, alimentando um jovem alce no Canadá, no Natal de 2009.

Blackstone House, em Mustique, enquanto escrevia este livro, em março de 2010.

Em casa, na Suíça, feliz por voltar a compor, em 2010.

Com Eja, em um passeio na montanha com vista para a cidade onde moramos, em Genebra, 2010.

Com Eja, no lago de Genebra, no verão de 2010.

24

Vamos para o exterior

Até os vinte e sete anos eu era uma provinciana e nunca tinha saído do Canadá. O casamento de quatro anos com Mutt, que viveu e trabalhou em vários continentes, expandiu consideravelmente meus horizontes, e em 1995, eu fui ao Egito para rodar o videoclipe de *The Woman in Me (Needs the Man in You)*. Em 1999, a turnê "interminável" de *Come On Over* me levaria à Austrália e Europa, e depois, meu marido e eu nos mudaríamos para a Suíça.

Compramos uma propriedade estilo château francês na Riviera Suíça. O pensamento do tipo "o mundo é nossa concha" nos fez considerar muitos lugares diferentes para morar. Podia ser em qualquer canto do mundo. Estávamos abertos para experimentar algo novo, mas nosso objetivo era encontrar um lugar onde pudéssemos ser anônimos, com uma bela paisagem e de fácil acesso aos Estados Unidos. Avaliamos qual idioma gostaríamos de aprender, se a língua local não fosse o inglês. O croata, por exemplo, não seria a primeira escolha, mas as línguas como italiano, espanhol e francês pareciam bem atraentes.

Eu tinha uma base de francês, graças à cultura bilíngue do norte de Ontário. Então, pesquisamos os países de língua francesa e quando nos deparamos com a Suíça, fomos cativados pelas paisagens dos Alpes e pelas águas verdes do lago de Genebra. A comida era requintada e abrangia do rústico ao gastronômico. A princípio, as pessoas pareciam austeras e distantes, mas estávamos procurando um lugar para nos resguardar, porque durante uma parte do ano sempre viajávamos pelo mundo a trabalho.

O imóvel que encontramos tinha uma vista maravilhosa de todas as janelas e era um marco histórico, de arquitetura e design impressionantes. Era o lugar onde gostaríamos de estar. Nosso plano era terminar a reforma até o final do ano, no final da turnê. Mutt viajava constantemente para supervisionar o trabalho na casa; e mesmo sem estar presente, ajudei a dirigir a reforma e a decoração, sentada no ônibus, com algumas plantas na minha frente. Nosso plano não era viver em Saint Regis Falls permanentemente; depois de anos de viagens constantes — e de minha antiga vida nômade — eu almejava criar raízes. Mas, até lá, ainda tinha nove meses pela frente, com sessenta e quatro datas em sessenta e uma cidades.

De março a junho, depois que voltamos de Down Under, nosso comboio de ônibus e caminhões com equipamentos atravessou os Estados Unidos, do extremo oeste, Moncton e New Brusnwick, até Vancouver e British Columbia, na costa oeste do Canadá; e depois, lá embaixo, em Jacksonville, na Flórida. A viagem à Austrália foi particularmente gratificante para mim, por reconhecer que minha música tinha alcançado o outro extremo do planeta, literalmente. Aproveitei a experiência no interior e fiz um passeio a cavalo pela mata, com alguns fazendeiros locais, em uma tarde de folga. Tivemos sorte de passar por um bando de cangurus apressados, e parecia estar diante de personagens de contos de fadas. *Come On Over* me proporcionou a visita a essa terra distante e exótica, e foi um dos álbuns mais vendidos de todos os tempos, recebendo quinze discos de platina, permanecendo dezenove semanas em primeiro lugar e 165 semanas na lista das Top 100. Na Austrália, foi o álbum mais vendido dos anos 1990.

Uma turnê musical se parece muito com um circo itinerante. A turnê de *Come On Over* empregou mais de cem pessoas: além de mim e dos nove integrantes da banda, tínhamos os motoristas, os ajudantes, os técnicos de som, os responsáveis pelos aparelhos, os fornecedores de comida, os carpinteiros, entre outros. Eu tiro meu chapéu para os *rodies* — responsáveis pela pré-produção desse tipo de espetáculo —, companheiros que demonstravam sua dedicação todos os dias. Seu trabalho era mais difícil que o meu: eles constroem o equivalente a uma boa casa, depois desmontam e embalam tudo, quatro ou cinco vezes por semana, durante meses seguidos. Como Jackson Browne cantou em seu tributo carinhoso aos *rodies,* "The Load Out", "They're the first to come and the last to leave" [eles são os primeiros a chegar e os últimos a sair], e embora viajassem tanto quanto eu, provavelmente descansavam a metade do tempo equivalente.

A monotonia e a pressão da vida na estrada existem para todos, não apenas para a estrela, e nestas condições, estávamos ligados como uma família, principalmente por estar longe de casa e dos entes queridos. Todos tinham suas tarefas, mas também nos divertíamos. Para quebrar a rotina, iniciei uma "loteria da tripulação": depois de cada passagem de som, eu tirava um nome do chapéu e o ganhador recebia 500 dólares. Nos fins de semana, tínhamos duas rodadas. Era uma coisa à toa, mas ajudava a manter a turma animada. E eu me divertia com os sorrisos e a alegria, cada vez que o nome de um integrante da equipe era anunciado.

Uma vez, eu quis dar uma folga para os motoristas. Eu esqueci onde estávamos e para onde íamos (depois de algum tempo, as cidades se misturam), mas para fazer uma surpresa (e pregar-lhes uma peça), contratei motoristas substitutos para os veículos da turnê e aluguei um ônibus de turismo para os nossos motoristas serem transportados como passageiros, e aproveitarem o passeio, sentados e relaxados. Mas eles não sabiam de nada. Eu abasteci o ônibus de turismo com comida e bebida e os convoquei para uma reunião. Quando o último motorista subiu a bordo, achando que iria participar de uma reunião, o motorista contratado fechou a porta e levou nossos motoristas para uma viagem noturna até a próxima cidade. A reação inicial foi de pânico. Eles ficaram aflitos e atônitos por ter outra pessoa sentada no banco do motorista, guiando o ônibus, e além disso, sendo uma surpresa, não tinham levado seus pertences ou celulares, nem mesmo as escovas de dentes. Eles não estavam preparados para o rapto. No final, se divertiram e ficaram gratos pela consideração.

As pegadinhas também eram uma tradição na estrada e as minhas eram muito criativas. Lembro-me de duas, em especial, feitas com a banda. Um raro dia de folga estava próximo e eu queria fazer um almoço de confraternização para todos, mas teria que ser uma surpresa, e contei com a ajuda de alguns membros da equipe, que juraram manter segredo.

Para que ninguém suspeitasse de nada, planejamos segurá-los no local do show, que era onde a maioria da equipe estaria de qualquer forma, carregando o equipamento.

Os integrantes da banda foram informados que eu queria fazer uma reunião privada antes da passagem de som, para discutir o próximo show, que seria gravado para um especial na TV. Os músicos, como a maioria dos artistas de palco, se preocupam com a aparência. Às vezes, de forma exagerada. Com isso em mente, eu encomendei roupas de elastano extremamente justas, tipo aquelas usadas em luta livre. As roupas revelavam praticamente tudo. Eram feitas em cores berrantes, como azul, rosa-choque, amarelo e roxo. Na reunião, eu convoquei animadamente um por um e entreguei o figurino em mãos.

Você precisava ver as expressões de horror. Era possível ler seus pensamentos: *Eu vou ter que entrar no palco usando isto? E para uma apresentação que vai ser filmada, para a posteridade?!?* Até Andy Cichon, nosso baixista bonitão, que tinha um corpo sarado, ficou visivelmente desconfortável com o visual berrante do traje. Eles seguravam a roupa distante do corpo, como se cheirasse a gambá.

"Ok, vamos lá, experimentem a roupa!", eu disse alegremente. Eles se entreolharam, como se pensassem, *Ela não está falando sério!* "Mal posso esperar para vê-los vestidos!" *Ai, meu Deus. Ela está falando sério*. Alguns minutos depois, eles saíram perfilados do camarim, vestidos naquelas roupas apertadas, com um ar sem graça, isso para não mencionar a expressão de dor, na frente da equipe. Em fila, uma banda marcial entrou tocando trompetes, os garçons abriram uma mesa cheia de pratos incríveis, balões subiram sobre nossas cabeças, e os nomes de todos os participantes da turnê apareceram em um telão estendido no local. *Surpresa!*

Todos riram muito daquela situação inusitada, mas o pessoal da banda levou tudo na esportiva.

Se existisse um prêmio para a melhor peça pregada em um grupo de músicos, esta levaria o troféu. Foi uma brincadeira totalmente *high-tech*. Os técnicos de som são responsáveis por garantir que os instrumentos estejam todos polidos, e as guitarras e violões tenham as cordas trocadas e afinadas, enfim, tudo pronto e perfeito para ser usado. Antes de um show, combinei com os técnicos para desafinar todos os instrumentos de cordas que seriam usados em *No One Needs to Know*, um número totalmente acústico. Os técnicos mexeram nas cravelhas, de modo que os instrumentos emitissem um som esganiçado.

Eu não queria sujeitar a plateia a isso, então, para preparar esta pegadinha eu fiz a equipe gravar secretamente a execução da música da noite anterior. Em um grande palco, onde os músicos ficam distantes um do outro, você não escuta a mesma coisa que a plateia, apenas o que o sonoplasta envia para o seu fone de ouvido.

Quando entramos na música, o engenheiro de som colocou a gravação das guitarras da noite anterior. Os únicos sons que saíam do palco eram minha voz e a bateria de J. D. Blair. A plateia ouviu *No One Needs to Know* muito bem executada, sem perceber que o som dos instrumentos era uma gravação. E cada músico ouviu apenas o som deplorável que saía de seu instrumento sabotado. Cada corda soava totalmente fora do tom. E o melhor de tudo, ele não tinha ideia de que os outros viviam exatamente o mesmo pesadelo. Até então, ele se sentia o responsável pelo massacre. *Que diabos estava acontecendo?! Caramba! Shania vai ficar furiosa!* A expressão de pânico dos músicos fez os técnicos quase desmaiarem de tanto rir.

J. D. continuou a tocar, porque não tinha como bagunçar sua bateria, e ele tinha que tocar ao vivo. Se a banda decidisse parar no meio da música por causa da confusão, o público deixaria de ouvir apenas a bateria de J.D. Os outros músicos poderiam parar e recomeçar no meio da confusão, mas é difícil perceber quem está tocando o que naquela música, porque o acompanhamento é feito por uma mescla de instrumentos acústicos.

Porém, ainda não estávamos satisfeitos. Um por um, Brent, Randy e Andy, se dirigiram até a lateral do palco e levaram o instrumento avariado para o técnico substituí-lo por outro que funcionasse. Mas os técnicos simplesmente os ignoraram. Naquele momento, tenho certeza de que os três técnicos poderiam ter ido parar no hospital, atingidos por uma guitarra desafinada na cabeça. Mas, tudo que Brent, Randy e Andy podiam fazer era olhá-los fixamente.

Eles finalmente perceberam e fingiram que tocavam durante o restante da música. O público nunca suspeitou de nada, porque eu consegui continuar séria até o fim. Vocês não imaginam como foi difícil.

Quando você está em turnê, a música geralmente continua depois do show, no ônibus. "Mas, este é o seu trabalho. Você não fica cansada?" De cantar com outras pessoas? Nunca. Passei muitas noites improvisando com a banda que abria os shows, a *Leahy*. Eu conheci este eclético grupo canadense formado por oito irmãos — quatro mulheres e quatro homens entre vinte e trinta e poucos anos, — no Juno Awards de 1998, e achei que poderiam fazer um ótimo show de abertura. Eles não apenas tocavam e cantavam, mas também eram excelentes sapateadores. Muito impressionante.

Sempre que conseguíamos colocar nossos ônibus no mesmo comboio para a próxima cidade, nos reuníamos no ônibus deles até a hora de dormir. O ônibus ficava lotado, mas era divertido. Eu comia cereais Froot Loops direto da caixa e me divertia, rindo e dançando. As garotas me ensinaram a dança do balanço, e todos dançavam em pares, irmã com irmã, irmã com irmão, e como conheciam os passos masculinos, as meninas também dançavam comigo, e eu nunca ficava sem par. O ônibus da banda *Leahy* balançava pela estrada, até restar apenas um em pé, que geralmente era eu.

Ao longo dos dois anos de turnê, alguns dos filhos pequenos dos *Leahy* também nos acompanhavam na viagem. Eu gostava de estar junto com esta família unida; isso me trazia uma noção de realidade e me impedia de afundar no isolamento — uma consequência infeliz da fama e de rodar em uma estrada sem fim.

A falta de liberdade e a solidão não eram fáceis, portanto, as pessoas que me cercavam eram importantes para manter o ânimo elevado. Comecei a sentir o desgaste da falta de liberdade para fazer coisas simples como caminhar sozinha no parque ou sair para comer uma pizza. Era quase impossível fazer qualquer coisa fora do evento sem planejar. Eu amava estar com minha família da estrada, mas também gostaria de poder ficar sozinha. Sentar em um banco às margens de um rio, com o mundo rodando à minha volta, perdida em minha solidão, anônima e livre para estar ali, imperturbável com meus pensamentos, sem precisar me esconder... eu sentia a falta disso.

Às vezes, em turnê, eu me sentia como uma criança cuidada por uma babá, alguém que sempre sabia onde eu estava. Frustrada com a falta de independência, um dia eu decidi escapar. Irresponsavelmente, ignorei completamente as regras de segurança, e sem planejar, sem contar para ninguém... eu saí andando. Pisando firme, como uma criança cansada de ouvir o que deve fazer o tempo todo. Na ocasião, eu me perguntava se estava condenada a viver reclusa e isolada como Michael Jackson. E imaginava como deveria ser difícil para ele. Fugir e me esconder do mundo era algo que eu não poderia suportar. Eu queria sair da bolha e não ficaria satisfeita com um passeio simples com toda a produção, com um disfarce elaborado e acompanhada pelos seguranças à paisana. Eu aceitava isso para minha vida profissional mas não para a vida real!

Vesti uma roupa de ginástica e um boné, e saí andando do local do evento para a rua, e num instante, estava livre. Foi em um dia de show, depois da passagem de som, por volta das quatro da tarde. Eu ainda tinha algumas horas antes do show, escolhi uma direção e simplesmente saí caminhando. Eu me sentia livre e leve. Risonha e alegre, satisfeita por ter tomado a decisão de ir a algum lugar por conta própria. Sem seguranças, sem dizer a ninguém que ia sair ou para onde ia, como um cidadão normal do mundo civilizado, eu simplesmente saí para passear. Nada de mais. Mantinha a cabeça abaixada, evitando o contato visual, e durante algum tempo minha escapada estava indo muito bem. Era uma tarde agradável e ensolarada, perfeita para dar uma volta e eu estava aproveitando minha aventura. Entretanto, logo chegou a hora de voltar para o mundo real e surreal da minha bolha.

A uns dez minutos do local do evento, eu percebi que as ruas estavam ficando cheias de pedestres. A cada quarteirão havia mais e mais pessoas, e antes que percebesse me vi no meio de uma multidão que se dirigia para as várias entradas do local. O local do meu show. Ombro a ombro com as pessoas, esfregando meu rosto em seus peitos e costas, eu estava no meio do público. Era muito estranho caminhar atrás de uma pessoa, olhando para mim mesma estampada na parte de trás de sua camiseta. Eu pensei, *Como vou sair daqui sem ninguém me notar? Desta vez me meti numa fria.* Eu me sentia como uma criança travessa que se prepara para ouvir uma bronca quando chegar em casa. Imaginei que ouviria coisas como: *Onde é que a senhorita foi? Nós estávamos terrivelmente preocupados com você. Você poderia ter se metido em uma encrenca. Você tem uma responsabilidade e é melhor levar a sério e parar de sumir quando bem entende!* É verdade, eu não tinha avaliado bem o tempo; não passou pela minha cabeça que estaria voltando para o local do evento na mesma hora que outras vinte mil pessoas, todas ali para me ver, e que ficaria parada no meio delas.

Eu não tinha levado o celular, portanto não tinha outra escolha senão me misturar com a multidão de fãs, até conseguir entrar. A ideia de que eu poderia atrasar meu próprio show me fez rir. Eu me conformei por estar em uma fria e decidi aproveitar o momento. Todos estavam animados e tagarelavam. Eu prestava atenção nas conversas perto de mim:

"Com qual música você acha que ela vai abrir?" "O que será que a Shania vai vestir esta noite?"

"Espero que ela cante *You're Still the One*. É a minha preferida."

"Vou tentar chegar ao palco e pegar um autógrafo".

Eu me perdi temporariamente no meio da vibração do público e fantasiei que estava ali para assistir a um dos meus artistas preferidos. Eu entendia o sentimento dos fãs, porque imaginei que a cada passo em direção da entrada, estaria mais próxima de Prince ou Michael Jackson, por exemplo, que eu adorava e nunca tinha assistido ao vivo.

Não posso imaginar muitos artistas que tenham a oportunidade de ficar "invisíveis" no meio dos fãs e vivenciar em primeira mão a chegada ao show, sentir a emoção crescer. Confesso que foi uma emoção que vou guardar para sempre. Especialmente porque acredito que terei o bom senso de nunca mais fazer isso, se não quiser me atrasar para meu próprio show!

Finalmente, cheguei até a entrada. "Onde está seu ingresso?", me perguntou o segurança. Obviamente, eu não tinha um.

"Sou eu", sussurrei. Mas não esperava que ele acreditasse em mim. Antes que eu percebesse, um integrante da equipe que passava por ali me puxou para dentro. "O que você está fazendo lá fora?!", foram suas primeiras palavras. "Lá fora". Hoje, estas palavras ecoam em mim quando penso. Quando eu estava no ambiente protegido da turnê, não havia um limite para atravessar, mas eu saí "fora" dela, como a passagem de uma realidade a outra. De qualquer modo, contei a história, dizendo que tinha saído para caminhar e calculei mal o tempo para voltar. Ele me olhou incrédulo, como se dissesse, "Isso foi estranho", e me levou até os bastidores para me preparar para o show.

A etapa norte-americana encerrou em 1º de julho, com um concerto no Hollinger Park, diante de vinte e duas mil pessoas — o maior evento na história de Timmins. Nesse mesmo parque, eu e minhas duas irmãs, Carrie e Jill, caminhávamos juntas. A piscina pública ficava acima da estrada e o McDonald's, onde trabalhei no tempo de colégio, ficava do outro lado da rua. No verão, o parque recebe eventos musicais, em um dos quais eu participei com a banda *Longshot*. Entramos em um concurso de talentos, em uma categoria do tipo "batalha de bandas", e ganhamos o primeiro lugar. (Na foto daquela apresentação, estou usando os *mukluks* que minha avó me deu.) O parque construiu palcos para aqueles eventos, da mesma forma que construiu o palco que usei dezoito anos depois, durante a turnê de *Come On Over*.

Eu estava feliz durante o show, localizando tantos rostos familiares na plateia. Eu não parava de identificar pessoas que eu conhecia ou reconhecia, enquanto meus olhos passeavam pelo público: familiares, amigos, colegas de escola que eu não via desde o colegial, vizinhos, comerciantes. Era como se eu conhecesse todos pessoalmente, e senti uma espécie de orgulho da minha cidade natal, sabendo que todos estavam ali para celebrar comigo. Era como uma festa de aniversário, onde todos compareceram. Eu senti seu carinho e reconhecimento, e a importância e o significado que tinha para eles. Provavelmente era o ego se sobressaindo, dando a falsa impressão de valor, mas depois de trabalhar duro durante anos para conseguir algo, é gratificante saber que é querido. Nunca sei onde traçar o limite entre a auto-estima e o valor real. Só sei que, naquele dia, senti que merecia aquele aplauso, e eu estava curtindo aquele prazer.

Eu fiquei imaginando o que o povo da minha cidade pensava a respeito daquele show e de mim. Foram ali como fãs verdadeiros, que ouviam minha música ou apenas estavam curiosos para me ver de novo pessoalmente, depois de tanto tempo? Será que achavam interessante o fato de que um deles conseguiu se realizar ou estavam apenas aproveitando um dia no parque, em um evento qualquer? Eu realmente não sabia o que esperar da minha cidade natal, e imaginei o que eles estavam pensando e que os seus motivos para estar ali naquele dia eram provavelmente uma mistura de tudo isso. Mas sei que meus amigos e minha família estavam orgulhosos de meu sucesso e foram ali para curtir minha presença. Em geral, senti que a multidão estava entusiasmada e me apoiava. Para mim, foi um passeio pelas lembranças e um jeito de ver em perspectiva meu percurso na vida, estando em contato com meu lugar de origem.

De Timmins, voamos para Glasgow, na Escócia, para o primeiro de quatro shows no Reino Unido. O ano de 1999 marcou o avanço de *Come On Over* na Europa. Mas, antes de ir para a Europa, mandei Dancer para a Suíça, onde nosso *château* estava pronto, e nos mudamos de uma vez por todas para lá. Na véspera da minha partida, Dancer estava brincando fora do estábulo com os outros cavalos e levou um coice no joelho. Foi difícil avaliar a extensão do dano naquela noite, e ele teve que ser levado a uma clínica para fazer exames e tirar uma radiografia. Não me senti bem em deixá-lo, mas tinha que fazer meu próximo show.

Alguns dias depois, recebi uma ligação de Mutt, que partiria meu coração. Era de manhã, bem antes da passagem de som. "Dancer se foi", ele me disse. Nada pôde ser feito para salvar seu joelho, que estava quebrado, e como Dancer já tinha quinze anos, o veterinário achou que não havia outra escolha senão sacrificá-lo. Eu fiquei fora de mim. Como o veterinário pôde matar Dancer? Por que ele não falou comigo para, ao menos, se explicar, antes de tomar a liberdade de matar meu príncipe, meu amigo adorado? Uma onda de raiva e tristeza tomou conta de mim. Eu havia perdido meu menino lindo.

Eu me senti vazia e solitária depois da notícia sobre Dancer. Eu já me sentia pouco confortável em minha bolha, e perdê-lo naquele momento foi como perder um membro, uma parte de mim. Foi um ataque brutal a minha integridade, que me fez sentir diminuída, menos que nada. Agora, eu estava ainda mais sozinha, insegura e infeliz. Depois da notícia da morte de Dancer, passei dias mentalmente paralisada na minha tristeza, e me apresentei nos shows ligada no piloto automático. Nunca me recuperei da perda de Dancer e ainda sinto muito a sua falta.

Estávamos nas três últimas semanas da turnê de *Come On Over*, que terminaria antes do Natal, em West Palm Beach, na Flórida. À essa altura, já tinha aprendido tudo sobre ser uma artista internacional em turnê, e mais ainda sobre solidão, cansaço, isolamento e falta de inspiração. Eu não compus nada, e como meu amigo mais próximo era um cavalo, isso diz muito sobre minha vida pessoal. E até ele tinha partido. Apesar disso, essa foi uma das maiores turnês de 1998 e 1999. O álbum não dava sinal de que iria desacelerar. Na verdade, durante a semana do Natal, *Come On Over* vendeu 355 mil cópias, mais do que em qualquer semana desde o seu lançamento, há mais de dois anos. O CD atingiria a marca de 39 milhões de cópias vendidas no mundo.

Reconheço que isso é motivo de orgulho, mas quebrar recordes não era meu objetivo. A música é uma forma de arte, não um esporte como o hóquei, em que alguém está sempre se esforçando para, por exemplo, ultrapassar o número de gols de Wayne Gretzky em uma única temporada. Gosto de me apresentar e cantar para grandes plateias, mas minha maior emoção está em ser uma compositora. Aqueles números extravagantes, cheios de zeros, surgiram de uma simples canção composta com um violão. Iniciada até mesmo sem letra ou um título.

Até hoje, a forma como uma canção é feita continua sendo um processo misterioso e impreciso, e por isso, tão gratificante. Todo compositor tem uma abordagem individual, além da motivação e da inspiração por trás de uma composição. As canções são como impressões digitais — criações únicas. Assim como o significado que uma música tem para o ouvinte é extremamente pessoal. Uma mãe me disse que sua canção preferida era *From This Moment On*, porque era a música que ela ouviu ao dar à luz ao seu filho. Outra me escreveu contando que minha música era eterna para ela, porque foi a canção que seu filho pediu que fosse tocada durante seu funeral, para levar alegria, e não tristeza, às pessoas próximas. Esta não era minha intenção quando a compus, mas acredito que como qualquer canção, ela pertence a quem reivindicá-la e ganha o sentido escolhido pelo ouvinte.

O artista finaliza uma música, aperfeiçoa e grava da melhor forma possível. E, ao obter um conjunto de músicas, lança-as ao mundo, e nunca sabe qual será a repercussão. Elas o emocionam, são cheias de significado, mas será que alguém vai ouvi-las? Quando existe a comprovação de que os sentimentos colocados em palavras se ligam de alguma forma aos outros seres humanos pelo mundo... uau! Mas também não precisa ser sempre tão profundo. Assim como muitos casais adotaram *From This Moment*

On como sua canção, há quem goste de *Rock This Country* só porque é divertida e cativante. E muitos outros ouvintes não sabem dizer por que gostam tanto de uma determinada música. Eles só sabem que são tocados por ela. Isso é suficiente.

No final da turnê de *Come On Over*, Bo Derek me convidou para uma viagem: uma semana visitando haras na Espanha e em Portugal, com ela e algumas amigas: as atrizes Daryl Hannah e Tatjana Patitz, Diandra Douglas, na época, esposa de Michael Douglas, e Shekar, uma princesa turca. Era um grupo grande, e embora não me identificasse com todas aquelas beldades, acabei indo junto, para admirar minhas criaturas preferidas dentre todas as que Deus fez, como um presente depois de três anos de dedicação ao trabalho com *Come On Over* — as promoções de todos os *singles* na rádio e TV, as produções de vídeo, horas infindáveis de edição, fotos, entrevistas, composições, gravação e a turnê; no final, achei que merecia. Espanha e Portugal se orgulham de seus magníficos cavalos, e nós visitamos os criadores mais notáveis da região. Pensei que talvez eu pudesse encontrar outro cavalo andaluz.

Apesar de todos os animais impressionantes que vi e montei durante a viagem, meu coração não se convenceu. Para mim, nenhum outro poderia substituir Dancer. Eu ainda não estava pronta para um ter um novo cavalo.

Em Portugal, assistimos a um jogo de *horseball*, uma mistura de polo, rúgbi e basquete. O jogo é disputado por dois times de quatro cavaleiros, e o objetivo é fazer um gol, arremessando a bola na rede adversária. Parece bem inofensivo, mas ainda não cheguei à parte de rúgbi propriamente dita.

Na medida em que o time galopa através do campo na direção do gol, os jogadores devem passar a bola para trás e para a frente. A bola, quase do tamanho de uma bola de futebol é envolvida em uma rede de couro, que facilita o manuseio. Soube que, originalmente, o jogo era realizado com uma cabeça humana, que o jogador agarrava pelos cabelos. A equipe que está na defesa tenta impedir os adversários de marcar, bloqueando o lance ou arrancando a bola das mãos do oponente, ou ainda, usando os cavalos para empurrar os animais do time rival. O jogo é veloz e de combate físico agressivo. Dizem que o esporte teve origem na Argentina durante o século 18 e acabou sendo banido após a morte de muitos participantes.

Eu achei emocionante assistir ao *horseball*, talvez por causa de minha afinidade com o hóquei. No final da viagem, quando Bo e as outras garotas voltaram às suas vidas cotidianas, eu ainda tinha uma semana de folga e decidi ficar para aprender a jogar. Era a primeira vez em um ano e meio que eu não tinha um empresário, um assistente ou um segurança no meu calcanhar. Estar em um país estrangeiro, sem falar espanhol, na companhia de estranhos, era realmente uma oportunidade de ficar fora, fazer algo espontâneo e completamente desligado de minha vida profissional. Eu sempre gostei de desafios atléticos e o *horseball*, por exigir muito fisicamente, podia ser considerado um desafio.

Confesso que me diverti muito. Meu corpo doía com o esforço físico. Toda manhã, acordava tão tensa que quase pegava o telefone para cancelar a aula prática. Mas, depois de uma ducha, minha determinação ganhava vida e eu estava pronta para voltar à luta. No final da semana, já estava viciada. Meus dedos ficaram marcados, luxados e feridos, e meu polegar estava deslocado, mas o aquecimento, a excitação e a adrenalina do jogo mascaravam a dor. Depois do período mais difícil de minha carreira, além do sucesso que eu nunca teria imaginado, da perda do meu amado Dancer, eu havia decidido me presentear com o prazer de fazer algo agradável e rejuvenescedor. Mesmo que doesse um pouco.

★

25

Enfim, em casa!

Nós demos as boas-vindas ao novo milênio em nossa nova casa, em um novo país. E, ao contrário de nosso antigo lar, ao norte do estado de Nova York, eu senti que pertencia a este lugar, porque depois de cinco anos de viagens quase incessantes, minha agenda estava livre. Depois de quase trinta e cinco anos, finalmente consegui me estabelecer.

E que lugar. Vou começar com a casa, um castelo suíço elegante, em estilo francês, no topo de uma colina, com vista para o lago de Genebra e os Alpes franceses. O castelo, um marco histórico, abrigou uma escola de arte nos últimos anos, e embora a mansão e os jardins estivessem em bom estado, foi necessário fazer uma boa reforma para transformar o magnífico edifício em uma casa novamente. Praticamente todos os cômodos precisaram de reparos nas paredes, portas, e na parte elétrica e hidráulica. Todas as pias, chuveiros e acessórios também foram substituídos.

Além disso, foi preciso mexer na cozinha, ou melhor, tivemos que construir uma cozinha. A casa não tinha cozinha, que deve ter sido removida em vez de remodelada, porque afinal, uma escola de arte precisa apenas de salas. Eu nunca soube onde ficava a cozinha original, mas acho que provavelmente era no porão, já que a maioria das famílias nobres não cozinhava, mas tinha uma equipe de cozinheiros e serviçais que trabalhava em uma área discreta da casa. Eu resolvi que a cozinha seria o coração da casa, um ponto central, onde todos pudessem se encontrar a partir de qualquer lugar da casa.

Como eu nunca tinha tido uma casa própria permanente, gostei da novidade de construir um ninho onde Mutt e eu viveríamos felizes e nos amaríamos para sempre. Era um conto de fadas. Durante os últimos meses da turnê, eu podia ser vista estudando os projetos, cercada de revistas de decoração e pilhas de amostras de tecidos. Ainda bem que boa parte da estrutura original estava conservada, como o assoalho de tacos de madeira e várias escadas, pilastras e lareiras de mármore. Belos painéis de carvalho francês forravam o pé-direito alto da sala de estar, e a casa toda mantinha as portas e os caixilhos das janelas originais, também feitos de carvalho, além das ferragens e maçanetas de latão.

Durante uma viagem, visitei Versailles e aprendi a apreciar os diferentes períodos de arquitetura e design, e passei a me interessar e observar detalhadamente os materiais, luminárias, tecidos, cores e formas. Fiquei especialmente atraída pelo período Renascentista, quando Versailles foi construída. Queríamos colocar nossa marca no castelo — torná-lo aconchegante e confortável — porém, mantendo a decoração no estilo original. Eu achava que não deveria interferir em uma joia arquitetônica como aquela. Escolhemos principalmente tecidos franceses clássicos, no estilo dos anos 1700 e 1800, dos dias em que Maria Antonieta ainda tinha a cabeça. As molduras de madeira lembravam o cenário de uma sala de chá da realeza, mas com móveis maiores e mais confortáveis do que os originais. Eu encomendei telas de bronze personalizadas para as lareiras, projetadas a partir de moldes originais de Versailles. Os pisos foram decorados com tapetes Savonnerie e Aubusson, de estilo renascentista. Lustres de cristal, abajures de alabastro e cerâmica e várias esculturas de bronze antigas, completavam a decoração. Tudo era muito palaciano e exuberante, para agradar a uma princesa. Eu aprendi com o tempo, folheando revistas de decoração do período renascentista e barroco, e garimpando peças em antiquários europeus, a fazer jus ao belo estilo da casa. Dada minha origem humilde, às vezes eu me sentia um pouco como a Cinderela no baile. *Será que vou realmente viver aqui?*

Meus cômodos preferidos eram a cozinha e o quarto, que mais tarde seria usado por meu filho. O fogão de ferro fundido da Aga era uma obra de arte esplêndida, com acabamento em esmalte creme, acessórios pretos e detalhes em latão. Como eu não sairia em turnê tão cedo, ele iria trabalhar bastante.

Enquanto isso, Mutt, apaixonado por paisagismo, transformou completamente o jardim. Ele plantou centenas de roseiras de diferentes variedades por toda parte; elas transbordavam dos canteiros para se agarrar às paredes de treliça e às varandas, que ofereciam uma vista panorâmica do lago e dos alpes. Era uma paisagem deslumbrante: montanhas íngremes, cobertas de neve, que submergiam no lago, alimentado pelas geleiras alpinas que o deixavam claro como cristal.

As terras cultivadas se estendiam ao longo dos planaltos e vales da região. As fazendas suíças não se parecem com outras fazendas que conheci. Elas são limpas e pequenas, como aquelas dos livros infantis: celeiros em forma de chalé, feitos de madeira e casas com telhados de cedro ou de pedra. As janelas têm jardineiras coloridas e floridas, repletas de botões em cascata. Todas as vidraças são enfeitadas com delicadas cortinas de crochê e bebedouros pendem à espera dos pássaros. Todas as construções são perfeitas, compactas e bem conservadas. Elas me lembram a aldeia dos Smurfs; como se milhares deles vivessem naquelas belas aldeias e conservassem tudo impecável e limpo. Parece que tudo é visto através de lentes de alta definição, ampliando uma paisagem que já é perfeita. Ou como se alguém tivesse usado o Photoshop. Eu me delicio com estes pequenos e doces agrupamentos rurais cada vez que me deparo com um. Parece que estão sempre prontos para se tornar um cartão postal.

A primeira vez que me deparei com essa paisagem pastoril, pensei alegremente, *Estou apaixonada por este lugar. Quero viver aqui, amar aqui, me aconchegar aqui e comer chocolate.* (Eu nem mesmo amo chocolate, mas o chocolate suíço é excepcional.) Tim, Mutt e eu fazíamos longas caminhadas pelas colinas. Certa vez, enquanto Tim bebia água em um dos riachos que cortam o terreno, seu rabo roçou numa cerca elétrica pertencente a uma fazenda de gado. Zap! De repente, ouvi meu pobre cão uivando de dor. Aquelas cercas eram carregadas com voltagem suficiente para desencorajar um boi de 450 kg de fugir. Tim teve a sorte de não se ferir gravemente.

Fora isso, a região do lago era o lugar perfeito para estar depois de sair da estrada e da loucura do mundo em que eu vivia. E por um bom motivo:

quase ninguém sabia quem eu era. Isto é, eles deviam conhecer as músicas de *Come On Over* — que vendeu em torno de 7 milhões de cópias na Europa — mas eu, a artista, não era considerada grande coisa na Suíça. Só isso já me trouxe um tipo de liberdade que eu não sentia há anos. Eu não me importo de ser reconhecida em público. Quero dizer, alguém que vendeu milhões e milhões de discos e de repente não é parada na rua, vai querer ligar para o seu empresário e perguntar o que há de errado com sua carreira. Mas é gratificante quando estranhos se aproximam de você, não porque você é famoso, mas porque querem ser amigáveis. (Ou, então, apenas porque precisavam de informações e percebiam que eu era do lugar!) Na verdade, celebridade ou não, sinceridade é difícil de se encontrar e deve ser valorizada.

A vida longe da fama teve um efeito saudável. Aos poucos, o escudo protetor construído ao longo dos últimos anos, começou a se dissolver e eu passei a fazer contato visual com estranhos novamente. Poder vagar pelas ruas como todo mundo foi uma revelação para mim. De vez em quando, alguém, geralmente um turista, me reconhecia e pedia um autógrafo ou uma foto. Isso ficou tão natural que eu baixei a guarda. E quer saber? Agora, aquilo era apenas uma surpresa agradável, como a de uma criança que acha um doce esquecido no bolso.

A única desvantagem de viver em um lugar onde ninguém me conhecia era que eu também não conhecia ninguém. Eu sentia falta de Kim, Stacy, Helene e dos meus parentes no Canadá. Afinal, tinha acabado de sair da estrada, onde estava cercada de pessoas que eram como uma família substituta. Mesmo com tanta reclamação sobre o cansaço, esta é a parte da turnê que eu mais valorizo: os relacionamentos que você estabelece.

No início, me senti desambientada no meu novo país, cuja língua eu não falava fluentemente. A única amiga era uma franco-italiana, cinco anos mais nova que eu, chamada Marie-Anne, secretária de Mutt e nossa intérprete durante a reforma, porque nenhum dos trabalhadores falava inglês. Marie-Ann passou a maior parte de sua vida na região, por isso eu dependia dela absurdamente, até mesmo para aprender a usar os parquímetros.

No início, Marie-Anne agia com uma certa frieza, o que eu atribui à timidez. Ou talvez fosse a barreira do idioma, que evitava uma comunicação mais profunda. Começamos a nos aproximar quando ficamos grávidas, com uma diferença de quatro meses.

Mutt e eu optamos por não formar uma família logo no início do casamento, mas eu estava aberta para essa possibilidade algum dia. Ainda assim, não tinha em mente um momento específico. Eu respeitava a preferência de Mutt: ele não pensava em ter filhos, mesmo não sendo contra. Então, deixamos as coisas rolarem. Assim que a turnê de *Come On Over* terminou e eu me adaptei à vida fora da estrada, decidimos ter um filho. Descobri que estava grávida em novembro de 2000 e o bebê estava previsto para 22 de agosto de 2001.

Senti a falta da minha família durante a gravidez, porque era algo que eu queria compartilhar com as mulheres da minha vida e não apenas com meu marido. A companhia feminina, nessa fase, funciona como uma irmandade solidária. Minha mãe já não estava mais aqui; minhas irmãs estavam em outro continente, com Mary, Helene, Kim e Stacy. Mais uma vez, me senti muito solitária.

Como Marie-Anne e eu estávamos grávidas, nossos laços de amizade se estreitaram. Frequentamos juntas as aulas de Lamaze, fomos ao mesmo obstetra e ela acabou usando a mesma sala de parto que eu, ao dar à luz meses depois. Basicamente, passamos juntas por essa experiência incrível de ser "mãe de primeira viagem". Eu respeitei o desejo de Mutt de proteger nossa privacidade, por isso tive pouco contato com minha família durante a gravidez e nas primeiras semanas depois do parto. Lamento que minhas irmãs não estivessem presentes no dia do nascimento de Eja. Marie-Anne foi minha única companhia nesse evento tão especial da minha vida.

No dia 12 de agosto de 2001, um domingo, logo depois da meia-noite, a bolsa rompeu, quase duas semanas antes da data prevista. Mutt e eu estávamos em casa.

"O que acontece agora?", ele perguntou, aflito. Eja foi seu primeiro filho, portanto, Mutt era tão novato no assunto quanto eu.

Assegurei que não era necessário correr para o hospital, que ficava a apenas três minutos de distância. E que tínhamos até vinte e quatro horas para o bebê chegar — pelo menos era o que eu tinha entendido das aulas de Lamaze. "Vamos tomar uma ducha e depois iremos para o hospital", eu disse. "Não tem problema". Eu não estava com medo ou preocupada.

Menos de quinze minutos depois do rompimento da bolsa, passei a ter contrações de dois em dois minutos, depois de um em um, e eram tão intensas que eu arqueava o corpo de dor. Ligamos para meu obstetra, Dr. Stoll, e eu mal conseguia encontrar as palavras para tentar explicar o que estava acontecendo. Ele pediu que fôssemos encontrá-lo no hospital imediatamente.

Quando recebeu nossa ligação, o Dr. Stoll estava observando as Perseidas, uma chuva de meteoros que iluminava o céu. Mais tarde, ele nos contou que não se incomodou com a interrupção. "Fiquei encantado", ele explicou, "porque o parto aconteceria num momento em que o universo mostrava sua magia; é um bom sinal".

Meu marido e eu poderíamos ter usado essa intervenção sobrenatural, porque a caminho do hospital nos deparamos com sinais amarelos piscantes e indicações de desvio. *Obras? A esta hora? Você deve estar brincando!*

"Tem algum jeito de passar por aqui?", perguntou Mutt. "Minha mulher vai ter um bebê e precisamos chegar ao hospital imediatamente." O homem que sinalizava o local do desvio não conseguia entender o parco francês de Mutt ou não estava nem aí com o que estava chegando — bebê, bomba ou o fim do mundo. Ele apontou na direção do caminho mais longo. À essa altura, eu estava me sentindo como uma vítima de tortura medieval, com minhas articulações pélvicas sendo pressionadas.

Encontramos o Dr. Stoll no estacionamento do hospital e eu não conseguia me manter em pé. Fiquei constrangida por estar tão sensível e não conseguir ter resistência alguma àquela dor, mas ela me forçava a curvar o corpo. Mesmo tentando me controlar e manter a dignidade, entrei no hospital arqueada. Onde estava minha força, minha capacidade de tolerar a dor e suportar a pressão? Aprendi uma lição importante: um corpo prestes à dar a luz não responde. Com o corpo curvado, um sorriso forçado e os punhos cerrados, eu consegui chegar ao piso da maternidade quase agachada, mas com meus próprios pés, depois de recusar a cadeira de rodas oferecida pelo médico.

Entramos no corredor escuro e extremamente quieto da ala da maternidade. Todas as luzes estavam apagadas e não víamos nada a nossa frente, até a porta do elevador se abrir. O Dr. Stoll correu para o interruptor e acendeu as luzes, enquanto caminhávamos pelo corredor. Eu era a única parturiente naquela noite e parece que não havia mais ninguém no andar. Foi surreal abrirem o andar especialmente para mim. Por um momento, eu duvidei que seria capaz de dar à luz ao meu primeiro bebê, mas a dor pélvica urgente e nítida se impôs e eu tive que aceitar onde estava e o que estava acontecendo. Sem perguntas, eu estava tendo o bebê aqui e agora, e pronto! É claro que eu estava em boas mãos, em um hospital suíço, com um médico que acompanhava partos há tanto tempo quanto eu existia.

Depois de um rápido exame da posição do bebê, o médico anunciou que eu já estava com oito centímetros de dilatação.

Recebi uma injeção intravenosa, e já estava pronta para o parto. Eu me senti como um peru sendo preparado para ir ao forno. Tudo era novo e misterioso, e mesmo com o pré-natal e as aulas de Lamaze, eu ainda não sabia exatamente o que viria depois. As explicações em francês mescladas com um inglês rascunhado faziam tudo ficar muito mais misterioso e assustador. Contudo, eu confiava no meu médico e acreditava que ele sabia o que estava fazendo.

Entretanto, antes de ser transferida, eu argumentei com a enfermeira que certamente haveria tempo para eu tentar dar à luz na banheira redonda, que era minha primeira opção, mas ninguém me dava ouvidos, apenas me conduziam. Não havia tempo para métodos menos convencionais. A dor aumentava e minha capacidade de falar diminuía — quando dei por mim, fui direto para a mesa de parto. Eu queria fazer algum gesto com as mãos que significasse, "Podemos parar um minuto aqui e ir mais devagar? Está indo muito rápido e acho que estou perdendo esta experiência incrível". Mas não havia tempo para nenhum capricho, nem mesmo para colocar minha música no aparelho de som.

Num instante, nada mais importava, meu filho havia nascido e tudo estava bem no mundo. Eu tive um menino saudável e não estava nem aí para o tipo de mesa ou o método do parto. Ele finalmente chegou. O pai cortou o cordão umbilical e o lavou em uma banheirinha ao meu lado. Depois, o médico colocou o bebê em meu peito, para mamar.

Eja, meu anjinho. O significado do nome hebraico é "o Senhor é meu Deus", e para mim eram as palavras de um anjo. Nós gostávamos do som de "Eja", que se pronuncia *Asia*. Era original e nós o escolhemos antes de saber se o bebê seria menino ou menina.

Nos cinco dias que permaneci internada, Marie-Anne vinha periodicamente para ajudar na comunicação com o pessoal do hospital, que não falava inglês. Fora isso, eu não tinha mais nenhuma companhia feminina. Fiquei entusiasmada quando minha irmã Carrie veio me visitar logo depois que voltei para casa. Meu sobrinho Dylan estava com ela, e foi maravilhoso ver as crianças juntas. Mas era triste saber que a visita seria breve e logo estaria sem ninguém da família novamente. Nós aproveitamos ao máximo o tempo que passamos juntas, fizemos longas caminhadas às margens do lago e aproveitamos o verão. Em uma tarde, enquanto passeava com Eja ao redor do lago, tive que parar para amamentar, e Carrie disse: "Vou ficar de olho nos fotógrafos". Ela estava habituada com o cuidado que eu precisava ter nos Estados Unidos e no Canadá, e imaginou (corretamente) que a última coisa que eu queria era expor meu peito em algum tabloide.

"Não precisamos ser tão paranoicas", eu insisti. "Aqui, quase ninguém presta atenção em mim."

Aparentemente, meu anonimato acabou, porque uma semana depois uma foto minha segurando Eja para arrotar — logo após amamentá-lo — foi publicada na coluna de fofocas. Eu nunca soube se o responsável por isso também me fotografou amamentando, e teve a decência de não vender essas imagens, ou se perdeu a oportunidade. Foi perturbador constatar que nunca se sabe, ao certo, quando alguém está observando através das lentes de uma câmera e fotografando, mesmo em momentos pessoais e íntimos.

★

26

A turnê de *Up!*

Eja ainda mamava durante toda a gravação de *Up!* — ele tinha poucos meses de vida quando começamos a trabalhar no estúdio. À noite, eu o levava para a cabine de gravação de voz e ele dormia tranquilamente no carrinho, enquanto eu cantava. De vez em quando, ele emitia alguns ruídos ou suspirava, e o som vazava pelo microfone, então eu tinha que repetir. Mas era tão bom ser mãe e cantora ao mesmo tempo! Eu me sentia como uma versão moderna de uma mulher do passado, que dá à luz e volta para o dia a dia no campo, com o bebê amarrado às costas, e trabalha como se nada tivesse acontecido. Quando necessário, eu parava para ele mamar e retomava em seguida. Eu me recuperava rapidamente e fazia de tudo para me sentir forte e capaz.

Nós viajamos muito durante a fase de composição e gravação de *Up!*, para vários lugares na Europa e no Caribe. Mergulhamos na criatividade inspirada por novos lugares e pela variedade de músicos que Mutt recrutava no caminho.

Fiquei frustrada por ter sido enquadrada no gênero *country* com o CD *The Woman in Me*, porque achava que a faixa-título e *If You're Not in It for Love* eram canções *pop*. Eu esperava que obtivessem sucesso internacionalmente e acreditava que isso não havia acontecido por terem sido rotuladas como músicas *country*, e portanto, relegadas a um único gênero, sem considerar a verdadeira natureza da música. Eu não queria ficar limitada a esse preconceito musical, assim como Dolly, que passou do *country* para o *pop*, Elvis, do *rock* para o *country*, e depois, para a música *gospel*. Olivia Newton-John, do *pop* para o *country*, George Michael, do *pop* para o R&B, Elton John, do *pop rock* para o *soft rock*, R&B, e até o *country*, entre outros.

Acredito que a maioria das boas composições não pertence a nenhum gênero: são obras atraentes, que combinam música e letra para contar histórias. Quem gosta de ouvi-las não está interessado no seu apelo ou no gênero ao qual pertencem. O que acontece com uma composição nem sempre é óbvio. A produção e o arranjo de uma canção qualquer podem levá-la a diferentes direções, e geralmente é a influência do estilo do artista que determina essa direção. Um bom exemplo disso é a canção *I Will Always Love You*, composta por Dolly Parton. A gravação original de Dolly alcançou o primeiro lugar na lista das melhores músicas *country* da *Billboard*, em 1974, e ficou só nisso. O sucesso comercial veio com a versão de Whitney Houston, lançada em 1992, que liderou as paradas *pop*, R&B e *soul* no mundo inteiro.

Para o CD *Up!*, Mutt e eu fomos motivados a criar três estilos de arranjos musicais diferentes para todas as canções, para evitar o enquadramento em um único gênero. Eu pensei bastante sobre como os artistas, inclusive eu, costumam remixar seus CDs originais.

Era comum o lançamento de remixes dançantes, para boates, e versões resumidas, sem os solos, com introduções e finalizações refeitas para a programação das rádios, ou faixas bônus, para lançamentos promocionais, que circulavam internamente na divulgação. Existiam as mixagens específicas para trilhas sonoras cinematográficas ou para filmes publicitários na TV. Pensei em criar um álbum inteiro com três versões diferentes para começar e deixar o público e a indústria decidirem qual a versão da música de sua preferência. Mutt produziu e fez arranjos para uma versão *country* tradicional, com os clássicos violinos e violões; uma versão *pop-rock* progressivo, com muita guitarra, uma bateria mais evidente e sem os instrumentos do *country*; e uma versão dançante, com um toque indiano, com instrumentos autênticos e tradicionais no lugar daqueles usados em gravações de músicos americanos nas outras versões *pop* e *country*. Nas discussões com a gravadora sobre como comercializar este box inusitado com três CDs, e como mostrar a diferença entre eles, achei apropriado identificá-los com cores que representassem melhor o clima de cada estilo. Imaginei o verde para o arranjo *country* (pensando nos verdes campos de minha terra), o vermelho, mais sensual, seria adequado para a versão *pop*, e o azul combinaria com a versão internacional, representando o céu e o espaço sem fronteiras.

Up! foi lançado em novembro de 2002 e se tornou o número um da parada musical *country* e da Top 200 da *Billboard*. (Na verdade, ele estreou no primeiro lugar das duas paradas). Rendeu cinco sucessos na lista das Top 20 da música *country*, vendeu 20 milhões de cópias em todo o mundo, alcançando o primeiro lugar no Canadá, Austrália, Nova Zelândia e Alemanha, e o segundo lugar na Suíça! Isso ocorreu com a versão vermelha, que funcionou bem nos mercados *pop* e internacional.

A versão verde fez seu trabalho na arena *country*, e o álbum, como um todo, me transformou na única cantora (e também a única cantora canadense) a ter três CDs consecutivos com mais de 10 milhões de cópias vendidas. Em 2003, *Up!* foi eleito o Álbum Country do Ano, pela *Billboard*, e eu recebi o Billboard Music Award como artista *country* do ano.

A versão azul foi uma interpretação mais artística, e por causa da mixagem *dance*, não servia para ser veiculado pelas rádios, portanto, sua circulação se deu em menor escala. Minha versão preferida entre as músicas de todos os três CDs é a versão azul de *When You Kiss Me*. O clipe desta canção também foi um dos meus favoritos. Eu apareço em uma praia na Nova Zelândia, usando um jeans masculino e um suéter azul largo, muito a minha cara.

O álbum foi classificado como *pop*, *pop-rock* e *country-pop* e meu sonho estava realizado: eu era uma artista da música internacional, sem ser rotulada em um gênero específico, mas apreciada como artista pelos amantes da música. Não estar confinada significou mais para mim do que meu lugar nas paradas, os números de vendas e os prêmios. Para mim, o sucesso foi conseguir o que eu havia me proposto a fazer. Nunca mantive números em mente, mas tinha a expectativa de ser ouvida por pessoas de todas as faixas etárias, de todas as partes do mundo.

Assim como a turnê de *Come On Over* marcou um progresso em relação a minha primeira vez na estrada, a turnê de volta ao mundo para *Up!*, em

2003-2004, foi ainda mais agradável para mim, principalmente porque desta vez, Eja, Mutt e Tim estavam comigo. Carrie também nos acompanhou algumas vezes, com Dylan e o marido, Jeff.

Mais uma vez, tínhamos uma grande banda, com os mesmos integrantes da turnê de *Come On Over*. A equipe era composta em parte por membros da última turnê e algumas pessoas novas, e o palco estava completamente diferente, posicionado no centro dos locais das apresentações. Os shows de *Up!* foram realizados em um palco giratório de 360 graus. Eu podia ir de um lado para o outro atravessando ou circundando o palco, que tinha rampas, escadas e plataformas suspensas sobre sua superfície.

A equipe técnica, de som, iluminação, dos instrumentos e o local para trocas rápidas de roupa, ficavam no centro do palco, quando normalmente ficariam invisíveis nas laterais. Eu queria que eles ficassem entre nós, como os pilotos de uma nave espacial, e fizessem parte da experiência da plateia. Depois de embarcar e decolar, ficávamos sobre o palco até o final do show. O projeto era ótimo e eu tinha acesso ao público em todas as direções, em vez da configuração habitual de um lado para outro, ir até a banda e voltar, ou ir até o público da frente.

A plateia estava ao alcance das mãos e eu podia tocá-la. Isso proporcionava uma grande interação, tanto minha com a equipe como entre a equipe e os fãs. O conceito do design do palco se assemelhava à configuração de um restaurante contemporâneo, muito em voga ultimamente, com a cozinha completamente aberta para as mesas, onde os clientes podem ver tudo o que acontece nos bastidores. Meu palco foi planejado com o mesmo objetivo.

A agenda da turnê atual não era tão rigorosa quanto a da anterior, porque eu insisti em ter um tempo disponível para meu filho: três períodos de alguns meses e várias semanas de intervalo para recuperação. Ficamos de setembro até o Natal nos Estados Unidos e Canadá. A primeira excursão pela Europa — que agora estava bem mais próxima do que a América do Norte — foi em fevereiro e março. Fizemos trinta shows em vinte e cinco cidades, incluindo Paris, Berlim, Oslo e Glasgow. Eu fui recebida por multidões e me senti acolhida e à vontade, mesmo longe de casa. Tentei aprender algumas palavras no idioma de cada país, mas me saí melhor na França, porque na época já conhecia o básico do francês.

Tocamos versões com uma sonoridade mais internacional, com menos violinos, mais guitarras e sintetizadores, em arranjos dos sucessos internacionais, incluindo *Man, I'm Gonna Getcha Good!* e *Ka-Ching!*. A Irlanda teve, de longe, o público mais barulhento e entusiasmado da turnê europeia.

Voltamos à América do Norte em abril para mais três meses. Embora a turnê fosse mais curta, agora eu era mãe, e — bem ao meu estilo — estava tentando fazer tudo com perfeição. Senti o peso de ter que fazer malabarismos com tantas bolas: eu estava sempre cansada e adoecia constantemente, com resfriados e gripes.

Como cantora, você faz tudo que estiver ao seu alcance para proteger seu instrumento, porque não há nada mais frustrante do que perder a voz. Quando se trata de um guitarrista que arrebenta uma corda no palco, basta se virar e um membro da equipe a substitui, e ele continua como se nada tivesse acontecido. Os vocalistas, é claro, não podem se dar este luxo. Em algumas manhãs, durante a rodada norte-americana, eu acordava completamente afônica — não conseguia produzir nada além de um sopro.

Eu deveria ter tirado uma folga para me restabelecer e deixar minha garganta se recuperar, mas estava determinada a não cancelar nenhum show, e a agenda estava apertada, com um compromisso seguido de outro. Optei por injeções de esteroides para reduzir o inchaço na garganta. Em duas horas, minha voz estava melhor do que nunca: todas as notas altas presentes e disponíveis, e tinha energia de sobra. Contudo, você eventualmente vai ao limite com os esteroides e eu cheguei a esse ponto. Os médicos me avisaram que as injeções recorrentes poderiam causar a atrofia do músculo em volta da laringe. De qualquer modo, minha voz não estava boa.

Isso se tornou um problema crônico nos últimos meses da turnê. Foi estressante, mas consegui levar. Contudo, eu me sentia na corda bamba a cada show. A banda começou a baixar o tom, eu adaptei as melodias e usei acompanhamento vocal nas noites em que estava muito mal. Minha voz estava imprevisível, de modo que eu precisava avaliá-la antes de cada show, decidindo a lista de músicas no último minuto, a ordem das canções, o tom, e o uso de acompanhamento vocal. Todos ficavam constantemente tensos com a situação e eu não estava aguentando a pressão.

Felizmente, as pessoas que ficavam ao meu redor eram extremamente dedicadas, e conseguiam manter o ânimo elevado. Embora ficasse sozinha sob os holofotes, eu sempre senti o apoio de todos que estavam no palco e nos bastidores. Os fãs foram flexíveis e isso também me deu força. Em última análise, eu sentia que, apesar dos problemas vocais, ainda estávamos entretendo o público todas as noites. E se eles estavam felizes, eu estava feliz. Não há mais nada a fazer quando se tem vinte mil pessoas esperando por você. Mas, à essa altura, eu não me achava mais uma mulher que podia "dar conta de tudo".

Eu me sentia abençoada ao observar o espetáculo impressionante das multidões vibrantes que se espalhavam em todas as direções da arena, todas as noites. Sem que eles soubessem, eu ficava observando através das janelas de vidro escuro do ônibus, estacionado atrás da área de carga, admirando a celebração do público: as faixas que diziam "Shania, amamos você", os rostos pintados com o meu nome, as camisetas estampadas com o logo da turnê. Os fãs eram maravilhosos e eu ficava comovida ao ouvi-los cantar minhas músicas, enquanto se dirigiam animadamente para as entradas. Eu ansiava por poder agradá-los e fazer valer a pena. Eu queria abrir a janela e gritar para eles — desejar que se divertissem e pedir desculpas antecipadas por não me sentir à altura. Às vezes, os fãs faziam contato visual comigo através do vidro, sem perceber, o que era... surreal. Era como se eles olhassem uma aparição, como se eu fosse um fantasma.

Lembro de uma noite em que fiquei nos bastidores com Eja, observando a arena lotando. Geralmente, perto da hora do show, eu estava no ônibus dando banho e preparando-o para dormir. Depois, eu me arrumava e voltava em tempo de entrar no palco. Mais cedo, naquele dia, meu filho de dois anos e meio ouviu um conto sobre formigas, e acho que a história ainda estava na sua cabeça, porque Eja virou para mim e observou, "Mamãe, eles parecem formigas. Você é a rainha e eles estão aqui para te ver". Incrível como as crianças podem ser tão perspicazes, apesar da tenra idade. Ele entendeu meu papel: eu era a pessoa que eles vinham ver. À distância, as pessoas espalhadas pelo local do evento pareciam formigas e estavam todas lá para me ver. Eu consegui entender sua lógica infantil e o modo como ele tinha chegado à essa conclusão.

Contudo, eu nunca quis que Eja ficasse confuso com a imagem de celebridade e desenvolvesse a falsa impressão de que eu era superior, então, disse a ele que eu não era uma rainha. "Na verdade", concluí, "eu trabalho para estas pessoas. Elas não trabalham para mim do jeito que o exército de formigas trabalha para a rainha. Elas estão aqui para se divertir e eu tenho que ir lá e fazê-las felizes".

Era hora do show. Eu o deixei com seus pensamentos sobre a mamãe rainha e segui até o palco.

★

27

Dá um tempo!

Nosso último show em Fort Lauderdale, em 10 de julho de 2004, fechou as cortinas não apenas da turnê de *Up!*, mas de quase doze anos de esforço incansável para alcançar o sucesso e sustentá-lo.

Eu sentia que algo imenso estava concluído, mas também estava exausta — física, mental e emocionalmente. Considerando todos os recordes de vendas, prêmios e elogios da década passada, minha confiança estava abalada e minha auto-estima baixa. Eu percebi que as coisas que me traziam uma profunda satisfação não estavam necessariamente relacionadas com minhas conquistas profissionais. Havia chegado a hora de me dedicar a ser mãe e dona de casa por um tempo. E eu tinha a chance de aproveitar a mudança de ritmo no castelo suíço.

Logo eu teria a confirmação de que o momento não poderia ter sido mais oportuno também em termos de carreira, porque a indústria fonográfica estava passando por uma crise. Os motivos eram muitos, incluindo a perda de receita decorrente da possibilidade de baixar músicas gratuitamente pela internet, a variedade de opções de entretenimento além da música e a falta de previsão das gravadoras para se ajustar ao novo panorama.

Entre todas as realizações, nada se comparava ao meu menino. Era hora de aproveitar essa recompensa da vida, fazer uma pausa na minha carreira e deixar minha vida pessoal tomar todo o meu tempo e energia. Era hora de sentir prazer em coisas simples, como manter a casa limpa, cuidar da felicidade de uma criança, ser esposa e dona de casa.

Ao refletir sobre meu passado, posso ver que por ter crescido em circunstâncias difíceis, eu desenvolvi uma armadura que precisei trabalhar para superar. Nada foi fácil na minha infância, por isso senti que precisava lutar para vencer durante a juventude. A luta continuou na vida adulta, talvez por causa da profissão altamente competitiva que escolhi, com exceção de que, como adulta, você deve ser mais diplomática e paciente, menos opinativa e controladora. Levei um tempo para perceber que, embora ainda tivesse que lutar para chegar onde queria, a vida era mais leve, menos complicada emocionalmente e mais civilizada do que quando eu era criança. Eu estava cercada de pessoas maravilhosas, que me brindavam com sua lealdade, gratidão e carinho, e tive mais chance de parar, pensar e me comunicar. A maioria das coisas na minha vida, faço porque gosto do processo, e não porque acho que serei recompensada no final. A recompensa é a experiência em si.

Cozinhar é um bom exemplo disso, porque adoro inventar na cozinha. Qualquer pessoa que gosta de cozinhar sabe que a recompensa vem do prazer que sua comida proporciona aos comensais. O que eu mais gosto na cozinha é que, a exemplo da música, você pode improvisar. Às vezes, é assim que se desenvolvem as melhores receitas. É claro que eu posso seguir uma receita ao pé da letra, mas assim estarei apenas reproduzindo a criação de outra pessoa. Eu descobri que é bem mais satisfatório — em todos os aspectos da vida, não apenas na cozinha — pegar o que aprendi e adaptar ao meu gosto, experiência e habilidade. Porém, ao fazer isso, corre-se o risco de falhar e acabar com um prato que afugente todo mundo da mesa. Mas a vida me ensinou que vale a pena arriscar.

Quando não estava no meu fogão, eu passava o tempo com Eja. Ele estava começando a pré-escola e eu gostava de levá-lo e buscá-lo a pé, empurrando o carrinho, todos os dias. Eram quarenta minutos de caminhada, o que me ajudou a manter a forma. Você se espantaria em saber quantas calorias são queimadas no palco, e sem esta opção, eu senti falta do exercício. Fiquei triste quando meu menino cresceu e deixou o carrinho, por motivos sentimentais e práticos.

Mutt e eu amávamos o castelo e seus jardins, mas eu sentia falta do Canadá. Não me refiro ao frio, mas a sentar em volta da fogueira, de frente para um lago em algum lugar, onde podia chegar até a água e tocá-la, e não apenas admirá-la de uma mansão na colina. Eu queria estar na costa, bem no meio da natureza. Em 2007, decidimos mudar para uma pequena cabana às margens do magnífico lago de Genebra. Em retrospectiva, acho que o movimento simbolizou outras mudanças na minha vida pessoal, que estavam por vir em breve. Não foi fácil deixar o castelo; foi onde passei minha gravidez e levaria boas lembranças, como ajudar Mutt a plantar o jardim. Eja passou seus primeiros anos comendo pétalas de rosa e mastigando alegremente folhas de manjericão e sálvia cultivadas ali.

Tim foi enterrado naquele jardim, o que tornou a despedida mais difícil. Ele morreu aos dez anos, que é o tempo médio de vida para um pastor-alemão. Nas últimas semanas da turnê de *Up!*, nós o enviamos para a Suíça, porque as cidades onde estávamos nos apresentando eram distantes e ele estava muito velho para enfrentar longos voos. Uma semana depois que voltei, Eja teve que ser hospitalizado para remover as amídalas. Quando coloquei a bagagem no porta-malas, Tim entrou em pânico, pensando que eu partiria novamente. Quando saí com o carro, ele correu ao lado, aflito porque não estava indo junto. Isso partiu meu coração, mas eu sabia que seria apenas por uma noite.

Assim que meu filho tomou a anestesia, nosso caseiro ligou para dizer que Tim teve um ataque cardíaco e estava no veterinário. Ele me ligaria novamente para dar notícias. Segurei a mão de Eja, sabendo no fundo do coração que as notícias sobre Tim não seriam boas, e realmente não foram: meu amado *Schutzhund* havia morrido. Eu me senti triste e culpada, porque acredito que Tim morreu com o coração partido, pensando que eu o estava deixando para trás, mais uma vez.

Quando estávamos prestes a reformar o bangalô, conheci a *villa* onde vivo atualmente. A propriedade era melhor, com um ancoradouro e muito mais espaço, por isso mudamos completamente de ideia. Voltei minha atenção para a grande reforma que nossa nova casa exigia. Ao mesmo tempo, além de planejar a renovação de uma fazenda suíça que tínhamos comprado, eu estava nas etapas finais da construção de um grande complexo em uma fazenda na Nova Zelândia, comprada em 2004.

A propriedade da Nova Zelândia ficava em Motutapu, um local de criação de ovelhas nas terras altas, ao sul da ilha. Comecei a desenhar nossa casa logo depois da compra e me entreguei de corpo e alma ao projeto. Eu sonhava em cavalgar pelas vastas planícies, junto às margens sinuosas dos rios e através das touceiras douradas, sob o sol radiante das terras de Kiwi. Todos os anos, Mutt, Eja e eu ficávamos lá durante algum tempo, morando em uma habitação sobre rodas (*caravan* é o nome que usam lá; correspondente ao *trailer*, para nós) estacionada em um dos cercados para ovelhas. O espaço era apertado para nós três, mas gostávamos de acampar enquanto nossa casa estava em construção.

A reforma das propriedades se tornou meu trabalho em tempo integral e o desafio me dava prazer. Havia pilhas de projetos arquitetônicos e de engenharia, catálogos de design de interiores, e revistas espalhadas sobre a mesa da cozinha. Nós ficávamos no porão enquanto a casa estava em reforma, e não tínhamos um escritório. Recebia uma porção diária de e-mails de arquitetos, engenheiros, empreiteiros e decoradores. Meu tempo, energia e amor eram dedicados à construção desses ninhos para nossa família.

Durante os meses em que moramos no bangalô, Marie-Ann e eu fizemos aulas de tênis, e Eja e sua filha, Johanna, já praticavam há uns dois anos. A atividade era um bom exercício, pois as crianças estavam com seis anos e nós andávamos menos. Entre as caminhadas e o tênis, Marie-Anne e eu estávamos nos saindo bem em nossa tentativa de manter a forma, e as caminhadas nos permitiam conversar como amigas e compartilhar a vida, sem os homens ou as crianças por perto. Era uma boa amizade.

Marie-Anne às vezes era afável, outras vezes, fria, mas depois de nove anos de amizade, eu concluí que esse era seu jeito. Porém, nos meses que antecederam nossa viagem para a Nova Zelândia, as conversas ficaram mais íntimas do que nunca, como se tivéssemos ultrapassado alguma barreira. Eu confidenciei a ela que Mutt estava distante, a ponto de eu pensar que nosso casamento estava em risco. Marie-Anne sempre ouviu atentamente e ofereceu conselhos sensatos e objetivos. Afinal, apesar de ser minha amiga, ela conhecia meu marido há mais tempo do que a mim.

No primeiro ano em que moramos no castelo, eu ainda estava em turnê com *Come On Over*, e ela já trabalhava com Mutt na Suíça.

Eu me sentia melhor ao compartilhar minhas preocupações secretas com ela. Não tinha o costume de falar com ninguém a respeito da minha vida pessoal, principalmente sobre o casamento; sempre fui muito discreta com todos e era realmente uma exceção me abrir com Marie-Anne, e por algum motivo, ela mudou seu comportamento, como nunca tinha feito, para me deixar confortável com isso. Curiosamente, Marie-Anne também me confidenciou que ela e o marido, Fred, estavam tentando resolver seus problemas conjugais. Talvez eu tenha me sentido mais consolada ao saber que não estava sozinha, e ela era a única amiga próxima o suficiente para conversar pessoalmente.

Entretanto, no outono de 2007, Marie-Anne começou a cancelar as aulas de tênis e a recusar meus convites para as caminhadas. Eu estava muito animada com a prática de um esporte, então, passei a jogar com a mãe de outra criança da classe de Johanna e Eja. Sandra e eu gostávamos de jogar juntas e eu apreciava sua companhia. Eu estava cultivando uma nova amizade e me sentia bem, visto que minha vida social sempre foi muito restrita. Sandra e eu compartilhamos a mesma opinião sobre a vida, nossas conversas eram estimulantes e iam além dos homens e das crianças. Falávamos sobre assuntos intelectualmente interessantes e eu estava motivada por sua companhia. Não entendi o súbito distanciamento de Marie-Anne, mas logo deixaríamos a Suíça para os feriados de Natal, e depois iríamos para a Nova Zelândia, para finalizar a construção da casa. Eu achei que as coisas voltariam ao normal ao retornarmos, quatro meses depois.

A fazenda de Motutapu, na Nova Zelândia, era a casa dos meus sonhos. Todos os detalhes que projetei tinham sido realizados no design e na arquitetura. Foi um projeto enorme que exigiu quatro anos de trabalho. Eu estava muito animada com a chegada do ano de 2008, quando veria esse meu sonho finalmente se realizar.

Nosso plano era passar o Natal no Canadá com minha família, ir para Utah para esquiar por dez dias, e começar o ano-novo em nosso segundo lar, na Nova Zelândia. Apesar de tudo, eu estava estranhamente triste por deixar a Suíça e nossos amigos, especialmente Marie-Anne, Fred e Johanna. Sentíamos saudades sempre que viajávamos e as temporadas na Nova Zelândia geralmente duravam de três a quatro meses. Naquela ocasião, alguma coisa estava me incomodando, mas eu não conseguia identificar nem explicar o que era.

Durante a temporada na Nova Zelândia, Mutt voltou à Suíça por duas vezes, e Eja e eu ficamos para trás. Ele iria preparar alguns projetos musicais futuros e eu precisava supervisionar os toques finais na casa. Era muito trabalho para dar conta sozinha e fiquei aborrecida e infeliz com sua partida.

A tensão entre nós começou a evoluir lentamente nos últimos dois anos, mas ficou bastante perceptível nas últimas semanas, desde que saímos da Suíça, antes do Natal. A comunicação estava cada vez pior, até que percebi que ele estava me evitando por completo.

Diante disso, eu precisava de respostas. Eu praticava meditação regularmente já há dezessete anos, como uma forma de me reconectar com um lugar tranquilo e interior, além de cultivar a disciplina do não pensamento. Para mim, a meditação é um exercício para acalmar a mente, mas naquela época eu estava pensando sem parar na tensão existente no meu casamento, o que consumia uma quantidade enorme de pensamentos, que faziam minha mente girar durante a meditação, em vez de tranquilizá-la. Minha necessidade de meditar passou a ir além dos motivos disciplinares; eu precisava escapar da angústia proveniente da deterioração do relacionamento com o homem que eu amava e não queria perder, mas sentia que estava perdendo. Agora, eu dependia da meditação para encontrar essas respostas. Eu considero que a meditação é frutífera quando atinjo a concentração sem pensamentos, mas minha meditação tinha se tornado o lugar para onde eu ia cheia de perguntas e expectativas.

Para preservar a meditação como o lugar de retiro espiritual a que ela se propõe, senti que era hora de buscar uma terapia mais racional, como outro método de orientação para os problemas conjugais que eu estava enfrentando. Encomendei uma pilha de livros sobre como salvar um casamento e como ser uma esposa, amiga e pessoa melhor. Para abordar o descontentamento em minha vida, eu tinha o dever de aprender a chegar a um lugar onde pudesse encontrar um tipo de paz, que me permitisse aceitar a realidade do meu casamento infeliz, e não ficar sempre achando que a grama do vizinho era mais verde. Queria aprender a apreciar o que eu tinha e fazer mais, ser mais realista e prática. Este era meu objetivo e os livros iriam me orientar sobre como fazer isso.

Na minha pilha, estavam diversos livros de autoajuda, como *O Segredo*, de Rhonda Byrne; *The Artist's Way*, de Julia Cameron e Mark Bryan; *O Livro dos Segredos*, de Deepak Chopra; *Os Sete Princípios para o Casamento dar Certo*, de John M. Gottman; *O Poder do Agora*, de Eckhart Tolle; *Buda – A História de um Iluminado*, de Deepak Chopra; *As Regras da Vida*, de Richard Templar; *Velho Muito Cedo, Sábio Muito Tarde*, de Gordon Livingston; e *Comer, Rezar, Amar*, de Elizabeth Gilbert.

Eu queria salvar meu casamento e batalhar por isso, mas sentia que havia algo muito sério acontecendo conosco, porque a comunicação estava resumida a uma conversa tensa e havia pouco ou nenhum contato visual. O pânico começou a brotar dentro de mim e eu me tornei ansiosa e apavorada. Sentia que havia alguma coisa que ele não estava me contando.

Se ao menos estivéssemos na Suíça, eu poderia ligar para Marie-Anne e convidá-la para uma caminhada terapêutica. Mas eu estava na Nova Zelândia e minha amiga estava nos Alpes Suíços.

Uma noite, alguns dias depois que ele partiu para a Suíça, eu estava tão desesperada que precisava desabafar com alguém. Depois que Eja foi dormir, liguei para Marie-Anne. Dentre outras coisas, eu contei a ela que o silêncio de Mutt me fazia imaginar coisas terríveis.

"Talvez ele esteja doente e não queira me aborrecer", eu pensei alto. "Se você encontrar com Mutt aí na Suíça, vê se descobre alguma coisa... se percebe algo de estranho nele. Se ele parece doente ou esquisito." Como ela era nossa assistente na Suíça, era lógico imaginar que Mutt entraria em contato com ela para ajudá-lo nas tarefas administrativas ou receber os recados. Ela me garantiu que ficaria de olho e disse para eu não me preocupar, comentando que eu já estava ocupada demais com o acabamento da obra. Ela foi muito simpática e reconfortante.

Então, eu revelei meu outro medo.

"Você acha que ele está tendo um caso?", perguntei.

A resposta de Marie-Anne não me surpreendeu, e concordei timidamente: era absurdo pensar que meu marido poderia ter um caso.

O tom quase repreensivo de sua voz fez eu me sentir uma idiota por ter levantado tal hipótese. Afinal, como ele poderia ter um caso sem que eu percebesse, já que tínhamos uma vida tão isolada, especialmente nos últimos anos, morando na Suíça?

Só não tive o cuidado de perceber o óbvio: quando alguém de seu convívio está tendo um caso, pode ser muito difícil para qualquer um perceber, pois isso pode ser facilmente disfarçado por desculpas fáceis de legitimar, especialmente quando envolve a vizinha, uma amiga comum ou a previsível secretária.

Eu acreditei que era tolice alimentar esta suposição paranoica e que o comportamento peculiar de meu marido era fruto de minha imaginação. Marie-Anne me acalmou e me garantiu que tudo estava bem, que ela pessoalmente não tinha visto nada de diferente no comportamento dele. Ela me disse que iria observá-lo e me avisaria se notasse qualquer coisa estranha. Agradeci por ter me acolhido e consolado, me sentindo aliviada ao desligar o telefone. Eu acreditei completamente. Eu acreditei que minha amiga estava cuidando de mim e que tudo ficaria bem.

★

28

Nunca, nem em dez milhões de anos

Depois de nosso retorno à Suíça, no final de março de 2008, eu enfrentaria o choque mais doloroso da minha vida, desde a morte de meus pais.

Meu marido estava tendo um caso com Marie-Anne.

Marie-Anne, minha amiga e confidente, aquela que me consolou ao telefone, poucas semanas atrás, expressando como era absurdo que eu suspeitasse algo assim de meu marido. E a ideia de que era *ela* a amante, depois de toda a confiança que sempre depositei nela, nunca passou pela minha cabeça.

A negação pode ter múltiplas camadas e a racionalização é comum quanto se está tentando absorver algo em que não se quer acreditar. Depois de descobrir a verdade, eu pensei: *bem, talvez eles tenham apenas cometido um erro. Meu marido e minha amiga logo irão cair em si e perceber isso*. Eu estava pronta para perdoar, esquecer, consertar as coisas, deixar passar e seguir a vida. Não como se nada tivesse acontecido, mas como se aquilo tivesse solução.

Mas, não era assim.

Apesar de tudo, eu ainda amava Mutt. E também amava minha amiga. Eu me coloquei no lugar deles, compreendendo que situações assim acontecem, somos todos humanos e cometemos erros. Naquele momento, o amor me permitiu ver as coisas desse modo, mas considerando meu desespero de impedir que tudo desmoronasse, foi provavelmente nessa disposição ingênua que eu escrevi a seguinte carta para Marie-Anne, tratando-a como uma pessoa decente, temporariamente confusa e que tinha se comportado de maneira contrária à sua natureza. Eu queria que todos se reposicionassem, inclusive ela:

> *Independentemente do que aconteceu ou foi dito até agora, e que as coisas tenham mudado definitivamente entre todos nós, espero que não existam mais segredos de nenhum tipo entre nós no futuro. Que nos mostremos responsáveis para assegurar que as pessoas que amamos saibam que podem confiar em nós e que nunca faremos coisas que eles não podem saber.*

Isso tudo é muito íntimo e eu me perguntei se deveria ou não incluir este assunto no livro, uma vez que tal exposição vai contra minha natureza. Mas, como é muito difícil reconhecer um traidor entre nós — especialmente quando ele ou ela é tão eficiente que você chega a se perguntar se a pessoa seria profissionalmente treinada, é útil e quase uma responsabilidade de quem passou por esta experiência alertar os outros.

Há situações que caem do céu, como o típico marido infeliz que encontra uma mulher no corredor do supermercado e percebe que sua vida está começando naquele momento, que se apaixona e deixa a esposa e os filhos movido pela necessidade de satisfazer seus desejos. Embora estes fatos sejam de péssimo gosto e moralmente inaceitáveis, eles acontecem. Mas, uma amiga que faz parte da vida de um casal em crise e vulnerável, que tem uma visão privilegiada e grande vantagem para observar, e que é capaz de espreitar até surgir uma oportunidade para atacar — isto não é algo que simplesmente "acontece". Este comportamento é semelhante à postura de um abutre, que observa e rodeia, esperando pacientemente para atacar. É preciso ter muito cuidado com estas criaturas sorrateiras.

Eu me enganei ao pensar que conhecia as pessoas que me cercavam, e estou compartilhando isso porque sei que não é preciso ter vergonha, porque não estou sozinha nisso; é uma realidade que acontece com muitas pessoas, não importa quem. Esta é uma "conversa de fogueira", onde você pode sentar e compartilhar coisas entre amigos. Informações que você quer participar com um espírito de comunhão, uma troca de conhecimentos e experiências partilhadas com generosidade, não com rancor. Coloque um punhado de mulheres em volta da mesa e verá que este assunto vai render, não importa a idade, classe social ou educação. Este tópico é uma verdadeira unanimidade.

Finalmente, cheguei ao ponto de aceitar o fim do meu casamento. Não é como se eu estivesse alheia ao fato de que nossa comunicação estava desgastada nos últimos anos. Por vezes, pensei que talvez o universo quisesse me dizer que eu estava presa a uma rotina, e estava me arrastando, chutando e gritando pela minha liberdade.

Acredito que os relacionamentos são feitos para dar e receber, uma troca de coisas boas e más, que se deslocam nas duas direções. Durante quatorze anos, Mutt e eu tivemos nossa quota de trocas. O intercâmbio foi justo entre nós, e quando a energia desta reciprocidade morreu, o mesmo se deu com o relacionamento. Não fomos vítimas um do outro, apenas vítimas de alguém que estava tirando vantagem de nossa situação vulnerável como casal e família. Ninguém é culpado pelo fim do casamento, apenas responsável pela maneira como terminou. E isso foi imperdoável.

Na primeira semana depois de descobrir o caso, eu estava a ponto de morrer — queria ficar deitada na cama para sempre e nunca mais acordar. Ou então ferir alguém. Eu estava pronta para fazer algo desesperado, mas, na realidade, não havia nada a fazer, senão sofrer.

Felizmente, quando você é mãe e a responsabilidade de cuidar do filho fala mais alto, isso pode mantê-la em atividade. Você enfrenta a rotina de preparar a criança para ir à escola de manhã, se arrastando da cama no piloto automático e fazendo cara de valente. Porém, assim que ele saía, eu vestia novamente o pijama e voltava para a cama, e ficava lá, ou chorando ou dormindo. Eu não conseguia comer nada; na verdade, passei uma semana inteira apenas bebendo suco de laranja. Isso poderia até ser considerado saudável durante uma desintoxicação, por exemplo, mas não é nada recomendável para alguém tentando lidar com a dor de uma crise emocional profunda.

Eu tremia de frio o tempo todo e o único alívio era me despir e entrar na banheira com água bem quente. Cinco vezes por dia. Mesmo assim, continuava tremendo sem parar, às vezes descontroladamente, a ponto de bater os dentes. Fora da banheira, eu usava um casaco pesado sobre o pijama, meias de lã e cachecol. Não fazia a menor diferença. Eu me livrava dos tremores mas começava a suar. Era como se meu corpo tentasse remover aquela agonia emocional, tentando eliminar a dor pelos poros, para não sucumbir a ela. Eu também sentia dores físicas agudas, como se alguém tivesse desencapado todos os meus nervos.

Mas, às quatro da tarde, eu voltava a ser a mamãe, a valente. Eu recebia o meu filho com um abraço e um sorriso. Acredite, foi preciso reunir muita coragem para enfrentar a rotina da manhã e da tarde, como se tudo estivesse bem. Entretanto, eu avaliei que esta grande mudança repentina em nossas vidas seria difícil para ele; e não queria submetê-lo à minha dor. Considerando tudo isso, acho que fiz um bom trabalho no manejo desta "vida dupla", porque meu filho não parecia nem um pouco estressado.

Fiquei muito magoada com Marie-Anne, sabendo que ela era a principal responsável por tudo aquilo. Ambas éramos mães envolvidas nas rotinas de nossos filhos, com a diferença de que eu estava esgotada, me esforçando para ficar em pé pelo bem de Eja. Ela, por outro lado, estava cuidando de sua rotina diária, enquanto vivia um novo e excitante romance com um homem que decidiu colocá-la na frente de sua família. O amor é sempre estimulante e um novo amor é especialmente bem-aventurado e faz você se sentir invencível. Puxa vida, como estávamos em posições opostas. Deve ter sido muito encorajador saber que ele arriscou tudo por ela. Será que é assim que uma amante se sente? Que é mais valiosa e importante para o homem do que sua família? Ou talvez seja o marido infiel que a convença de que é importante o bastante para fazer valer tal afirmação. Ou será que ela pensa que merece mais do que a esposa? Seja como for, na época eu achava que a amante era a vencedora, defendida pelo meu próprio marido. E quando ele não estava olhando, ela se sentia à vontade para desfilar sua arrogância e destemor, nos momentos em que nossos caminhos se cruzavam por acaso, o que era inevitável morando em uma cidade pequena. Isso era extremamente doloroso para mim e eu me sentia fraca e derrotada. Ela não tinha o que temer e eu tinha perdido. Todas as vezes que ela me atingia quando eu estava por baixo, fazia questão que meu marido não estivesse olhando, e quando tentei explicar o que ele não conseguia ver, ele se recusou a escutar e não quis saber. Era como se eu estivesse presa em algum tipo de jogo infantil, com minha adversária parada a uma distância em que eu não conseguia alcançá-la, mostrando a língua para mim. Era degradante. Eu a odiava, porque sentia que estava fazendo meu marido de bobo, alguém que eu considerava inteligente, maduro, e tudo, menos vulnerável ao clichê da secretária sedutora. Ela demonstrava descaradamente uma atitude que parecia significar algo do tipo *seu marido nunca verá minha outra face, e eu nunca vou mostrá-la para ele, e você não pode fazer nada a respeito.* E ela tinha razão. Eu me sentia desamparada, por mim e por Mutt. Era repugnante que a cobiça de uma mulher por um estilo de vida melhor justificasse a devastação da minha família. Ela foi impiedosa e eu fiquei em um estado lastimável.

Nos primeiros dias, houve um momento em que eu estava muito mal para manter a farsa na frente do meu filho. Senti um rompante de choro e corri ao outro quarto para tentar me recompor. Nada feito. Eu sentei no computador e comecei a digitar minha angústia, ouvindo um pouco de música. Também não ajudou. Eu chorava sobre o teclado e esvaziava caixas e caixas de lenços de papel.

Meu filho entrou no quarto. "Mamãe, você está chorando?", ele perguntou. "Por que você está chorando? Eu nunca vi você chorar antes!". Mais que tudo, ele estava surpreso, porque realmente nunca tinha me visto chorar. (Eu contei a vocês sobre meu hábito de guardar tudo aqui dentro. Mas estou trabalhando nisso.) Tenho certeza que foi estranho para ele. É claro que vivi momentos de tristeza, mas, como é da minha natureza, sempre evitei incomodar meu filho com meu sofrimento.

Contudo, eu não tinha minha família por perto, meu marido foi embora e eu estava simplesmente sozinha. Sozinha com minha dor, tentando ser forte e escondê-la de meu filho. Naquele momento, não consegui. Eu fiquei em pé rapidamente e disse, "Está tudo bem". "É importante saber que, às vezes, as mães também choram." E continuei, explicando que a música é muito poderosa e pode nos tocar emocionalmente. Ela pode nos deixar felizes, bravos ou tristes, e a música que estava tocando no meu iTunes estava me deixando triste, só isso. "É bom chorar quando algo nos deixa tristes". Ele aceitou a justificativa, me abraçou e voltou a brincar. E eu continuei a soluçar.

Eu me sentia destruída por ter sido uma idiota, por ter sido traída, mas, assim como fiquei perplexa com a notícia, estava igualmente surpresa por não ter suspeitado de nada até então, por ter sido tão estupidamente cega. Mas este é o talento do trapaceiro astuto. Embora o distanciamento do meu marido — e agora percebo a transparência de sua culpa — tenha levantado minhas suspeitas, foi a atuação premiada e dissimulada de Marie-Anne que me desconcertou. Ela garantiu que tudo ficaria bem, que eu estava tirando conclusões precipitadas, e me distraiu com palavras de conforto, sugerindo que eu deveria questionar meus pensamentos, me desviando calma e friamente de minhas preocupações. Foi um desempenho digno do Oscar. Fico arrepiada só em pensar em como ela pôde fazer isso. Li recentemente um artigo de Roderick Anscombe, em que dizia, "Quando a arte de questionar encontra a arte de mentir". Isso me pareceu tão familiar. Eu não diria que acho saudável viver desconfiando o tempo todo, mas é preciso ficar atento e manter a consciência em alerta para se proteger daqueles que tentam se aproveitar de você. Na vida cotidiana, é inevitável desconfiar do cônjuge todas as vezes em que ele chega tarde do trabalho e parece contrangido ao ser questionado. Contudo, acho prudente manter uma comunicação estreita com o parceiro, em todos os aspectos do relacionamento: o cuidado dos filhos, o romance, a amizade. As lacunas permitem que estranhos mal intencionados se aproximem e tirem vantagem do espaço entre vocês, e eles veem isso como uma oportunidade para ocupar as brechas. É primordial abordar sobre essas lacunas com o parceiro, falar sobre elas, reconhecê-las. Não se pode ignorar as áreas problemáticas; é necessário falar sobre o assunto, reconhecer a existência da falha e demonstrar interesse em achar uma solução — mesmo que você não a tenha —, descobrir o que pode ser feito e propor um esforço mútuo. Enfim, compartilhar a responsabilidade. Se você esperar cegamente que seu parceiro veja tudo isso sozinho, acredito que esteja se arriscando a não ser correspondido em suas expectativas. É preciso ser mais ativo com as fraquezas em qualquer relacionamento que você valorize, reconhecer sua responsabilidade em preencher as áreas vazias vulneráveis com comunicação, compreensão e consciência. Você estará melhorando suas chances de sobreviver a rompimentos desnecessários. Fique ligado. Se não se comunicar, algum sanguessuga de plantão certamente irá surpreender você.

Dizem que mentir e se esgueirar, fazendo intriga, acrescenta uma certa excitação a um caso ilícito. Mesmo depois da revelação, a fraude continuou. Nos primeiros dias depois de meu retorno da Nova Zelândia, enquanto eu ainda não sabia que minha "amiga" Marie-Anne era uma traidora, ela veio ao hotel onde eu estava hospedada enquanto esperava para mudar para nossa *villa* reformada, para acalmar minhas preocupações com o casamento. Eu percebi uma atitude defensiva no seu tom, quando fiz perguntas diretas sobre meu marido, o que desencadeou um alerta. Durante o jantar, com as crianças brincando no tapete, eu tomei coragem e perguntei o que estava acontecendo entre ela e meu marido. Eu pensava que ela sabia de algo e não queria me contar, e sendo uma secretária leal, estava ajudando a manter algum segredo, mas eu jamais suspeitaria que o segredo era justamente *ela*.

A resposta foi incrivelmente convincente. "Estou com o coração partido por você pensar que eu possa esconder alguma coisa de você", ela disse, inocentemente, com os olhos marejados de lágrimas. Embora desconfiada, eu não sabia o que pensar, porque ela conseguiu me confundir com sua atuação. "Somos amigas há tantos anos", ela me lembrou. "Não acredito que você esteja questionando minha lealdade e honestidade." Acabei pedindo desculpas por ter duvidado dela.

Na manhã seguinte a este jantar com Marie-Anne, Fred assumiu a tarefa dolorosa de me contar sobre o caso, uma vez que não suportava mais vê-la mentindo para mim de forma tão cruel, mesmo sentada à minha mesa. Eu não quero minimizar o sofrimento de Fred diante da descoberta de toda aquela situação, apenas não descrevi essa parte da história para não me atolar nos detalhes. Cheguei a pensar em cortar este capítulo do livro, porque é muito desconfortável relembrar e mais ainda escrever. Mas alguém traiu minha confiança e meu assombro diante disso me obrigou a compartilhar como esses eventos se desenrolaram, pois talvez possam ajudar o leitor a reconhecer algo assim em suas vidas, antes que seja tarde. Seja nos negócios, na família, nas amizades ou no casamento, é importante manter os olhos abertos para vigaristas, mentirosos e impostores, que irão afagá-lo com uma mão no seu ombro e roubá-lo com a outra. Marie-Anne tornou realidade aquele velho ditado, "Com amigos como esse, quem precisa de inimigos?".

Fred me contou que sua mulher tinha passado algum tempo com meu marido em *spas* luxuosos na região, nos últimos meses. É claro que eu quis provas. Além de seu testemunho pessoal, ele tinha evidências — contas telefônicas, informações dos hotéis, recibos e uma cinta-liga com lingerie que ele encontrou em sua bagagem. Ela tinha dado a entender que passaria um tempo "sozinha", a mesma história que me contou por e-mail.

Bonjour,

Eu peguei todos os seus e-mails para Mutt. Vou imprimir e entregar para ele amanhã.

Estou em um spa e amanhã volto para Vevey para passar a última noite no palácio de Montreux. Estou adorando!

Escreverei novamente quando voltar para casa.

Muito amor,
Marie-Anne

Bonjour,

Espero que você esteja bem e não esteja muito cansada com tanto trabalho. Na semana que vem vou sair para passar alguns dias sozinha em um spa, sem marido e sem filha! Estou muito feliz com isso! Vai ser relaxante!

Marie-Anne

E eu, sem perceber nada, respondi:

Bonjour,

Já passou da meia-noite e estou indo dormir. Sinto não ter escrito antes. Não há desculpa para não ficar em contato, mas acho que meus dias passam muito rápido por aqui. Muita coisa para fazer em tão pouco tempo.

Sentimos falta de vocês e é um prazer ter notícias. Mesmo sem escrever regularmente, isso não significa que não estejamos falando e pensando em vocês. Nós fazemos isso sempre.

Divirta-se durante sua estadia no spa. Muito legal, estou feliz por você. Atualmente, não estou conseguindo descansar nada! Estou com inveja. Aproveite!

Amor, E

Esta parte me mata: "Estou aproveitando muito!", ela diz. *Ah, aposto que sim*. Que amiga pode escrever algo assim, enquanto está na companhia do marido da outra? Fred já sabia de tudo, e embora ele tenha tentado intervir, segurando a esposa em casa, como conseguiria mantê-los separados se eles estavam empenhados em permanecer juntos? Ele trabalhava em tempo integral e tinha uma filha para cuidar, enquanto eu estava do outro lado do mundo, alheia à situação.

Fred se desculpou comigo, por não ter me contado assim que descobriu o caso, semanas antes, e também ao ver meu sofrimento enquanto eu ouvia o que ele tinha para dizer. Ele se sentia culpado por me magoar. É claro que não havia motivo para ele se desculpar; o que estava acontecendo não era sua culpa. Aqueles que não se preocupam em ferir suas vítimas, geralmente protegem a si mesmos evitando confrontos desagradáveis. Eu apenas disse, "Fred, não estamos exatamente no topo da lista de pessoas com quem nossos companheiros se preocupam". Eu tive que garantir que ele tinha feito a coisa certa ao responder honestamente às minhas perguntas, deixando de fazer parte daquela mentira.

Eu agradeci a Fred por ser sincero e me poupar mais humilhações. Este é um dos aspectos mais dolorosos de ser a esposa enganada. Você sofre e chora, mas se sente como uma idiota, insultada porque aqueles que você ama não a consideram digna de saber a verdade, e não lhe dão esse direito, como se nada daquilo lhe dissesse respeito. O refrão de uma canção dos anos 1970, "How long has this been going on?" [Há quanto tempo isso está acontecendo?], ficou soando em minha cabeça, e zilhões de perguntas fervilhavam em minha mente. Mas eu não conseguiria a resposta. Assim que a porta se fechou, não chegaram mais respostas, explicações, nenhuma consideração ou compaixão por minha necessidade de saber a verdade, e fim.

Ao ler a autobiografia de Jane Fonda, não pude evitar de rir quando cheguei na parte em que ela escreve o seu sofrido divórcio do magnata da mídia, Ted Turner. Ela confessou que escreveu muitas cartas furiosas, que expressavam coisas das quais se arrependeria mais tarde, se as tivesse enviado. Mas ela conseguiu não enviá-las, porém, sabia que o mero ato de escrever seus sentimentos traria alguma cura. Mas soube disso tardiamente, e aconselho,"É melhor não deixar uma prova perene de sua insanidade temporária".

Ela estava certa e eu gostaria de ter sorvido desta gota de sabedoria antes de enviar minhas cartas de desabafo. Acho que passei por um período de insanidade e meu linguajar reflete isso. Eu usei todas as palavras ofensivas que encontrei para expressar meu desespero e desamparo. Quando me dei conta de que a separação era para sempre, e que nem Mutt nem Marie-Anne tinham qualquer intenção de voltar para suas famílias, o tom de minhas cartas passou de rancoroso para suplicante:

> *Por favor, deixe-nos em paz! Por favor! Estou implorando. Estou tão mal, com o coração partido. Eu não aguento mais. Eu lhe desejo amor e felicidade, mas estou morrendo, e não aguento mais. Isto está me matando. Tenha compaixão. Eu o amava tanto e não consigo lidar com isso. Eu quero paz. Por que você está me torturando? Pare com isso. Por favor!!!!!!!!!!!!! Se você pudesse me ver chorando e sofrendo, talvez tivesse pena. Encontre o amor em outra pessoa que não prejudique tanto duas famílias. Todos nós estamos sofrendo por causa de vocês dois. Isso não é justo!*

Eu gostaria de ter resgatado essa carta. Minha súplica patética não fez a menor diferença para Marie-Anne, mas eu precisava tentar. Seja como for, as cartas que eu enviei foram escritas para serem enviadas, porém, aquelas que escondi na gaveta, não. Nessas circunstâncias, não vou me punir por expressar minha angústia genuína.

Admito que sinto vergonha por ser tão vulnerável, mas compartilhar com vocês é um jeito de me livrar disso. Se houver alguém que esteja passando ou passou por algo semelhante, quero que saiba que não é vergonha expressar sua dor ou mesmo as coisas constrangedoras. Existe um momento em que você tem que abrir mão de suas inibições para abraçar um novo pensamento, compartilhar seus sentimentos, mesmo que tenha que se esforçar um pouco. Na verdade, não fazer isso é prejudicial. Portanto, correndo o risco de fazer papel de boba ou ser julgada por revelar pensamentos e emoções vulneráveis, eu me sinto liberada por ser capaz de rir de mim mesma, e até do que me fez chorar, por ser capaz de dizer que cresci e adquiri uma nova maneira de ver as coisas. Para ser curta e grossa, é como ser capaz de admitir que foi você quem peidou.

★

29

Cavando a própria cova

Demorei mais tempo do que esperava para me libertar dos escombros da raiva, confusão, frustração e agonia emocional decorrentes da dupla traição. Foi como pegar uma gripe forte, que precisava cumprir o seu curso, sem se importar com o meu desconforto. Em alguns dias, o desespero era devastador e eu o sentia como se corresse em minhas veias. Eu me sentia doente de tristeza e desejava uma transfusão de sangue para me livrar daquele sofrimento causado pela perda, como se fosse uma doença grave. Assim talvez eu me sentisse melhor, capaz de recomeçar, com sangue novo, imaculado e "feliz". Estava ficando impaciente, com pressa de sair daquela situação horrível de algum jeito.

Nunca pensei em me prejudicar, mas estava me prejudicando — na verdade, me torturando, tentando dar sentido a tudo aquilo. O que aconteceu comigo, e por quê? Como ele pôde? Como ela pôde? Eu sentia como se coisas que me pertenciam — confiança, amor, esperança — tinham sido roubadas. Esses pensamentos ocupavam minha mente dia e noite. Olhando para trás, hoje percebo que estava tentando aplicar a lógica do amor e do desejo — e o que poderia ser mais ilógico do que isso? Eu queria desesperadamente desligar meu cérebro, mas não conseguia encontrar o interruptor. Certa vez, Jim Morrison falou sobre a dor, "You should stand up for your right to feel your pain" [Você deve defender o seu direito de sentir dor]. Minhas emoções não se aquietavam; elas me machucavam e eu queria que partissem. Estava desesperada para desligá-las e muitas vezes estendi a mão no escuro à procura de algo para apertar, qualquer coisa, mas não encontrava nada. Você pode até fingir que a dor não existe, mas ela está ali. É real e nem você nem ninguém irá convencê-la do contrário. Lide com a sua dor e você irá superá-la. A situação pode estar fora do controle, mas seu direito de sentir a dor não está. É humanamente impossível se livrar de uma emoção como uma criança cheia de caprichos. Temos que ter o tempo para viver nossa ruína, sentir que tudo está perdido, se é o que estamos sentindo. Nós crescemos e aprendemos com o sofrimento, então, por que permitir que lhe tirem isso?

Desde pequena, eu escrevo para colocar meus sentimentos para fora. Na ocasião eu não sabia, mas foi muito saudável para mim naquele momento. Expressar minhas emoções em uma canção ou poema realmente me ajudava a ver as coisas com mais clareza e chegar a um consenso. Era o meu jeito de lidar com os problemas. Mas, não desta vez. Eu escrevia obsessivamente em círculos, sobre Mutt, Marie-Anne e eu, e a cada toque de tecla eu afundava mais no buraco emocional que criei para mim, de forma que também fiquei mentalmente esgotada, além de absolutamente triste. Quando meu filho estava por perto, eu colocava tudo em suspenso.

Entretanto, como sempre acontece na vida, algo positivo emergiu desse momento terrível: este livro.

Eu escrevia freneticamente todos os dias, horas a fio, reunindo milhares de palavras, e mesmo assim, o alívio e as respostas que eu buscava eram igualmente evasivos. Percebi que tudo não passava de uma grande perda de tempo.

Ou, talvez não. Acontece que me senti satisfeita e recompensada ao refletir sobre a minha vida como um todo. Descobri a importância dessa reflexão. Então, por que não continuar a escrever? Mas escrever sobre todos aqueles anos que precederam o coração partido e não apenas como uma tentativa de me livrar do sofrimento atual. Ao escrever sobre minha vida, pude sentir a realização criativa que deriva da autoexpressão, e isso poderia interromper o desgosto que tomava conta de mim. Eu não queria que uma crise definisse minha vida, porque esse era apenas *um* momento da minha vida, dentro de uma história muito mais ampla. Uma história que merecia ser contada... do começo!

A escrita me ajudou a recuperar alguma perspectiva. Quando você está no auge do desespero — por qualquer motivo, não é preciso ser um rompimento amoroso — é fácil perder de vista o fato de que você nem sempre sentiu tanta dor, e há de chegar o momento em que esse sentimento devastador no peito finalmente irá esmorecer e o peso da sensação de que está enlouquecendo se dissolverá. A tristeza não é uma doença mental, embora você possa se sentir assim no meio da crise. Entendo que se eu sentisse tal desespero sem associá-lo a uma experiência de perda, talvez devesse me preocupar com minha saúde mental. Quatorze anos de casamento com alguém que você ama profundamente, com quem tem um filho, terminam com um caso de traição, e com uma amiga íntima? É devastador. Mas, graças à muita leitura sobre tristeza, luta pessoal e perda, na tentativa de sair de um buraco profundo, comecei a aprender a ser menos exigente comigo mesma e relaxar, dando um tempo para minha dor, enquanto cuidava dela ou deixava isso para aqueles que se preocupavam comigo.

No seu livro *Living Through Personal Crisis*, a Dra. Anne Kaiser Stearns fala sobre a necessidade de manter os bons amigos e a família por perto em tempos de crise. Escolhi algumas descrições de sua lista do que torna uma pessoa "empática". Trata-se de alguém que "não fica chocada com facilidade, mas aceita os sentimentos humanos como são", "o faz lembrar-se de seus pontos fortes, quando você esquece que tem essa força dentro de si" e "reconhece que você está crescendo". Para quem não tem essa rara pessoa empática em sua vida, é um bom momento para buscar um profissional. O conselho da Dra. Stearns é; "um profissional capacitado é alguém que ouve, com aceitação e sem julgamento. Se as pessoas tivessem mais amigos acolhedores, capazes de ouvir, não haveria tanta necessidade de ajuda profissional".

Eu aprendi que precisava de pessoas boas para mim durante o processo de cura, e manter distância daquelas não me faziam bem. Eu percebi que é bom lembrar que as pessoas que a fazem sofrer geralmente são as mesmas que têm pressa de que você supere a dor, para que possam se sentir menos culpadas pelo sofrimento que causaram. Eu dei muita atenção a isso no primeiro ano da crise, e permiti que essa pressão fizesse eu questionar a mim e ao meu estado mental.

Esta é outra citação da Dra. Stearns: "A pessoa destrutiva pode prejudicá-lo e complicar seu luto de muitas maneiras. Ele ou ela... rotula seus sentimentos e comportamentos como 'tolos', 'doentios', 'estranhos', 'egoístas' ou 'autopiedosos'". Ela oferece bons conselhos para evitar situações alheias à cura.

Aprender a evitar as críticas ao processo de cura, de meu marido e Marie-Anne foi uma coisa, mas parte desse processo era revisitá-lo, colocando-o em palavras. Durante algum tempo ele fez parte de um certo círculo vicioso. Acho que se eu tivesse apenas continuado a escrever, ele provavelmente teria se dissipado. A ideia era colocá-lo no papel e esquecê-lo. Não foi assim tão fácil. Mas, achei ótimo porque percebi que na medida em que as páginas se acumulavam, eu conseguia "ver" as diferentes fases da minha vida em uma pilha de papel. Eu conseguia medir as páginas empilhadas que escrevi durante esse ano horrível e as coisas boas se sobressaíam (literalmente).

Eu escrevi e revisitei o meu caminho, um capítulo de cada vez. É claro que as autobiografias não são escritas da noite para o dia, e este foi um processo longo, parecido com uma terapia de longo prazo. Nos primeiros meses, eu dependia de um pequeno grupo de familiares e amigos, que se reuniram à minha volta e ficaram ao meu lado. Eles foram meus cuidadores amados e empáticos.

Fred esteve sempre presente, apesar de sua própria confusão emocional. Uma pessoa verdadeiramente compreensiva, ele me enviava e-mails regularmente, depois que tudo veio à tona. Ele escreveu uma citação para me lembrar de que eu não estava sozinha, mesmo sentindo o contrário, antes da chegada dos meus amigos e familiares, ainda nos primeiros dias, logo após receber a notícia sobre o fim do meu casamento. A citação não poderia ter chegado em um momento melhor, e dizia: "Um amigo é aquele que conhece a canção do seu coração e pode cantá-la quando você esquecer a letra".

Ainda assim, pensei, *a Páscoa acabou, tento encarar a nova realidade do fim do meu casamento, minha amiga é o novo amor do meu marido, e estou lutando para seguir sozinha.*

Dias depois, o que me pareceu uma eternidade, Stacy finalmente conseguiu chegar à Suíça. Aqueles dias em que passei sozinha com Eja foram terríveis e desesperadores — apenas as ligações e os e-mails de Fred me confortavam e me amparavam. Assim que pôde vir do Canadá, Mary chegou para assumir o lugar de Stacy, para que eu não ficasse sozinha.

Eu precisava de tempo para recuperar o fôlego antes de lidar com a realidade. Durante a noite, eu me recusava a aceitá-la. Não resistia e suplicava para que aquilo parasse, e explicava aos dois que era algo cruel, implacável e injusto, mas minhas súplicas caíram em ouvidos surdos. Eu implorei compaixão, mas ela não veio. Sentia que meu casamento estava morto, mas ainda quente, e a terra já estava sendo jogada sobre o túmulo. Não conseguia suportar o golpe.

A realidade não espera que você recupere o fôlego, e ao se lembrar dela, do que perdeu, de sua falta de controle, é natural entrar em pânico, repetidas vezes, a cada lembrança, nas primeiras semanas de luto. Em alguns momentos do dia eu ficava calma e conseguia funcionar, entrando e saindo de episódios de choque, torpor e pranto. A música que me vinha à memória regularmente, na fase inicial da batalha pela aceitação, era *I Can't Make You Love Me* [Eu não posso fazer você me amar], de Bonnie Raitt.

Em uma tarde, duas semanas depois de saber de tudo, eu tive um colapso nervoso, enquanto tomava um chá com Mary, em um café nas proximidades. Este foi um verdadeiro ponto de ruptura, que me mandou de volta para a família e os amigos no Canadá. Quando estávamos falando do cenário doloroso, tudo aquilo me atingiu com mais força do que eu podia suportar, e fui invadida por uma onda de emoção, a ponto de ter dificuldade para percorrer a pequena distância de volta para o hotel, sem o apoio de Mary. Minhas pernas estavam bambas. Mary me fez lembrar de que ninguém compreendia melhor a situação do que Fred, a outra vítima de tudo isso, e me pediu para falar com ele. Mas ele trabalhava diariamente como gerente de operações internacionais da empresa Nespresso, e raramente chegava em casa antes das oito da noite. Se pelo menos minha família estivesse ali e não do outro lado do Atlântico. Desesperada, liguei para ele, ofegante e em pânico, tentando explicar que não estava suportando. Fred apenas disse, "Me encontre na minha casa. Estou indo para lá agora".

O escritório de Fred ficava a trinta minutos de distância. Eu andei em direção ao apartamento, onde ele, Marie-Anne e Johanna viveram juntos no último ano, mas, na metade do caminho, simplesmente... paralisei. A bolsa escorregou da minha mão e caiu sobre meus pés. Permaneci ali parada, com a cabeça baixa; sem forças para dar mais um passo. Acho que fiquei ali feito uma estátua, por pelo menos meia hora. Eu mantinha consciência do que estava à minha volta: o calor do sol, os pássaros voando e gorjeando, os corredores que passavam por mim, as papoulas e tulipas à minha esquerda, os remadores deslizando silenciosamente à minha direita, as montanhas cobertas de neve, brilhando como faróis. Carrinhos de bebê, pedestres, pessoas conversando, bicicletas, cães — passavam por mim em ambas direções, e eu os acompanhava com a visão periférica. Eu focalizava apenas meus pés. Nem conseguia erguer a cabeça. Meu coração segurava minha cabeça e minha cabeça segurava meu coração, mas nenhum era forte o suficiente para me tirar dali.

Era como se o resto do mundo existisse ao meu redor, mas já não existisse dentro de mim. *A vida acabou para mim. É aqui que eu desço, saio deste lugar*, eu pensei, *Vida, faça de mim o que quiser. Não sobrou nada e eu desisto.* Envergonhada e humilhada, eu realmente desisti. Eu estava no fundo do poço e estava fechando as portas — física, mental e emocionalmente.

Então, percebi o som de passos vindo em minha direção. Um barulho de chaves e de moedas no bolso do paletó. Os braços de Fred me envolveram e percebi um suspiro próximo ao meu rosto. Quando chegou em casa e não me viu, ele correu em volta do quarteirão tentando me encontrar.

Fred me carregou até a sua casa. Lembro de sentir seu coração batendo depois da corrida e da aflição. Eu apoiava todo meu peso sobre suas costelas e podia sentir que ele estava vivo e era real, e sua energia me trouxe uma sensação de conforto. Talvez um pouco daquela vivacidade pudesse ser transferida e me ressuscitasse. Algum calor humano sincero que eu conseguisse sentir fisicamente, um coração batendo, capaz de compaixão verdadeira.

Hoje, quando Fred fala sobre isso, apenas diz, "Quando encontrei você ao lado do lago naquele dia, estava totalmente acabada". Ele me envolveu em um cobertor, porque eu estava tremendo, me colocou no sofá e me deu meio copo de vodca. Segundo Fred, eu fiquei horas sem falar. Fiquei sentada ali, paralisada. Ele foi extremamente sensível e compreensivo.

Esperou pacientemente até que eu estivesse pronta para me comunicar. Enquanto isso, permanecemos ali sentados, em silêncio.

Hoje, quando escuto histórias de mulheres que perderam seus companheiros para outro amor, para a doença, ou simplesmente porque não estavam mais apaixonados, sinto sua dor, compreendo, especialmente se for alguém com um casamento longo. Sou sensível ao impacto e ao medo de ter que começar tudo de novo sozinha. Quando está casada há muito tempo, você não sabe mais como ficar sozinha. Pode ser aterrorizante e deprimente. O apoio externo é crucial para qualquer pessoa que está passando por isso. Confesso que antes do ocorrido, eu não levava muito a sério, e pensava, *É só um divórcio; acontece todos os dias*. Mas as circunstâncias específicas de um divórcio têm efeitos enormes sobre os envolvidos, não devem ser minimizadas ou generalizadas, e tampouco sua complexidade potencial deve ser subestimada.

Em meados de 2008, depois de meu colapso no lago, viajei com Eja para nosso chalé em Ontário. Eu me despedi de Fred e lhe desejei boa sorte com o divórcio e a desagradável batalha pela custódia da filha, que ele já tinha iniciado com sua ex-mulher. Eu não sabia quando o veríamos novamente e tive a impressão de que era uma despedida final.

Eu precisava ficar perto das pessoas que iriam me ajudar nos próximos meses. E agradeço a Deus por isso. Elas me acolheram com compreensão, quando eu estava abalada, me sentindo como um passarinho que caiu do ninho, perdida, acabada, amedrontada e desolada. Minha família e meus amigos foram compassivos, mas também gritaram comigo quando precisei ouvir verdades dolorosas — principalmente no início, quando ainda estava me iludindo, pensando que tudo não passava de uma grande confusão e que, de alguma forma, tudo iria se resolver. Lembro de minhas irmãs impacientes, pedindo que eu parasse de me referir a Marie-Anne como "minha amiga" e de chamar meu ex-marido de "amor".

"Estamos cansadas disso! Eles são pessoas egoístas, sem coração, é isso o que são, e é assim que você deve se referir a eles."

Eu realmente estava em um estado lastimável e ainda via meu marido e Marie-Anne como pessoas que apenas tinham se enganado. Eles iriam perceber que estavam errados e se desculpariam humildemente, cheios de compaixão. Eu estava sonhando! O mundo estava desabando a minha volta e eu não conseguia encarar. Ainda não tinha trocado a identidade deles na minha cabeça. Não conseguia assimilar que eles não eram mais o que tinham sido. Agora, minha "amiga" me atacava pelas costas e meu marido era um objeto daquela traidora. Eles eram claramente indiferentes à minha dor e estavam impacientes para que eu "superasse isso de uma vez!". Eu lamentava a perda destes relacionamentos e o lugar que tinham nos meus sonhos para o futuro. Mas a mudança não seria instantânea ou completa. Levaria tempo.

Semanas depois da minha chegada ao chalé, um amigo me ligou para tentar me animar. Eu ainda estava muito frágil e comecei a falar que "talvez as coisas não fossem do jeito que eu pensava. Talvez Mutt sempre defenda Marie-Anne porque ela é realmente inocente. Talvez ela não tenha percebido o que estava acontecendo". Meu amigo não conseguiu engolir aquilo e me cortou imediatamente.

"Eilleen!", ele vociferou. "Veja bem! Ela está tendo um caso com seu marido, aquele com quem você esteve casada por quatorze anos! Sua própria amiga! Alguém que sabia que seu casamento estava passando por um período delicado. Ela é uma cadela! Ou melhor, é uma puta! Repita, Eilleen: 'Ela é uma puta'. Esta é a palavra para ela. Vamos lá, repita em voz alta! Quero ouvir você falar!", ele ordenou.

Foi difícil falar assim, mesmo estando muito brava, mas ele realmente me ajudou a sair do buraco escuro e inseguro em que eu estava. Eu ainda não tinha atravessado o limiar para identificá-la como traidora, e foi difícil dizer aquilo em voz alta, porque parecia infantil e vulgar. Mas, de fato, seu comportamento foi vulgar e meu amigo estava me ajudando a encarar isso, me fazendo expressar esse reconhecimento naquela conversa aberta. Eu me empenhei em repetir. Era uma espécie de catarse. (Chocante, eu sei, mas afinal, é só uma palavra). Minhas emoções estavam tão emaranhadas dentro de mim que me senti bem melhor ao liberar a pressão.

★

30

Uma história de amor

Dupla traição é um caso raro. Minha mãe morreu aos quarenta e dois anos e parece que uma parte de mim morreu com a mesma idade. Com uma faca no coração e outra nas costas, minha capacidade de confiar morreu junto com minha vontade de viver, amar e crescer, mas isso foi temporário, como uma experiência de "quase-morte". Acho que Deus disse, "Não, ainda não é a hora. Você tem que continuar. Essas feridas podem doer, mas não irão matá-la. Você vai viver".

Pensei muito em minha mãe durante esse tempo. No passado, eu sempre pensava nela em ocasiões felizes. Desejei que ela estivesse presente no meu primeiro prêmio Grammy e na chegada do meu menino, quando Eja veio ao mundo. Não precisava ser algo grandioso; qualquer coisa significativa me fazia sentir falta dela, como a primeira vez em que fiz *cookies* de melaço, usando uma antiga receita escrita à mão por ela na contracapa de um dos livros de receitas da minha avó Eileen. Agora, me sentindo ferida e muito sozinha, eu queria que minha mãe pudesse estar sentada na cozinha, conversando, como costumávamos fazer.

Quando minha mãe morreu, eu não tinha ninguém tão próximo para compartilhar minha música e estava me sentindo dessa forma. O fim de um casamento é sempre doloroso e trágico. Fica ainda mais complicado quando as pessoas envolvidas são parceiros e colaboradores nos negócios, além de um par romântico. Eu não tinha perdido apenas o marido. Perdi meu parceiro nas composições e o produtor dos meus discos. Eu estava desamparada profissionalmente.

Sempre tive bom senso artístico, mas contava com Mutt para a direção comercial na frente musical. Depois de compor uma canção, ela pode tomar infinitas direções no que diz respeito ao arranjo, estilo e sonoridade. É preciso um produtor de visão para direcioná-la da melhor forma e moldar a gravação de acordo. Mutt é um mestre nisso. Eu gostava do envolvimento na direção artística do processo, mas o domínio de Mutt era claramente o lado da produção musical, e eu não desenvolvi uma autoconfiança para me envolver mais, além de compor e gravar. Ele era o capitão da nave espacial. O estúdio tem uma grande quantidade de equipamentos e aparelhos: módulos de efeitos especiais, instrumentos, sintetizadores, botões, interruptores, peças e telas, e uma grande cabine de som. É um ambiente fantástico e criativo, como deve ser o local de trabalho de um produtor lendário, perfeito para um gênio da música. É onde Mutt trabalha. No que diz respeito à confecção do disco, meu lugar é nos bastidores, a voz mais tranquila que se impõe para dar os toques finais. Eu tinha opiniões precisas e elas eram respeitadas, mas, quando estávamos no meio de um disco, não havia tempo ou espaço para experimentar e desenvolver habilidades de produtora. Mutt certamente não precisava da minha ajuda, nem a de ninguém, para a produção musical. Observá-lo trabalhando era um aprendizado, e acho que provavelmente aprendi mais com isso do que se estivesse envolvida.

No rastro dessa grande reviravolta, comecei a reavaliar seriamente tudo em minha vida. A confusão era tão grande que eu não sabia por onde começar, como você pode ver nesta carta que escrevi para mim mesma, no esforço de encontrar um foco:

> *Vou trabalhar novamente? Cantar novamente? Fugir e me esconder? Hibernar na maternidade e trancar o resto do mundo para fora, como compartilhar meu filho com seu pai agora, devo me dividir em todas as direções na esperança de encontrar o equilíbrio, tentar perdoar e esquecer, ou apenas esquecer e seguir adiante? "Que diabos devo fazer*

agora?", eu gritei, em voz alta. Às vezes, penso que é melhor sentar e deixar a vida passar, deixar o ônibus acelerar e me atropelar. Por que ser ativa? Por que tentar ver se ele está chegando e pular fora? Por que planejar, pensar, ajudar, sofrer, amar? Basta deixar a vida me levar, em vez de levar a vida. Confesso que estou um pouco desorientada... você não estaria? Grande eufemismo!

A única certeza que eu tinha era a de que eu nunca mais confiaria em ninguém de fora do meu pequeno círculo de amigos e familiares. Honestamente, minha fé na natureza humana estava permanentemente danificada. De qualquer forma, sempre fui emocionalmente autoprotetora e precavida, e me perguntava o que viria depois, já contando com o fato de que a vida iria me atirar de novo em algum buraco, quando eu menos esperasse. Sendo assim, achava que era melhor considerar que isso poderia acontecer a qualquer momento. Desse modo, ficaria mais tranquila. Depois do que aconteceu, minha guarda estava em alerta e eu estava pronta para me proteger. Ninguém chegaria muito perto, e eu nunca mais seria ferida tão gravemente.

Agradeço ao Dr. Deepak Chopra por me iluminar, me mostrando que seria impossível viver sem envolvimento emocional. Encontrei o Dr. Chopra no final de 2007, em uma convenção em Zurique, onde ele daria uma palestra. Perguntei se seria possível uma conversa particular durante sua estada, já que o local que ficava a apenas duas horas de carro de onde eu morava, no lago de Genebra. Meu pedido para esse encontro se destinava, principalmente, para discutir a distância entre eu e meu marido, em um esforço para tentar entender o que eu poderia fazer. Seu conselho e material de leitura, apesar de corretos no que se refere a salvar um casamento, chegaram muito tarde para mim. Mas eu saí dessa nossa conversa levando debaixo do braço alguns livros, conselhos e orientações, e um coração cheio de esperança.

Eu o encontraria novamente cerca de dois anos depois, em um fim de tarde em Genebra, antes de um baile de caridade da Cruz Vermelha. Desta vez, queria ouvir seus conselhos sobre o que fazer com as facas fincadas no meu coração e nas minhas costas, e expliquei que estava cansada da raiva, insônia, confusão, decepção e tristeza, e que me contentaria com o sentimento de indiferença, que ao menos me traria um pouco de paz. Ele explicou: "Você pode se desviar de algumas dores inevitáveis na vida, mas também vai perder seus prazeres".

"Eu sei, você está certo. Eu não quero passar pela vida impunemente; quero apenas um alívio." Ele garantiu que eu alcançaria aquele ponto, comparando minha dor com uma fruta que estava prestes a amadurecer e cair no chão, me libertando. Ele disse que a fruta tinha que estar plena e pesada antes de ser liberada da árvore, para poder ser apreciada e valorizada. Eu admiti que estava impaciente, porque aquela previsão parecia tão vaga, sem um prazo para ser atingida. *Tipo, para quando é a queda dessa fruta, pelo amor de Deus?* Era assim que eu pensava. "Você poderia ser mais específico?" Eu queria perguntar, mas estava muito envergonhada para revelar minha falta de compostura, que eu sabia que era a voz da imaturidade espiritual. Estava tão cansada de esperar por respostas. Havia tantas perguntas no ar e eu só queria alguém para me dar uma explicação definitiva, para variar, que pudesse olhar para o meu futuro e ver claramente que tudo ficaria bem.

Não existe bola de cristal e Chopra não era um vidente, mas estava certo. Fico feliz por ter seguido seu conselho de não endurecer meu coração. Graças às suas palavras sábias, eu me abri para a inevitabilidade da lógica: a fruta amadurecerá e quando isso acontecer, eu descobrirei o bem que pode advir da minha dor. Se eu não tivesse fé nas palavras sensatas que foram compartilhadas comigo naquele dia, teria me fechado para o amor de minha vida.

Embora eu conhecesse Frederic há mais de nove anos, não o conhecia de verdade. Isto é, ele era o marido da minha amiga. Eu o achava uma pessoa maravilhosa e atenciosa e todos podiam ver que era um bom marido e um pai dedicado, mas éramos amigos apenas por tabela. Ele e Mutt se encontravam sempre para jantar e discutir política, esportes, acontecimentos atuais e a vida em geral, mas eu acreditava que uma coisa era ter intimidade com uma amiga e outra, completamente diferente, era ser próxima do marido dela. Os homens tinham sua ligação e Marie-Anne e eu tínhamos a nossa. É claro que isso era o que eu acreditava. Sempre era Fred quem levava as crianças para andar de bicicleta nas manhãs de sábado ou ao desfile de carnaval que passava pela cidade. Ele gostava de ficar com as crianças e eu admirava sua energia e dedicação à filha. Fred levava Johanna para sair de férias, e assim Marie-Anne poderia ter um tempo para si, e sua ligação com o meu filho desde o início também era muito tocante. Eles eram melhores amigos, e Mutt e eu ficávamos felizes por Eja ter outra figura masculina em sua vida, porque os Thiébaud eram os nossos únicos amigos no país. Quando estávamos juntos, as crianças gravitavam em torno de Fred. Nós compartilhamos a vida familiar, mas ele sempre foi o marido da minha amiga e eu sempre fui a esposa do amigo dele.

É lógico que apoiamos um ao outro depois da traição e mantivemos contato, principalmente por telefone e e-mail. Nos falávamos a cada dois dias, depois que fui para o Canadá. Afinal, quem poderia entender melhor o que o outro estava passando? Entretanto, como nossa relação sempre se deu no contexto de nossas famílias, quase não sabíamos como interagir. Éramos educados, quase formais. Fred é especialmente tradicional no que diz respeito a limites sociais, sempre muito amável, mas adequado. Ensinar boas maneiras para nosso filho sempre foi muito importante para mim e Mutt. Ele sempre lembrava a Eja que "a conduta faz o homem" e eu acredito nisso. Também acredito que esta filosofia tenha outro significado igualmente importante, se não mais: a honestidade produz humanidade.

Fred é uma pessoa naturalmente educada. Ele foi criado em uma família de médicos e advogados, tanto do lado paterno, como do lado materno. Cresceu em um ambiente social formal e refinado — com uma educação privilegiada. Além do conforto e da estabilidade de crescer protegido de confrontos sociais e econômicos, Fred também é uma pessoa decente e honesta. Um livro aberto, e no fundo, um ser humano genuíno e sincero. De que serve saber se comportar, ser educado e respeitoso, se não é autêntico? Para mim, a sinceridade tem um valor incrível. E por mais que eu ache importante ter boas maneiras, quando você questiona alguma coisa ou alguém, mas se esconde atrás de uma conduta, porque fica mais fácil e menos confuso administrar, então está sendo desonesto e está comprometendo sua integridade. Eu prefiro ensinar uma criança a falar o que pensa ou agir de acordo com o que pensa e acredita, e ao mesmo tempo se expressar com graça, humildade e consideração. Eu acredito que seja possível ser honesto e fazer tudo isso ao mesmo tempo. Este é um bom propósito: ser verdadeiro, mas atencioso. Eu descrevo Fred como um verdadeiro cavalheiro.

Juntos, Fred e eu, tentamos botar para fora o que tinha acontecido a cada um de nós. Às vezes, discutíamos sobre quem seria o culpado pelo desastre. "Ele" deve ter feito isso. Não, "ela" deve ter feito aquilo. Nós não queríamos aceitar o que estava acontecendo e simplesmente não sabíamos quem era o responsável. Eu não queria que fosse meu marido e ele não queria que fosse sua mulher, e nenhum dos dois queria acreditar que o próprio amigo pudesse fazer uma coisa dessas. Os ângulos e emaranhados na teia de mentiras e enganos eram tantos, que ficávamos confusos.

Quase seis meses depois, em setembro de 2009, eu retornei à Suíça, para Eja voltar à escola. Fred e eu continuamos a conversar sobre nossas vidas, nossos filhos, nossos problemas, nossos sonhos e nossa recuperação. Era outono e começava a esfriar, e muitas vezes fazíamos fogueiras à noite, em frente à porta do anexo, porque a casa principal ainda estava em reforma. Assávamos *marshmallows*, ouvíamos música, dançando e cantando — era muito divertido, e Fred e eu dançávamos *swing* muito bem. As crianças se uniam a nós e, às vezes, ficavam ao nosso lado. Uma noite, em dezembro, ambos estavam na varanda do quarto do segundo andar, enquanto Fred e eu dançávamos abaixo, ao lado da fogueira, sem perceber que eles nos observavam. Fred e eu devíamos parecer muito envolvidos, porque, a certa altura, as crianças assobiaram e disseram, "Por que vocês não se beijam?"

Fred e eu ficamos paralisados, atordoados e perguntamos em uníssono, "O quê?"

"Por que vocês não se beijam?", eles repetiram, virando os olhinhos e sorrindo de orelha a orelha. Nós nos entreolhamos, surpresos pelas crianças terem reconhecido uma ligação entre nós, que, no fundo, já tínhamos percebido, mas que não tínhamos coragem para revelar. Nós respondemos "ok" e nos beijamos no rosto. As crianças disseram, "Não, na boca". Fred e eu não podíamos acreditar que nossos filhos estavam pedindo para nos beijarmos, de verdade, e então, subitamente, nos beijamos. Nós trocamos um selinho e as crianças sorriram. Estávamos felizes, porque o gelo se quebrou. Fred e eu ficamos surpresos e aliviados diante do apoio de nossos filhos para sermos verdadeiros no amor, e daquele momento em diante, nós quatro reconstituímos uma família, construímos um ninho, uma nova fundação, refizemos nossas vidas como uma unidade, depois da perda que havíamos sofrido.

Fred e eu agimos com cautela, porque estávamos conscientes de que a tristeza poderia ser nosso principal elo. Também consideramos o perigo de confundir as crianças com a repercussão do romance. Mas não foi assim.

O que mais me atraiu em Fred foi sua abnegação. Ele estava passando pela mesma agonia que eu — talvez pior, porque como pai, ele teria que batalhar pelo direito de estar com sua filha. Eu, pelo menos, nunca tive que enfrentar isso. No entanto, ele nunca estava ocupado demais para cuidar de mim nos piores momentos. Acho justo mencionar que ele me ofereceu mais apoio do que eu a ele. No começo, enquanto vivia um surto interminável de autopiedade e tristeza, ele demonstrou força, manteve uma perspectiva clara, saudável e pragmática, e foi infinitamente paciente e compreensivo. Eu o admirava.

Ele também esteve presente para Eja, que o conhecia desde que nasceu. Há pouco tempo, Fred me mostrou uma fotografia do meu filho, tirada algumas horas depois do seu nascimento. "Não me lembro de ter visto esta foto antes", eu disse a ele. "Não sei quem tirou esta foto."

"Fui eu", ele respondeu.

Isso me emocionou. Ele realmente sempre esteve por perto, como um presente debaixo da árvore de Natal, escondido para que eu não pudesse ver. Um presente com o meu nome, guardado, que eu só poderia abrir muito depois, quando fosse a hora, e de repente, ali estava ele, este presente para mim! Como se fosse uma encomenda, com uma etiqueta, dizendo, "Do céu, para Eilleen". Fred estava destinado a ser meu; era só uma questão de tempo.

Eu encaro o que aconteceu conosco da seguinte maneira: éramos duas pessoas que foram alijadas de suas vidas, como se tivessem sido empurradas da beira de um penhasco. Por sorte, conseguimos nos agarrar e interromper a queda.

Seria fácil dizer que nos apaixonamos porque éramos um casal de náufragos no mesmo bote salva-vidas, à deriva no mar, sem ninguém para socorrer. Acredite, fiquei assustada quando percebemos o que sentíamos um pelo outro. Na verdade, eu neguei. Eu não queria amar novamente;

eu queria que Fred soubesse de antemão que o amor era a última coisa que eu precisava. Embora me esforçasse para evitar meus verdadeiros sentimentos, seu único pedido foi o direito de me amar, de cuidar de mim e se preocupar comigo, mesmo que eu não quisesse corresponder ao seu amor. Minha opinião honesta sobre o amor e os homens em geral não deteve Fred.

Eu passei meses evitando pensar sobre um relacionamento, mas Fred me amou e teve a coragem de confessar, mesmo que ficasse claro que a simples ideia de amar novamente me deixava apavorada. Eu enfatizei que não estava pronta.

Fred me enviava frases por e-mail, como esta, de um escritor anônimo: "O amor vem para quem ainda tem esperança, apesar da desilusão, para aqueles que ainda acreditam, apesar da traição, para aqueles que ainda amam, mesmo tendo sido feridos". Quem quer que tenha escrito estas palavras deve ter tido um Frederic Nicolas Thiébaud em sua vida. Ou esta outra, da escritora Maria Robinson: "Ninguém pode voltar e recomeçar, mas qualquer um pode começar hoje e construir um novo final". Ele estava certo, e eu sabia, e também reconheci que esta pessoa maravilhosa estava se tornando irresistível para mim. Descobri que meu coração ainda batia depois de tudo, e finalmente parei de lutar contra meus verdadeiros sentimentos. Eu estava me apaixonando.

Percebi que nove meses se passaram desde o fim de nossos casamentos. Nove meses de vazio, solidão, medo do que estava por vir, confusão sobre o que aconteceu e o motivo. Ainda não tínhamos as respostas, um fechamento ou a cura das feridas abertas. A gentileza, a compreensão e o amor estavam batendo à porta, embora eu não me sentisse pronta para abrir. Eu apenas deveria aceitar que não eram os agressores que batiam, aqueles de quem eu esperava receber tudo que precisava naquele momento. Eu me preocupei tanto à espera da compaixão, das explicações e do remorso, que sequer conseguia ouvir Fred, que era quem realmente importava.

Entretanto, quanto mais tempo passávamos juntos, mais descobríamos o que tínhamos em comum e que havia uma ligação natural inegável entre nós. Tínhamos uma lista surpreendentemente longa de coisas em comum: esportes, música, a criação dos filhos, e as filosofias de vida em geral, o que nos proporcionava horas de conversas, quando não sentíamos o tempo passar. Logo comecei a perceber que corríamos contra o tempo, que nunca era suficiente para estarmos juntos. Naquele mês de dezembro, acompanhei Fred em uma viagem de negócios a Miami. Durante nossa estadia na Flórida, fomos mergulhar. Foi ideia de Fred, e quando ele me convidou, minha resposta foi, "Por que não?". Eu estava pronta para jogar a precaução ao vento, deixar para lá completamente, perder o controle por opção, ao contrário da perda de controle pelo fim do casamento, sobre quem me amava ou quem eu amava. Eu não estava com medo, apenas pronta para seguir, aceitando que passar ou não por esta experiência não estava em minhas mãos, e era parte da minha libertação: a escolha de fazer algo potencialmente fatal, sem se importar com o que aconteceria depois. Isso é deixar para lá.

Fomos também a um show de Michael Bublé, no Madison Square Garden, em Nova York, antes de voltar à Suíça, em tempo para o Natal. Ouvíamos muito as músicas de Bublé, porque Fred é um grande fã de *crooners*, e adoramos dançar ao som de uma *big band*. Foi um prazer assistir Michael ao vivo. Duas das nossas canções preferidas, gravadas por ele, são *I'm Your Man* e *Everything*. São músicas muito românticas, perfeitas para se apaixonar.

Fred sentiu o primeiro gostinho de como é viajar com uma celebridade em nossa cultura louca por estrelas. Eu passei muito tempo enclausurada na Suíça e estava completamente despreparada para o ataque dos *paparazzi*, que estavam à nossa espera quando desembarcamos nos Estados Unidos. Eu fui ingênua, quando deveria ter pensado melhor. Os *flashs* nos flagaram juntos, mas em separado, portanto ninguém sabia quem era aquele homem bonito e atlético que aparecia ao meu lado. Naturalmente, Fred não estava acostumado com isso e achou a intrusão muito chata — como qualquer pessoa em seu juízo perfeito. Logo percebemos que dali em diante, o único lugar onde encontraríamos privacidade seria por trás de portas fechadas.

Fred e eu decidimos passar nosso primeiro Natal juntos em Verbier, uma estação de esqui charmosa, não muito distante de casa. Embora encontrássemos conforto e apoio na companhia um do outro, datas especiais como o Natal e o Ano-Novo eram difíceis diante das perdas que sofremos. São tantas as memórias do passado que retornam para nos assombrar; lembranças de que tudo mudou, de que as coisas nunca mais serão as mesmas... então, você é novamente atingido pela sensação de perda. No entanto, Fred e eu estávamos determinados a enfrentar o futuro com coragem e entrar no ano novo com uma atitude positiva. Ficamos com os amigos e a família e tivemos uma festa de Natal esplêndida. Eu me esbaldei — rimos muito, comemos muito e nos divertimos muito, tocamos músicas natalinas até enjoar, e mergulhamos no clima de Noel, na beleza do inverno nos Alpes Suíços, com a neve, as sempre-vivas e as chaminés fumegantes.

O dia 28 de dezembro seria a data do meu 15° aniversário de casamento. Era a primeira vez que eu passava a data separada de Mutt. Aquele tinha sido o primeiro Natal de Eja sem o pai e, agora, havia um outro desafio emocional para mim.

Como presente de Natal, Fred planejou uma surpresa para mim no início da semana, mas não deu certo devido ao tempo, por isso a primeira oportunidade ironicamente caiu no dia 28. Meu coração estava partido. Era difícil não pensar que, naquele mesmo dia, um ano atrás, Marie-Anne me desejou felicidades no meu aniversário de casamento e, ao mesmo tempo, estava seduzindo meu marido. Só alguma coisa muito poderosa poderia mudar meu foco naquele dia, e eu nem imaginava que isso pudesse acontecer graças a essa pessoa tão especial.

A grande surpresa de Fred foi esquiar comigo até dois aviões, de modo que ele chegasse primeiro. Os aviões nos levariam até um glacial suíço, onde brindaríamos nosso recomeço com uma taça de champanhe. Este dia surpreendente me ajudou a esquecer a tristeza, criou uma nova recordação para aquela época do ano e me deixou mais apaixonada por Fred. A temperatura era de 15 graus abaixo de zero, o dia estava ensolarado e ficaríamos sozinhos — os pilotos concordaram em nos deixar 45 minutos no nosso *plateau* gelado, para podermos comemorar nosso entusiasmo com a vida e o amor em absoluta paz. Fred se ajoelhou e me presenteou com um lindo relógio, gravado com uma dedicatória e a data. Ele saiu na frente com seu piloto e chegou ao local antes de mim, para esculpir um banco na neve, pintar um enorme coração com *spray* vermelho sobre a superfície branca, e rodear de rosas. Fred levou uma garrafa de champanhe e taças geladas. Foi mágico. Ele criou uma atmosfera romântica e inusitada para declarar seu amor. E pediu permissão para me amar. "Querida", ele disse, "apenas deixe que eu a ame". Embora eu não estivesse pronta para um compromisso, Fred quis que eu soubesse como se sentia, sem esperar nada em troca. Ele apenas me pedia para aceitar o relógio como um símbolo de seu amor. E queria que entrássemos em 2009 com essa declaração apaixonada.

Fred tinha muitos planos românticos e gostava de me surpreender com as ideias mais maravilhosas que eu poderia sonhar. Ele é um mestre na arte do romance e eu aproveito. Tenho que admitir: sou muito mimada. Em uma outra vez, ele alugou a sala de cinema de um amigo para uma surpresa romântica especial. Ele me fez entrar na sala vazia do cinema, com os olhos fechados e me conduziu até uma mesa decorada com velas, rosas e champanhe. Fred foi até lá na hora do almoço para arrumar tudo, e instruiu o amigo para acender as velas um pouco antes de entrarmos e depois desaparecer, de forma que não houvesse ninguém à vista. Foi mágico.

Fred selecionou algumas das minhas músicas preferidas e nós dançamos e tomamos champanhe. Eu fiquei muito emocionada com a surpresa e nunca podia imaginar que haveria algo mais. Fred me deixou por uns três minutos e eu achei que ele tivesse ido ao banheiro. Quando voltou, disse: "Agora, vamos para a próxima parte". Eu fiquei sem ação, jamais imaginaria que ainda teria uma "próxima parte". O que mais esperar além daquela linda surpresa? Ele me levou até a porta do cinema com os olhos fechados e quando eu abri, comecei a chorar com o que vi. Havia uma plataforma com uma mesa para duas pessoas, forrada com uma toalha de linho branco, com um vaso de rosas no centro, decorada para um jantar romântico. Fred fez uma iluminação teatral, com holofotes de luzes azuis e vermelhas, que realçavam a mesa. As velas estavam acesas em volta da plataforma e o resto da sala permaneceu no escuro. Parecia o cenário de uma peça.

Eu não conseguia acreditar que isso estava acontecendo, e enquanto eu tentava entender como ele tinha feito aquilo, Fred me levou até a mesa e uma porta lateral se abriu. Um garçom vestido à carater entrou com o primeiro prato, como se saísse dos bastidores, perfeitamente sincronizado. Fred escolheu o cardápio de um restaurante que ficava ao lado do cinema.

Eu fiquei surpresa. O garçom entrou no clima romântico e sorria, entrando e saindo com pratos deliciosos. Fred pensou em tudo. Esta não foi apenas a coisa mais romântica que me aconteceu, foi também a coisa mais romântica que ouvi falar. Fred é cheio dessas ideias, das mais simples até as mais elaboradas, e preenche minha vida com surpresas e maravilhas todos os dias.

É verdade que eu jurei nunca mais amar, mas é impossível não amar Fred. Este homem se supera e sabe amar de forma realmente incondicional. Amor puro, honesto e generoso. Doce, humilde e compassivo. Aos poucos, ele conquistou meu coração.

★

31

Espelho retrovisor

Três anos depois de termos nossos corações partidos, o amor é o sentimento que prevalece. Eu me considero a mulher mais sortuda do planeta por ter Fred para compartilhar o resto da minha vida. Nosso casamento aconteceu no dia 1º de janeiro de 2011, uma bela data: 1/1/11. Oficializar nossa união foi uma grande decisão, não porque tínhamos alguma dúvida quanto ao nosso amor; eu sabia que uma cerimônia ou um contrato de casamento não me comprometeria mais ou menos com nosso relacionamento. Mas uma coisa era certa: eu não me sentia confortável chamando Fred de namorado. Parecia um termo muito juvenil para uma mulher com mais de 40 anos. Pode me chamar de antiquada, mas Fred prefere dizer tradicional. De qualquer modo, concordamos que estávamos apaixonados, queríamos viver juntos e sabíamos mais do que ninguém o significado de um compromisso de vida. Era o nosso desejo.

Nós nos aproximamos graças a um conjunto de circunstâncias incomuns e concordamos que, como resultado, tínhamos desenvolvido um amor único. Estávamos gratos por termos descoberto um ao outro sob esta nova luz. Se nosso amor também pode ser nosso melhor amigo é porque encontramos nosso parceiro definitivo. Eu nunca tinha experimentado isso tão completamente como com Fred. Confio plenamente em suas observações e não tenho vergonha de dizer que permito que ele segure o espelho para mim.

Eu me sinto bem com Fred, ele me ajuda a ficar mais atenta aos meus atributos positivos do que às minhas falhas. E me ajuda a ver que mesmo quando eu não estou completamente satisfeita comigo, ele está, e não me pressiona a ser alguém diferente do que sou. Isso é algo precioso e dou muito valor a este amor, aceitação e valorização. Eu sou amada e sei disso; o que mais posso querer?

Eu redescobri a paixão e o romance desde que me permiti amar e ser amada por Fred. Vou ser bem honesta: quando meu marido me deixou e caiu nos braços de outra mulher, que era uma amiga íntima, minha autoestima ficou completamente ferida. Eu tinha certeza de que havia algo errado comigo. A rejeição me deixou constrangida e eu estava certa de que nenhum homem me desejaria. Sempre fui muito conservadora quando o assunto é intimidade, e nunca fui inteiramente aberta ou me senti confortável para me expressar com um novo amor. Basicamente, eu sou muito tímida. Eu tinha que conhecer meu parceiro antes de me sentir segura e confiante na cama. Seria necessário uma aproximação muito forte com um parceiro muito sensível para que eu me sentisse desejada novamente. E, por falar em romance, Fred foi capaz de me devolver a confiança que eu precisava para relaxar e amar novamente.

A atração física é essencial para um relacionamento romântico saudável, e, devo reconhecer, isso não falta entre nós. Fred me faz sentir a mulher mais deslumbrante do planeta. É claro que sei que não sou, mas ele é sincero e demonstra isso. Quando eu digo que estou me sentindo gorda e feia ou reclamo de minha aparência, ele diz, "Bem, querida, acho que tenho que me esforçar mais. Acho que não estou fazendo a minha parte, e não importa quantas vezes por dia eu tenha que dizer como você é linda e sexy, eu vou dizer, até você acreditar em mim". Ele parece ficar sinceramente perplexo quando minha autoestima está baixa. Que benção! Eu gostaria de me amar tanto quanto ele me ama. Acho que é um bom objetivo e vou colocá-lo na minha lista de prioridades.

É uma ironia: sou casada com um homem que sente muita atração por mim, e mesmo assim, atualmente estou mais insatisfeita do que nunca com meu corpo. A época em que estive mais em forma foi durante meu primeiro casamento, quando eu era fisicamente ativa e mais jovem. Eu tinha muito pouca gordura corporal, uma silhueta bem acinturada e não tinha barriga, mesmo depois do nascimento do meu filho. Mas, ultimamente, meu corpo está passando por uma mudança que não está me agradando. Eu li que o estresse emocional pode provocar o aumento de peso, especialmente na região abdominal, e acredito nisso. Pela primeira vez na vida, tenho celulite no abdômen. Na verdade, eu tenho uma camada de gordura sobre o corpo inteiro. Não estou reclamando do tamanho, estou falando de textura e forma. Essas mudanças indesejáveis vieram ao longo dos meses posteriores à descoberta da traição, e está difícil de me livrar delas. Em comparação com a alta porcentagem de seios cirurgicamente reparados dos dias de hoje, os meus parecem mais caídos do que o habitual, e provavelmente estão. Quando estou em casa, à vontade, eu deixo "eles" soltos sob a roupa, e quando chega alguém, eu cruzo os braços para sustentá-los, para evitar que fique óbvio que não estou usando sutiã. Fred acha que eu tenho uma imagem distorcida do meu corpo e que sou muito crítica. Talvez ele esteja certo.

Eu me sinto bastante insegura com as mudanças no meu corpo, que chegaram tão rapidamente que não tive tempo para me acostumar. Recentemente, perguntei a Fred, "O que você acha de eu me livrar desta flacidez? Você concorda?" Ele me assegurou que, com ou sem flacidez, ainda se sente atraído por mim. Eu sempre me repreendo, porque devo ficar feliz com o que tenho e mais feliz ainda por ter um homem satisfeito. Quando exponho a minha insegurança irritante para Fred, ele saca sua munição de pesquisas, eu reviro os olhos, e ele me faz lembrar que em 2009, a revista *Hello!* me elegeu a "Mais Bela Canadense", e um estudo de pesquisadores da Universidade de Toronto apontou que eu, a atriz Jessica Alba e a modelo Elizabeth Hurley, temos rostos perfeitamente proporcionais. Fred encontrou esta última em uma revista científica, a *Vision Research*. Ele ama procurar este tipo de coisa, e gosta de usar essas informações para estimular minha autoconfiança. Bem, isso é o que eu chamo de um "bom homem" e toda mulher merece ter um! Mas eu prefiro ser realista no que se refere a minha aparência quando não estou produzida. A outra opção é tirar todos os espelhos da casa, coisa que às vezes Fred ameaça fazer, quando percebe que estou sendo muito dura.

Resolvi ser objetiva em relação ao meu corpo em transformação e a atitude com a minha imagem. Passei a ser realista. Até os 40 anos, eu tinha um corpo de 20, e, aparentemente, da noite para o dia, agora eu tenho o corpo de uma mulher de 40 anos. Parte de minha prática diária é parar e refletir quando percebo que estou sofrendo com isso, e fazer alguma coisa, em vez de me lamentar. Procuro fazer atividades físicas e apertar o cerco aos meus hábitos alimentares, mas sem baixar a qualidade de vida, lembrando do equilíbrio entre prazer e disciplina. Darei notícias, mas, por enquanto, estou buscando uma solução para estas mudanças. Se eu não conseguir resultados em um tempo razoável, terei que me resignar a aprender a viver assim, mudar minha atitude e não ser tão rígida.

Existe um momento na vida em que devemos simplesmente aceitar que o tempo passou. Por mais que os avanços da medicina possibilitem a retenção do envelhecimento, não acredito que eu seja do tipo que vai investir muito tempo e esforço na preservação da beleza. Parece que a coisa mais saudável a fazer é aprender a se sentir confortável em sua própria pele e a gostar de si mesma como é. Além disso, as linhas de expressão no meu rosto revelam a minha idade real.

No momento, estou em uma encruzilhada com minha aparência. Talvez esteja entrando em uma fase da vida na qual isso se torna uma batalha sem fim. Talvez meus hormônios levem meu corpo para uma nova direção e não há nada que se possa fazer. Talvez, na minha idade, este seja o meu novo corpo, gostando ou não.

A primeira vez que dei atenção à aparência foi na sétima série. Eu era ainda uma moleca; magra e esquelética, mas forte, com pernas musculosas. Daí, eu desabrochei, ou, pelo menos, parte de mim. Aos doze anos, já tinha formas femininas e as roupas do ano anterior já não serviam mais. Um dia, quando caminhava pelo corredor na escola, um rapaz se aproximou e rasgou minha camisa xadrez vermelha e branca. Eu fiquei envergonhada e irritada com a cara de pau do garoto. Eu nunca me deixei intimidar pelos meninos e entendia bem suas intenções desde pequena. A maioria deles era muito sexista, de forma instintiva, como se não pudessem evitar.

Eu nunca estive acima do peso, mas comecei a perceber o que era gordura. Eu vi uma colega usando *shorts* muito curtos, andando na minha frente. Ela era bronzeada e bonita, mas notei que suas coxas balançavam. Minhas pernas eram firmes e definidas. Eu me orgulhava de meu porte atlético e achei aquelas coxas moles muito feias. A moleca em mim via isso como um sinal de preguiça e moleza. Uma garota feminina estava por trás destas coxas; alguém fraca, frágil, diferente dos meninos. Uma garota com aquelas coxas não conseguiria correr rápido, chutar forte ou saltar à distância.

Quando minha colega se aproximou, percebi que além das coxas flácidas, ela também tinha celulite. A cada passo que ela dava, eu podia ver a pele granulosa e esburacada. *Meu Deus!* Eu pensei. *O que é isso?* O garoto que estava comigo disse, "Eilleen, você nunca vai ficar assim". Eu pensei, *cara, espero que não.*

No verão seguinte, eu também comecei a usar *shorts* curtos. Estava mais consciente de que era uma menina, com formas e curvas que os garotos admiravam. Minha atitude ainda era atlética e masculina, a ponto de achatar os seios, que saíam do controle, de forma dolorosa e irritante, quando eu andava mais rápido. Eu tinha que controlar aqueles balões, que haviam crescido sem o meu consentimento.

Eu consegui manter as pernas atléticas provavelmente até os vinte e poucos anos. É difícil dizer, porque, para ser honesta, evitei completamente o traje de banho na minha adolescência, depois de sair do lago com um dos seios à mostra. Parece que o mundo inteiro viu. Não havia espelhos de corpo inteiro na casa, e ninguém notaria a transformação de minhas coxas.

Aos trinta anos, quando me tornei uma celebridade fotografada, eu passei a ter celulite. Fiquei horrorizada. Não era gorda — na verdade, era bem magra — e mesmo assim, minhas pernas possuíam essa textura horrível, quando eu as apertava. Não era visível quando eu estava em pé e sob uma luz favorável, mas bastava apertar com os dedos e me colocar sob a luz errada, e pronto, eu vivia esse temido pesadelo feminino.

No meu dia a dia, vejo garotas e mulheres de todo tipo andando com a barriga saltando para fora da blusa e as coxas balançando, como se estivessem orgulhosas de seus pneuzinhos. Afinal, nós engravidamos, passamos por ciclos menstruais, sentimos desejos que nos deixam famintas, mesmo quando tentamos nos controlar, e humores que exigem alívio imediato — e só alguma coisa "engordativa" e deliciosa poderá aplacar, como chocolate, batata frita, bebida alcoólica, sorvete, e assim por diante.

Eu invejo as garotas que usam o peso extra como um distintivo de honra; certamente estão confortáveis com sua aparência. Elas não estão preocupadas com o que pensamos. Essas garotas não estão evitando comer aquilo que amam, nem se esforçando para ser mais ativas do que gostariam. Elas comem o que querem, quando querem, e não ficam se desculpando por isso. Não estão preocupadas com o efeito sobre seus corpos. Eu admiro esse espírito libertário. Mas, ao mesmo tempo, também ouço falar que muitas reclamam que gostariam de perder peso. Acho que isso se aplica a maioria das mulheres, pelo menos, às que eu conheço.

Concluo que é mais importante se sentir confortável com o peso, não importa qual, desde que você esteja saudável e com energia suficiente para atender suas metas pessoais e às demandas que definiu para sua vida. Ter disposição para jogar bola com seu filho, receber a família no domingo, administrar o trabalho e a vida doméstica sem ficar exausta, não precisar evitar aquela lingerie sensual, sentir-se *sexy* e atraente para o seu amor, e ter energia suficiente no final do dia para namorar. Eu me pergunto todos os dias, *para que questionar se você consegue atender às suas expectativas?* As expectativas que a indústria da moda nos impõe não são realistas.

No auge da minha carreira, quando completei 40 anos, meu corpo passou por mudanças interessantes. Eu trabalhava demais, mal tinha tempo para fazer xixi, muito menos para comer. Sempre fui cuidadosa com a alimentação e os lanches entre as entrevistas e apresentações eram leves e saudáveis. Por isso eu continuei magra, mas tinha quedas de energia graves e frequentes. Eu ainda não tenho certeza se a exaustão extrema era em razão da pouca quantidade de comida, da falta de sono, ou simplesmente do excesso de trabalho. Houve uma época em que as pessoas ao meu redor comentavam que eu estava muito magra e precisava comer mais. Eu não estava tentando ficar magra de propósito; apenas não conseguia manter o peso. Cheguei ao ponto de acrescentar creme de leite e queijo à comida, sempre que possível. Eu não comia alimentos gordurosos, mas decidi adicionar gorduras naturais à minha dieta. Minha assistente pessoal servia creme de leite fresco no meu café da manhã e nas vitaminas de frutas, muito queijo no almoço e no jantar, e eu gostava de panquecas no domingo, preparadas com creme de leite e servidas com manteiga derretida e bastante xarope de bordo. Se eu fizesse isso hoje em dia, estaria enorme.

Durante as turnês eu ficava muito magra. Em algumas temporadas de divulgação eu recuperava um pouco o peso e ficava incomodada. Lembro de me olhar no espelho e avaliar minhas medidas assim: se as coxas se tocassem quando eu juntava os tornozelos, era sinal de que precisava perder peso. Francamente! Eu usava constantemente roupas de grife e vestidos quase sempre desconfortavelmente apertados, que expunham cruelmente todos os defeitos do corpo. A cada evento importante — uma apresentação em rede nacional na TV, por exemplo — eu queria ter certeza de que o estilista estaria ciente das mudanças nas minhas medidas, para evitar desastres de última hora e uma provável humilhação pública. Os estilistas sempre comentavam que ficavam horrorizados quando eu engordava um pouco. Era traumático ter que anunciar tal "catástrofe". Imagine que, além de admitir o ganho de peso, eu tinha que tirar as principais medidas e apresentar esses detalhes incriminadores por escrito para um assistente, que passaria para outro assistente, que levaria para o estilista — que provavelmente as reduziria.

A maioria dos estilistas tem modelos exibindo suas magníficas criações como cabides humanos. Honestamente, em muitos casos, a modelo de passarela é surrealmente magra, aparentando ter literalmente apenas pele e ossos. Estas figuras esqueléticas fazem qualquer outro tipo de corpo parecer gordo e impróprio para usar as roupas da moda, e isso é suficiente para você não querer comprar mais nada. Nunca entendi a lógica de exibir roupas que a maioria das mulheres não tem confiança ou se sente intimidada em usar. Eu sempre disse para quem quisesse ouvir, quando assistia a certos desfiles de moda, "Como se eu pudesse usar isso!". Afinal, a maior parte das mulheres reais não é um monte de ossos ambulante, a menos que estejam doentes ou tenham um transtorno alimentar, e tampouco tem mais de um metro e oitenta de altura. Na realidade, não dá para usar essas coisas e ficar bonita ao mesmo tempo.

Eu sempre tive seios fartos, mesmo quando ficava bem magra; meus irmãos mexiam comigo, porque já aos treze anos eu usava sutiã 44, apesar de ter uma estrutura pequena, que mal sustentava os seios. Quando eles acabaram de crescer, eu finalmente desisti de achatá-los e resolvi não praticar mais esportes. Contudo, continuei com o basquete; descobri que se usasse dois sutiãs "de vovó" com sustentação, estaria protegida para pular, sem levar uma pancada nos olhos. Falando sério, isso funcionou bem até eu descobrir o luxo dos sutiãs próprios para prática esportiva.

Assim como a comida, isso foi fonte de culpa durante toda minha vida, mas por motivos diferentes. Quando eu era uma criança crescendo em um lar pobre, tinha que ter certeza de pegar apenas a minha parte, para que todos tivessem a sua. Hoje, me sinto culpada por dizer ao meu filho que ele não pode comer um biscoito fora de hora, enquanto eu como o meu, mas sei que não deveria.

Eu costumava comer muito sem ganhar um grama. Na minha adolescência, quando muitas meninas começavam a engordar, eu podia comer três ovos e duas fatias de torrada com manteiga acompanhado de uma tigela de cereais no café da manhã; batatas fritas e um *banana-split* triplo, no almoço; e um sanduíche de hambúrguer com queijo, no jantar. Tudo isso coroado com uma pizza no fim da noite, durante os ensaios da banda.

Nessa fase da minha juventude, meus pais estavam melhorando ano a ano, e a despensa da casa quase nunca ficava vazia. Entretanto, como adolescente, eu gostava mais de comer com os amigos. Sabe como é: *fast-food* com muitas calorias e pouco valor nutricional. Mas isso não tinha consequências para mim. Eu continuava magra, talvez por ser muito ativa. Com o tempo, aprendi mais sobre nutrição, e além de evitar alimentos industrializados, acabei por me tornar vegetariana. Não como carne há vinte anos.

Usei muitos estilos diferentes de cabelo, de longos e lisos a armados e encaracolados, esticados para trás, com franja, sem franja, e até clareados, para o vídeo de *That Don't Impress Me Much*. Eu estava sempre à procura de algo novo, e numa ocasião, me interessei por aquelas trancinhas étnicas, caindo pelas costas. Bem, vamos às tranças.

Uma especialista veio ao meu encontro para criar o visual rastafári para um especial que eu filmaria em Dallas, no Texas, antes de uma apresentação ao vivo. Daisy, a senhora encantadora que veio trançar meus cabelos, trouxe vários apliques de cabelo escuro para entrelaçar com meus cachos. Meu cabelo já era bem comprido, mas não o suficiente para fazer tranças vistosas. Eu nunca tinha feito isso, embora tenha usado extensões de vários tipos, muitas vezes. Dos alongamentos que já tinha feito, o mais comprido foi o primeiro e levou três horas, feito para o vídeo *The Woman in Me*, gravado no Egito, na base das grandes pirâmides. Aquelas extensões foram aplicadas em séries de trancinhas rentes ao couro cabeludo, com uns 2,5 cm de distância uma da outra, deixando meu cabelo livre entre elas, para criar um *look* natural. Elas serviam para aumentar o comprimento e dar volume. Eu usei cabelo comprido por muitos anos, e quase sempre me apresentei com o cabelo natural.

Os apliques feitos por Daisy para o especial de Dallas exigiram um tempo muito maior do que o previsto. Nós começamos antes do jantar e à meia-noite ela estava longe de terminar. Eu tinha um ensaio às 10 horas da manhã e não conseguiria descansar até a hora do show. Seria um dia muito cheio, porque eu teria que filmar, e, portanto, teria que fazer ensaios extras e atuar durante o dia todo.

As horas passavam e a aventura das trancinhas parecia não ter fim; já não sabia se deveria desistir da ideia e perder as horas investidas, ou continuar e esperar que ficasse mais rápido, agora que tinha entrado no ritmo.

Era um processo doloroso, principalmente porque Daisy estava fazendo um entrelaçamento bem apertado. Ela juntava meu cabelo com os fios mais compridos e trançava firmemente, e o peso das tranças puxava meu couro cabeludo. Minha cabeça latejava e eu estava exausta, mas não tinha coragem de pressionar Daisy para ir mais rápido, porque sabia que ela estava fazendo o melhor possível. Eu também me sentia mal pelo cansaço dela, depois de horas trançando quilômetros de cabelo. Mas ela disse que poderia continuar, estava determinada a ir até o fim. Então, nós continuamos, mas a empreitada só terminou às cinco da manhã. Eu queria chorar e estava chateada, pensando que teria que fazer um show tão importante, depois de uma noite sem dormir, tudo por causa da aparência. "Um *look*". Eu me senti uma estúpida por decidir fazer aquela experiência, antes de um evento tão importante como a gravação de um especial ao vivo para a TV. A pressão já era bem grande. Mas, como eu poderia imaginar que demoraria tanto? Nem mesmo Daisy — que era uma especialista naquele tipo de penteado — previu que o trabalho tomaria a noite toda.

Apesar disso, o show continuou, a iluminação e as câmeras ajudaram a esconder o cansaço estampado em meus olhos devido à falta de sono, e eu fiz o show com todas as trancinhas que desejei. Às vezes, a beleza tem seu preço, e esta experiência foi uma das mais caras. O cuidado com os cabelos é sempre muito trabalhoso e parece não ter fim: alisar, amassar, prender, enrolar, escovar, borrifar e fixar. A manutenção da beleza é um dos meus compromissos mais escravizantes. Se eu me liberasse da necessidade de atender a uma imagem pública, a primeira coisa que faria seria raspar a cabeça. É claro que eu ficaria horrorosa se fizesse isso, porque o formato da minha cabeça é ridículo. Algumas pessoas têm cabeças bem torneadas e ficam bonitas carecas. Bem, eu não sou uma delas. Mesmo assim, acho que talvez eu me atreva a raspar a cabeça quando for velha. Livrar-me da batalha constante para domar meus cabelos e embelezar o rosto. Na verdade, tenho pensado na hipótese de raspar a cabeça e usar peruca. Assim, eu só precisaria me preocupar com os cabelos ao sair de casa, e levaria trinta segundos para decidir o penteado. Pelo menos, eu teria uma grande variedade ao alcance das mãos, e mudar de ideia no último segundo seria divertido, em vez de estressante.

Logo depois de completar 44 anos, eu fiz um ensaio fotográfico. Hoje, sou uma daquelas mulheres que precisam acordar bem cedo para sair bem na foto. Caso contrário, eu fico apenas... comum; na melhor das hipóteses, alguém com potencial e olheiras. Acredite: sem um cabeleireiro e um maquiador, eu não me pareço com a celebridade/símbolo sexual Shania Twain. Se todos fossem honestos, isso valeria para a maioria das pessoas do mundo do entretenimento. Nós contamos com dispendiosos "esquadrões do glamour" (profissionais que cuidam dos cabelos, maquiagem e figurino) e temos acesso ao seu arsenal de truques. Eles tornam qualquer pessoa bela.

A sessão de fotos foi maravilhosa e fiquei emocionada com o resultado. As fotos encobriram minhas falhas e eu fiquei *sexy*, mais alta, mais jovem e sarada. O que mais uma mulher pode desejar? Dali, fui para o aeroporto me sentindo bem. O simples fato de projetar confiança melhora a aparência de uma pessoa, e vice-versa.

Eu caminhei pela sala de espera e senti que era "notada" pelos meus companheiros de viagem, predominantemente homens. Na minha idade, acho muito bom ser admirada. Por que não?

Eu me sento para aguardar o embarque, acompanhada do celular, meu notebook e um livro. De repente, percebo uma mudança no ar. Ainda bem que não me apeguei demais aos dois minutos de admiração concedidos pelo sexo masculino, porque agora surgia uma garota nova no pedaço, loura e linda, alta, sarada e magra, que parece perfeita — e, acima de tudo, jovem. Acho que estou bem para minha idade, mas não era páreo para aquela beleza. Os olhares dos homens se fixam nela, e eu penso, *bem, lá se foi meu momento de glória*. Tenho que admitir: nem eu conseguia tirar os olhos dela. Admito que tentei disfarçar quando ela rebolou até a mesa e, *claro*, mordiscou algumas uvas e se serviu de um copo d'água. Poxa! Por que não atacar o queijo, o bolo ou as panquecas? Até um sanduíche poderia salvá-la, mas, caramba, ela era tão perfeita que incomodava. *Coma algumas batatas fritas, pelo amor de Deus!*, eu resmunguei.

Tá bom, tá bom, eu confesso que não estava feliz com o fato de ela ter roubado meus dois minutos de atenção, bem no dia em que eu começava a me sentir bem comigo mesma, depois de muito tempo. Entretanto, quanto mais eu a observava, mais eu percebia algumas coisas. Além daquele cabelo louro ser falso, os lábios estavam exageradamente inchados, parecia que ela tinha beijado uma colmeia de abelhas. Sem querer julgar, mas por que uma pessoa tão jovem e bela escolhe falsificar sua aparência? Mas os homens pareciam não perceber nada disso, o que não surpreende, ou se percebiam, não estavam preocupados com a autenticidade do que viam.

★

32

From this moment on

Mesmo quando a vida nos atropela como um caminhão que apareceu do nada, ainda há uma chance de sobrevivência, e embora o caminho da recuperação possa ser lento, longo, ou mesmo permanente, isso não significa que você não poderá aproveitar a vida e ser feliz novamente.

O tempo cura e tem me acompanhado em muitos momentos difíceis da vida, graças à sua maneira criativa de engendrar mudanças. Entretanto, se você está convivendo com dores profundas, ele pode piorar as coisas, porque as feridas emocionais são como mistérios não resolvidos, carregadas de dor e sofrimento. Se a ferida permanecer aberta, quanto mais o tempo passa, menor a possibilidade de que ela se feche. E se fechar, é provável que deixe uma cicatriz maior e mais dolorida do que se tivesse tido a oportunidade de fechar mais cedo. O tempo é como o sono: se você não dorme, nunca irá recuperar o sono perdido. A lição que aprendi com tudo isso é: quando uma situação gera sofrimento, tente resolvê-la o mais rapidamente possível, não deixe apodrecer.

A generosidade do tempo me levou a aceitar que muita coisa estava fora do meu controle. Acredito seriamente que devo usufruir o que a vida me trouxe sem me sentir culpada por minha boa sorte; do mesmo modo, devo aceitar as coisas ruins, sem decepção ou arrependimento. Acho que os sentimentos negativos são tóxicos e aprendi com o tempo e com a experiência que devo me empenhar para evitar emoções e pensamentos negativos, em vez de deixar que minha busca por respostas se torne uma obsessão e sugue toda minha vitalidade. É preciso de energia para viver e se ficarmos perguntando "por que eu" e repetindo "pobre de mim", todas as vezes que somos desafiados pela vida, nunca teremos ânimo para correr com nossos filhos, brincar com o cachorro, navegar, ter aulas de dança, escalar montanhas, estudar, plantar uma árvore, cantar, amar e curtir nossa família e amigos. Estou aprendendo a deixar a parte do "volta" do provérbio "o que vem, volta" para o universo, o destino, o Criador, e todos os elementos e forças mais poderosos do que eu. Isso me liberta da responsabilidade que pensei ser minha. Eu estava presa ao sentimento de que se alguém me machuca, eu preciso ter a certeza de que ele não irá embora como se nada tivesse acontecido e escape impunemente.

Eu me lembro que, aos seis anos, fiquei perplexa com o comportamento de uma criatura sobre a qual eu nada sabia, algo totalmente novo para mim: um marimbondo. Enquanto andava de bicicleta na calçada, quase passei com a roda por cima dele, e me senti culpada. Eu quis me redimir e o peguei com a mão para confortá-lo e ver se estava bem. Como não conhecia o pequeno ser, não sabia que tinha um ferrão. Eu não tinha ideia de que ele poderia me ferir ou que minha compaixão pudesse se transformar em ódio em uma questão de segundos. O inseto ferido, que naquele momento tinha toda minha simpatia, me picou. Eu fiquei chocada e zangada por ele ter se voltado contra mim, quando tudo o que eu queria era me desculpar e ser sua amiga.

Contudo, temos que crescer e tentar ver as coisas com mais maturidade; não há como ver a vida através do olhar de uma criança ingênua, que tinha a ingenuidade como desculpa para seus pensamentos, ações e reações. Com Marie-Anne, por exemplo, tudo o que eu queria é que fôssemos amigas e não percebi que não compartilhávamos os mesmos valores morais, até receber uma ferroada. Mas, afinal, o que isso tem a ver com Marie-Anne? Para ser justa e objetiva, eu não entendi a pessoa que ela é, alguém tão diferente de mim que não pude reconhecer do que ela seria capaz. Depois de tudo o que aconteceu, vejo que ela é apenas diferente de mim.

No esforço de reconhecer minhas falhas, acho que estou aprendendo a compreender e tolerar melhor os defeitos dos outros. Sei perfeitamente que não sou melhor do que ninguém. Luto para manter minha cabeça no lugar, meus pensamentos puros e minhas ações exemplares, o tempo todo, mas é um esforço diário, e, ouso dizer, ser assim é praticamente impossível. Sou bastante realista para assumir que nunca serei perfeita a ponto de ter um comportamento impecável, mas vou continuar tentando e almejando por isso, porque imagino que se continuar mirando nas estrelas, mesmo se eu me perder, pelo menos tenho a chance de pousar na lua. A lua existe por algum motivo e não há lugar melhor para se observar as estrelas.

As emoções mais simples que experimento todos os dias, expresso livremente, com exceção da tristeza. Eu raramente choro. Não porque não me entristeça, eu fico melancólica um pouco quase todos os dias, mas não deixo isso transparecer. Em vez de chorar, fico irritada e impaciente. É como se eu lutasse contra a tristeza, e como um lutador, mais pareço estar na defensiva do que triste. Meu coração bate mais rápido, minha garganta fica engasgada, mas engulo minha tristeza e não deixo as lágrimas brotarem. Não acho isso bom, mas, mesmo que quisesse chorar, sabendo que seria a melhor reação e a saída mais saudável para meus sentimentos, é como se não quisesse ser incomodada por toda aquela cena dramática: o rosto enrubescido, o nariz vermelho, fungando, e todos ao meu redor querendo me amparar, como se eu fosse um bichinho ferido. Entretanto, gosto de ser amada e cuidada quando meus pés estão doloridos e alguém se oferece para massageá-los. Eu aproveito esses atos de generosidade e aceito a ajuda muito mais facilmente do que costumava fazer. Com o tempo, passei a gostar de receber e dar, mas isso foi um processo lento e difícil para mim.

Os problemas vocais que desenvolvi ao longo de anos e que se manifestaram durante a turnê de *Up!* estão relacionados com o bloqueio emocional, o que faz sentido, dada a minha grande dificuldade de chorar. Eu quero extravasar, mas arranjo mil desculpas, fecho as comportas, represo os dutos e bloqueio o fluxo.

Um especialista de voz que consultei em 1999 me disse que minhas queixas de tensão vocal não estavam absolutamente relacionadas com a lesão que sofri há dez anos, em uma passeio de montanha-russa. Na verdade, o problema está relacionado a um bloqueio emocional. Na época, fiquei aborrecida, porque me pareceu uma teoria sem sentido.

Eu expliquei que parecia que alguma coisa mantinha contida minha caixa de voz. Ele assegurou que os músculos que envolvem a laringe são voluntários. Em outras palavras, eles são controlados por mim, não pelo ferimento, como aconteceria com um músculo involuntário. O coração, por exemplo, é involuntário, não importa o quanto você está triste, ele continua a bater e não para, até a sua morte. O médico explicou que esse grupo de músculos que estavam comprimindo minha garganta eram os mesmos que sufocam quando se está ansioso ou prestes a chorar. Daí os termos "sufocado ou engasgado". Quando você segura o choro, esses músculos realmente se contraem, e eu passava por um período crônico de sufoco. Embora a explicação do médico fosse perfeitamente lógica e aceitável para mim racionalmente, não achei possível. Como aceitar que eu era tão frágil emocionalmente que ficava assim, engasgada o tempo todo?

O médico me deu um conselho muito bom: a menos que eu quisesse passar por esse problema novamente, precisava aprender a chorar. Ele acreditava que a falta de expressão, seja lá por qual motivo, estava retendo minhas emoções, e elas tinham que ser desbloqueadas e fluir. Eu precisava libertar minha tristeza reprimida. Enquanto ele dizia essas coisas, eu pensava, *que irritante. Ele nem mesmo me conhece. Como pode afirmar que eu tenho emoções reprimidas? Ele é apenas um especialista em voz, pelo amor de Deus!*

Quando estava saindo, ele acrescentou que se eu achasse difícil chorar naturalmente, deveria assistir a filmes tristes e divertidos regularmente. Qualquer tipo de expressão emocional, que me levasse às lágrimas funcionaria. No período de nossa cura emocional, Fred e eu decidimos optar pela comédia e chorar de tanto rir, até nos sentirmos prontos para usar o método dramático. Eu não queria ser arrastada para uma tristeza profunda. Sabia que teria que encará-la, mas, uma coisa de cada vez. Eu ainda sinto a necessidade de trabalhar isso, deixar a vida fluir e me levar para baixo quando quiser, e então me permitir ficar triste. Mas acho que assistir filmes tristes funciona. Geralmente, é inesperado e agradável.

Também estou aprendendo a aceitar que não vou brilhar nem mais nem menos do que o merecido. Tenho que seguir meu coração, sem ferir ninguém intencionalmente no processo, e assim brilhar tanto quanto é o meu destino. Tampouco espero muito dos outros. Isso é tudo que se pode fazer.

Menos expectativa significa menos frustração. Por exemplo, eu esperei muito de Mutt. Esperava que ele fosse meu companheiro na vida. Esperei mais de sua dedicação, compaixão e maturidade, e o coloquei no topo da minha lista de pessoas de integridade inabalável, como se isso pudesse existir. Foram as minhas próprias expectativas em relação à natureza humana que me derrubaram e sou totalmente responsável. Esta foi uma lição valiosa.

Desde o último disco, minha atitude perante as prioridades e objetivos profissionais teve uma reviravolta. Acredito que deste período de cura e crescimento surgirá uma mulher diferente, em muitos aspectos, daquela que o mundo conhece como Shania. Meu ponto de vista diante de certas coisas mudou e isso teve um efeito cascata. Minha abordagem musical mudou, no sentido de que tenho um desejo profundo de me reconectar ao meu canto não comercial — isto é, aquela voz que canta dentro de casa. Assim como minha abordagem de composição também mudou, porque preciso de mais tempo para tocar e experimentar, sem me preocupar com o produto final. Tomo a liberdade de dizer e fazer coisas que nunca tinha considerado antes (como escrever uma autobiografia...).

Eu costumava separar Eilleen, a pessoa, e Shania, a personalidade. Agora elas se misturam: quero ser uma pessoa que dedica tempo e lugares para todos os aspectos de sua personalidade e caráter. Assim como se nada na água e se toma sopa com colher, se faz amor com as portas fechadas; a intimidade com a família pertence a nós unicamente; e as aparições públicas e apresentações estão limitadas ao palco, ao estúdio e às câmeras. Posso ser e fazer todas as coisas diferentes que me deixam feliz e satisfeita, sem comprometer minha autenticidade. Eu defini essas coisas para mim e não permito a intervenção de ninguém.

Hoje em dia, estou mais confortável musicalmente e, embora esta liberdade para levar a vida provavelmente resulte em alguns erros, eu não tenho medo. Se existe uma coisa que o tempo mostrou, é que nós aprendemos com os erros — e quando tudo corre sem problemas, onde está o desafio, a oportunidade de descobrir do que você é feito? Você não consegue crescer em nenhum aspecto da vida, se não se permitir correr riscos. Também acho que isso é mais divertido do que fazer tudo em segurança. Eu gosto de inventar ideias malucas, embora saiba que a maioria delas nunca será concretizada. Tudo bem. Nenhum sonho é desperdício de tempo e energia, assim como não existem perguntas idiotas. Idiota é não perguntar e, portanto, nunca descobrir a resposta.

Nesse estado de espírito, vejo minha carreira ser conduzida mais pela exploração do que pelo planejamento. Quero buscar tudo que me emociona de forma criativa e deixar de lado os mapas e os faróis. Perder-se pode ser uma bênção, porque você nunca sabe no que vai tropeçar. Eu desejo a liberdade, acima de tudo. Acho que posso conquistá-la tanto para a vida pessoal como para a vida artística.

Apesar de tudo, na Riviera Suíça eu ainda não estava livre da ansiedade diante da possibilidade de me encontrar com Marie-Anne depois das consequências da traição. Isso era previsível e inevitável. É compreensível que a perspectiva de ficar cara a cara com a "outra" era algo que eu preferia evitar, mas a região ao longo do Lago de Genebra é um trecho de apenas cinco quilômetros.

Dito e feito, um dia eu estava caminhando ao redor do lago, e de repente eu a avistei, vindo na minha direção. Grandes óculos escuros cobriam metade de seu rosto. Eu gelei e minha boca ficou seca. Ela desfilou confiante em câmera lenta, parecendo um gato malvado, com um grupo de amigos a reboque. Aquela postura arrogante fez eu me sentir pequena e solitária. Uma parte de mim queria confrontá-la, mas eu ainda estava muito vulnerável, e minha coragem logo se dissipou. Meu coração acelerou, oprimido diante da ameaça, e eu estava praticamente fazendo xixi nas calças.

Assim que nos distanciamos fisicamente, o medo se abrandou e senti minha respiração voltar ao normal. A coisa que eu mais temia — que era encontrá-la — finalmente aconteceu; agora acabou e eu tinha sobrevivido. E estava bem. E ficaria melhor com o tempo. Aconteceu mais de uma vez. Nós nos cruzamos outras vezes no bairro, ao longo das margens do lago. Mesmo um ano depois, esse tipo de encontro fazia meu coração acelerar, eu ficava sem saber o que fazer, e embora uma parte de mim ainda queira confrontá-la, me sinto cada vez menos vulnerável a esse desejo.

Mas, estar perto de Marie-Anne ainda me faz mal, e acho que o tempo não vai mudar isso, mas a distância pode ajudar. Do mesmo modo que podemos evitar um mau cheiro que não vai se dissipar, podemos manter distância dele e torcer o nariz. Estou sendo irônica, mas quando fico azeda com alguma coisa, acho melhor ter senso de humor.

Atualmente, acordo todos os dias dentro de um sonho. Eu tenho um marido, companheiro, amante e amigo perfeito, que me cobre de mimos e é inteligente, lindo, atlético, divertido, interessante e interessado. Ele ama meu filho e é um pai maduro, consciente e sensível. Quando me sinto por baixo, tudo o que preciso fazer é olhar para o filho incrível que Deus me deu, e a filha que ganhei, para amar e cuidar, os amigos solidários, a família, e os amigos antigos que estou redescobrindo. Eu conquistei a independência financeira, fruto de um trabalho árduo, e a vida é boa. Esta vida maravilhosa é minha. Sou livre para orientar minha vida na direção que escolher, porque minha pequena família é feliz. Quero começar a viver cada dia como um dia de férias. Não tenho vivido assim, mas esse é o meu objetivo. Quero acordar todos os dias consciente dessa viagem incrível e aproveitá-la ao máximo, ficar na cama e descansar, pular no lago, dar um passeio de caiaque, andar de bicicleta, caminhar, escrever uma canção, um poema ou um livro, ler, jogar tênis, cheirar as rosas, cozinhar — a lista é grande. Não importa a idade ou o estilo de vida, existem coisas simples que podemos aproveitar mais do que imaginamos.

Sempre achei que seria uma boa ideia colocar uma mensagem na parede ao pé da minha cama, e assim, ao me levantar pela manhã, a primeira coisa que vou enxergar é um lembrete de como a vida é maravilhosa e de como eu sou sortuda. Amar e ser amada, uma família linda, um lar, amigos confiáveis, música, criatividade e saúde. Quero abraçar esse sentimento de gratidão por ser lembrada diariamente de que minha vida se parece com férias incríveis, independentemente de onde eu esteja. Contudo, não importa se a vida é fantástica, a chave é ter consciência disso.

É fácil esquecer as coisas boas da vida quando acontece alguma dificuldade. Por isso acho boa essa ideia de um lembrete, como "Bom dia, sortuda", ou "Levante-se e desperte para um outro dia perfeito de sua vida maravilhosa", ou "Sua vida é demais e aqui estão os motivos", seguido de uma lista de coisas que amo na vida. Fora o mal e viva o bem. Esta é a minha nova maneira de pensar e acredito que consolidar o bem é um jeito de deixar menos espaço para o mal se apossar de seu tempo e energia.

A minha experiência pessoal me permite reconhecer que o dinheiro pode melhorar a qualidade de vida em alguns aspectos, mas nem por isso é sensato acreditar que ele pode comprar a felicidade.

Eu estive nos dois lados da questão e posso dizer, com certeza, que sempre existe alguém que está pior ou melhor, independentemente de seu destino na vida. A sorte é relativa a tudo que está ao seu redor. Às vezes você pode estar pior ou melhor, mas em todas as fases ao longo do caminho — rico, pobre, amado, traído, faminto, satisfeito, solitário, sobrecarregado, desconhecido ou famoso —, todos merecem compaixão, respeito e consideração. Eu posso falar a partir de minha experiência de vida.

Hoje, tendo uma condição financeira confortável, não sofri menos com os conflitos emocionais do que quando era pobre. Eu mereço tanta compaixão agora quanto na época em que estava no outro extremo do padrão econômico. Acho que na fama e na riqueza, você parece menos digna de compaixão e consideração ao viver tempos difíceis, porque "você tem tudo" e não tem o direito de reclamar. Em outras palavras, é proibido sofrer quando se tem dinheiro e fama. Se você é rico e famoso, não pode ficar infeliz, e se isso acontecer, você é considerado mimado e egoísta pelas pessoas que estão observando e criticando.

Geralmente, é a arrogância, a ignorância e a inveja que insinuam que uma pessoa rica e famosa não tem o direito de ser infeliz, ou sentir e expressar sua infelicidade. Este pensamento só pode vir daqueles que dão muito valor ao dinheiro e à fama; pessoas que acreditam que estas são as coisas mais importantes da vida, e que, além disso, nada mais é necessário. Se alguém acredita que os ricos e famosos não têm direito à simpatia do público, é porque pensa que a felicidade está nas coisas materiais e superficiais. Quem acredita que o amor, a sinceridade, a honestidade e a integridade são os elementos mais valiosos da vida, também percebe que, na verdade, a fama e a riqueza podem adicionar, de muitas formas, tristeza e estresse à vida de uma pessoa, em vez de torná-la mais fácil.

Quando se nasce em uma vida sem privilégios, mas está pronto para enfrentá-la com o coração cheio de sonhos e ambições, também precisa estar preparado para enfrentar um mundo, que, às vezes, sentirá prazer em fustigá-lo. Um mundo que tentará roubar seus dons mais preciosos.

Não se surpreenda se a vida for cruel e colocar dificuldades para você alcançar os seus objetivos, aparentemente de propósito. Existe pouco espaço para um grande sucesso na vida, que muitas vezes é concedido a uma elite restrita. Contudo, não acredito que o sucesso pertença apenas à uma classe social mais educada, mais privilegiada ou afortunada. O sucesso pertence a qualquer um que deseje alcançá-lo e que tem talento e capacidade para isso. Todas as pessoas têm o direito de buscar oportunidades para chegar ao sucesso.

Independentemente de sua origem, a natureza humana o brindou com a capacidade de sobreviver. Aprendi nas minhas próprias escaladas pela vida, que é melhor ser realista e estar preparado para algumas quedas se quiser enfrentar uma montanha íngreme. As montanhas ficam mais estreitas no topo, e nesse lugar, você encontrará todos brigando por espaço, equilíbrio e oxigênio. No alto, o ar é rarefeito, da mesma forma que a diferença entre o justo e o injusto, e sua capacidade de ver claramente estando com a cabeça nas nuvens. O truque é manter a cabeça acima das nuvens, para manter a mente fria e a visão clara, e não perder seus objetivos de vista.

Pessoalmente, acho que você alcançou o sucesso se foi capaz de sobreviver à escalada da montanha que decidiu conquistar, se no percurso entre a base e o pico você aprendeu alguma coisa sobre o bem e o mal e se é capaz de contar essa história com gratidão.

★

Agradecimentos

Agradeço a meus pais, Sharon e Jerry Twain, cujas vidas me inspiraram a considerar a importância de escrever e compartilhar este livro. Que descansem juntos para sempre, em paz. Agradeço a Fred, meu marido, por seu amor infinito, devoção e incentivo incansável durante todo o percurso, por estar presente nos momentos de incerteza, em que precisei ser lembrada de minha motivação para empreender a façanha gigantesca de documentar minhas memórias, por ter lido minhas páginas do começo ao fim, várias vezes, imprimindo, copiando, cortando, colando, fazendo *back up*, e, principalmente, por me manter focada e racional diante de um projeto tão emocional. Obrigada, querido, por me ajudar a realizar o desejo obstinado de escrever minha história. Agradeço também a minha irmã, Carrie-Ann, que sempre foi um vento a favor em minhas asas, minha defensora mais forte e dedicada. Agradeço a todos os familiares e amigos que me estimularam nos momentos de apreensão e desânimo.

As longas horas escrevendo estas páginas, por meses, contaram com a paciência e compreensão de meu filho, Eja, porque este livro foi uma presença constante durante um ano inteiro. Ele sempre foi gentil e receptivo, aceitando minha dedicação ao trabalho, e espero que leve boas lembranças do tempo que passou ao meu lado escrevendo, muitas noites depois da escola: Eja trabalhando em suas redações escolares, poemas e canções, enquanto eu escrevia minha história. Um dia, ele vai ler estas páginas e espero que a cada capítulo da minha vida ele reconheça a importância de documentar o que está em seu coração e o valor de compartilhar tal intimidade com propósito e honestidade. Respeitar e honrar a verdade, o processo de descoberta e o dom de aprender com aquilo que o caminho nos ensinou — valorizar a palavra escrita como uma expressão preciosa, que não é espontânea nem inconstante, pois, ao contrário da palavra falada, a escrita nos proporciona tempo para refletir e rever. Isso demanda que o escritor assuma a grande responsabilidade sobre o seu significado e o que ele representa. Sem considerar se este livro será elogiado ou criticado, desejo apenas que meu filho encontre paz na oportunidade de saber sobre a vida de sua mãe, a partir de suas próprias palavras.

Comecei com uma história; terminei com um livro. Este foi um esforço coletivo e gostaria de agradecer também ao grupo de pessoas dedicadas que contribuiu para sua criação. Ao meu empresário Jason Owen, por seu pensamento inovador, e a minha gerente de negócios, Stacy Smith, por sua sabedoria e carinho. Meus sinceros agradecimentos ao diretor de publicidade da Atria, Paul Olsewski, e a Bob Barnett, por me levar a sério quando disse que escreveria um livro. É provável que ele tenha pensado, *você está querendo dizer, uma canção?* Mas não, eu me referia a um livro mesmo, e ele aceitou! Obrigada, Philip Bashe e Patty Romanowski Bashe, que contribuíram com tempo e talento para o processo de edição. Um agradecimento especial a Jeanne Lee, Sarah Cantin, Jessica Chin e Chris Lloreda, da Atria. Não tenho palavras para agradecer a Sarah Durand por ter sido minha guia e tábua de salvação do começo ao fim da experiência. Agradeço sua paciência, sensibilidade e respeito à autenticidade. A criação de um livro é um território novo para mim, e sem o apoio daqueles que contribuíram, a história da minha vida permaneceria em centenas de páginas soltas, no fundo de uma gaveta, sob jeans que não servem mais e não consigo jogar fora.

Parte dos rendimentos deste livro será doada para a Shania Kids Can, uma fundação dedicada a ajudar crianças carentes. Agradeço a todos que tornam isso possível e, especialmente, às crianças atendidas pela fundação.

"Mamãe, você é tão doce, seu rosto parece um doce". E a mãe diz, "Filho, seu rosto é tão bonito quanto uma flor". O menino de cinco anos responde, sem pestanejar, "E você me colheu, mamãe".

Não posso levar o crédito por ter escolhido meu filho incrível, porque o céu o enviou para mim. Então, agradeço aos céus!

★

Nota do Editor – Edição brasileira
Shania Twain no Brasil – 2014

O ano de 2014 marcou o retorno de Shania Twain ao grande público brasileiro. Em uma histórica parceria, Shania Twain e a estrela da música sertaneja no Brasil, Paula Fernandes, gravaram um dueto e lançaram o *single You're Still the One*, grande sucesso internacional de Shania Twain, parte de seu álbum *Come on Over*, lançado em 1997 e, até hoje, o álbum mais vendido da história da música *country*. A versão de *You're Still the One* lançada pelas duas grandes estrelas é cantada em inglês e em português, o que fez com que o público brasileiro se identificasse ainda mais com essa linda música.

O dueto de Shania Twain com Paula Fernandes foi incluído em uma das faixas do CD *Encontros pelo Caminho*, da cantora brasileira. Este CD, por sua grande repercussão no mercado brasileiro da música sertaneja e *country*, fez com que o trabalho de Shania Twain fosse divulgado para uma nova geração de fãs da música *country* e sertaneja, que não conheciam ou pouco sabiam sobre essa grande estrela do *country* mundial. Durante o período de divulgação do álbum *Encontros pelo Caminho*, Paula Fernandes apresentou *You're Still the One* em diversos programas de grande audiência da TV brasileira, muitas vezes com a participação da própria Shania, completando o dueto com a cantora brasileira por meio de vídeo, incluído na performance ao vivo. Nas redes sociais, o clip e a música se tornaram um sucesso instantâneo.

Segundo Paula Fernandes, fazer um dueto com Shania Twain foi "um dos momentos mais incríveis da minha vida!". No início do clip regravado de *You're Still the One*, Shania declara o seguinte comentário sobre a nossa estrela da música sertaneja: "Esta é uma mulher que canta desde os oito anos de idade. Ela faz aniversário no mesmo dia que eu, 28 de agosto, é linda e tem uma voz incrível. Ela é uma grande estrela no Brasil e eu a convidei para vir cantar conosco nesta noite." A gravação do dueto foi realizada nos Estados Unidos, na cidade de Las Vegas, no estado de Nevada, em dezembro de 2013 e o lançamento oficial do *single* e do clip ocorreu em agosto de 2014. Foi um momento único para a cantora brasileira, e uma grande oportunidade para a estrela canadense retornar à casa de milhões de brasileiros – um presente inesquecível para os fãs da maior estrela da música *country* de todos os tempos.

★

Sobre a autora

SHANIA TWAIN alcançou a fama no final dos anos 1990. Seu primeiro álbum, *Shania Twain* foi lançado em 1993, mas ela conquistou o mundo com *Come On Over*, lançado em 1997 — um sucesso sem precedentes, que bateu recordes e se tornou o álbum mais vendido de todos os tempos de uma cantora, e o álbum de música *country* mais vendido da história. Ganhadora de cinco prêmios Grammy, ela também obteve grande sucesso como compositora, conquistando 27 prêmios BMI Songwriter. Até hoje, Shania vendeu mais de 75 milhões de álbuns pelo mundo, sendo 48 milhões apenas nos Estados Unidos. Parte de sua história foi registrada em um documentário exibido no canal Oprah Winfrey Network (OWN), na primavera de 2011. Este é seu primeiro livro.

IMPRESSÃO E ACABAMENTO
YANGRAF
GRÁFICA E EDITORA LTDA.
WWW.YANGRAF.COM.BR
(11) 2095-7722